U0902431

本著作的出版获得浙江传媒学院“十三五”省一流学科“戏剧影视学”、浙江传媒学院科研处“学术出版资助”、浙江传媒学院省“十二五”重点学科“戏剧戏曲学”、浙江传媒学院重点学科“中国语言文学（文化与传播）”、浙江传媒学院重点专业“汉语言文学”等平台给予的支持和出版资助，在此表示感谢。

西方诗学话语中的陌生化

杨向荣◎著

中国社会科学出版社

图书在版编目(CIP)数据

西方诗学话语中的陌生化/杨向荣著．—北京：中国社会科学出版社，2016.11

ISBN 978-7-5161-9302-0

Ⅰ.①西…　Ⅱ.①杨…　Ⅲ.①诗学—研究—西方国家　Ⅳ.①Ⅰ106.2

中国版本图书馆 CIP 数据核字(2016)第 270870 号

出 版 人　赵剑英
责任编辑　郭晓鸿
特约编辑　席建海
责任校对　郝阳洋
责任印制　戴　宽

出　　版　中国社会科学出版社
社　　址　北京鼓楼西大街甲 158 号
邮　　编　100720
网　　址　http://www.csspw.cn
发 行 部　010－84083685
门 市 部　010－84029450
经　　销　新华书店及其他书店

印　　刷　北京君升印刷有限公司
装　　订　廊坊市广阳区广增装订厂
版　　次　2016 年 11 月第 1 版
印　　次　2016 年 11 月第 1 次印刷

开　　本　710×1000　1/16
印　　张　20.5
插　　页　2
字　　数　286 千字
定　　价　76.00 元

序

我最初接触俄国形式主义及其“陌生化”理论，是在20世纪80年代初。当时，西学东渐之风渐劲，时任外文系主任的钱佼汝教授常来中文系小楼参加学术活动，于是得以相识。中文系小楼是美国作家赛珍珠的故居，无形中充盈着畅谈西学的自由气氛。我们曾经一起筹划创办《西风》杂志，拟以评介20世纪西方文论为主旨，可惜他后来去联合国教科文组织做了中文主审，当然还有其他一些更重要的原因，使我们的这一计划终成泡影。交往中，我从他那儿学到不少新知，大多是闻所未闻，耳目为之一新。他的渊博学识和流利英文常令我倾慕不已，他的平易近人和富有磁性的语调消弭了我们之间的距离。关于俄国形式主义，就是我在和他的交谈中第一次听说的，然后才去找了一些材料阅读。

创办《西风》失败后，我并不甘心，一直寻思着某种替代物表达我当时的学术兴趣，这就是后来出版的《20世纪外国美学文艺学名著精义》（江苏文艺出版社1987年初版，北京大学出版社2008年增订版）。为给《精义》约稿并征询选目意见，我遍访全国各地学者名家。有一次约会中国社科院滕守尧君，他在他的寓所接待了我。他的寓所在一幢筒子楼，只有一间卧室，又是大热天，多有不便，只好搬来两个矮凳在家门口交谈。滕君穿着背心短裤，仍然浑身冒汗，但是谈兴颇浓。他说他研究生入室之后，李泽厚先生让他们几位同窗做的第一件事就是为《美学译文》翻译文稿。一天，他们拿着译好的稿件来到李宅交差，很是难为情地说："李老师，您让我们翻译的东西倒是翻译好了，但是，我们都看不懂，不知道他们在说什么。"李说："正因为看不懂才要翻译，翻译多了就看懂了。"这就是新时期之初西学东渐的真实写照——闭关锁国几十年，刚刚打开门缝朝外看，西方世界对于我们居然如此的陌生！这才是真正的"失语"！

恍惚之间 30 年。30 年的西学东渐验证了李泽厚的判断——"翻译多了就看懂了"。现在，我们已经大量译介了 20 世纪西方美学和文学理论，不但消除了当初的陌生感，而且有了相当的发言权，新的研究成果不断面世，当初的"失语症"已经消解。现在，我们所面临的倒是另外一个问题，即如何将西方的东西真正"化"为己有，不再是"谈西方头头是道，论自己另有一套"。例如形式美学，就属此类问题。

形式美学是 20 世纪西方文学理论的主流，尽管这一思潮在 20 世纪下半叶有所减弱。与这一思潮形成鲜明对照的是我国的文学理论，思想史（或称"主题学"）方法是此间中国的主流话语。尽管早在 30 年代就有"新批评"代表人物瑞查兹、燕卜逊等前来清华、北大传道，谱写了中西学术"同步交流"的罕见篇章，也有袁可嘉等人对文学形式的倾情和呼唤，但是毕竟"寡不敌众"，没有人太多注意他们的声音。原因是显而易见的：在"启蒙""救亡""革命"等历史责任沉重地赋予文学的时代，文学自身的问题——形式，当然无暇顾及。这也恰恰应和了我们的"文以载道"传统：关心所载之"道"甚于关心载道之"文"，后者只是前者的工具。正是因为这一点，20 世纪的西方同中国形成了截然对反的总体格局——形式美学首先关心的是文学作为语言形式的本体存在，并非"思想""主题"之类。这当是包括本人在内的"滕守尧辈"，在新时期之初最早接触西学时为什么那样陌生、茫然和"失语"的主要根由。

20 世纪的中国和西方的这一"对反"格局，同时也营造了二者进行“对话”的可能。而“对话”得以实现的前提是“平等”，其中最重要的是预设对方为“友”，而不是首先将对方视为“夷寇”而整装戒备。但是，纵观新时期以来我们关于20世纪西方形式美学的评介，无不首先为其戴上“形式主义”的大帽子，客气点的批评是“形式主义倾向”。这一先验预设无疑妨碍了学术探讨的客观性，并不符合事实本身。事实是：他们那些激进的“宣言”往往是为了矫枉过正，和他们的批评实践并不完全一致；什克洛夫斯基的“城堡旗帜”说并未贯穿西方形式美学批评实践的始终。这是因为，“纯粹的形式不是艺术”这一问题早在康德那里就已解决了，艺术是“依存美”和“道德的象征”已成学界公理。显然，20世纪西方形式美学并未重犯这一常识性错误。既然这样，我们为什么还要对此纠缠不休呢？在我看来，原因大概有二：一是意识形态的影响使我们无法摆脱“文以载道”的思维惯性；二是对于形式本身的无知和无能从反面激活了我们对形式美学的敌视本能。由此观之，新时期以来我们和20世纪西方形式美学的对话并未真正形成，我们的“文以载道”文学观及其“思想史”研究方法并没有太多的改变，所谓“失语症”的忧患纯系子虚乌有。

如果反其道而行之，将20世纪西方形式美学预设为“朋友”而不是“敌人”，我们就会在文学研究领域发现别样的天地。首先我们会有深刻的自我反省，会发现我们所长期坚守的“思想史”方法含有不少弊端，诸如“超越形式直奔主题”之类，仅仅将文学作为思想的文献和载体；我们还会发现，20世纪西方形式美学的主要优长是对形式本身的精雕细刻，将形式研究的精细性推向了新的高度。如果借人之长以补自己之短，摒弃“超越形式直奔主题”传统路数，改为“通过形式阐发意义”的方法，毫无疑问会使我们的文学研究展现全新的地平线。如是，关于中国文学理论当下困境的哀叹及其各种所谓“转向”的呼唤，就不会像现在这样此起彼伏、喋喋不休了，我们的文学理论就可以免去许多类似“失语症”的无谓争吵，腾出更多的时间去做更多、更实在和更有意义的研究了。

所谓“通过形式阐发意义”，就是首先将文学作为语言形式的存在物，它和非文学的不同首先在于语言的艺术化。这是亚里士多德早已给定的文学定义，无论后人或国人如何将其演绎或意识形态化，这一论断至今无人可以彻底颠覆。因此，只有通过语言形式的阐发，解读语言被艺术化的过程和状态，其中所蕴含的“意义”（包括可以言说的“思想”和不可言说的“意味”），便可自然彰显，无须另外揭发。否则，脱离语言形式解读的“思想”就不可能是文学本身的思想，尽管这两种思想经常难以解分。

俄国形式主义及其“陌生化”理论的贡献主要就在这里：由于他秉承和接续了亚里士多德以来的西方诗学传统，凸显和强化了其中的“陌生化”规律，因此才深刻地影响了整个20世纪的西方文学理论。向荣博士这一研究的意义也在这里：他不仅对这一理论本身的内涵进行了深度剖析，而且追根溯源、疏理流变，描述了陌生化理论的学术史，将一个完整的体貌呈现在我们面前。尽管其中的判读不无商榷之处，但是，面对这本20多万字的大作，我仍然禁不住为他的努力而感到欣慰、自豪。

杨向荣博士的为学一直非常勤勉和精诚，相信他会越做越好。

是为序。

赵宪章
2008年秋
南京草场门寓所

解开诗与真之结

（修订版序）

读杨向荣的《西方诗学话语中的陌生化》，在我头脑里，出现的是一个“结”的意象。20世纪的美学和诗学，似乎注定是要从一个理论之结开始的，这是诗与真的关系，同时也是艺术与生活的关系。这个问题成了“结”，人们“纠结”不已，也由此产生了许多的理论。

当然，艺术与生活关系问题的讨论由来已久。自古就有“模仿说”，在古希腊时就出现，一直到近代，在理论界都占据着主流的地位。模仿者与被模仿者的关系，是相互联系的，也是相互区分的。模仿者从被模仿者那里获得某些东西，如柏拉图所说，要模仿外观，但模仿者又不是被模仿者。如果模仿者与被模仿者完全一样，那就不是模仿，而是再造了。柏拉图提出三张床的理论，即理念的第一张床，现实的第二张床，画家的第三张床。这里所说的第二张与第三张床的关系，既表明了艺术与现实的区分，也涉及艺术与现实的联系。

在柏拉图那里，模仿是具有否定性的。诗由于是模仿，所包含的真理成分要少于被模仿物，并且诗（主要指悲剧）由于专门模仿灵魂的低下部分，倾向于以失控的激情来吸引观众、造成围观，因此不利于道德教育。他根据这两条理由，要对诗人下逐客令。到了18世纪时，夏尔·巴托要建立现代艺术体系，将各门艺术归结为单一原理。

他所寻找到的单一原理，仍然是模仿。这时的模仿就具有了正面的、肯定性的意义。艺术通过模仿，获得了现实生活的内容，但同时又因此与现实区分开来，独自构成了一个艺术的世界。论证艺术的自律性，并且为艺术下定义，也只有在这个前提下才有可能。巴托的区分，适应了一个时代的要求，即区分艺术与工艺。工艺是生活的一部分，而艺术是生活的镜像。镜子不能照出镜子本身，只能照出镜子外的世界，正如拍合影照片时，持照相机的人不能被照进去一样。艺术由于不是现实生活的一部分，才能真正地反映现实，因此诗用与日常生活不同的语言，却能更深刻地反映生活的真。由此，诗与真、艺术与生活，就成了解不开的结。

然而，这种模仿的思想，从它形成的开始，就引发了许多争论。古典的争论说来话太长，20 世纪的美学、文学和艺术理论，本身也构成了一个对模仿进行的批评的历史。20 世纪的美学家们的思考，注定是要从对一个新的支点的寻找开始的。理论家们要找到这个支点，并借助这个支点来发力，从而走出模仿论。什么是这个新的理论的支点？争议很多。理论家们各说各话，意图也不尽相同，但都有一个共同点，通过走出模仿论来实现理论的更新。

在 20 世纪初年，有一个流行的词，叫作“距离”。这是一个很好的词，很有用。在爱德华·布洛那里说的是“心理距离”，不是时间与空间的距离，主要指在心理上“去功利”，从而与生活的态度相隔离。他又认为，时间和空间的距离有助于造成心理距离。艺术之所以成其为艺术，是与生活保持一段距离。问题正是从这里出现的。用距离将艺术与生活隔开，或者将诗与真隔开，那么，正像我们在看事物时保持距离一样，保持距离是为了更好地观看现实，还是不去看现实？

说完了这些，我们来到本书的主题：陌生化。这个问题已经讨论一个世纪之久。围绕着这个概念，人们写了大量的论文和书籍，也产生了激烈的争论。心理距离说，只是要在心理上拉开距离。人的心理，不是电灯开关，想开想关都行，也不是汽车换挡，可以动手去扳。相反，总会有种种剪不断、理还乱、拿不起、放不开的情况。陌生化，是要通过客观物造成一种情境，迫使接受者“艺术地”去接受作品。读一首诗，怎样才能将诗当诗来读呢？不是我们事先要摆出一种读诗的态度，更不是沐浴焚香，规定一种读诗的外在形式，而是将诗写成一种样式，使读者不能像读散文那样去读它。

这时，就有了“奇特化”的概念。据本书的作者考证，什克洛夫斯基最初创造“陌生化”这个词的时候，本意是写“奇怪的”，由于笔误才造了一个新词。这一新词就此流行开来了。如果这样的话，我们首先要从“奇”的角度来理解这种“陌生”。“奇”会更新人们的感觉，使人们不再视而不见。一物生得“奇”，会使人多看一眼，一人长得“奇”，在街上走会提高回头率。根据这一道理，艺术与生活要不同，诗有自己的语法，要写得似通非通，画要有自己的真实观，贵在似与不似之间。遇到这一类的物，人的阅读和观看的眼光就不同了，从以读到和看到的什么为目的，转向将阅读和观看的过程本身的感受包含进来。

然而，有一个理论上的问题，仍然需要说清楚。当作者追求“奇怪”之时，有两种可能，第一是“为奇而奇”，第二是“为意而奇”。诗与真之间，在这里打出了新的结，而理论家似乎为此一直在纠结着。本来，对于诗人来说，这个结并不难解。诗人总要说一点什么，有感而发；即使无病呻吟，也别有所图。他们换一种方法说，说得与日常语言不一样，无非是想引起人们的注意。诗人要制造奇异，从而产生新奇感，打破日常生活的平庸，使自己的作品得到突出。诗人要写得艰涩难懂，并不是不想让人懂，故意在玩文字游戏。故意炫技，也是想以此来制造某种接受时的效果。无论如何，诗人总是有意要表达。写诗没有任何目的，什么也不表达，什么效果也不想达到，毕竟是少见的现象。

然而，对于理论家来说，情况就不一样。无论是“距离”，还是“陌生化”，在艺术家那里只是手段，到了一些理论家那里，就成了目的。“距离”成了原则，“陌生化”成了本体。作为手段的“陌生化”，所指向的是感觉更新，而作为目的的“陌生化”，就彻底切断了艺术与生活的联系，并将这种切断宣布为“向内转”。

“陌生化”是形式主义文论的关键词。20世纪初年的俄国形式主义，与历史上的形式主义有一个根本不同。欧洲美学有着悠久的形式主义传统。朱光潜将柏拉图的“理念”译成“理式”，就是要突出这种“理念”的“原型”性，是一种规范质料的“形式”。亚里士多德在论述“四因说”时，讲第一因是“形式因”，是强调形式构成了事物的本质。这时，“形式”不是什么外在的东西，万物由神依据形式来塑造，艺术品由艺术家依据形式制成。黑格尔完成了从形式向内容的转向，理念成为万物之本和源。美是理念的感性显现，理念是内容，而感性显现是形式。自从黑格尔以后，由内容决定形式，内容寻找与它适合的形式的思想，占据了主流的地位。形式不再像古希腊那样，被理解成与质料相对，而开始被理解成与内容相对。于是，以形式为中心的欧洲美学的传统，变成了以内容为中心的近代美学传统。

在这种新的语境中，像什克洛夫斯基这样一批诗学研究者重提形式，实际上就是反对内容决定的形式的模式。他们不是反对内容，而是要用与内容构成冲突的新形式激发新的感受经验。“陌生化”所要制造的，就是这样的形式，这与此前的形式主义有着根本的区别。

当“陌生化”成为本体，形式获得独立性，引导理论家们开始思考这样的问题：使文学成为文学的，是什么东西？这也就是说，诗与散文的区别究竟在哪里？这种思路从文学语言与非文学语言的差异开始进行对比研究。陌生化，即诗与日常语言的差异，成为诗之所以是诗的根本原因。

从俄国形式主义开始的20世纪西方文学批评，具有重大的功绩。它运用了当代语言学的研究成果，开始了对文学作品本身的语言、结构和各种表现手法和技巧的研究，将研究者的注意力引导到文本研究上来。如果说，鲍姆加登曾将美学的研究对象规定为“感性的完善”，并且以诗为例，认为诗的完善在于这种节奏和韵律，说了这方面的意思的话，那么，俄国形式主义者将一百多年前德国人所做过的事再做一遍。但是，他们所做的与鲍姆加登不一样，鲍姆加登要“感性的完善”与“理性的完善”相结合，或者如鲍姆加登之后的一位美学家所说的那样，审美需要多种“完善”的结合的话，那么，俄国形式主义所要的只是这种“感性的完善”，并用这种“感性的完善”来排斥其他一切“完善”。

当“陌生化”成为一种诗学研究的、具有本体论意义的概念之时，就出现了新的问题。从艺术与日常生活、诗与散文的区分处来寻找艺术与诗的根本特性，正像从一物与他物的不同之处论证此物的本质一样，是一种静态的看事物方法。用这种方法来寻找艺术的本质，建立“文学的科学”，是行不通的。一些试图建立“文学学”的人所走的路，正是这条死胡同。

有人将诗与艺术比喻成佳美的菜肴。它们与鸡肉鱼蛋和各种蔬菜这些来自生活的原料的区别在于，有人用油盐酱醋对它们进行了烹调。我们能否将这些作料看成文学性或艺术性，认为正是它们，完成了从生活到诗，从生活到艺术的转变？当然不能。美味佳肴的形成，不仅在于运用食材，辅以作料，而且，更重要的是，厨师恰当地使用食材和作料，掌握火候，把握时间和顺序，展示烹调才华，经过一个复杂的经验性的过程，最后才形成美味佳肴。先将肉鱼菜蛋说成现实生活，再将作料抽取出来，说这代表了其中的文学性或艺术性，是完全错误的。这么做的结果，就是将文学艺术的本质看成烹调中的油盐酱醋，认为它们放到哪儿，哪儿的生活就变成了艺术。这种调料的美学，是注定要破产的。

当爱德华·布洛说距离时，曾详细论证过距离多大最合适的问题。他的观点是，距离越小越好，但不能失去。艺术与生活之间，总是要隔着一层膜，膜破了，就不再是艺术，而是生活了。他进一步论证说，许多不把艺术当作艺术来看的现象，都是这么产生的。这种观点背后的理论根据，仍是模仿说。艺术是镜中的形象，凑近一点看，可看得更清，但是，底线不能突破，艺术的形象是镜中的，是假的，不是生活中的，不是真的。

20世纪的先锋派艺术，依据比格尔的分析，就是有突破这个底线的意图。前面说过，工艺是生活中的一部分，艺术处于生活之外。先锋派艺术想实现一种回归，使艺术回归生活，参与生活，但这种努力的结果，恰恰是失去了镜像的逼真性。这在美术中确实是如此，当现成物、工业制成品进入到艺术之中时，一个古老的，原本就存在的，关于艺术边界的问题，在这时凸显出来。

对此，布莱希特通过戏剧作出了有益的尝试。戏剧都是在舞台上演的，那个台和幕，都给人们以心理暗示，要人们将戏当作戏来看待。舞台有三堵墙，挡住了生活中的各种干扰，使观众的注意力集中到演出之中，但台上与台下之间，仍有着一堵看不见的墙。过去认为，这第四堵墙不可少，没有这一堵墙，就不能把戏当作戏，就不是艺术。布莱希特所做的事，与造型艺术中的先锋派艺术一样，要拆这堵墙。他所讲的“间离效果”和“陌生化”，是将观众不再当作旁观者，而要将他们引入到戏剧之中。观众不是化身为一个戏剧角色，而是作为他们自身而进入戏剧。布莱希特的试验不管本身是否成功，对此后的艺术理论和实践都是影响深远的。戏剧与观众的关系变了，舞台的形式变了，更重要的是，一种艺术自律的预设被打破了。

艺术与生活之间，还有另一种关系，这就是20世纪后期流行的批判理论所建构的一种“救赎”观。艺术本来是生活中的精神营养，但批判理论家们面对当代的社会和艺术状况，要将艺术变成治疗社会疾病的药品。于是，重要的，不是艺术再现了什么，说了什么人的故事，说得怎样，而是经过诊断，发现了社会的问题，通过艺术提供某种东西。

作者谈到了齐美尔而不是布洛的“距离”。这个“距离”，不再是审美欣赏与日常生活之间的距离，而更像一位医生与他的病人的“距离”。医生需要对病人理解，对他的痛苦感同身受，但光做到这一点，绝不是一个合格的医生。医生要找到病因，对症下药，以治好病为目的。当然，没有包治百病的医生，病能不能治好，医生也有无奈之时。但是，治病决定了一种立场，一种看问题的角度，一种言说的方式。从齐美尔到阿多诺，许多德国人在谈到艺术时，都这么看。艺术要针对现实发言，它不是模仿现实，也不在于对现实生活美化或丑化，而在于为现实生活提供某种治疗。如果这样的话，似乎艺术重回自律又是可能的了。用自律的艺术，来医治人们心灵的创伤，也用自律的艺术，使当代躁动的心灵重回宁静。但是，艺术是药吗？如果是药的话，重病要下猛药，只有生逢衰世，艺术才可能繁荣昌盛。这似乎在用归谬法说话了。当代艺术的发展，被证明没有走这一条路。

说到底，诗与真，艺术与生活之结，许多人都试图解过。时至今日，旧的解开了，新的结却正在形成，理论家们也开始以新的方式纠结不已。理论研究的宿命本来就是：永远在路上。杨向荣的这本书，展示了他对“陌生化”概念的喜爱。正像他所说，“陌生化”是为了更新感觉，强化过程。希望读者在读了这本书后，感受力更新了，也在艺术与生活的关系的理解上向前走了一步。

高建平

2016 年 4 月 29 日

目　录

导　论 ………………………………………………………… 1

第一章　西方古典诗学中的陌生化观念 ……………………… 9

第一节　亚里士多德的陌生化观念 ……………………… 10

第二节　从古罗马到浪漫主义的陌生化观念 ………… 15

第三节　黑格尔的陌生化观念 …………………………… 22

第二章　俄国形式主义的陌生化诗学 ……………………… 28

第一节　陌生化诗学的语境 ……………………………… 29

第二节　陌生化诗学的建构 ……………………………… 43

第三节　陌生化诗学的内涵 ……………………………… 68

第四节　陌生化诗学的反思 ……………………………… 100

第五节　陌生化诗学的批判超越 ………………………… 116

第三章　布莱希特的陌生化理论 …………………… 135

第一节　陌生化理论的溯源 …………………… 135

第二节　陌生化理论的内涵 …………………… 146

第三节　陌生化理论的反思 …………………… 177

第四节　陌生化理论的批判超越 …………………… 193

第四章　陌生化的现代性审美之维 …………………… 210

第一节　审美距离与陌生化 …………………… 211

第二节　艺术的非人化与陌生化 …………………… 222

第三节　新感性形式与陌生化 …………………… 228

第四节　艺术否定社会与陌生化 …………………… 236

第五章　陌生化视域下的艺术与生存体验 …………………… 245

第一节　艺术自主性的陌生化诉求 …………………… 246

第二节　先锋派艺术的陌生化策略 …………………… 260

第三节　现代性生存的陌生化体验 …………………… 267

结　语 …………………… 286

参考文献 …………………… 295

后　记 …………………… 309

修订版后记 …………………… 311

导　论

一

1917年，俄国形式主义运动的领袖人物什克洛夫斯基[①]在其发表的《作为手法的艺术》中，写下了这样一段经典的论述：

> 正是为了恢复对生活的体验，感觉到事物的存在，为了使石头成其为石头，才存在所谓的艺术。艺术的目的是为了把事物提

---

① 维克多·什克洛夫斯基出生于中学数学老师家庭，青年时代在彼得堡大学语文系学习。1913年，还是一年级大学生的他在未来派举行的讨论会上提交了《未来派在语言史上的地位》的论文，引起轰动。后来他将论文整理出版，改名为“词的复活”（1914）。随后他相继发表《马雅可夫斯基的〈穿裤子的云〉》（1915）、《论诗与玄奇的语言》（1916）、《作为手法的艺术》（1917）、《马步》（1919—1923）、《罗扎洛夫》（1921）、《散文理论》（1925）、《汉堡记分法》（1923—1928）、《赞成与反对：陀思妥耶夫斯基札记》（1957）、《关于小说的故事》（1961）、《列夫·托尔斯泰》（1963）、《弓弦·论似中之不似》（1970）、《迷误的动力——论情节》（1981）、《散文理论》（1982），此外，还有电影评论《爱森斯坦》（1973），电影小说《马可·波罗》（1936）、《米宁和波扎尔斯基》（1940）和《画家费多托夫的故事》（1956），回忆录《伤感的旅行》（1923）、《动物园，或并非情书的信》（1923）、《往事》（1962）。其中《作为手法的艺术》被鲍里斯·艾亨鲍姆称为“形式主义学派的宣言”。

> 供为一种可观可见之物，而不是可认可知之物。艺术的手法是将事物“陌生化”的手法，是把形式艰深化，从而增加感受的难度和时间的手法，因为在艺术中感受过程本身就是目的，应该使之延长。艺术是对事物的制作进行体验的方式，而已制成之物在艺术之中并不重要。①

日后蜚声诗学界的陌生化范畴正出自这段话。有趣的是，如此一个经典的诗学范畴的提出却有着一个戏剧性的故事。什克洛夫斯基在《作为手法的艺术》中所提出的陌生化（俄语为 OCTPaHeHИe）范畴，最初是缘于笔误而被创造出来的一个新词。当初由于书写错误，将俄文“CTPaHHblŭ”一词中的两个“H”误写成一个“H”，从而造成了对此术语的曲解。据什克洛夫斯基自己回忆，“是我那时创造了‘陌生化’这个术语。我现在已经可以承认这一点，我犯了语法错误，只写了一个‘H’，应该写‘CTPaHHblŭ’（奇怪的）。结果，这个只有一个‘H’的词就传开了，像一只被割掉耳朵的狗，到处乱窜”②。然而，正是这条四处乱窜的“被割掉耳朵的狗”，成为西方诗学中的经典术语。

作为诗学中的一个重要范畴，陌生化有多种译法。在介绍俄国形式主义的英文文献中，通常译为 Defamilarization，Deformiliarzation，Deformiliarize，Bestrangement，等等，意为“使之陌生”（Make it strange）。中文译名则有陌生化、反常化、奇异化、奇特化、间离化，等等。

目前，涉及这一主题的主要原始文献大都翻译成了中文，如什克洛夫斯基等人所著、方珊编译的《俄国形式主义文论》；什克洛夫斯基所著、刘宗次所译的《散文理论》；托多洛夫编、蔡鸿滨所译的

---

① ［俄］维克多·什克洛夫斯基：《散文理论》，刘宗次译，百花洲文艺出版社 1997 年版，第 10 页。

② ［俄］维克多·什克洛夫斯基：《散文理论》，刘宗次译，百花洲文艺出版社 1997 年版，第 80—81 页。“陌生化”的俄语中只有一个 H，什克洛夫斯基指出应有两个 H，是为了强调“陌生化”源于 CTPaHHblŭ（奇怪的）一词。

《俄苏形式主义文论选》；丁忠扬所译的《布莱希特论戏剧》，等等。这些翻译选集提供了陌生化理论研究的原始文献资料。

通过对相关文献进行梳理，笔者发现当前学术界对陌生化理论的探讨，主要集中在三个层面：一是对陌生化理论本身的解读。主要聚焦于俄国形式主义者什克洛夫斯基的陌生化理论和德国现代戏剧美学家布莱希特的陌生化（间离化）理论。二是从文学语言的角度讨论陌生化理论。在俄国形式主义对日常语言与文学语言进行区分的基础上探讨文学语言的陌生化表征。三是以陌生化理论来解读具体的艺术作品。

在国外学者研究型著作方面，厄利希的《俄国形式主义：历史与学说》是俄国形式主义研究中不可绕过的评述性文献。本尼特的《形式主义与马克思主义》（其中有部分章节已译成中文）和詹姆逊的《语言的牢笼：结构主义与俄国形式主义》（已译成中文）是关于俄国形式主义陌生化理论的重要研究文献。霍克斯的《结构主义和符号学》、托多洛夫的《批评的批评：教育小说》和巴赫金的《文艺学中的形式主义方法》都辟专章讨论了俄国形式主义，并对其核心概念陌生化展开了批判性讨论。张黎所编的《布莱希特研究》是目前国外研究布莱希特陌生化理论不可多得的论文集，此论文集选择了国外学者研究布莱希特的21篇文章，其中不少文章涉及布莱希特的陌生化理论。此外，詹姆逊的《布莱希特与方法》将布莱希特置于社会历史文化的大语境中，对其提出的陌生化理论进行了政治意识维度的解读，而苏联理论家苏丽娜的《斯坦尼斯拉夫斯基与布莱希特》则在比较的视野中对斯坦尼斯拉夫斯基的戏剧理论体系与布莱希特的戏剧理论体系展开了分析。

在国内学者的研究型著作方面，张冰的《陌生化诗学：俄国形式主义研究》是对俄国形式主义展开系统研究的第一本著作，此书对什克洛夫斯基陌生化理论的提出背景、发展过程和审美特征等展开了比较全面的研究。余匡复的《布莱希特论》立足于布莱希特的“非亚里士多德式美学思想”，对其戏剧理论的形成及美学内涵展开了深入分析。此外，刘万勇的《形式主义溯源》、方珊的《形式主义文论》、陈世雄的《三角对话：斯坦尼、布莱希特与中国戏剧》也都从不同的角度对陌生化论题进行了研究。

在研究型论文方面，最早介绍俄国形式主义及其陌生化理论的论文是张隆溪的《艺术旗帜上的颜色：俄国形式主义与捷克结构主义》。其后，中国学术界对俄国形式主义的接受基本上经历了一个“批判—接受—还原”的过程。早期的研究论文对陌生化理论基本上持一种批判态度。如李辉凡的《早期苏联文艺界的形式主义理论》和陈圣生、林泰的《俄国形式主义》。20 世纪 80 年代末 90 年代初，中国学术界开始慢慢接受了俄国形式主义的理论观点与研究方法，如谢天振的《什克洛夫斯基与俄国形式主义》，张无屐、孙逸行的《差异论模式：意义与局限——俄国形式主义文论研究》，杨金才的《文学的自律性：追求与建构——俄国形式主义文学批评实体论》，等等。到了 21 世纪之初，由于各种理论批评方法在中国的兴起，学术界多注重对俄国形式主义的陌生化进行理论的重新阐释，力图还原俄国形式主义及其陌生化理论的本来面目。杨帆的《陌生化，或者不是形式主义：从陌生化理论透视俄国形式主义》、马生龙的《论艺术陌生化反叛现实的功能》、杨向荣的《取消前在性：陌生化命意解读》和《陌生化》、马大康的《语言陌生化与生存新维度》、邹元江的《关于俄国形式主义形式与陌生化问题的再检讨》和《偏离规范与陌生化：兼论席勒对俄国形式主义的影响》等都从不同层面对俄国形式主义的陌生化理论展开了纯学术性的研究与探讨。

中国学术界对布莱希特的接受大体上经历了五个阶段。第一个阶段源于 1959 年，以上海人民艺术剧院排演布莱希特的代表作《大胆妈妈和她的孩子们》为标志。这一阶段以介绍布莱希特的戏剧及其理论观点为主。第二个阶段源于 1962 年，以黄佐临发表《漫谈“戏剧”观》为标志。在此文中，黄佐临对布莱希特的戏剧理论进行了评介，而此文也带来了中国学术界关于布莱希特戏剧理论的第一次讨论热潮。第三个阶段从 20 世纪 70 年代末到 80 年代末，主要体现为国内学术界对布莱希特戏剧观的争论以及大量布莱希特戏剧的上演。在这段时间内，孙君华的《试论布莱希特的陌生化效果》、沈建翌的《布莱希特的“异化”理论溯源及批判》和叶廷芳的《论布莱希特美学思想的时代性》等文都从不同层面论及了布莱希特的陌生化理论。第四个阶段是20世纪90年代末，主要以周宪和王晓华等学者对布莱希特的重新阐释为标志。代表作为周宪的《布莱希特对我们意味着什么？——布莱希特对中国当代戏剧的影响》《布莱希特的叙事剧：对话抑或独白?》《布莱希特戏剧的内在矛盾及其反思》《布莱希特的诱惑与我们的“误读”》和王晓华的《对布莱希特戏剧理论的重新评价》。第五个阶段是新世纪以来，以学者们重新挖掘布莱希特的理论内涵为标志。这段时间出现了大批专题型的研究论文，如张时民的《陌生化：揭露戏剧的“意识形态”属性》、黄应全的《让戏剧暴露为戏剧：布莱希特陌生化理论之我见》、邹元江的《论史诗剧的限制与陌生化效果》、舒也的《布莱希特美学问题探疑》，等等。

从学术界的研究现状来看，学者们多将注意力集中在俄国形式主义者什克洛夫斯基和德国戏剧大师布莱希特身上，而忽略了陌生化理论的其他学术阐述。这其中最主要的则是西方马克思主义中的批判理论一脉。此外，若我们将陌生化范畴放到现代性这一理论视域中，我们还会发现，现代个体和艺术在某种意义上的诉求是一种陌生化的体验和实践。因此，本书的写作在对陌生化这一经典理论进行解读的基础上，力图挖掘其被忽略的理论与学术价值。

二

在本书的写作中，笔者所关注的是两个关键词：诗学和陌生化。从学术史传统来看，诗学并非诗歌理论，诗学的另一个关系术语，说得比较通俗一点，是文学理论。[①] 因此，《西方诗学话语中的陌生化》是在文学理论和美学的话语视域下探讨西方文学理论中的陌生化理论及其体验。

就写作本意而言，本书的首要目的在于突破单一的历时性研究，实现历时性维度与共时性维度的交汇贯通。当前学术界对陌生化理论的探讨，主要是立足于历时性层面而展开的个案分析，并没有对陌生化理论展开共时性层面的立体性剖析。《西方诗学话语中的陌生化》则欲图打破这种单一化的格局。本书不仅涉及历时层面上的陌生化梳理，如亚里士多德、黑格尔、雅各布森、什克洛夫斯基、布莱希特、齐美尔、奥尔特加、马尔库塞、阿多诺、阿尔都塞、詹姆逊等人的观点，同时也涉及共时层面上的陌生化解读，如陌生化的现代性价值建构、陌生化与现代日常生活批判、陌生化与现代性距离、现代艺术的陌生化体验，等等。笔者以为，突破历史性话语和语境的限制，将某一理论问题放到一个比较宏大的理论视域中，这是我们当下的文学批评所应当具有的理论姿态。

在方法论的处理层面上，《西方诗学话语中的陌生化》力图引入文化社会学和艺术社会学的研究思路。将文化社会学和艺术社会学引入文学理论研究，主要侧重于从社会理论、美学、文化和艺术等若干视角相融合的角度来展开研究。在本书中，笔者探讨了陌生化理论在文化社会学和艺术现代性视域下所体现出的审美品性，这是当前学术界所忽略的地方，也是陌生化的现代性价值之所在。笔者以为，文学研究只有回归到日常生活层面，才能实现理论自身的价值回归。因

① “诗学”（Poetics）源于希腊文 Poietike，在西方理论史上，人们习惯于把古希腊作为“诗学”理论的发源地。何谓“诗学”？保尔·瓦勒里在《诗的艺术》中说：“根据词源，诗学是指一切有关既以语言作为实体又以它作为手段的著作或创作，而不是指狭义的关于诗歌的美学原则和规则。”而托多洛夫和杜克罗在所编《语言科学百科辞典》中说：“诗学一词根据传统概念首先指涉及文学在内的理论；其次也指某一作家对文学法则的选择和运用（主题、构思、文体等），例如‘雨果的诗学’；最后，参照某一文学流派所提出的主张，它指该流派必须遵循的全部法则。”而俄国形式主义者托马舍夫斯基在《诗学的任务》中说：“诗学的任务是研究文学作品的结构方式。有艺术价值的文学是诗学研究的对象。研究的方法就是对现象进行描述、分类和解释。”

此，从日常生活理论和现代性批判维度来审视陌生化，将实现陌生化理论的价值建构与现代日常生活理论批判相结合。

基于以上的写作诉求，《西方诗学话语中的陌生化》力图架构一种历时与共时相结合的话语讨论体系。具体而言，它将从五个不同的维度对陌生化诗学展开具体分析。

第一章"西方古典诗学中的陌生化观念"探讨作为一种诗学思维模式的陌生化在西方诗学史上的发展演变。支撑本章的一个核心命题是：诗学话语中的陌生化观念在西方古典诗学中呈现为"新奇"诗论的零星阐述，它散见于亚里士多德、朗吉弩斯、马佐尼、缪越陀里、贺加斯、黑格尔、华兹华斯、诺瓦利斯等人的诗学理论中。

第二章"俄国形式主义的陌生化诗学"探讨俄国形式主义者什克洛夫斯基所提出的陌生化诗学范围。此章对俄国形式主义的陌生化诗学展开了立体式剖析，并对学术界所忽视的问题——什克洛夫斯基前后期思想的不同——进行了反思性对读。在剖析与对读的基础上，此章针对俄国形式主义及其陌生化诗学展开了批判性讨论。在此章，笔者还提出了陌生化命意指向的个人见解：陌生化通过对日常语言及前在的文学语言和文本经验的偏离与违背，从而创造出一种与前在经验不同的符号经验，它具有质的规定性：取消语言及文本经验的"前在性"。立足于陌生化命意质的规定性，本章支持了这样一种理论诉求：一方面，对陌生化文本的感知不能脱离接受主体前在性的预设，必须以接受主体先有的前在性为前提；另一方面，任何文本的陌生化处理又都是对主体前在性的背离。前在的"先有"与当下的"打破"形成了一个张力性的审美悖论：陌生化与前在性的悖论性共存。在剖析与对读的基础上，此章通过巴赫金、詹姆逊和本尼特等学者的思想对俄国形式主义的陌生化诗学展开了批判性讨论和反思。

第三章"布莱希特的陌生化理论"探讨德国戏剧大师和美学理论家布莱希特所提出的陌生化理论。此章对布莱希特的陌生化进行了词源学上的探讨，并就布莱希特陌生化的理论内涵及其与西方戏剧传统（"亚里士多德式戏剧"）的关系进行了探讨。此外，本章还就什克洛夫斯基与布莱希特的陌生化理论展开了对话。在剖析与对读的基础上，此章通过阿尔都塞和詹姆逊等学者的思想对布莱希特的陌生化理论展开了批判性讨论和反思。

第四章“陌生化的现代性审美之维”从批判理论的视域来探讨陌生化理论的现代性品性。批判理论家们站在资本主义物化文明的批判立场上，希冀从艺术与审美的角度延续马克思对资本主义的批判精神。在本章，我们立足于批判理论视域，就齐美尔、奥尔特加、马尔库塞、阿多诺等学者思想及其与陌生化诗学内在关联展开分析和讨论。

第五章“陌生化视域下的艺术与生存体验”从现代性体验的维度探讨陌生化理论的现代性价值建构。本章提出陌生化诗学的现代性价值取向：现代艺术的审美的诉求以及对现代日常生活意识形态的一种中断和颠覆。基于陌生化的现代性价值取向，笔者以为，艺术自主性、先锋派艺术和后现代艺术等论题均体现了陌生化的现代性价值取向。此外，本章还探讨了现代生存的陌生化体验。时尚和冒险等活动就是个体日常生活中的陌生化审美体验形式，它们带来了个体对现代生活的短暂性中断，是对日常生活刻板模式的超越，也是个体对现代生活的陌生化审美体验。通过对时尚和冒险的讨论，本章一方面丰富了现代性的日常生活理论，另一方面又从现代日常生活理论的维度进一步挖掘了陌生化理论的体验维度。

立足于美学、文学理论、文化和艺术等学科相交融的视域，《西方诗学话语中的陌生化》力求从立体化的多维视角来给陌生化理论画像，而最终目的在于通过历时性维度和共时性维度的交汇阐释，将陌生化理论以陌生化的方式展现于读者面前。然而，我不敢说已达到既定的这一目标，这一问题于我而言，经历了近十年的研究和探讨，是一个极具挑战性和丰富内蕴的话题，尽管我努力在写作中实现以论带史和以史证论，并希冀在宏观与微观的视域融合中展开讨论，但由于才疏学浅，而书中的许多论断又纯属个人陋见，姑且抛“引玉之砖”，以求教于方家。

第一章

西方古典诗学中的陌生化观念

对陌生化理论的探讨与研究，国内外学者大多停留在对俄国形式主义者什克洛夫斯基和德国戏剧美学理论家布莱希特的理论阐释上。在西方诗学理论史上，作为一个诗学和美学范畴，陌生化是由什克洛夫斯基所提出，并由布莱希特所发展和完善的。但是若我们将陌生化视为一种诗学观念和诗学思维模式，我们可以发现：在俄国形式主义之前，陌生化理论在西方古典诗学中体现为“新奇”诗论的零星阐述，它源于亚里士多德，经由朗吉弩斯、马佐尼、缪越陀里、贺加斯、黑格尔等人的发展，形成和成熟于什克洛夫斯基与布莱希特。当然，有必要指出，将西方古典诗学中的新奇诗论列入陌生化诗学思维的发展历程中，并不是说新奇诗论本身就是一种陌生化诗学。新奇作为一个内涵复杂且丰富的诗学范畴，其内涵和外延都比陌生化范畴要大和广泛得多。在某种程度上，甚至可以说新奇本身就容纳了陌生化这一范畴。将新奇的阐释融入陌生化思维模式的发展过程中，其用意在于：新奇诗论在某种意义上体现了陌生化这一思维模式的命意指向，可以说是俄国形式主义的陌生化诗学之滥觞。

第一节 亚里士多德的陌生化观念

在西方诗学史上，第一个提出与陌生化相关理论的是亚里士多德。不过，在亚里士多德那里，他还没有正式提出陌生化这一说法，在《诗学》与《修辞学》中，他更多是使用惊奇、不平凡、奇异等字眼。这些论述，我们可以将其视为一种“新奇”的诗学观念。

首先，亚里士多德从个体接受心理的维度阐释了新奇。他在《修辞学》里说：

> 屡次做同样的事也是使人愉快的，因为习惯了的事是使人愉快的。变化也是使人愉快的，因为变化意味着恢复自然状态；老是做同一件事，意味着境况过于固定……由于这个缘故，凡是隔了一段时间才出现的事物，不论是人是事，都是使人愉快的，因为就眼前的境况而言，这是一个变化，并且因为这种隔了一段时间才出现的事物是稀罕的。求知和好奇，一般说来，是使人愉快的；好奇意味着求知的欲念，因此好奇的对象就成了欲念的对象；求知意味着使人恢复自然状态。①

在这里，亚里士多德触及了人们在感知过程中的心理：求知和好奇。亚里士多德从主体的接受心理出发，认为人们普遍欣赏和向往远方的不熟悉的事物，并希望从中获得审美享受。亚里士多德主张“变化”，因为“变化”意味着“恢复自然状态”，而“习惯了的事”意味着“境况过于固定”。而这，实际上是对个体感知心理的自动化与陌生化的对应关系的另一种阐释。以主体的求知和好奇心理为前提，亚

① ［古希腊］亚里士多德：《修辞学》，罗念生译，生活·读书·新知三联书店 1991 年版，第 52—53 页。

里士多德进而提倡在诗歌中也应当采用各种各样的手法，描写非同一般的、人们不熟悉的事物和人物，从而使这些事物和人物与日常生活隔得比较远，借以引起人们的新奇感和向往之情。

应当说，亚里士多德关于新奇的论述提供了俄国形式主义者所倡导的陌生化的心理机制：从接受的维度出发，人们永远有一种求新趋异和趋奇猎怪的心理趋势。在接受过程中，主体在接受之前存在着一种先在的阅读经验和审美定势，用阐释说和接受美学的观点来看即存在着一种阅读的前理解或期待视野。但是主体如果以同样的一种审美定势去接受某种同一化的审美对象时，久而久之就会形成主体心理接受定势的自动化和机械化定势，从而会失去对审美对象的新鲜感和感受力。因此，文学创作就应当以一种陌生化的手法，打破这种前理解或期待视野，使主体从麻木不仁的自动化状态中惊醒过来，以一种新奇的和特殊的感觉方式去重新感知和审视对象。

其次，亚里士多德对悲剧中的新奇手法相当重视，认为新奇手法所产生的惊奇审美效果是悲剧所必须具备的。

> 一切“发现”中最好的是从情节本身产生的、通过合乎可然律的事件而引起观众的惊奇的“发现”，例如索福克勒斯的悲剧《俄狄浦斯王》和《伊菲革涅亚在陶洛人里》的“发现”。[①]

> 惊奇是悲剧所需要的，史诗则比较能容纳不近情理的事（那是惊奇的主要因素）……惊奇给人以快感，这一点可以这样看出来：每一个报告消息的人都添枝添叶，以为这样可以讨听者喜悦。[②]

亚里士多德所言的“惊奇的‘发现’”“惊奇”的“快感”，究其实质，就是一种陌生化效果的体现。戏剧只有在情节的结构方面运用多变的处理手法，才能使观众有惊奇的快感，也正是在这种“惊奇”

① ［古希腊］亚里士多德：《诗学》，罗念生译，人民文学出版社 1962 年版，第 55 页。
② 同上书，第 88—89 页。

的“发现”之中，观众得以超越日常的习以为常的知觉经验，产生出乎意外的新颖美感。

再次，在风格的问题，亚里士多德主张用奇特的“名词”① 来创造一种新奇效果。

> 《诗学》中提起的其他的名词可以使风格富于装饰意味而不流于平凡；词汇上的变化可以使风格显得更庄严，因为人们对风格的印象就像对外地人和同邦人的印象一样（意指物稀则贵）。所以必须使我们的语言带上异乡情调，因为人们赞赏远方的事物，而令人赞赏的事物是使人愉快的。②

> 使用奇字，风格显得高雅而不平凡；所谓奇字，指借用字、隐喻字、衍体字以及其他一切不普通的字。……这些字应混合使用，借用字、隐喻字、装饰字以及前面所说的其他种类的字，可以使风格不致流于平凡与平淡……最能使风格既明白清晰而又不流于平凡的字，是衍体字和变体字；它们因为和普通字有所不同而显得奇异，所以能使风格不致流于平凡。③

通过采用与众不同的“其他的名词”，从而创造一种别出心裁的审美效果，这是亚里士多德在风格上的一个要求。这些“其他的名词”其实是一种奇异词，它包括：外邦人使用的具有异乡情调的词；用一个表示某物的词借喻他物而形成的隐喻词；诗人自己创作的而一般人几乎从来不用的创新词；诗人在原词的基础上新增添一部分内容而形成的变体词；用较长的元音取代原有的元音或接受其他音节的延伸词；缩略了某一部分的缩略词；作为修饰成分的修饰词；等等。在

① ［古希腊］亚里士多德：《诗学》，罗念生译，人民文学出版社 1962 年版，第 72—81 页。

② ［古希腊］亚里士多德：《修辞学》，罗念生译，生活·读书·新知三联书店 1991 年版，第 150 页。

③ ［古希腊］亚里士多德：《诗学》，罗念生译，人民文学出版社 1962 年版，第 77—78 页。

亚里士多德看来，诗歌采用这些具有新奇效果的奇异词是非常“适宜”的，而且，诗歌也非常适宜采用这种手法以引起人们的新奇、惊异之感。只有通过将平常熟悉的事物变得“不寻常”，变得“奇异”，才能使文章的风格不致流于平凡与平淡。在创造和使用奇异词的时候，亚里士多德强调应当大量采用创新、隐喻和变形等手法。他在《修辞学》中指出，人们对风格的印象就像对外邦人和同邦人的印象一样，所以必须使我们的语言带上异乡情调，这样才能使语言带有特殊的效果，如使用奇异词，从而可以使风格富于变化而不流于平凡，可以使语言显得新颖奇异，并能引起主体的注意，使主体感到愉悦。

亚里士多德的这些论述可以说是俄国形式主义倡导陌生化的先声。俄国形式主义者在谈到陌生化手法时，也注意到了亚里士多德。什克洛夫斯基认为，“在亚里士多德看来，诗的语言应具有异域的、奇特的性质，事实上它也常常是异域的：如苏美尔语之于亚速利亚人，拉丁语之于中世纪欧洲，阿拉伯语之于波斯人，古保加利亚语之作为俄罗斯标准语的基础；或者它也常常是一种被提高的语言，如与标准语相近的民歌语言”①。很明显，什克洛夫斯基在关于陌生化语言的创造上，明显是借鉴了亚里士多德的理论。也正是在这个意义上，什克洛夫斯基认为诗歌语言是一种困难的、艰深化的、阻碍重重的语言。不仅如此，在理论实践上，什克洛夫斯基也强调应当对现存的日常语言体系进行打碎并加以变形，或者根据旧的词根来创造新词，从而创造出一种活生生的新词，提高作品被感受的可能性。而这，我们在亚里士多德的论述中也可以找到其源头。

在亚里士多德的论述中，我们看到了他对诗歌内容与日常生活内容所进行的区分。亚里士多德主张艺术模仿现实，但他又认为，诗歌当中的人物和事件，都和日常生活隔得较远。这就表明，在他眼里，诗所反映、所模仿的现实生活并不等同于日常的现实生活，而是与日

① ［俄］维克多·什克洛夫斯基：《散文理论》，刘宗次译，百花洲文艺出版社 1997 年版，第 20 页。

常生活有着一定的距离，是陌生化了的日常生活。另外，亚里士多德还强调采用一定的艺术手法来达到对日常生活的陌生处理，比如说采用“奇”字，运用适当的夸张（添枝添叶）等。在对诗歌内容与日常生活进行区分的基础上，亚里士多德进而将词分为普通词和奇异词两种，并对两者进行了定义。普通词是某一地域的人们共同使用的词，而奇异词是指任何不同于普通用语的词。也就是说，普通词是某一地区人们的日常语言，而与之相异的奇异词，则是指诗人们自己创作的，日常生活中几乎从来不用或很少使用的词，或者说是通过诗人对已有词的加工创作而形成的新的词。在亚里士多德看来，使用奇异词可以使语言变得更为华丽，而且，使用奇异词可以改变日常生活语言的一般化，从而令诗歌语言带有新奇感。

应当说，亚里士多德提出的“奇异”词与什克洛夫斯基的陌生化语言有着很多相通之处。遗憾的是，亚里士多德就此驻足了，他没有对此继续深入下去。在亚里士多德看来，奇异词虽然摆脱了日常生活用语的一般化而富有新鲜之感，但奇异词必须依附于普通词。如不加限制地使用奇异词，所创造出来的不是谜语，而是粗劣难懂的歪诗。而且，过于华丽的词语也会影响悲剧对性格和情节的表达。在亚里士多德眼中，文学语言是创作者借以模仿现实世界的媒介，言语的新奇仅仅意味着创作主体风格的独特和奇特，这种独特和奇特也仅仅只是接受者认识、感受主体创作艺术性的媒介。而且，亚里士多德所主张的创造奇异词的手法也仅仅限于一些文字上和修辞学上的运用，这就使得他的“新奇”诗论显得过于狭隘。

虽然在亚里士多德的《诗学》以及《修辞学》中并没有出现陌生化的字眼，他对惊奇、奇异和新奇等的论述也只是停留于修辞学手段的层面分析上，还没有上升为纯诗学理论的高度。但是，他所提出的“新奇”诗论，以及对诗歌内容与现实内容的区分，强调创作时应采用一定的艺术手法使文本不流于平凡，认为戏剧的情节应当设置有陌生化效果的“发现”和“突转”，戏剧的效果在于引起观众的惊奇等论述，实际上已开西方陌生化诗学之先河。

第二节　从古罗马到浪漫主义的陌生化观念

新奇诗论在亚里士多德那里源起，经由古罗马的朗吉弩斯，16世纪意大利美学家马佐尼，18世纪意大利美学家缪越陀里和英国文学评论家爱迪生，19世纪初浪漫主义文学家华兹华斯、柯勒律治、诺瓦利斯、雪莱等人的补充和发展，从而在西方诗学史上形成一条隐性的新奇诗论传统。

古罗马美学家朗吉弩斯从崇高这一美学范畴出发，对“新奇”进行了补充。在《论崇高》中，他写道：

> 诗人和演说家都用形象，但有不同的目的。诗的形象以使人惊心动魄为目的，演说的形象却是为了意思的明晰。①

> 我们要来不厌其烦地说，恰当地、引人注目的措辞会对于读者有惊人的威力，迷人的魅力。②

> 一切有用的、必需的事物是人们易于获得的，而他们的景仰却是留给惊心动魄的事物的。③

朗吉弩斯从审美心理的层面对崇高的“惊心动魄”效果进行了论述。首先，在朗吉弩斯看来，诗的形象应当具备惊心动魄的效果，这种效果是崇高感得以产生的重要因素。其次，为了实现这种效果，诗人必须采用一定的手法和技巧，如“恰当的、引人注目的措辞”。这些措辞有别于日常生活中的其他措辞，它是一种被陌生化了的措辞，能

---

① ［古罗马］朗吉弩斯：《论崇高》，伍蠡甫、胡经之编《西方文艺理论名著选编》（上），北京大学出版社1985年版，第123页。

② 同上书，第124页。

③ 同上书，第126页。

给观众带来惊异感，能在心理上吸引和打动观众。而观众对美的欣赏也是以获得陌生、奇特和惊心动魄的感受为旨归。一切日常生活中必需的、人们易于获得的事物都被视为平淡无奇的东西，而人们真正欣赏和景仰的，却永远是惊心动魄的事物。

16 世纪意大利美学家和语言学家马佐尼在亚里士多德“新奇”诗论的基础上，提出了自己的新的“新奇”诗论观。在《神曲的辩护》里，他说：

> 诗是一种模仿的娱乐，其中诗的格律与和谐结合上可信而且可以引起惊奇的题材；它是由人的社会功能制作出来的，使人既获得娱乐，又获得教益。①
>
> 诗学要通过声音响亮和风格崇高的韵文以及新颖的不平凡的故事情节和思想，来导致可信和惊奇。②

马佐尼认为，诗应具有“不平凡的故事情节和思想”，即追求对我们的感知经验起阻碍作用的美感享受。在这一点上，他与亚里士多德可谓一脉相承，在某种意义上还可以说是亚里士多德理论的翻版。而且，在《神曲的辩护》中，他也曾多次提到亚里士多德，如“把可信的东西当作可以引起惊奇感的来看，它就变成适合于诗的题材，因为诗总是追求令人惊奇的题材，像亚里士多德在《诗学》里许多地方所说明的”③。由此可见亚里士多德对马佐尼的影响。不过，马佐尼不仅对诗的表现方式提出了陌生化要求，而且还强调诗的功能和价值就在于引起人的惊奇感，这使得他在这一点上又超越了亚里士多德。在《神曲的辩护》中，他认为，诗要采用令人惊奇的题材，其目的就在于产生惊奇感。

---

① ［意］马佐尼：《神曲的辩护》，伍蠡甫编《西方文论选》（上），上海译文出版社 1979 年版，第 200 页。

② 同上书，第 201 页。

③ 同上。

> 诗人和诗的目的都在于把话说得能使人充满着惊奇感，惊奇感的产生是在听众相信他们原来不相信会发生的事情的时候。我在上文说过，作为一种模仿的艺术，诗的目的在于再现一个形象；作为一种消遣，诗的目的在于娱乐；作为一种应受社会功能制约的消遣，诗的目的在于教益。现在我觉得可以补充一句：作为一种理性的功能，诗的目的在于产生惊奇感。[①]

在马佐尼的视域中，诗的题材应具有惊奇感，也就是说，要采用与日常的自动化生活有着一定距离的陌生题材，并通过不平凡的手法而将其表现出来。而且，诗的目的也正是在于产生这种陌生的惊奇感。只有打破接受主体的前在期待视野，将一种与众不同的，超脱日常经验的陌生前景置于我们面前，才能不断推陈出新，不断给主体以新的强烈震撼。这样，当接受主体感受到某种事物的不合常情、不符常理，或偏离某种正规的传统轨道时，身心便会产生一种从未体验过的情感冲击，而获得前所未有的完美享受。如果说，亚里士多德的新奇更多是从文本的表现与文本的风格修辞层面论及新奇感，那马佐尼则将惊奇上升到文本功能和价值层面，从而使得他对新奇的论述超越了亚里士多德，走到了亚里士多德的前面。

在马佐尼看来，诗所产生的惊奇感所唤起的是接受主体的理性功能，在这一点上，我们很自然地将其与布莱希特的陌生化理论联系起来。在布莱希特的理论视域中，陌生化最大的目的在于唤起观众的理性思考，打破戏剧带来的情感共鸣，实现对现实社会虚假意识形态的揭露。当然，有必要指出，马佐尼所言的理性功能是指通过诗的惊奇感，激起接受主体的理性思考，去体验诗中所内蕴的形而上学意味，而并非如布莱希特所言的戏剧所体现出来的对社会的理性批判功能。

---

① ［意］马佐尼：《神曲的辩护》，伍蠡甫编《西方文论选》（上），上海译文出版社1979年版，第201页。

马佐尼之后，17世纪意大利美学家缪越陀里从诗歌美学的研究出发，第一次提出了“新奇”这一诗学概念。他说：“诗人所描绘的事物或真实之所以能引起愉快，或是由于它们本身新奇，或是由于经过诗人的点染而显得新奇。这种（发见新奇或制造新奇的）功能同时属于理智和想象。”[①] 虽然缪越陀里没有对“新奇”这一概念进行过多的深入阐释，但是，他提出了这个概念，并且强调这种“新奇”不是单方面的，而是“发见新奇”与“制造新奇”的统一，其中“发见新奇”是从客体本性方面入手的，而“制造新奇”则是强调要发挥主体的能动性。这就第一次从主客体相统一的角度对新奇这一范畴进行了补充。

同时代的英国文论家和美学家艾迪生则从审美趣味的层面论及了新奇问题。在《论洛克的巧智的定义》中，他说：

> 凡是新的不平常的东西都能在想象中引起一种乐趣，因为这种东西使心灵感到一种愉快的惊奇，满足它的好奇心，使它得到它原来不曾有过的一种观念。……这就是这个因素使一个怪物也显得有迷人的魔力，使自然的缺陷也能引起我们的快感。也就是这个因素要求事物应多姿多彩。[②]

艾迪生认为，“新的不平常的东西”能引起我们的乐趣，能使我们的心灵感到一种“愉快的惊奇”，第一次从审美趣味的切入点论及了不平常的事物所引发的陌生美感。而且，他认为这是一种“愉快的惊奇”，是从心理学、美学角度着眼的，从而进入了审美心理分析的层次。

在《想象的快感》中，艾迪生提出了“初级想象的快感”概念，即“凭借视觉来源于伟大的、新奇的（非凡的）、美的事物的景象所

---

① 北京大学哲学系美学教研室编：《西方美学家论美与美感》，商务印书馆1982年版，第91页。

② 同上书，第97页。

获得的那种快感”[①]。其中，伟大和新奇（或非凡）两个概念都是艾迪生从莎夫茨伯里的美丑二元对立体系中受指责并被边缘化的快感中抽绎而来。其实，艾迪生在其美学概念中更关注新奇这个概念，他认为新奇包含了惊奇、对知识的追求、好奇心和多元化等要素，其目的是走进大千世界满足心灵的“好奇心”或是“让心灵感到惊喜”。[②] 艾迪生的观点直接影响了英国艺术理论家贺加兹，后者在阐述自己的美学观念时，富有想象力地利用了艾迪生的美学范畴——新颖和美，强调指出其美学中的美是要通过新奇的（或非凡的）事物被感知和体现出来的，从而丰富和发展了艾迪生的新奇观念。

新奇诗论发展到18世纪末19世纪初，主要体现在德国古典美学家黑格尔和浪漫主义诗人的表述中。韦勒克和沃伦曾认为，俄国形式主义陌生化的审美特性在于新奇与惊异，但“这一新奇标准其实早已广泛流行，至少可以追溯到浪漫主义运动，瓦茨-邓顿即称它为‘奇迹的复兴’”[③]。先让我们来看看浪漫主义诗学家们的论述。

英国浪漫主义诗人华兹华斯在《抒情歌谣集》序言中说：“诗的主要目的，是在选择日常生活里的事件和情节，自始至终竭力采用人们真正使用的语言来加以叙述或描写，同时在这些事件和情节上加上一种想象的光彩，使日常的东西在不平常的状态下呈现在心灵面前。”[④] 柯勒律治说，诗人“给日常事物一新奇的魅力，通过唤起人们对习惯的麻木性的注意，引导他去观察眼前美丽而惊人的事物，以激起一种类似于超自然的感觉”[⑤]。雪莱声称，“诗剥去笼罩在世界隐蔽

① 范明生：《西方美学通史》第三卷，上海文艺出版社1999年版，第184页。

② R. Paulson, *The Beautiful Novel and Strange: Aesthetics and Heterodoxy*, The Johns Hopkins University Press, 1996, pp. 49-50.

③ ［美］勒内·韦勒克、［美］奥斯丁·沃伦：《文学理论》，刘象愚译，生活·读书·新知三联书店1984年版，第277页。

④ 伍蠡甫、胡经之编：《西方文艺理论名著选编》（中），北京大学出版社1986年版，第42页。

⑤ 刘若端：《十九世纪英国诗人论诗》，人民文学出版社1984年版，第63页。

的美容上的面纱，使熟悉的事物变成仿佛不熟悉的”①。歌德则说：“不要说现实生活没有诗意，诗人的本领，正是在于他有足够的智慧，能从惯常的平凡事物中现出引人入胜的一面。”② 而施莱格尔更是针对接受者的心理而谈到了文本的反自动化倾向：

> 一篇言辞愈散文化，就愈缺乏抑扬顿挫，只能枯燥无味地表达出来。而诗歌则正相反，为了表明它是以自身为目的的语言、并不听命于任何外在事物，为了能在受他物限制的时间序列中出现，它就该形成自己的时间顺序。只有这样，听众才能摆脱现实而进入一个想象的时间序列，他才会感受到规律性的再分顺序和言语本身的节奏。语言这一神奇现象在它最自由地出现并作为纯游戏使用的时候，就自动摆脱了其他情况下牢固地统治它的任意性，遵循着一种与它的内容看似毫不相干的准则。这一准则就是节拍、韵律、节奏。③

可以看出，华兹华斯、柯勒律治和雪莱所言的“加上一种想象的光环”“给日常事物一新奇的魅力”“剥去笼罩在世界隐蔽的美容上的面纱”以及施莱格尔的反自动化倾向，其实就是一种陌生化手法，只是他们各自采用的表述不同罢了。正如黑格尔所言：“浪漫型的诗所要做的并不是把事物表现得很明确，一目了然，而是把对疏远现象进行隐喻式的运用看成本身就是一个目的。”④ 当然，需要注意的是，就浪漫主义而言，陌生化手法更多是在文学技巧的层面上使用的。

在浪漫主义诗人的表述中，值得一提的是诺瓦利斯，在其著作

---

① ［德］莱因霍尔德·格里姆：《陌生化：关于一个概念的本质与起源的几点见解》，张黎《布莱希特研究》，中国社会科学出版社 1984 年版，第 207 页。

② ［德］爱克曼：《歌德谈话录》，朱光潜译，人民文学出版社 1978 年版，第 7 页。

③ ［德］弗里德里希·施莱格尔：《关于文学与艺术的讲稿》，［法］茨维坦·托多洛夫《批评的批评：教育小说》，王东亮等译，生活·读书·新知三联书店 2002 年版，第 11 页。

④ ［德］黑格尔：《美学》第三卷下册，朱光潜译，商务印书馆 1979 年版，第 60 页。

《片段》中，他写道："以一种舒适的方法令人感到意外，使一个事物陌生化，同时又为人们所熟悉和具有吸引力，这样的艺术就是浪漫主义的诗学"[①]。诺瓦利斯第一次在严格意义上完整地提出了陌生化这一术语。而且，诺瓦利斯对后来俄国形式主义流派中的不少成员的影响也相当大。如雅各布森就谈到了诺瓦利斯对他的影响：

> 很早以前（比1915年他读胡塞尔的年代还要早），大约是1912年（也就是说在16岁的时候），作为选择语言与诗为未来研究方向的中学生，我一头扎进了诺瓦利斯的作品里，并且欣喜地发现在他身上，正如在马拉美身上一样，伟大诗人与深刻的语言理论家不可分地结合在一起……所谓的形式主义学派的发难期是在第一次世界大战之前。颇有争议的概念"形式的自动调节"（Selbstgesetzm ssigkeit），正如诗人所说，在这个运动中，从机械论的观点发展成真正辩证法的观点。而这辩证法的观点在诺瓦利斯那里具有颇具概括性的呼唤，他那著名的《独白》从一开始就使我震惊、迷恋。[②]

由此可见诺瓦利斯对俄国形式主义的影响。不过遗憾的是，诺瓦利斯仅仅提出陌生化一词，而没有对这个词作出更深一层的阐述，但不管怎么样，诺瓦利斯提出了这个词，而且陌生化诗学理论也确实随着浪漫主义诗人和黑格尔的阐发而日趋走向成熟与完善。

---

① ［德］莱因霍尔德·格里姆：《陌生化：关于一个概念的本质与起源的几点见解》，张黎《布莱希特研究》，中国社会科学出版社1984年版，第207页。

② ［俄］罗曼·雅各布森：《形式与思想》，［法］茨维坦·托多洛夫《批评的批评：教育小说》，王东亮等译，生活·读书·新知三联书店2002年版，第12—13页。

第三节 黑格尔的陌生化观念

在19世纪之前，对新奇的阐释还只是一种朦胧的、不自觉的意识，或者说是依附于某种特定的创作理论而被提出来。而到了黑格尔那里，这种情形发生了转变。黑格尔从形而上学的维度对个体认知与审美中的惊奇心理进行了讨论。

在《精神现象学》中，黑格尔对主体活动中的无意识化过程进行了描述。

> 由于进入了表象，具体存在就成了一种熟知的东西，对于这样的一种东西，具体存在着的精神已经不再理会，因而对它也不复有什么活动和兴趣了。……一般说来，熟知的东西所以不是真正知道了的东西，正因为它是熟知的。①

在黑格尔看来，主体在活动中经常会产生一种习以为常的自欺欺人事件，即“在认识的时候先假定某种东西是已经熟知了的，因而就这样地不去管它了”②。这是认识上的缺陷。因为这样的知识，去除了主体认识它的过程，主体也不知道它是怎么来的，因此，在这样的知识面前绕来绕去，主体的认识无论怎样都不能离开原地而前进一步。

此外，黑格尔还在《美学》中论及了艺术欣赏中的惊奇感问题。

> 艺术观照，宗教观照（毋宁说是二者的统一）乃至于科学研究一般都起于惊奇感。人如果还没有惊奇感，他就还是处在蒙昧状态，对事物不发生兴趣，没有什么事物是为他而存在的，因为

---

① ［德］黑格尔：《精神现象学》上卷，贺麟等译，商务印书馆1979年版，第20页。

② 同上。

> 他还不能把自己和客观世界以及其中事物分别开来。从另一个极端来说，人如果已不再有惊奇感，他就已把全部客观世界都看得一目了然。他或是凭抽象的知解力对这客观世界作出一般人的常识的解释，或是凭更高深的意识而认识到绝对精神的自由和普遍性；对于后一种人来说，客观世界及其事物已转化为精神的自觉的洞见明察的对象。惊奇感却不然。只有当人已摆脱了原始的直接和自然联系在一起的生活以及对迫切需要的事物的欲念了，他才能在精神上跳出自然和他自己的个体存在的框子，而在客观事物里只寻求和发现普遍的、如其本然的、永驻的东西；只有到了这个时候，惊奇感才会发生，人才为自然事物所撼动，这些事物既是他的另一体，又是为他而存在的，他要在这些事物里重新发现他自己，发现思想和理性。这时人一方面还没有把对一种更高境界的预感和对客观事物的意识割裂开来，而另一方面人也见出自然事物和精神之间毕竟有一种矛盾，使客观事物对人既有吸引力，又有抗拒力。正是在克服这种矛盾的努力中所获得的对矛盾的认识才产生了惊奇感。①

也就是说，主体与自然一体时，或主体完全认识自然时，惊奇感并不会产生。只有当主体与客体尚未完全分裂而矛盾已开始显现的时候，即人在客观事物中发现他自己，发现普遍的、绝对的东西时，惊奇感才会发生。而且，只有在这些惯常的联系遭到较高威力破坏时，才会有惊奇感的产生。而这种惊奇感的直接效果是“人一方面把自然和客观世界看作与自己对立的，自己所赖以生存的基础，把它作为一种威力来崇拜；另一方面人又要满足自己的要求，把主体方面所感觉到的较高的真实而普遍的东西化成外在的，使它成为观照的对象”②。在黑格尔那里，惊奇感是艺术起源和发展的内在动力与源泉，艺术的

① ［德］黑格尔：《美学》第二卷，朱光潜译，商务印书馆1979年版，第22—23页。
② 同上书，第23页。

发展过程是不断地维持惊奇感的过程。当然，黑格尔讨论惊奇感的产生，其立足点在于他的哲学和美学研究。在黑格尔“绝对精神”的统摄下，主体产生惊奇感，在惊奇的观照中，个别的自然事物在两方面的统一中，最终“不是以它们的零散的直接存在的面貌而为人所认识，而是上升为观念，观念的功能就获得一种绝对普遍存在的形式”[①]。艺术即源于此。

如果说惊奇感的产生主要根植于黑格尔的哲学理念，那么在讨论诗歌时，黑格尔对诗歌的陌生化特点的论述则主要根植于他的艺术类型学理论。

黑格尔首先对诗与散文的表现方式进行了区分：诗“不仅要摆脱日常意识对于琐屑的偶然现象的顽强执着，要把对事物之间联系的单凭知解力的观察提高到理性，要把玄学思维仿佛在精神本身上重新具体化为诗的想象，而且为着达到这些目的，还要把散文意识的寻常表现方式转化为诗的表现方式”[②]。“诗有时可以用古字，即在日常生活中不常用的字；有时也可以铸新词，从而显出大胆的创造性。”[③] 在黑格尔看来，散文的表现方式是一种寻常的表现方式，而诗则与之不同，是一种摆脱了日常意识的特殊意识。若我们将这种特殊意识与黑格尔对诗的表现方式的描述“诗的表现方式是多走弯路或是说无用的多余的废话”[④] 结合在一起，我们便会发现，这种特殊的与散文不同的意识，就是一种陌生化的表现方式。在这里，“多走弯路”就是指要避免日常的无意识化心理，即后来俄形式主义者眼中的自动化心理，它要求诗人必须拒绝单纯的习惯理解和日常的思维定式，创造出新颖独特的艺术形式，给人以全新的感知体验。一句话：不要无意识化，而要陌生化。为此，黑格尔举了一个形象的例子：

---

① ［德］黑格尔：《美学》第二卷，朱光潜译，商务印书馆1979年版，第23页。

② ［德］黑格尔：《美学》第三卷下册，朱光潜译，商务印书馆1979年版，第25页。

③ 同上书，第64页。

④ 同上书，第59页。

> 凭日常的知解力，我听到或读到一句话，马上就懂得它的意义，无须想到它的形象。例如说到“早晨”或“太阳”，我们就明白这是什么意思，不必想到“早晨”和“太阳”的具体形状。但是当诗人说“当晨曦女神伸出玫瑰色的手指向上升起的时候”，他就把早晨的太阳形象化了。①

这里的“形象化”，换一个词就是“陌生化”。

在区分诗与散文的基础上，黑格尔进而对诗的自主性特点进行了论述。“诗如果要避免流于散文，就要谨防艺术和艺术欣赏范围以外的目的闯进来干扰。如果诗让这类外在目的占重要地位，因而影响到全部构思和表现的方式，诗作品就会马上从它自在自为的崇高领域，降落到有限事物的领域。”② 黑格尔紧接着强调说，如果诗的纯粹性被破坏了，结果就会是“不是艺术的要求与非艺术性的意图之间的分裂脱节，就是违反艺术的本质，用艺术作为一种手段，因而降到为本身以外的目的服务的地位”③。在这里，我们很明显可以读出康德色彩。在康德的美学理论中，美具有不涉及任何利害关系和外在功利的纯粹性。黑格尔这里所讨论的诗要避免艺术之外其他目的的影响，其实就是要强调诗的纯粹性，强调诗应当免于外在功利因素的干扰。进一步地分析，笔者以为，黑格尔所言的诗的“自在自为”特性，即俄国形式主义诗学理论中的自我指涉性。在诗的领域中，作为明确目的而且起着统领作用的只有在本质上是诗的东西，而不是诗以外的东西。

然而，作为一个古典主义美学大师，黑格尔不可能完全抛弃艺术的外在现实。“诗的艺术却不应在具体现实世界里要求保持一种绝对孤立的地位。诗本身既是有生命的东西，就应深入到生活里去。”“艺术同艺术以外的客观存在有很多的联系，艺术所用的内容和形式正是

① ［德］黑格尔：《美学》第三卷下册，朱光潜译，商务印书馆1979年版，第58页。
② 同上书，第49页。
③ 同上。

客观存在的内容意蕴和显现的方式。”① 因此，黑格尔的观点呈现矛盾的悖论。如何解决？在黑格尔看来相当简单，即“诗用外在的现成事件（机缘）不是作为基本目的而是作为手段，而且对吸收进来的现实材料，要运用想象力的权利和自由去加以塑造和琢磨”②。简言之，将内容视为手段（形式），通过内在心灵对材料进行深刻的体验和加工，“从他自己心灵里创造出在当前情况下没有他这位诗人就不能有以这样自由的方式表现出来的作品”③。

黑格尔不仅强调陌生化是艺术发展的原动力，而且，他也从文学发展的角度看到了无意识化和陌生化之间的关系。他在论“诗的观念方式”时认为，原始诗的观念方式后来转为散文的观念方式，“在过去时代里许多本来是新鲜的东西，经过重复地沿用，就变成了习惯，逐渐习以为常，转到散文领域里去了”④。后来的诗的观念方式则是从散文气氛中恢复过来的，黑格尔认为，在一个民族的早期，语言还没有形成，正是要通过诗才能得到真正的发展，“当时诗人的话语，作为内心生活的表达，通常已是本身引起惊赞的新鲜事物，因为通过语言，诗人把此前尚未揭露的东西揭露出来了。这种创新像是出自一种人们所不常见的神奇的本领和能力，能使隐藏在心中的东西破天荒地第一次展现出来，所以令人惊异”⑤。诗利用共同生活中的语言，并将之加以提高，从而使它产生新鲜的效果。因此，诗应当有一种自觉的努力，才能使自己跳出散文观念的惯常的抽象性，转到具体事物的生动性方面去，“为着要引起兴趣，诗的表现就须背离这种散文语言，对它进行更新和提高，变成富于精神性的”⑥。

虽然，黑格尔是从客观的绝对精神出发谈无意识化和陌生化，但在陌生化诗学思想的发展史上，黑格尔所做的贡献是不可磨灭的。他

① ［德］黑格尔：《美学》第三卷下册，朱光潜译，商务印书馆 1979 年版，第 50 页。
② 同上。
③ 同上。
④ 同上书，第 63 页。
⑤ 同上书，第 65 页。
⑥ 同上书，第 66 页。

是在俄国形式主义者提出陌生化概念之前对无意识化（自动化）和审美欣赏中的新奇问题作出系统而深入论述的第一人。在某种意义上，他对无意识化和惊奇感的论述直接影响了什克洛夫斯基的陌生化诗学理论，什克洛夫斯基正是在黑格尔的基础上系统提出和阐释了陌生化这一诗学概念。

第二章

俄国形式主义的陌生化诗学

在西方诗学史上，“形式主义”这一称号是俄国形式主义的反对者所加于其上的诬蔑性称呼，“在苏联的文艺批评界，‘形式主义’长期以来是一个贬义词，不仅如此，它还遭到极端的曲解和滥用”①。“‘形式主义’这个说法造成一种不变的、完美的教条的错觉，这个含糊不清和令人不解的标签，是那些对分析语言的诗歌功能进行诋毁的人提出来的。”② 作为20世纪之初的第一个文学批评流派，俄国形式主义是在对传统的文学观的反叛中成长起来的，他们不满传统的文艺社会学、文艺心理学等文学批评模式，而主要关注文学自身的语言与结构等形式因素。在形式主义者看来，文学是一种自我指涉的人类活动，文学存在的合法性只能依据文学内在的自身标准加以说明，艺术的形式可以由艺术自身的规律解释清楚，而文学作品只能通过充分艺术化的技巧被创造出来。陌生化是俄国形式主义诗学的核心概念，这一概念彰显了俄国形式主义的纯艺术观。以陌生化为基点，俄国形式主义构建了一个自主性的文学理论体系。

---

① ［英］罗吉·福勒：《现代西方文学批评术语词典》，袁德成等译，四川人民出版社1987年版，第111页。

② ［俄］罗曼·雅各布森：《诗学科学的探索》，［法］茨维坦·托多洛夫编《俄苏形式主义文论选》，蔡鸿滨译，中国社会科学出版社1989年版，第2页。

第一节 陌生化诗学的语境

在西方思想史上，语言学转向为俄国形式主义的形成打下了坚实的基础，而与俄国文坛各种传统文艺观的斗争则使俄国形式主义发展迅速，最终成为一个影响广泛的文学批评运动和流派。

一 语言学的转向

语言学转向（Linguistic Turn）最初由美国哲学家博格曼所提出，主要用来表征19世纪末20世纪初以来西方哲学领域发生的语言取代传统哲学而占据中心的转变过程。1953年，博格曼发表《逻辑实证主义、语言和形而上学的重建》一文，该文第二节的标题即为“语言学转向”。在此书中，博格曼认为，多数哲学家都通过叙述确切的语言来叙述世界，从而使语言成为哲学家们在方法论上的讨论前提和出发点。博格曼的这篇论文在1967年被收入罗蒂所主编的论文集《语言学转向——哲学方法论文集》，并成为此论文集的书名。正是由于罗蒂的这本书，遂使语言学转向这一说法得到广泛流传和认可。在西方思想史上，语言学的转向主要在两个领域进行：哲学领域和语言学领域。哲学领域的语言学转向可称为语言的转向，主要以分析主义哲学以语言问题取代传统的哲学问题和存在主义哲学重新反思语言和存在等范畴为代表。语言学领域的语言学转向主要是指现代语言学家对语言及其相关范畴的重新阐释，以及运用语言学理论作为研究其他人文学科的参照系。“语言学转向”不仅对西方哲学和语言学研究产生了重要影响，同时也对西方文学研究产生了强烈冲击。“语言学转向”的现代性后果则是语言的能指功能被进一步强化，进而使语言被强化为“牢笼”，而各种对语言表征功能的质疑声音也引发了当下语言表征危机的出现。

西方哲学自产生以来经历了两次重大的范式转换，第一次转向是认识论的转向，以笛卡尔的哲学理论为基石，标志着欧洲传统的本体论哲学向认识论哲学的转向；第二次转向是语言学的转向，以维特根斯坦和海德格尔的哲学理论以及索绪尔的语言学理论为基石，标志着认识论哲学向语言论哲学的转向。认识论转向是西方思想史，尤其是哲学史上的一次伟大转折，它将欧洲传统哲学的根本问题“世界的本质是什么”转变为“人的认识怎么可能和如何可能”的问题。西方古典哲学主要是本体论哲学，侧重于研究世界的本原或本性的问题，而在认识论转向中，笛卡尔哲学中的“我思故我在”命题开创了主体凭意识、思维和经验去认识世界的先河。这种思想，从本质上讲，源于传统哲学“心灵是自然之镜”的隐喻，即把心灵当作一面可以精确地反映外在世界的镜子，要求语言符号与外在对象具有严格的指称关系。①

语言学转向可以说是承接笛卡尔所开创的认识论转向。由于这一转向，自古希腊时代以来的人文科学的基础遭到了严重怀疑。在传统哲学中，人们将语言视为认识世界的表征或再现工具。在传统哲学的理论视域中，语言是对世界的再现，它忠实而可靠，它是意义的载体，它在主体与世界之间透明地忠实地反映出原样。而语言学转向发生后，人们发现，人文科学的认识和思想归根结底要靠语言才能传达，哲学研究的问题进而也从认识论转向语言论。利科在《哲学主要趋向》一书中指出，对语言的兴趣是今日哲学最主要的特征之一，语言作为一种理性知识，已被哲学家看作解决问题的必要准备。② 对利科来说，语言学转向把传统哲学的认识论问题转变成了语言学问题，哲学的根本问题既不是探究对象世界的本质，也不是追问主体本身的认识能力，而是探究语言问题。在某种意义上，“语言学转向”意味着自然科学的认识论与人文科学的语言论的分道扬镳。伊格尔斯指

---

① R. Rorty, *Philosophy and the Mirror of Nature*, Princeton University Press, 1979, p. 12.

② ［法］保罗·利科：《哲学主要趋向》，李幼蒸等译，商务印书馆 1988 年版，第 337 页。

出：语言学转向的核心命意在于承认语言或话语对于构成社会的重要性。语言被看成是社会和文化决定因素的社会结构，而社会也被理解成为一种用语言和话语交往的文化产物。① 20世纪的语言学转向可以说是迄今为止发生的最深刻、最激进的哲学范式的转换，在这次转向中分析哲学家维特根斯坦、存在主义哲学家海德格尔和语言学家索绪尔的观点颇具代表性。

在分析哲学家眼中，一切哲学问题都是语言学问题，如罗蒂所言，“哲学的命题不是事实性，而是具有语言的特点，即是说，它们并不描述哲学对象，甚或思维对象的行为；它们表示定义，或定义的形式结果”②。在分析哲学家看来，哲学史上很多问题争论不休的原因是由于语言的误解所致，哲学研究需要进行语言和逻辑分析以澄清问题，并将虚假的问题清除。在这个意义上，哲学问题实质是语言问题，语言与世界具有相同的逻辑结构，描述语言就是描述世界。维特根斯坦早期写作《逻辑哲学论》，就旗帜鲜明地主张：哲学的最终目的是对思想进行逻辑解释。在维特根斯坦看来，哲学是一种逻辑解释活动，而解释必须通过语言才能完成。泰赫指出，早期的维特根斯坦实际上是以反形而上学的形而上学方式对语言展开批判的。因为维特根斯坦虽然认为语言仍然是反映自然的一面镜子，但同时又认为这面形而上学的镜子不仅已经破碎，而且将破碎的镜子拼合起来的努力也已失败。③ 而后期的维特根斯坦偏离了早期的观点，转向了对“语言游戏”的研究，希望通过“语言游戏”向传统形而上学哲学发起挑战。他在《逻辑哲学》中写道：“我将把这些游戏称之为‘语言游戏’，并且有时把原始语言说成是语言游戏。给石料命名和跟着某人重复词的过程也叫作语言游戏。我将把由语言和活动（指与语言交织

---

① ［美］格奥尔格·伊格尔斯：《20世纪的历史学》，何兆武译，辽宁教育出版社2003年版，第141页。

② R. Rorty，*The Linguistic Turn*，The Chicago University Press，1967，p. 5.

③ A. Thiher，*Words in Reflection：Modern Language Theory and Postmodern Fiction*，The Chicago University Press，1984，p. 8.

在一起的那些行动）所组成的整体叫作‘语言游戏’。”[①] 维特根斯坦的批判矛头直指由于语言误用而导致概念混乱的传统哲学。在他看来，西方哲学所产生的荒谬的形而上学难题，是由于传统哲学家对日常语言的滥用或者误用所引起的。作为分析哲学的创始人，维特根斯坦的“语言游戏”理论开创了西方哲学的语言学转向，凸显了语言的自主性，也使得西方人文学科逐渐把研究重心转向了语言。

与分析哲学的语言学转向求助于科学的语言逻辑不同，海德格尔则从语言言说的形而上学维度对西方传统哲学展开了批判。海德格尔认为，从柏拉图哲学开始，西方哲学就建立起了一种本体性思维，世界被当作一个认识的客观对象与主体对立起来，而哲学的任务是认识作为客体的世界，揭示其本质。在海德格尔看来，从柏拉图以来的传统形而上学颠倒了语言和主体的关系，语言从一种“他在”变成了属我（主体）之物，从而遮蔽了真正的存在。要真正理解语言的本质，就必须将长期被颠倒的语言和主体的关系再颠倒过来。基于此，海德格尔将语言问题提高到与此在等同的本体论高度，认为主体以语言的方式认识世界，世界存在于语言之中，语言是存在的家园。[②] 在海德格尔看来，语言的本质在于其本体性意义，在日常交流中，说话的是语言，而不是主体。“人言说只是因为他回答语言。”[③] 也就是说，主体创造语言，赋予它特定的意义后，语言就获得了独立的地位和权力，并在一定程度上规范和制约着人类的思想言行。主体认识了语言，就可以通过它去认识世界，世界通过语言得以体现。对海德格尔来说，主体的言说是对语言的倾听与应和，它不是按主体的意图行进，而是主体跟着言说时所呈现的真正含义行进，决定言说的是语言，而不是主体。这样一来，主体与语言的关系被完全颠倒了，主体

① ［法］路德维希·维特根斯坦：《哲学研究》，李步楼译，商务印书馆 1996 年版，第 7 页。

② ［德］马丁·海德格尔：《存在主义哲学》，熊伟等译，商务印书馆 1987 年版，第 86 页。

③ ［德］马丁·海德格尔：《诗·语言·思》，彭富春译，上海译文出版社 1987 年版，第 183 页。

不再是语言的主人，语言才是主体的主人，不是主体在各种活动中创造并使用语言，而是语言使主体的活动成为可能，显现出意义。可以说，海德格尔使传统语言的功能和地位发生了改变，语言由原先的再现或表征地位跃居到“先在”的本体论地位，语言不再是一个工具性问题，而成为一个本体性问题，哲学问题因而被语言问题所替换。

语言学转向是西方现代哲学方法论上的伟大革命，同时，语言学转向也是西方现代语言学界和诗学界的重大革命。促成这一转向的语言学家索绪尔认为，传统语言学的主要目的在于揭示不同语言的差异以及形成差异的社会根源，但是这种研究视角并没有抓住语言的本质和揭示语言学的内在规律，因此，应致力于创立一门属于语言学的独立学科。在《普通语言学教程》中，索绪尔认为语言学的真正对象是就语言并为语言而研究的语言。在他看来，现代语言学是一种共时语言学，研究对象是同一集体意识感觉到的各项同时存在并构成系统的要素间的逻辑关系和心理关系。[①] 笔者以为，对语言学领域的语言学转向，索绪尔提供了两方面的理论支撑：一是把语言和言语加以区分，强调语言学研究的任务不在于个别人的个别的语句，即言语，而在于所有言语行为者都必须共享的规则和系统，即语言。二是把语言看成一个由能指和所指组成的符号系统，认为语言的音义结合、能指与所指之间的结合并不是天生注定的，其间没有必然的联系，而是经过长期的社会实践、社会交际而约定俗成的。也就是说，在索绪尔的理论域中，词的语音和语义并没有必然的联系，某一个意义不一定非得用某种声音代表不可，声音和意义之间的关系是任意的，从某个语言的生理或物理特性看不出它要与某个概念意义结合成语言符号的道理。卡勒认为，索绪尔凸显语言能指而遮蔽所指的做法，对传统的形而上学无疑是一场致命性的打击。[②] 确实，索绪尔所提出的语言学

① ［瑞士］费尔迪南·德·索绪尔：《普通语言学教程》，高名凯译，商务印书馆 1980 年版，第 143 页。

② J. Culler, “Jacques Derrida”, J. Sturrock, *Structuralism and Since*, The Oxford University Press, 1979, p. 166.

理论彻底颠倒了传统的语言观，不仅实现了现代语言学由外部研究转向内部研究的革命性转型，而且他的理论与分析哲学和存在主义哲学对传统语言观的颠覆相互呼应，共同促进了语言学转向的最终完成。

语言学转向不仅实现了语言学研究的内转，而且也使人文科学研究在19世纪末20世纪初呈现内转趋势，并深刻地影响了西方20世纪的文学研究。与语言学的转向相呼应，文学研究开始由传统的外部批评转向了文本的内部批评。19世纪在实证主义的影响下，文学批评只重视作品外部发生的因素，以作家的生平和作品的社会背景去验证作品内部叙述的内容，而"语言学转向"所导致的内部批评是以作品为本，即以文本为本，尤其是以语言为本，而俄国形式主义和结构主义则正是将现代语言学的研究方法应用于文学研究的代表。

俄国形式主义最早将语言作为文学研究考察的出发点，将现代语言学的分析方法当作文学研究的分析模式。对俄国形式主义来说，文学不仅像语言一样有系统、有结构，而且更重要的是因为文学是由语言构成，文学本身就是一种词句艺术、语言艺术，因此，文学与语言必然具有一种特殊关系，研究文学也就不可避免地借用语言学分析方法。霍克斯认为，"形式主义学派感到他们最关心的是文学的结构：对文学特有的本质的辨认、分离和客观描述以及在文学作品中使用某些'音位的'技法，而不是关注作品的'语音'内容、作品的'信息'、'来源'、'历史'，或者作品的社会学、传记学、心理学的方面"①。形式主义者从一开始便采取一个原则，即把作品作为考虑的中心。他们拒绝接受当时支配俄国文学批评的心理学、哲学或社会学的方法，认为不能依据作家生平，也不能根据对当时社会生活的分析来解释一部作品，如本尼特所言："通过对日常语言，主导意识形态或其他文学作品代码所加之于现实之上的特定的接受或思维模式的颠覆，来达到使此类形式陌生的目的，并以此来削弱我们在接受世界时

① ［英］特伦斯·霍克斯：《结构主义和符号学》，瞿铁鹏译，上海译文出版社1997年版，第60页。

所惯用的把握方式。”① 在俄国形式主义者看来，语言是一个独立自主的系统，它的意义既不依据现实，也不由说话者的意图所决定，而是整个语言系统的产物。不难看出，俄国形式主义文学研究范式的内转，其理论背景可以追溯到语言学转向这一思潮。

伊格尔顿曾对语言学转向进行了深刻分析，在他看来，“20 世纪的‘语言学革命’——从索绪尔和维特根斯坦直到当代文学理论——的标志即在于承认，意义不仅是某种被在语言中‘表达’或者‘反映’出来的东西：意义其实是被语言生产出来的”②。伊格尔顿的分析相当精辟，无疑，语言学转向带给西方现代文论的一个最深刻变化就是以新的眼光重新审视词与物的关系。在语言学转向的引导下，词与词的关系取代词与物的关系成为现代文论研究的重心，并由此引发了关注文学作品语言的形式主义文论和语言学诗学的产生。

二　传统文学观的反叛

1915 年，以雅各布森为首的一群青年大学生在莫斯科成立了一个语言学小组，即“莫斯科语言研究会”。1916 年，又有一群青年大学生在什克洛夫斯基的领导下成立了“诗歌语言研究会”，即“奥波亚兹”。在这两个组织的周围，是一群激情四溢的年轻人：艾亨鲍姆、托马舍夫斯基、雅库宾斯基、日尔蒙斯基、迪尼亚诺夫、勃里克、维诺库尔，等等。这两个语言学小组，形成了诗学批评史上有名的俄国形式主义学术流派。

俄国哲学家别尔嘉耶夫曾这样描述俄国形式主义诞生时俄罗斯的精神文化状态。

> 我沉浸在 20 世纪初异常紧张浓烈的俄国文化复兴的氛围中。(……) 现在已很难想象那个时代的气氛了。在那个创造力

---

① T. Bennett, *Formalism and Marxism*. Routledge, 1979, p. 24.

② ［英］特里·伊格尔顿：《二十世纪西方文学理论》，伍晓明译，北京大学出版社 2007 年版，第 94 页。

> 勃发时代所产生的许多成果，都已纳入了嗣后俄国文化的发展进程中，而且即使现在也有所有俄国文化人的卓越贡献。当时人们都陶醉在创造的热情中，到处是新思想、紧张气氛、斗争和挑战。那些年俄国产生了许多英才，这是俄国产生独立哲学思想的时代，是诗歌繁荣、审美感受力敏锐化的时代，是宗教意识恐慌和宗教探索的时代，也是对神秘事物和通灵术兴趣倍增的时代。出现了新的精神，开辟了创造生命的新源泉，看到了新的朝霞，人们既充满了日落感和灭亡感，又不乏日出感和改造生活的热望。但所有这一切都是在相当封闭的小圈子中进行的，与广泛社会运动相脱节。起先，一种颓废因素注入这场俄国复兴运动中。有时似乎感觉得到一种温室气息，缺乏一种新鲜空气。我国的文化复兴产生于革命前时代，因而始终伴着一种旧俄正日渐消亡的尖锐感觉。①

当时的俄国文坛相对繁荣，被称为继普希金为代表的“黄金时代”之后的又一个辉煌时期——“白银时代”。而且这段时期也是俄国文学从传统走向现代的一个过渡期，而俄国形式主义则是俄国现代主义文学理论发展中的一个合理产儿，他们独辟蹊径地开创了一条不同于传统文论的诗学思想之路，成为20世纪初最有影响、最具活力的文艺美学流派之一。

在西方思想史上，以胡塞尔为代表的现象学是西方现代哲学的一个重要思想流派。胡塞尔强调以一种严密的科学精神来对待哲学，要求摆脱独断主义、心理主义、历史主义、因果律和一切未经考察的假说，而代之以严密描述现象的悬置方法。胡塞尔主张把一切有关客观与主观事物实在性的问题都存而不论，把一切判断“加上括号”而不予考虑，着重研究意识本身，尤其是意向性活动或意向关系。现象学

① ［俄］尼·别尔嘉耶夫：《认识自我·哲学自传试稿》，张冰《陌生化诗学：俄国形式主义研究》，北京师范大学出版社2000年版，第19—20页。

对俄国形式主义产生了很大的影响，俄国形式主义者从胡塞尔手中接过了现象学的研究方法，在诗学研究中对研究对象持一种客观的科学态度，不作任何理论承诺，务必对研究对象做出客观的观察与描述。他们把文本的外在因素，如作者、社会和读者等信息都悬搁起来，将文本视为最真实的对象置于研究的核心地位。

19 世纪末 20 世纪初，传统的文艺思潮在俄国文坛上异常活跃，如实证主义诗学、心理主义诗学、历史主义诗学和象征主义诗学，等等。其中最主要的是两派，一派是以现实主义的文学观和功利主义的批评观为代表的实证主义诗学，他们坚持文学是社会生活的反映，要求文学服务于人民大众，起到教育民众、改造社会的作用。针对实证主义的反映论文艺观，俄国形式主义者提出了质疑，他们认为，一切文学形式都是现实的符号中介，是现实的象征，而不是现实的反映。另一派则是以一批诗人为代表的象征主义批评理论，他们继承波捷勃尼亚的象征主义理论，认为“艺术即形象思维”，把创造形象视为艺术活动的根本任务。在象征主义眼中，诗歌语言是一种“不可言说性的神秘代码”，“在它的音响中，回荡着来自本真及隐秘源泉的伦音”，是“表达内外体验的象形文字”。① 象征主义凭借其神秘的艺术创作论，使诗语所展现的意义成为一种虚无缥缈的主观命意。

俄国形式主义者对象征主义从主观命意去解释文学极其不满，他们与象征主义的交锋是希望能实现文学研究的科学化，他们“与象征派之间发生了冲突，目的是要从他们手中夺回诗学，使诗学摆脱他们的美学与哲学主观主义理论，使诗学重新回到科学地研究事实的道路上来”②。象征主义强调对形而上的彼岸的神秘符码进行主观上的阐释，这与形式主义的科学研究思路也形成了巨大反差。俄国形式主义者在与象征主义的斗争中，产生了标志俄国形式主义特点的研究方

---

① 张冰：《陌生化诗学：俄国形式主义研究》，北京师范大学出版社 2000 年版，第 38—39 页。

② ［俄］鲍里斯·艾亨鲍姆：《“形式方法”的理论》，［法］茨维坦·托多洛夫编《俄苏形式主义文论选》，蔡鸿滨译，中国社会科学出版社 1989 年版，第 23 页。

法，例如不承认哲学的前提，不承认历史学的阐释，不承认心理学和美学的解释，等等。

由此可见，俄国形式主义是在对传统的文学观的反叛中成长起来的，他们不满传统的文学批评模式，如文艺社会学、文艺心理学等，而主要关注文学自身的语言与结构方面。“尽管形式派所提出的研究模式仍然是一种美学模式——‘文学’本身的理论——但从本质上说，它是一种科学美学。形式派与那种参照作者能力（通常指‘天才’）的根源来解释文学文本特性的企图进行了彻底决裂，而以经验主义的方式，通过探讨支配文学文本结构的形式属性，努力解决‘文学’的特性问题。”① 在形式主义者看来，文学是一种自我指涉的人类活动，文学存在的合法性只能依据文学自身的内在标准加以说明。也就是说，艺术的形式可以由艺术自身的规律解释清楚，而文学作品只能通过充分艺术化的技巧被创造出来。传统的文学家们习惯于把研究重点放在文化史或社会生活方面，形式主义者则使自己的研究工作面向语言学。他们与各种传统文艺学流派发生冲突，其目的就在于要从传统的卫道士手中夺回文学，使文学重新回到科学的道路上来。

面对俄国文坛的传统学派，形式主义可以说是一个新生的反叛儿，他们认为文艺学之所以长期沦为其他学科的婢女，其原因就在于没有自己明确的研究对象。艾亨鲍姆写道：“使最初俄国形式主义团体集合在一起的重要口号，就是把诗语从越来越束缚着象征主义者的哲学和宗教倾向的枷锁下解放出来。”② 迪尼亚诺夫和雅各布森更是高呼：“必须与学院式的折中主义、故弄玄虚的‘形式主义’决裂，‘形式主义’用堆砌术语代替分析，它只是罗列一大堆现象；把作为系统

① ［英］托尼·本尼特：《俄国形式主义与巴赫金的历史诗学》，张来民译，《商丘师范学院学报》1991年第2期。

② ［俄］鲍里斯·艾亨鲍姆：《论文学·历年论著选》，张冰《陌生化诗学：俄国形式主义研究》，北京师范大学出版社2000年版，第98页。

的科学的文学和语言学科变成插曲轶事类别的做法一定要停止"[①]。为此，俄国形式主义者认为文学科学的对象应是区别于其他一切非文学科学的特殊性。

对此，本尼特的分析很具针对性："在方法层次上，他们认为，文学的特性问题只有根据文学文本的形式属性才能得到解决。他们争辩说，考虑历史势力对文本构成的影响是不必要的——假定俄国形式派与俄国发展中的马克思主义批评学派发生了冲突；而与其他形式主义批评学派在实质上观点一致，也许与英美新批评最为一致——俄国形式派倾向于赞同康德'为艺术而艺术'的观点。"[②] 正是如此，他们将研究重点转向文学内部，将文学研究的对象确定为文学作品与非文学作品的区别，而这种区别，就是他们称之为文学性的东西：文学的非外在性和非实用性特征。正如霍克斯所言："形式主义学派感到他们最关心的是文学的结构：对文学特有的本质的辨认、分离和客观描述以及在文学作品中使用某些'音位的'技法，而不是关注作品的'语音'内容、作品的'信息''来源''历史'，或者作品的社会学、传记学、心理学的方面"[③]。形式主义者从一开始便采取一个原则，即把作品作为考虑的中心。他们拒绝接受当时支配俄国文学批评的心理学、哲学或社会学的方法，认为不能依据作家生平，也不能根据对当时社会生活的分析来解释一部作品。对此，伊格尔顿写道：

> 作为一个富有战斗和论争精神的批评团体，他们拒绝前此曾经影响着文学批评的不无神秘色彩的象征主义理论原则，并且以

---

① ［俄］尤里·迪尼亚诺夫、［俄］罗曼·雅各布森：《文学与语言学的研究问题》，［法］茨维坦·托多洛夫编《俄苏形式主义文论选》，蔡鸿滨译，中国社会科学出版社 1989 年版，第 116 页。

② ［英］托尼·本尼特：《形式主义与马克思主义文学批评》，张来民译，《黄淮学刊》1992 年第 2 期。

③ ［英］特伦斯·霍克斯：《结构主义和符号学》，瞿铁鹏译，上海译文出版社 1997 年版，第 60 页。

> 实践的科学的精神把注意转移到文学作品本身的物质实在之上。批评应该使艺术脱离神秘，并让自己去关心文学作品实际上如何活动：文学不是伪宗教，不是心理学，也不是社会学，而是一种特殊的语言组织。它有自己的特定规律、结构和手段（devices），这些东西都应该就其本身而被研究，而不应该被化简为其他东西。文学不是传达观念的媒介，不是社会现实的反映，也不是某种超越性真理的体现；它是一种物质事实，我们可以像检查一部机器一样分析它的活动。文学不是由事物或感情而是由词语制造的，故将其视为作者心灵的表现乃是一个错误。①

这里我们有必要指出，虽然俄国形式主义者与当时俄国文坛学院派展开了激烈的论争，但他们并不是为了论战而论战，而是希冀超越传统文论研究方法的局限，以达到建立独立和具有严格内指性的文学科学的最终任务。这正如艾亨鲍姆所言："所谓'形式方法'，并不是形成某种特殊'方法论的'系统的结果，而是为建立独立和具体的科学而努力的结果。"② "表明我们特点的并不是作为美学理论的'形式主义'，也不是代表一种确立的科学体系的'方法论'，而是希望根据文学材料的内在性质建立一种独立的文学科学。我们唯一的目标就是从理论和历史上认识属于文学艺术本身的各种现象。"③ 在俄国形式主义者看来，为了使文学成为一门独立的系统科学，就必须立足于文学的内在特性来展开研究，在明确文学科学的自我对象的基础上建立理论体系。如杰弗逊所言："人们纷纷试图在一个独立的根基之上系统地进行文学研究，使之成为一门自主的、特殊的学科。俄国形式主义

---

① ［英］特里·伊格尔顿：《二十世纪西方文学理论》，伍晓明译，北京大学出版社2007年版，第3页。

② ［俄］鲍里斯·艾亨鲍姆：《"形式方法"的理论》，［法］茨维坦·托多洛夫编《俄苏形式主义文论选》，蔡鸿滨译，中国社会科学出版社1989年版，第19页。

③ 同上书，第21页。

就是这种企图的最早的一种表现。”①

在斗争中，以实证主义为代表的传统学派逐渐失去了往昔的光辉，而俄国形式主义则如初升的太阳，开始慢慢地登上了俄国文学研究的舞台，成为显赫一时的文学思潮。对此，艾亨鲍姆有着生动的描述。

> 在形式主义者出现时，学院式的科学对理论问题一无所知，仍然在有气无力地运用美学、心理学和历史学的古老原则，对研究对象感觉迟钝，甚至这种对象是否存在也成了虚幻。我们无须和这类科学较量，也不必多此一举。我们遇到的是通行无阻的大道，而不是要塞堡垒。波捷勃尼亚和维谢洛夫斯基的门徒在理论上继承了他们的衣钵，把这些理论遗产当作固定资本，不敢稍有触动，使之成为失去价值的宝物。权威和影响已不再归于学院式的科学所有，如果我们可以用一个词表达的话，它们已属于报刊科学，属于象征主义批评家和理论家的研究。实际上，在一九〇七年到一九一二年期间，维·伊凡诺夫、勃留索夫、安·别雷、梅列日科夫斯基、楚科夫斯基等人所发表的著作和文章，其影响远远超过学术性研究和大学里的论文。②

当然，俄国形式主义与传统文论的斗争并不是单枪匹马，孤军奋战。他们与当时俄国文坛的先锋派——未来主义——有着不可忽视的联姻关系。③ 什克洛夫斯基和形式主义学派的另一些成员，如雅各

---

① ［美］安纳·杰弗逊、戴维·罗比：《西方现代文学理论概述与比较》，包华富等译，湖南文艺出版社1986年版，第3页。

② ［俄］鲍里斯·艾亨鲍姆：《“形式方法”的理论》，［法］茨维坦·托多洛夫编《俄苏形式主义文论选》，蔡鸿滨译，中国社会科学出版社1989年版，第22—23页。

③ 在俄国文学思潮的发展过程中，俄国形式主义与未来主义的关系相当复杂。未来主义也承认陌生化技巧，不过，在形式主义者那里，陌生化技巧与意识形态几乎没有关联，带有纯美学的意味；与俄国形式主义者对陌生化技巧的强调不同，未来主义强调的重点从技巧的审美功能转到用来为“社会服务”的社会功能上。在未来主义者看来，所有技巧的表现，包括超越意念诗歌中的“裸露技巧”，都是根据其潜在的社会功利来加以研究的。

布森、阿尔瓦托夫等，都在不同程度上充当过未来主义的理论家。

1912年前后所出现的未来主义不仅包括诗歌，而且也是一个融音乐、绘画、雕塑在内的艺术革新运动。他们把一种似乎全新的文学呈现在接受主体面前，他们强烈抵制包括语言在内的一切传统，公开宣称要以一种不和谐的偏激的声音表明自己的独特性，并要与当时文坛中的象征主义进行公开对抗。在对待诗歌本质及诗歌意义上，未来主义更是与象征主义大唱反调，认为诗语并不是显示“彼岸”微言大义的神秘代码，它本身就是最高实体，是一个自我指涉的独立自主体。未来主义推崇诗语的自由创造，他们提出“无意义语”这个概念：即诗词仅仅只是一个词，而不是代表一个所指对象，诗词并不具有任何意义。应该说，未来主义对诗歌语言本身自足性的重视和对象征主义的反对，正好迎合了形式主义的需求，这也构成了形式主义的主要诗学文化背景，正是借着未来主义的这股东风，形式主义终于走到了俄国文坛的最前端。

由于俄国形式主义研究方法的片面性，加上与当时占主流地位的马克思主义文学批评理论的对立与冲突，俄国形式主义在20世纪20年代受到严厉冲击。托洛茨基曾专门撰文批判俄国形式主义，他批评这一派为“对文学的迷信”。他特别援引什克洛夫斯基关于艺术与城堡上空旗帜的比喻批评俄国形式主义的片面性，认为艺术不可能完全独立于生活，因为，“从客观历史进程的观点来看，艺术永远是社会的仆从，在历史上是具功利作用的”，因此，无论艺术打出什么样的旗帜，艺术永远不可能脱离生活，它总是要“教育个人、社会集团、阶级和民族”。[①] 经过一场带有意识形态意味的批判，加上俄国形式主义自身理论的局限性，作为一个理论流派的俄国形式主义便慢慢淡出了人们的理论视野。1930年，什克洛夫斯基发表《学术错误志》正式

① ［俄］列夫·托洛茨基：《诗歌的形式主义派与马克思主义》，张隆溪《艺术旗帜上的颜色：俄国形式主义与捷克结构主义》，《读书》1983年第8期。

宣告："对我来说，形式主义是一条已经走过的老路。"① 这标志着俄国形式主义作为一个独立流派活动的结束。直到20世纪60年代，这一文学流派才重新被人们所忆起，才重新为学术界所接受。②

第二节　陌生化诗学的建构

什克洛夫斯基提出的陌生化是俄国形式主义诗学的核心概念，以陌生化为基点，俄国形式主义构建了一个自主性的文学理论体系，诸如文学艺术创作的手法、文学艺术的语言呈现、文学史的发展等理论，都可以凭陌生化概念而得到合理的解释。

一　文学性与陌生化

陌生化由形式主义者什克洛夫斯基所提出，它是伴随着俄国形式主义的另一个重要概念——文学性③而提出的，雅各布森在论文学科学的对象时说：

> 文学科学的对象不是文学，而是"文学性"，也就是说使一

---

① ［俄］维克多·什克洛夫斯基：《学术错误志》，中国艺术研究院外国文艺研究所《世界艺术与美学》编辑委员会编《世界艺术与美学》第七辑，文化艺术出版社1986年版，第25页。

② 俄国形式主义虽然在20世纪30年代淡出了人们的理论视野，然而这一流派的影响却一直在延续。从莫斯科到布拉格再到巴黎，或者说从俄国形式主义到捷克结构主义再到法国结构主义，这是西方现代本体论诗学发展的三个阶段。其中，捷克结构主义与法国结构主义就是俄国形式主义精神的进一步延续。20世纪60年代，俄国形式主义在苏联被人们重新忆起，得到苏联理论界的重新评价，而什克洛夫斯基、艾亨鲍姆、普洛普等人在20世纪20年代写成的著作，获得了重新刊印的机会。什克洛夫斯基在1961年出版的一本文集中感慨说："光阴荏苒，太阳升起过一万多次，四十个春秋过去了，现在西方有人想借我的话来争辩飘扬在我的城堡上我的那面旗帜的意义。"（什克洛夫斯基：《文艺散文》，张隆溪《艺术旗帜上的颜色：俄国形式主义与捷克结构主义》，《读书》1983年第8期）

③ 文学性概念由雅各布森所提出，此概念和陌生化概念是支撑俄国形式主义理论观点的两个核心概念。文学性追求文学科学研究的纯粹性，它通过陌生化得以实现。

部作品成为文学作品的东西。不过，直到现在我们还是可以把文学史家比作一名警察，他要逮捕某个人，可能把凡是在房间里遇到的人，甚至从旁边街上经过的人都抓了起来。文学史家就是这样无所不用，诸如个人生活、心理学、政治、哲学，无一例外。这样便凑成一堆雕虫小技，而不是文学科学，仿佛他们已经忘记，每一种对象都分别属于一门科学，如哲学史、文化史、心理学等等，而这些科学自然也可以使用文学现象作为不完善的二流材料。①

"文学研究要成为一门科学"这一追求促使俄国形式主义寻找文学的普遍特点，或至少是其一般特点。雅各布森找到了文学性，宣告文学科学的对象是文学性，即文学本身的特性，文学与一切非文学比较所具有的差异性，文学之所以为文学的那种东西。从文学性维度出发，俄国形式主义者抛弃了传统文艺学研究中的"他者"参照系。他们认为，文学性只能在纯粹的文学世界中去寻找，其立足点不是对形象思维的运用，也不受艺术家创作激情的支配，而在于文学作品的技巧的运用和选择，即对文学作品结构的处理。他们认为，"艺术是自主的：一项永恒的、自我决定的、持续不断的人类活动，它确保的只是在自身范围内、根据自身标准检验自身"②。这样，文学就成了一种超然独立的自足体，一种与世界万物相分离的自在之物。

根据雅各布森的观点，使文本成为艺术品的技巧或构造原则是文学研究的真正对象，而且，对于文学性，"应当使其在作品中显豁，凸显出来，让其表现出独立性质。它固然是一个复杂结构的结构成分，但它却必然使其他结构成分发生变化，同时和它们一起决定该整体的性质的结构成分"③。艾亨鲍姆和大多数其他形式主义者基本上都

---

① ［俄］罗曼·雅各布森：《现代俄国诗歌》，［法］茨维坦·托多洛夫编《俄苏形式主义文论选》，蔡鸿滨译，中国社会科学出版社 1989 年版，第 24 页。

② ［英］特伦斯·霍克斯：《结构主义和符号学》，瞿铁鹏译，上海译文出版社 1997 年版，第 60 页。

③ 方珊：《形式主义文论》，山东教育出版社 1999 年版，第 106 页。

同意这一观点，如艾亨鲍姆认为，我们过去和现在提出的基本主张，都认为文学科学的对象应是研究区别于其他一切材料的文学作品的特殊性，而不考虑这样一种情况，即其他材料可以通过它的次要特点，提出在其他科学中利用它作为补充对象的理由和权利。① 雅各布森和艾亨鲍姆在集中力量研究文学的技巧时，认为应该从文学文本中把某些成分或因素抽象出来，脱离文本及其内容独立地对它们进行研究。对俄国形式主义的这一理论主张，巴赫金作了详细归纳："艺术作品乃是自我封闭的整体，它的每一个成分都不是在同任何作品以外存在的东西（同自然界现实、思想）的相互关系中，而只是在整体本身的自身具有意义的结构中获得自己的意义。这意味着，艺术作品的每一个成分首先在作为封闭的独立自在的结构的作品中具有结构的意义。如果它再现、反映、表现或模仿什么的话，那么这些'流动性的'功能都服从于基本的结构任务——建造严整的和自我封闭的作品。艺术学家的基本任务也在于首先揭示作品的这个结构的统一体和其中的每一成分的纯结构功能。"②

对于形式主义的这种理论诉求，什克洛夫斯基在《共产主义和未来主义》中有一个形象的，甚至是夸张的比喻。

> 艺术向来不受生活的约束，它的颜色从不反映城堡上那面旗帜的颜色。③

也许，我们无须把什克洛夫斯基这个夸张的比喻当真。因为形式主义者们最初并非要完全否定艺术与社会的关系，也并不完全排斥艺术作品的内容，他们只不过是强调文学的外在表征方面，而相对忽视

---

① ［俄］鲍里斯·艾亨鲍姆：《"形式方法"的理论》，［法］茨维坦·托多洛夫编《俄苏形式主义文论选》，蔡鸿滨译，中国社会科学出版社 1989 年版，第 24 页。

② ［苏］米哈伊尔·巴赫金：《文艺学中的形式主义方法》，李辉凡等译，漓江出版社 1989 年版，第 58—59 页。

③ 宋大图：《评维克多·什克洛夫斯基的"陌生化"和形式主义文学观》，《文艺理论与批评》1987 年第 4 期。

文学的内在思想方面。但事实上，以什克洛夫斯基为代表的整个形式派对这个比喻却显得相当较真，而且，他们在当时的努力似乎就是为了论证这个比喻的合理性。“艺术不受生活的约束”这话本身就表明一种就当时而言相当先锋、相当前卫的文学观念的确立。一种把文学看成一个与社会生活、社会思想、作者思想毫不相关的独立领域的观念的确立。对于这一点，什克洛夫斯基在另一篇文章中似乎表述得更加直白：“在文学理论中我从事的是其内部规律的研究。如以工厂生产业类比的话，则我关心的不是世界棉布市场的形势，不是各托拉斯的政策，而是棉纱的标号及其纺织方法。”① 由此可见什克洛夫斯基理论诉求的明确性：文学的本质特性只能在文本自身，而不能在其他地方找到，文学理论就是研究文学内部规律的理论。文学研究者应该去探寻文学自身的特性，去研究文学作品的技巧、程序、形式、词汇、布局、情节分布、变形等形式上的特点和功能，而不是去研究外在于作品的任何其他事物。

在形式主义者看来，文学性是文学研究的主要对象，也是文学研究的唯一主人公。作为文学与非文学所具有的差异性，文学性是一个自我指涉的概念，或者说是一个自足性的概念，它关系文学研究的本体论方面。但这个自我指涉的本体论概念并不是一个静态的概念，而是一个动态的概念，它在文学的内部要素的动态演变中显现出来。艾亨鲍姆认为，文学性是在诗歌语言与日常语言的相互对照中体现出来的。在他看来，艺术的内在本质并不在构成作品的要素中体现出来，而在人们具体利用这些要素时体现出来。因此，文学性具有动态的意义，一旦构成文学性的手法、形式和技巧变为常规和自动化时，就会丧失文学性的功能。雅各布森也认为，对于形式主义者来说，文学性是由两种话语之间的差异性关系所产生的一种功能，文学性并不是一种永远给定的特性，而是指语言的某些特殊用法。可见，文学与其他

---

① ［俄］维克多·什克洛夫斯基：《散文理论》，刘宗次译，百花洲文艺出版社 1997 年版，第 3 页。

事物的差异性一方面在文学与其他事物，尤其是日常生活中的事物的不同中体现出来；另一方面，文学性也在文学的演变过程中体现出来：旧的文学作品失去了可感性，而新的文学作品给个体以震颤的感觉，从而让接受主体的感知系统焕然一新。

既然文学性是文学的一个动态特性，那么就应当使之在作品中显豁、凸显出来，让其表现出独立性质。它固然是一个复杂结构的结构成分，但它必然会使其他结构成分发生变化，同时和它们一起决定整体的性质和结构成分。为了说明这一点，雅各布森举了一个例子：他说，文学性就好像烹调时用的食油，人们不能单纯地去食用它，但是把它当成调料，与食物一起加工处理后，它就改变了食物的味道，使菜肴与未加工的原料显得截然不同。如新鲜的沙丁鱼与经加油烹调处理后的沙丁鱼就大不相同，不但色泽变了，而且味道也变了。艺术程序改变了材料成分在文学中的存在方式，极度地突出艺术程序的结果。于是，文学性出现了，它使文学作品成为文学作品，诗成为诗。

文学性的提出使俄国形式主义者找到了文学研究的主人公，使文学作品成为文学作品，使诗成为诗。而形式主义者从一开始便采取一个原则，即将作品的内在自足性作为研究的中心。他们拒绝接受当时支配俄国文学批评的心理学、哲学或社会学的方法，认为不能依据作家生平，也不能根据对当时社会生活的分析来解释一部作品。在他们眼中，文学文本自身就是一个实体，就是一个自我指涉体，它完全有充分的权利成为文学研究的主人公，成为文学的本质存在。在俄国形式主义者看来，对文学性的考察不能从社会的外在层面进行，而只能从作品的技巧、程序和结构等形式层面展开。文学研究的任务就是通过作品的形式特点来揭示文学的真正奥秘。这样一来，俄国形式主义以异于把艺术本质归于现实、理式、情感的传统诗学观，强调文本的自我指涉性与自足性，从而得以在一个具有自我意识的理论基点上建立其文学批评，并最终在对传统文论的反叛中开创了一个文学研究的新方向，实现了对传统文学本质观的革命。有学者指出，俄国形式主义者的工作为后来批评实践的转变提供了基础。因为俄国形式主义者在把文学性确定为研究对象的同时，他们也为文学研究提供了系统性的反思，即超越了单个文本的内在研究。[①] 这一评价无疑是相当中肯的。可以说，在 20 世纪的文学理论发展中，是俄国形式主义首先把文学的自身存在问题置入了文学研究的中心。

文学性是一个动态的功能性概念，那么文学的文学性如何得以展现，如何才能让读者强烈地感受到文学性？形式主义者认为，文学的文学性是与“陌生化—可感觉性”紧密相连的，是陌生化使文学性得以展现出来。正是基于俄国形式主义特定的研究目的，什克洛夫斯基提出陌生化概念，并“力求用它来概括复杂感受和表现现象的方法”[②]。对此，本尼特写道：“文学不是也不可能是现实的反映，而仅仅是现实符号化的特殊表现。文学文本根本不反映现实，而是倾向于‘把现实变得陌生’，打破我们感知现实世界的习惯，以便使现实世界成为我们重新关注的对象。他们认为，实际上，正是这种使我们习惯观察世界方式的陌生化能力，才能将文学与其他言语形式独特地区别开来。因此，他们通过非常广泛的研究，开始揭示这种陌生化效应赖以产生的形式机制。”[③]

陌生化术语提出的最初矛头是指向当时的学院派代表人物波捷勃尼亚。波捷勃尼亚在德国著名语言学家洪堡的影响下提出了词的“内部形式”理论，他认为每一个词都有三种要素：外部形式（语音）、内部形式（词源的意义及联系）和词义（词的内容）。在波捷勃尼亚看来，艺术是一种形象思维，因此诗也应当像散文一样，首先应当是一种思维和认识的方式。在波捷勃尼亚的语境中，形象性的目的是使形象的意义被我们的理解所接受，如果没有形象，形象性也就失去了意义。因此，形象对于我们来说，就应当比被形象所解释的东西更为

① P. Rice, P. Waugh, *Modern Literary Theory*, The Oxford University Press, 1989, p. 17.

② ［美］迈克尔·霍奎斯特、凯特琳娜·克拉克：《米哈伊尔·巴赫金》，语冰译，中国人民大学出版社 1992 年版，第 99 页。

③ ［英］托尼·本尼特：《俄国形式主义与巴赫金的历史诗学》，张来民译，《商丘师范学院学报》1991 年第 2 期。

人所共知。也就是说，艺术的主要特征就是塑造形象以暗示某种看不见的东西，从而使诗歌的欣赏能够节省创作力。

什克洛夫斯基对这种热衷于寻找词语中神秘内涵的理论持一种明确的否弃态度。在他看来，波捷勃尼亚的形象思维学说只能适应于实用语言系统，而不能应用于诗歌语言系统。诗歌语言系统的特殊性，在什克洛夫斯基眼中，就是诗语的陌生化。因此，针对波捷勃尼亚的“省力说”，什克洛夫斯基针锋相对地进行了反驳：“省力是创作的规律和目的，就语言的局部情况，即就‘日常’语言而言，这一思想是正确的。但由于不了解日常语言规律与诗歌语言规律的区别，这一思想也被推而广之于后者。”① 在什克洛夫斯基看来，诗歌语言不同于日常语言，它不是为了通过已知来认识未知，而是为了将已知未知化，为了强化诗歌文本的审美效应。诗歌语言是从新的角度，以新的方式来表现对象，使人们早已熟悉的客体或事物，在新的语境中显得陌生，如初次见到一般。使表现客体陌生化，这就是俄国形式主义理论家的战斗口号。它意味着诗歌研究的重点，实现了由认知到感受、由认识到功能的转移。

当然，俄国形式主义的陌生化并不是凭空产生的，它与俄国的文学传统有着密切的联系，俄国文坛上曾盛行的浪漫主义、象征主义等文学流派都与俄国形式主义有着千丝万缕的联系。布洛克曼曾概括说：“陌生化概念深植于俄国精神生活的文学传统中。像浪漫主义、象征主义、未来派、形式主义和马克思主义这些形形色色的运动，都和这一概念有联系。作为一种特殊美学程序的陌生化程序是形式主义的课题，它在什克洛夫斯基的早期论文《作为程序的艺术》中已经发展成熟了。对浪漫主义和象征主义来说，它只是一个文学技巧的问题，主体运用这种文学技巧来分解世界。象征主义把它解释成是由奔

---

① ［俄］维克多·什克洛夫斯基：《散文理论》，刘宗次译，百花洲文艺出版社 1997 年版，第 8—9 页。

放的主观想象产生的，而对未来派来说，它是通过自觉的激发而成的。”① 布洛克曼认为，对什克洛夫斯基来说，他期望将陌生化过程视为主体的构成作用本身。因此，在具体的操作中他们采取了一种根本上反唯心主义的步骤，将主体性及其构成能力（陌生化）前置到本体论的位置上。而且，通过把“创造艺术作品的特殊手法”标榜为一种认知世界的独特方式，俄国形式主义者建立起艺术作品自身独立的本体世界。借助陌生化概念，他们在艺术作品与现实世界之间划出了一道鸿沟，使艺术作品取得了相对于现实世界的自主性。按照这一理论，无论是艺术家的个人经历，还是心理学的或社会学的因素，都不能用来恰当地解释文学作品。这类作品的自足性排斥来自文学之外的辩解，因而，如果要分析它的话，只能根据文学自身的理由，或按照文学的理论来进行。

如果说雅各布森的文学性概念强调了文学与非文学比较时的特殊性，那么什克洛夫斯基的陌生化概念则强调了文学自身属性的特殊性。艺术不能像照镜子一样原封不动地反映生活，而应当使生活改头换面，变得陌生，使生活以一个新的面貌出现，从而重新唤起我们对生活的感受。“艺术是一种体验事物之创造的方式，而创造成功的东西在艺术中已无足轻重。”② 正是因为陌生化通过变形、反常、扭曲、阻塞等技巧将事物改造成所谓的视像，从而增加人们对事物感受的难度与时延，使主体恢复感受的鲜活性。这样一来，在陌生化所营造的文学语境中，文学语言不再指向外在现实，而是指向自己。文学艺术的魅力不在于它所表现的对象，而在于它如何去表现对象。文学艺术也不再是传统意义上的对现实生活的模仿与再现，而是生活的变形。也就是说，生活在文学艺术中的出现，总是展现为一种新奇的、与日常现实完全不同的面貌。传统的诗学不是把文学艺术建立在现实世界

① ［比］让·布洛克曼：《结构主义：莫斯科—布拉格—巴黎》，李幼蒸译，中国人民大学出版社2003年版，第37页。

② 托尔斯泰1897年3月1日日记，［俄］维克多·什克洛夫斯基：《散文理论》，刘宗次译，百花洲文艺出版社1997年版，第10页。

的基础上，就是把文学艺术建立在作者的内在情感上，而俄国形式主义者则与之相反，把文学艺术最终建立在作品的内在结构上，强调文学艺术的自我指涉性，从而确立一种与传统全然不同的新的文艺本质观。对此，布洛克曼评论说："什克洛夫斯基的陌生化理论主要想结束那种认为观察是自动进行的看法。于是他在文学理论讨论中，就把重点移到形象的功能及其广泛的关联上去了。诗的形象似乎不过是诗人所支配的一种程序，而且意义不能归因于形象本身。阐明意义的是形象的功能（即其结构关联）。这就导致语义学重点的转变，敞开了通向一个包罗广泛的陌生化结构理论之路。"①

二　材料与程序

在俄国形式主义理论中，艺术作品的内容与形式被分离开来，一种新的文学观念得到了确立。这种新的文学观念强调：文学的本质是形式的制作，文学的目的不在于让接受者理解文本，而仅仅只是提供一种关于文本表象形式的陌生感知。文学的全部价值，似乎也存在于对形式感知的时间长短上。对此，霍拉勃在评价什克洛夫斯基的陌生化理论时总结说："陌生化行使着两种功能，一方面，这些设计揭示了语言常规与社会传统，迫使读者用新颖的、批判的眼光看待它们"；"另一方面，该设计使人们注意到形式自身，在某种意义上，通过把人们的注意引向作为一种艺术因素的陌生化过程，使得读者不去留心社会派生物。从接受理论角度看，最为重要的是，什克洛夫斯基在此勾画了阅读过程的基本构成，尽管作者利用陌生化旨在创作或感知，陌生化却是建立读者与本文关系的一个过程，作为艺术的文学由于这一行动而得以解释。"② 什克洛夫斯基的陌生化概念是同他对形式的理解紧密联系在一起的。

---

① ［美］让·布洛克曼：《结构主义：莫斯科—布拉格—巴黎》，李幼蒸译，中国人民大学出版社2003年版，第38页。

② ［德］H. R. 姚斯、［美］R. C. 霍拉勃：《接受美学与接受理论》，周宁等译，辽宁人民出版社1987年版，第295—296页。

关于文学形式问题，俄国形式主义者有其自身理论语境的阐释。传统的文艺观将内容视为作品表达的东西，将形式视为对内容的表达。在《不列颠大百科全书》中，形式是指“一个客体相对于其构成物质而言的形状、外貌或轮廓。在形而上学中，指与潜在本原，亦即物质相区别的事物的主动决定性本原。形式的概念经常以各种不同的方式出现在整个哲学历史中。……如以文学为例，形式这个术语可以指作者所选表现主题的要点、结构或体裁，例如：长篇小说，短篇小说、格言、俳句、十四行诗，等等。这个术语也可用以指称作品的内容与形式之完美结合的程度。在艺术评鉴方面，形式往往说明在着色、布局之外的画师功力。对于雕刻及其他造型艺术来说，形式属于可触可视的范畴，因而成为作品结构上的重要因素”①。而里德认为，“形式意指‘形状、各部分的排列，具有可见性。’而艺术品的形式也正是指作品本身的形状、各部分的排列及其可见性。一旦有了形状，有了两个以上的部分的组合，也就有了形式。当然，我们每谈及一件艺术品的形式时，往往是指一种特殊的形式，即一种以某种方式能打动我们的形式。”② 为了实现其文艺的基本主张，形式主义对传统文艺学的命题进行了置换。

俄国形式主义不满传统的内容与形式的二分法，③ 在形式主义者眼中，形式的概念具有崭新的意义。它不再是一个框架，而是一个除了自身之外，排除任何牵连的动态的、具体的整体。也就是说，形式不是盛装内容的容器，不是一只匣子，形式不仅包含内容，而且组织它、塑造它、决定它的意义。对此，我们可以从两个方面展开具体分

---

① 参见《不列颠大百科全书》第六卷第 387 页“形式”词条。

② ［英］赫伯特·里德：《艺术的真谛》，王柯平译，辽宁人民出版社 1987 年版，第 17 页。

③ 把形式与内容看作不可分离并且相互作用的理论主张可以远溯到亚里士多德。这种观点得到德国浪漫派文学批评家的重新肯定，并且通过曲折的途径经由柯勒律治、法国象征派或德桑克提斯而延续到 20 世纪文学批评——克罗齐、俄国形式主义、美学新批评派和德国的“形式史派”学者手中。（参见勒内·韦勒克《批评的概念》，张今言译，中国美术学院出版社 1999 年版，第 51 页）

析：一方面，俄国形式主义者认为传统的形式与内容的划分带来的是概念的含混不清。形式是“含混不清的词”，它通常与内容这个词联系在一起所束缚，而内容概念则更为混乱和更不科学。[①] 因此，俄国形式主义者主张形式的独立自主性，认为“艺术作品的形式决定于它与该作品之前已存在过的形式之间的关系。……任何一部艺术作品都是某一样品的类比和对立而创作的。新形式的出现并非为了表现新的内容，而是为了代替已失去艺术性的旧形式”[②]；另一方面，他们力求凸显形式在文学研究中的地位，希冀以“形式决定一切”来代替传统的“内容决定一切”。

在俄国形式主义者眼中，形式成了一个无所不包的口号，它意指一切构成艺术作品的要素。“俄国形式主义者反抗他们周围的处境，立论反对意识形态的批评，反对那种把‘形式’当作只是注进现成‘内容’的容器的看法。他们同许多以前和以后的批评家一样，立论维护形式与内容不可分割的统一性，认为‘语言要素’与通过语言要素表达的‘思想’之间划不出一道分界线。内容就蕴涵着某些形式要素。”[③] 由于不满传统的“内容与形式”的二分法，俄国形式主义者提出材料与程序这一对概念来对形式与内容进行置换，认为材料与程序的区分能揭示出对诗歌形式因素进行理论研究的新途径。

在《作为手法的艺术》中，什克洛夫斯基提出材料和程序这对概念。材料（俄文为 МаТеРИ）在俄国形式主义者那里主要包括两方面的内容：一是包括思想、观念、主题在内的思想材料；二是语言材料，它包括语音、语词等。对形式主义者来说，材料并不具有自身独立的意义，而仅仅只是一些原始的素材，它必须经过手法的加工与变形才得以进入文学作品当中，“文学作品是纯形式，它不是物，不是材料，

① ［法］茨维坦·托多洛夫：《俄苏形式主义文论选》，蔡鸿滨译，中国社会科学出版社 1989 年版，第 32 页。

② ［俄］维克多·什克洛夫斯基：《散文理论》，刘宗次译，百花洲文艺出版社 1997 年版，第 31 页。

③ ［美］勒内·韦勒克：《批评的概念》，张今言译，中国美术学院出版社 1999 年版，第 61 页。

而是材料之比”，“作品的规模、作品的分子与分母的算术意义并不重要，重要的是它们的比。”①

在形式主义者看来，材料必须经过特定的程序才能进入文学作品。程序（俄文为 ПРИеМ，又译为手法）是指使作品产生艺术性的一切艺术安排和构成方式，包括对语音、形象、情感、思想等材料的选择、加工与合理安排，对节奏、语调、音步、韵律、排比的精心组织以及词的选择与组合、用词手法、叙述技巧、结构配量和布局方式，等等。总而言之，“程序”是对材料的设计、加工与处理，凡是使材料变形为艺术品的一切处理方式都可称为程序。日尔蒙斯基指出，“作为程序（手法）的艺术”这个命题有两方面的意义：一方面是指“形式主义的世界观表现在这样一种学说中：艺术中的一切都仅仅是艺术程序，在艺术中除了程序的总和，实际上根本不存在别的东西”；另一方面，“它表明研究艺术的方法”，而依照此方法，“我们应该研究作品中审美事实的每一成分”。② 由于什克洛夫斯基的《作为手法的艺术》一文有上述批评方法论的意义，故艾亨鲍姆称誉此文为形式主义方法的宣言，认为此文为形式主义的具体分析开辟了道路。

在雅各布森看来，如果要想使文学研究成为科学的话，就必须承认程序是文学研究唯一的主人公。而什克洛夫斯基则认为，“手法的目的就是要使作品尽可能被感受为艺术作品”③。通过这种置换，在形式主义者那里，文学作品的存在方式不再是内容与形式的统一，而是程序与材料的统一。当然，其中的材料本身对艺术来说是无足轻重的，只有程序才是最终的追求与目的。材料只有经过程序的中介和转换，才能进入文学作品当中，成为审美客体。程序通过对材料的处理带来艺术外在形式的可感性，也只有这些具有可感性形式的东西，才

---

① ［俄］维克多·什克洛夫斯基：《作为艺术的手法》，方珊编《俄国形式主义文论选》，生活·读书·新知三联书店 1989 年版，第 369 页。

② ［俄］维克多·日尔蒙斯基：《论“形式化方法”问题》，方珊编《俄国形式主义文论选》，生活·读书·新知三联书店 1989 年版，第 359—360 页。

③ ［俄］维克多·什克洛夫斯基：《作为手法的艺术》，方珊编《俄国形式主义文论选》，生活·读书·新知三联书店 1989 年版，第 3 页。

能成为真正的艺术品。因此，在材料与程序的关系上，俄国形式主义者认为程序占据主导地位。只有程序才使材料转化为艺术作品，只有程序才使材料组合成为审美对象。没有程序的加入，材料就只是一团零碎、散落、漫无头绪的乱麻，仍是原始素材，不会也难以唤起人的审美感受。形式主义者们断言，只有那些用特殊程序创造出来的作品，才是具有艺术性的作品。“每一部作品都被有意地分解为各个组成部分，在作品的构成中来区分其类似的结构程序，也就是将文字材料纳入到艺术整体中去的组合法。这些程序即为诗学的直接对象”①，程序的目的在于使作品富于艺术性和审美性。

当然，在俄国形式主义那里，作品的创作也不能纯粹为了程序去创作程序，不能一味单纯地追求程序而忽视艺术的其他因素，如只看到程序，那么这些程序只会成为魔术杂耍而非艺术。对此，日尔蒙斯基明确地说：“诗歌程序不像自然历史的事实，它不是某种独立自在的、富于自我价值的东西。所谓自在的程序——为了程序的程序——不是艺术的程序，而是魔术。程序是为着艺术的目的，并从属于自己的任务的事实；在这个任务里，也就是在艺术作品的风格统一中，程序获得了自己的审美根据。”②

此外，在俄国形式主义者眼中，属于形式范畴的程序对非文学是否成为文学、材料是否成为艺术品起着决定性作用。在创作中，作者用特有的陌生化或复杂化程序对作为内容的材料进行加工和处置，进而把日常语言转化为诗歌语言，把事件转化为情节。因此，在这个意义上，艺术作品是指那些用特殊程序创造出来的作品，而这些“程序”的目的就是要使作品尽可能地被感受为艺术作品。由此看来，文学的文学性并非来自作为内容的材料当中，而是来自对材料的加工与组织，来自文学作品特有的程序。

---

① ［俄］鲍里斯·托马舍夫斯基：《诗学的定义》，方珊编《俄国形式主义文论选》，生活·读书·新知三联书店1989年版，第80页。

② ［俄］维克多·日尔蒙斯基：《诗学的任务》，方珊编《俄国形式主义文论选》，生活·读书·新知三联书店1989年版，第234页。

俄国形式主义者认为，程序不是静止不动、一成不变的，它有诞生、发展、兴盛、衰亡的历史发展过程。材料与程序处于一个动态的演变过程中，一方面，旧的材料经过长时间的使用，会失去其可感性，成为自动化的东西，在这个时候，就必须采用新的程序来对材料进行新的加工处理，再一次使其形象鲜明地呈现在接受主体面前。在这个意义上，新程序的产生是为了取代过时的旧程序，一旦程序由于不断地使用而逐渐变得陈旧僵化，便失去了自己的活力和功能。另一方面，程序经常性地重复使用而不更新，也会逐渐地失去其可感性而丧失其审美吸引力，正如托马舍夫斯基所言："手法经历产生、存在、衰老和死亡的过程。随着手法的运用，它们变成机械式的，失去自己的功能，不再是活跃的有生命的东西了。为了反对手法的机械化，便借助于新的功能，或是借助新的意义使手法得到更新。手法的更新与在新的环境下以新的意义引用古代作者的话是相类似的。"① 为了克服这种现象，就要使程序在功能和意义上不断翻新。对程序的不断求新构成了文学发展的动力，而其中最重要的艺术程序无疑就是陌生化的程序。

詹姆逊在《语言的牢笼》中写道："在一部具体的文学作品中，还存在陌生化技法与事件、事物在时间上的运动与变化之间的关系这个问题。"如何解决这个问题，对于叙事情节类作品来说，"主要的陌生化类型表现为延宕，分布合成（即将一件事分解成一段段的情节），双重情节（包括将不相干的情节与故事相互穿插），以及'展示技法'（即有意识地将读者的注意力吸引到叙事本身的基本手法上）"。② 詹姆逊眼中的陌生化技法就是什克洛夫斯基眼中的陌生化程序，即艺术创作中的陌生化手法。根据什克洛夫斯基的论述，陌生化的程序主要体现在诗歌程序的陌生化与小说程序的陌生化两个方面。

---

① ［法］茨维坦·托多洛夫：《俄苏形式主义文论选》，蔡鸿滨译，中国社会科学出版社1989年版，第269页。

② ［美］弗雷德里克·詹姆逊：《语言的牢笼》，钱佼汝译，百花洲文艺出版社1995年版，第49—50页。

就诗歌程序的陌生化而言，主要体现在语义、语音和语用三个层面。

语音的陌生化主要体现为破坏诗语的规则。如将一些毫不相关的词放在一起，将一些发音彼此不相连贯的词放在一起，借以产生难以发音的效果。此外，还可以对诗语的正常节奏加以变换，使节奏变得不协调，从而产生不易发音的效果。在这方面，语言陌生化所实现的是语音的转移。对此，什克洛夫斯基有着精彩而生动的论述。“一般语言（散文的）的节奏、劳动歌和劳动号子的节奏，它一方面，能够代替在必要时喊一声‘吭唷，加油’的口令，另一方面能够减轻劳动，使之自动化。的确，在音乐伴奏下走路要比没音乐时轻松；但一面走，一面进行活泼热闹的谈话同样也轻松，因为此时走路的动作我们并未意识到。所以一般语言节奏作为产生自动化的因素是重要的。但诗的节奏则与此不同。在艺术中有‘建筑柱型’，但希腊神庙中的圆柱没有一根是精确地立在建筑柱型规定的位置上。艺术的节奏存在于对一般语言节奏的破坏之中。”① 由此可见，诗歌语言陌生化的一个重要方式就是打破日常语言的正常节奏，借以形成陌生化的发音节奏。在缺乏所指的无义词带给人的快感中，重要的无疑是言语的发音方面。也许，诗给人带来的大部分快感，甚至主要就在于发音方面，在于言语器官的特殊舞蹈之中。“诗人为了复活语言本身所曾蕴藏的‘诗性的本质’，常常需要把僵死的语词‘打碎并变形’；或是根据旧的词根来创生新词（赫列勃尼科夫、古罗、卡缅斯基、格涅多夫）……从而促生‘一种新的活生生的语词’，唤醒沉睡中的美人，让诗语重新焕发出‘它曾经有过的熠熠的、宝石般的光辉’。”②

语义的陌生化主要体现为诗语解读的艰难化，即实现诗语的难化。诗语难化是区分日常语言与诗歌语言的重要标志。在这方面，语

---

① ［俄］维克多·什克洛夫斯基：《散文理论》，刘宗次译，百花洲文艺出版社 1997 年版，第 22 页。

② ［俄］维克多·什克洛夫斯基：《论诗歌和无意义语》，张冰《陌生化诗学：俄国形式主义研究》，北京师范大学出版社 2000 年版，第 122 页。

言陌生化所实现的是语义的转移。诗语难化的方法很多，在什克洛夫斯基看来，采用倒装、比喻、夸张、隐喻、反讽、象征等修辞手法都可以实现诗语的难化。诗人在进行创作时，往往产生不同于常人的特殊经验，要把这种特殊、新鲜的经验呈现出来，则难以遵守各种严格的语法规则，他需要在一定程度上解除现有的语法结构的束缚。所以，文学语言尤其是诗歌语言，必须对现成的语法习惯既遵循又突破。语法上的突破，对语言艺术完全必要，这在俄国形式主义者看来，就是所谓陌生化的“扭曲”。迪尼亚诺夫说：“词没有一定确定的意义。它是变色龙，其中每一次所产生的不仅是不同的意味，而且有的是不同的色泽。”① 通过词义的重新语境化、调整语词所处的位置或语词的序列、结构，从而改变原有语言的含义，实现语言语义的陌生化。

语用的陌生化主要体现为使用一些与日常语言不相吻合的词入诗，从而达到陌生化效果。如采用外来语、古代语、方言和土语等语言入诗。此外，还可使用不合时宜甚至早已过时的语言风格或突然插入时尚的语言风格，从而造成陌生之感。在这方面，语言陌生化所实现的是语感的转移。早在两千多年前的亚里士多德曾指出，诗歌的语言应当具有异域的、奇特的性质，从而制造惊奇效果。因为不同民族的语言具有不同的特性，如在语言当中插入另一个民族的语言，就很容易制造本民族读者在接受语言时的难度，从而制造出语言的陌生化。什克洛夫斯基认为，如一些童话故事就通过采用一些与日常语言不相吻合的奇特语，从而制造出陌生感，“有一系列故事情节是建立在其‘不能辨识’的基础上，如阿法纳希耶夫所编《历代童话精选》中的《胆小的贵妇人》，整个童话的故事都建立在不用本来的名称来称呼事物的基础上，即建立在不能辨识的巧用上”②。此外，什克洛夫

① ［俄］尤里·迪尼亚诺夫：《诗歌中词的意义》，方珊编《俄国形式主义文论选》，生活·读书·新知三联书店 1989 年版，第 41 页。

② ［俄］维克多·什克洛夫斯基：《散文理论》，刘宗次译，百花洲文艺出版社 1997 年版，第 19—20 页。

斯基还以普希金为例指出，在普希金生活的年代，人们已习惯于接受杰尔查文情绪激昂的诗歌语言，但普希金却使用俗语来表达并用以吸引人注意，这使当时人感到吃惊，甚至难以接受，而这正是一种陌生化的处理，使诗歌语言受阻、扭曲，延长被接受的时间，打破原有的欣赏习惯。

材料与程序在叙事作品中的延伸则演变成为另一对概念：故事（又译为本事）与情节。故事是一部作品里彼此相互联系的全部事件，情节则是作品中事件的艺术性分布。情节一词在形式主义者眼中是一个具有特定内涵的诗学术语，它表示事件在小说中被实际呈现和展开的时序，是故事在小说中被实际展开的“方式”。“‘故事’不过是事件的基本延续，是艺术家所遇到的素材。情节则是‘故事’得以陌生化，得以被人创造性地扭曲并使之面目皆非的独特方式。”[①] 故事可以是发生的真实事件，但情节则完全是一种艺术上的建构。“本事表现为在年代的连续中、从原因到结果的动机的整体；情节也表现为同样动机的整体，不过是按照它们在作品中所遵循的连续表现的。”[②] 简单地说，故事就是叙事作品中的原材料，而情节就是对这些原材料的艺术加工。在俄国形式主义者看来，故事和情节是材料和程序或内容和形式在叙事理论中的具体化和延伸。

小说程序的陌生化，主要体现为情节的陌生化，而情节的陌生化又主要体现在叙事角度和情节结构两个方面。[③]

在小说的叙事角度方面，要实现小说的陌生化，必须放弃传统小

---

① ［英］特伦斯·霍克斯：《结构主义和符号学》，瞿铁鹏译，上海译文出版社 1997 年版，第 65 页。

② ［法］茨维坦·托多洛夫：《俄苏形式主义文论选》，蔡鸿滨译，中国社会科学出版社 1989 年版，第 240 页。

③ 在什克洛夫斯基的理论视域中，小说的语言层面也存在着陌生化手法的处理。他曾引用托尔斯泰的创作实例，认为托尔斯泰在描写事物时通常对它的各个部分不使用通用的名称，而是使用其他事物当中相应部分的名称，如称“点缀”为“一小块绘彩纸版”，称“圣餐”为“一小块白面包”，经过这种处理，就会给小说带来奇特的陌生效果。因小说语言的陌生化与诗歌语言的陌生化有很大的相似之处，故这里不拟作重点讨论，而主要集中讨论小说叙事角度与小说结构层面的陌生化。

说叙事的全知叙事视角，而应当换一种新颖的、与众不同的有限叙事视角，即陌生化叙事视角。在采用陌生化的有限叙事视角的作品里，事件往往不是最重要的，最重要的是人物对事件的感受。有限视角再现了人们在生活中感受新事物、认识新事物的渐进过程，读者在渐进的阅读过程中充分领略、欣赏事物，沉醉于对它的感觉和体验之中，这既延长了读者感受的时间，又产生了意想不到的陌生化审美情趣。采用怎么样的视角才能算是陌生化视角呢？对什克洛夫斯基来说，主要有以下两种视角。

首先是要以陌生人的眼光来描写事物。为了说明这一点，什克洛夫斯基援引了托尔斯泰的大量作品，并从中找到了不少例证：托尔斯泰经常通过一个局外人的眼睛来描写事物。在《战争与和平》中，在描写战争的画面时，出其不意地将笔墨转到细节的描绘上，从而改变平常的比例，打破读者日常的观察定势，创造出独特的动态；通过小姑娘的眼睛描写参加军事会议者的谈吐举止；有时色情的事物通过影射的方式描绘出来，等等。什克洛夫斯基认为，托尔斯泰故意不说出熟悉事物的名称，使熟悉的事物变得似乎陌生化了，而且，他描绘物品就好像第一次看见这物品，描绘事件就好像这事件是第一次发生那样，如托尔斯泰在《可耻》中对鞭刑的描述：

> 在《可耻》一文中，托尔斯泰对鞭笞这一概念是这样陌生化的："……把那些犯了法的人脱光衣服，推倒在地，并用树条打他们的屁股。"几行以后他又写道："鞭打脱得光光的屁股。"他还在这里加了一条注解："为什么一定用这种愚昧、野蛮的方法致人疼痛，而不用别的方法，譬如，用针刺肩膀或身体其他部分，把手或脚夹在钳子里，或是某种其他类似的方法。"恕我举这个令人难受的例子，但这是托尔斯泰为触动良心所使用的典型方法。他通过描写，通过建议改变其形式，但不改变其实质而把

司空见惯的鞭刑陌生化了。[①]

通过这样的叙述，使接受主体对头脑中原本非常熟悉的鞭刑产生陌生感，从而延长读者关注鞭刑的时间和感受的难度，增加审美快感。而且，通过使用陌生化手法，我们通常所熟悉的鞭刑才因其新奇的、陌生的形式引起我们的注意，加深我们对事物的印象，从而恢复我们对鞭刑的原初体验。

其次是要用动物的眼光描写事物。例如，以马的眼光来看私有制，用马的那种近于天真的思考，使私有制的荒谬和不合理更加凸显在接受主体面前。“托尔斯泰经常运用陌生化手法；有一次（《霍尔斯托密尔》）由一匹马出面来讲故事，于是事物被不是我们的，而是马的感受所陌生化了。”[②] 由于从马的视角进行观察和思考，其观察和思考方式本身对读者注意力的吸引，就远较从人的理性观点出发去观察和思考这种方式要强。还如通过熊、鸟、昆虫的眼光审视男女偷情之类情景，“在色情散文里普遍运用熊和其他动物（或魔鬼：辨认不出的另一个理由）辨认不出人的情节和形象，这也是十分明显的陌生化手法（《无畏的老爷》《公正的士兵》）”[③]。就既避免了满纸污言秽语，还引起人们对这些情景的注意。

小说程序的陌生化在什克洛夫斯基那里还体现在叙事结构上。在《情节编构手法与一般风格手法的联系》中，什克洛夫斯基对叙事结构的陌生化讨论得比较多。在他看来，叙事结构的陌生化主要体现在以下方面。

首先，对故事情节进行重新编写。通过对情节的重新编写，从而使读者对本已熟悉的故事情节产生陌生感受，进而疏远读者与情节的距离。为此，什克洛夫斯基举了一个相当形象生动的例子。

---

① ［俄］维克多·什克洛夫斯基：《散文理论》，刘宗次译，百花洲文艺出版社 1997 年版，第 11—12 页。

② 同上书，第 12 页。

③ 同上书，第 19 页。

> 你去请这个某某人讲同一故事，他讲的时候不仅用另一种语言，另一种言语结构，而且有时是另一种调子。有的增加或保留令人心酸的细节，有的对某些片段插曲加上或保持嘲笑的眼光，有的又选择，或从别的故事中取来（或是从所有说书人共同的宝库中，关于这一点以后再说）另一种故事结局，于是出现新的人物，新的奇遇。……他的脑子能容下和记住多少，他就容下和记住多少。但他讲出来的却只有两三篇故事，一些与全民有关的观念穿上某种外衣，被赋予某种言语格调。故事全靠编嘛。①

在这种陌生化手法中，情节被打散，又被重新编造起来。从而使读者在熟悉的故事陌生化为新故事的过程中获得新奇的感受。“不可能有偶然的巧合。巧合仅仅是因为情节编构有特殊规律。即便有仿袭借用也不能解释，为什么相距千年万里会有同样的故事。”② “我们把选自错乱世界的片段材料剪接起来，我们又通过删节制造错乱。我们选择片段，我们改造它们，我们利用旧时的经验，就像用已经研制出的机械部体组合成完整的机器一样。”③ 因此，大凡新作品其实都是从旧作品中改造而来的，即用艺术手法将旧故事进行重新分解和编排，从而形成新作品。

其次，小说结构的陌生化体现在情节的“梯级性式”处理中。何谓“梯级性式”？什克洛夫斯基解释说：“艺术‘怀着对具体性的渴望’（卡列尔语）建立在梯级性和分解的基础上。甚至对已经被概括和统一的事物进行分解。重复及其具体表现——韵脚和同义反复、排比反复、延缓、叙事重复、童话的仪式、波折和许多其他情节性手法——都属于梯级性构造。”④ 为了说明梯级性构造，什克洛夫斯基列举了大量例子，如“姗姗来迟的救援”。“姗姗来迟的救援”是梯级性

---

① ［俄］维克多·什克洛夫斯基：《散文理论》，刘宗次译，百花洲文艺出版社1997年版，第27页。

② 同上。

③ 同上书，第235—236页。

④ 同上书，第33页。

构造中的一个方便的主题，在童话和冒险小说中被广泛利用，主要是通过某种行动的反复进行，借以拖延时间，使主人公获得拯救。如王子死期将至，他请求允许他洗个澡。他搬石头，生炉火，生好之后又弄灭，借以拖延时间。最后终于救兵来到，于是王子得救。此外，重复也是创造陌生化的手法，如斯特恩的小说《感伤旅行记》。

>（《感伤旅行记》）在交代抵达法国的短序之后，接连出现同一地方的名字——卡列。不过在这名称上略有增补，如加了“和尚”。紧接着又是“和尚”，然后是“马车”，再加上对比的解释。下面又是“卡列”，之后增为“在街上”，以下两章题为“库房之门”，接着仍是“卡列”，尔后“鼻烟盒”，又是“卡列”。再下去是“卡列的街上”“卡列库房”，又是“卡列的街上”。[①]

这些标题虽然雷同，但其实都别有他意。短小的标题表现出旅行者的感情的敏感和复杂。重复同样的标题，可以使人注意旅行情形的变化。更主要的是，短小的标题打破了传统标题的惯常用法，因而给读者陌生的感受，增强读者对小说的视觉感受。

再次，穿插也是一种小说结构的陌生化处理手法之一。所谓穿插，即“由一系列故事组成一部作品，作品中的人物给我们讲述一个故事，如此不断地故事串故事，直到第一篇故事被完全忘记时为止”[②]。如《一千零一夜》和《十日谈》的情节就是一种典型的穿插结构。薄伽丘“小说中的叙述，直接说明出自谁人，就像一个传一个递交拉力棒一样”。“马克·吐温在描写被救人的命运时，引入了后来叙述美国奇遇的技法。故事似乎停滞不前，总在反顾旧的叙述手法。”[③]在这种情节处理中，作者不断用讲述者的故事来告诉读者，这些故事

---

① ［俄］维克多·什克洛夫斯基：《散文理论》，刘宗次译，百花洲文艺出版社 1997 年版，第 239 页。

② 同上书，第 58 页。

③ 同上书，第 221 页。

都是小说中的人物所讲出来的，因此不是作者自己真正要讲的故事。这样就使读者与小说之间始终保持着一定的距离，并且清醒地意识到小说的情节结构是如何组织在一起的。

当然，有必要指出，不论是重新编写情节，还是情节的梯级性构造，抑或是情节的穿插，归根到底，其实质都在于使熟悉的情节陌生化，借以创造读者与文本、读者与作者之间的距离。

三　“无父”文学史

在文学史问题上，俄国形式主义以语言形式作为逻辑起点，并且引入“陌生化—自动化”概念，以此作为文学发展的动力。

在什克洛夫斯基眼中，文学史不应当成为思想史或社会文化史，文学史的形成应当立足于文学内部的形式的不断变迁。也就是说，当一种文学形式广泛流传开来，这种形式就会得到广泛的模仿而变得千篇一律，从而变成了一些自动化的模式。在这个时候，就需要有另一种新的、可感性的形式来取代它。因此，为了打破自动化感受的习惯化定势，冲破审美注意的惯性，使接受主体获得新颖奇异之感，并使这种感受长久地留在接受主体的审美屏幕上，艺术家必须通过创造复杂化和难化的新模式来替代业已陈旧的文学发展模式，不仅打破原有发展模式的规范和格局，而且独辟蹊径、趋奇走怪地营造异于前在的艺术迷宫，从而达到艺术更新人类意识的目的。

从“陌生化—自动化”维度来看，文学史的发展便不再如传统所言的那样是直线式的，而是沿着断断续续的、不断发生模式转换的路线前进的，文学的历史也就成为一部自动化不断消解的发展史。如霍克斯所言，“在这部文学史中，新的形式或文体起来反抗旧的形式或文体，但并不是作为它们的对立面，而是作为对文学的永恒因素的重新组合、重新聚合。这也是陌生化过程的一部分：当‘陌生的’东西变为人们熟知的东西时，它就需要其他事物来取代。”① 这种发展史表现为一种螺旋上升的辩证发展过程。当下的文学模式已不再对我们的感觉产生影响，必须对之进行陌生化或变形处理，使其以另外一种新的模式呈现于我们面前，使我们的感知得以复活。新的文学模式经常性地重复使用，不断地刺激我们的感知，久而久之，会逐渐成为一些干枯的、自动化的感知经验，不能再引起我们的注意。我们就要在更高一级的层面上再一次对之进行陌生与变形处理，使其再次成为能调动我们感知积极性的新鲜模式，使我们永远处于感知的不断变异中，从而获得持续的美感享受。不难看出，在形式主义者眼里，一部文学史就成为一部文学形式的自动化与陌生化不断交替的历史。

在《文学发展论》中，迪尼亚诺夫更是明确地阐述了这种文学史观：

> 一种事实如文学事实的存在取决于其差别的性质（也就是说它与文学系列的类比，或是与非文学系列的类比），换句话说，决定于它的功能。②

> 由于“文学事实”所处的文学体系时期不同，某一个时期的“文学事实”，在另一个时期便是属于社会生活的一种语言学现象，反之也是一样。③

在迪尼亚诺夫的语境中，他打破传统内容与形式二元对立的封闭式文学史研究状态，引进了系统与功能的二元结构模式来说明文学的历史发展演变。迪尼亚诺夫将系统划分为三个层次：文本层面系统，即单一的文学作品；文本间层面系统，即文学作品间相互关系，包括

---

① ［英］特伦斯·霍克斯：《结构主义和符号学》，瞿铁鹏译，上海译文出版社 1997 年版，第 71 页

② ［俄］尤里·迪尼亚诺夫：《论文学的演变》，［法］茨维坦·托多洛夫编《俄苏形式主义文论选》，蔡鸿滨译，中国社会科学出版社 1989 年版，第 104 页。

③ 同上。

作品间的共时与历时关系；社会生活系统，即文学与非文学的关系。与系统相对的是要素概念，即指文学作品中运用的各种形式手段，如韵律、节奏、情节等。要素在系统中的作用即功能，“我把一种要素与同一体系也就是整个体系中其他要素相互类比的可能性，称之为作为体系的文学作品中一种要素的积极功能。”要素的“积极功能”就是文学发展的内在动力。文学要素的演变带来形式的演变，形式的演变带来功能的演变，进而推动系统间相互关系的变化，文学史就是系统演变的历史。在此系统中，自动化与陌生化则是系统演变的参照系或旁注。

形式主义将形式从诸多因素中剥离出来，将文学看成游离于社会、政治、宗教、道德之外的独立系统，纯粹从形式的新旧交替中来考察文学的演变。这样就将文学演变的动力归结到了形式内部，将文学史视为由形式自身不断的自我否定、交替演变而构成的文学发展的历史。当形式一旦自动化，就必然要求出现新的形式取而代之，而那些同一系统中以前并非处于主导地位的形式要素和其他系统中的形式要素就会进入某一系统，成为新的功能。对此，迪尼亚诺夫说：“如果我们承认演变是一个系统中各种词语之间的关系的变化，也就是说，是功能和形式要素的变化，那么这种演变就正是各个体系的‘替代’。这样的替代在不同时代急缓不一，其前提不是更新或是突然全面代替形式要素，而是创造这些形式要素的新功能。”[①] 在这个意义上，文学的演变史也就简化成为形式的演变史，文学的发展变化史就成为形式要素自动化不断消解的发展史。

与文学史的发展规律相类似，文学风格与文学流派也呈现同样的发展规律。俄国形式主义者认为，在一个时代，总是会有多种文学风格与流派并存，它们同时存在于文学之中，其中有作为主流的文学风格与流派，也有处于默默无闻或边缘状态的文学风格与流派。但

① ［俄］尤里·迪尼亚诺夫：《论文学的演变》，［法］茨维坦·托多洛夫编《俄苏形式主义文论选》，蔡鸿滨译，中国社会科学出版社 1989 年版，第 114 页。

是在文学的历史发展中，一些陈旧的、作为主流的文学风格模式在接受主体的审美感知中会逐渐变得自动化，失去了可感性，以致被另外一种非主流的边缘文化风格所取代。这种主流成为非主流，或非主流成为主流的文学形式和文学风格变迁的历史，在什克洛夫斯基看来，它们的发展并不是沿袭“父子相传”的模式，而是呈现“叔侄相传”的模式。

> 在文学流派交替演变的过程中，遗产不是从父亲转给儿子，而是从叔叔转给侄子。在每一个文学时代中，都存在着不是一个，而是好几个文学流派。它们都共时地存在于文学中，其中，只有一个是当时规范化了的主流文学的代表。其他流派虽也存在，但却是非规范化地、冷僻地存在着的。例如，在普希金的时代，在丘赫尔柏凯和格里鲍耶多夫的诗中，就曾有杰尔查文传统；同时存在的还有俄国轻松喜剧诗传统，以及一系列其他传统，如布尔加林的纯冒险小说传统。[①]

而迪尼亚诺夫则写道：

> 当谈及“文学传统”和“继承性”问题时，人们一般总以为它们乃是一条将某一文学支流的二、三流代表与一流代表联系起来的直线。其实这个问题很复杂。问题在于直线连续性是根本没有的。有的只是从某一点出发而作的探索、拒斥——即斗争。而在对其他支流及其他传统的代表的态度方面，却没有这样的斗争：人们只不过绕过他们，或是否定，或是对之表示敬意，但却以自己存在的这一事实本身来与之斗争。[②]

---

① ［俄］维克多·什克洛夫斯基：《汉堡账单》，张冰《陌生化诗学：俄国形式主义研究》，北京师范大学出版社2000年版，第298页。

② ［俄］尤里·迪尼亚诺夫：《陀思妥耶夫斯基与果戈理：兼论讽刺性模拟理论》，张冰《陌生化诗学：俄国形式主义研究》，北京师范大学出版社2000年版，第298—299页。

这就是俄国形式主义的文学史演变的两条原则：在同父辈的斗争中，孙子转向了他的祖父；遗产不是从父亲到儿子，而是从叔伯到侄子。按照形式主义者的观点，每一个时期文学都是无父的一代：它会继承其叔叔、姑姑、爷爷的特点，却很少继承其父亲的特点。不仅如此，每一个时期的文学似乎都有一种弑父情结，它对父辈建立的理论总是猛烈地抨击、破坏，并在此基础上建立起自己的支配地位。在这个意义上，我们可以说，在俄国形式主义者眼中，文学史呈现“无父式”的发展特征。

第三节　陌生化诗学的内涵

在俄国形式主义者什克洛夫斯基那里，所谓陌生化就是“使之陌生”，就是要审美主体对受日常生活的感觉方式支持的习惯化感知起反作用，要很自然地对主体生活于其中的世界不再看到或视而不见，使审美主体即使面临熟视无睹的事物时也能不断有新的发现，从而延长其关注的时间和感受的难度，增加审美快感。陌生化会不断破坏人们的常备反应，使人们从迟钝麻木中惊醒过来，重新调整心理定式，以一种新奇的眼光，去感受对象的生动性和丰富性。笔者认为，陌生化通过对前在文本经验的违背，创造出了一种与前在经验不同的特殊的符号经验，这种对前在经验的反拨，体现了陌生化的质的规定性：取消语言及文本经验的“前在性”。陌生化力求取消形式及文本经验的“前在性”，在这种陌生化的程序中，一个内在本质上却又往往被我们所忽略的悖论呈现了出来：陌生化与“前在性”的悖论性共存。

一　取消前在性

何谓陌生化？什克洛夫斯基在《作为手法的艺术》中谈到，对于熟悉的事物，我们的感觉趋于麻木，仅仅是机械地应付它们，只是凭习惯了解它们，却看不到它们，体验不到它们。“事物被感受若干次之后开始通过认知来被感受：事物就在我们面前，我们知道这一点，但看不见它。所以，我们关于它无话可说。在艺术中，把事物从感受的自动化里引脱出来是通过各种方式实现的。”① 艺术就是要克服这种知觉的自动化，艺术的存在是为了唤醒人对生活的感受。

> 正是为了恢复对生活的体验，感觉到事物的存在，为了使石头成其为石头，才存在所谓的艺术。艺术的目的是把事物提供为一种可观可见之物，而不是可认可知之物。艺术的手法是将事物“陌生化”的手法，是把形式艰深化，从而增加感受的难度和时间的手法，因为在艺术中感受过程本身就是目的，应该使之延长。艺术是对事物的制作进行体验的一种方式，而已制成之物在艺术之中并不重要。②

从什克洛夫斯基的论述可以看出，陌生化将日常的熟悉事物加以艺术处理，使之与我们保持一定的距离，从而使我们获得陌生美感。笔者认为，陌生化通过对日常话语以及前在的文本经验的违背，创造出了一种与前在经验不同的特殊的符号经验。这种对日常语言的偏离和传统文本语言及经验的反拨，体现了陌生化的质的规定性：取消语言及文本经验的“前在性”。

“前在性”是相对于“当下性”而言的。前在的语言，人人都使用，已变得陈旧而没有新意。当下的语言，由于割裂了传统语言给予我们的期待视野，颠覆了前在符号经验给予我们的召唤结构，因而焕发着无限的生机和活力。取消前在性，意味着在平常的创作中要不落俗套，要将普通的、习以为常的、陈旧的语言和生活经验通过变形处理，使之成为独特的、陌生的文本经验和符号体验。

---

① ［俄］维克多·什克洛夫斯基：《散文理论》，刘宗次译，百花洲文艺出版社 1997 年版，第 11 页。

② 同上书，第 10 页。

从陌生化的质的规定性出发，我们可以从以下几个方面对陌生化命意进行把握。

从文本的维度来看，陌生化的前提是形式与文本经验的可感性。

陌生化力求更新语言及文本经验的前在性，势必要对前在的语言进行创造性的歪曲与变形，使之以异于常态的方式出现于我们面前。这样，陌生化的一个最突出的效果，就是能打破人们的接受定势，还人们对艺术表现方式及内容的新鲜感。艺术既然是以被感受为其存在的第一要义，那么，作者与艺术家首先应当关心的，就是在创作中如何提高作品的可感性，如何把读者的审美注意调动起来，最大限度地获得美的享受。詹姆逊说："陌生化使事物变得陌生，使感知重新变得敏锐。"① 不难看出，"可感性"是陌生化效果得以产生的潜在前提。早在写作《词语的复活》时，什克洛夫斯基就提出，词语的生命就在于"可感性"，"未来主义的任务——使物复活起来——是使人重新感受到世界"②。就词语的可感性而言，陌生化就是要让词成为词，把词从被象征主义者所赋予的崇高含义全部吞没的危险中解救出来，从而恢复词的音响的经验性。在这个意义上，陌生化的目的就是对抗这种感觉的日益异化和疏远化，让人以自然纯朴的眼光去观照世界，以最真实的语言去捕捉人与事物接触时刹那间的新鲜感觉，冲破惯性思维的锁闭，复归感性的体验本源。

可感性是陌生化命意的核心，要使文本获得可感性，就必须背离常规，打破日常习惯的自动化。对此，什克洛夫斯基举了契诃夫《记事本》中的一个例子：某人沿着一条胡同，走了不知是十五年，还是三十年，每天都看到一个招牌："сиг 品种俱全"（сиг 是一种淡水鲑鱼）。他天天都疑惑不解："谁需要 сиг 品种俱全呢？"却并没有去深究。后来，终于不知是谁取下了招牌把它挂在墙的侧面，于是这人看

---

① ［美］弗雷德里克·詹姆逊：《语言的牢笼》，钱佼汝译，百花洲文艺出版社 1995 年版，第 41 页。

② ［俄］维克多·什克洛夫斯基：《词语的复活》，［苏］米哈伊尔·巴赫金《文艺学中的形式主义方法》，李辉凡等译，漓江出版社 1989 年版，第 71 页。

到的是："сигар 品种俱全。"（сигар 是雪茄烟）[①] 这个故事对什克洛夫斯基的触动很大，在他看来，每天经常遇到事情会让人们变得麻木不仁，而要将日常事实变成艺术事实，艺术家就必须"触动事物"，摘掉日常事物中模棱两可的招牌，而这，则要将日常生活中习以为常的事物变成某种可感觉到的事物，使其成为艺术。因此，"艺术家永远是挑起事物暴动的祸首。事物抛弃自己的旧名字，以新的名字展现新颜，便在诗人那里暴动起来。"[②]

可见，陌生化就是一个摘掉招牌的工作。招牌尽管招徕顾客，但它毕竟用一个空洞无物的符号将人与对象分隔开来，令人无法直面对象，直接地感知对象。"招牌被摘了下来，这是把对象变成某种感觉到的东西、某种可以成为艺术品素材的东西的方式之一。"[③] 因此，艺术家的工作就不只是要摘掉旧招牌，而是要摘掉一切招牌，让人直面对象。不仅如此，艺术家还要让对象以全新面目呈现于人的眼前，激发起人被钝化了的感觉，以新的激情和敏锐的感觉去拥抱对象。对什克洛夫斯基来说，事物存在的情况有两种：作为一般事物而存在，但被感受为诗；作为诗而创造，但被感受为一般事物。由此，什克洛夫斯基认为，"这一事物的艺术性，它之归属为诗，是我们的感受方式产生的结果。而我们（在狭义上）称为艺术性的事物则是用特殊的手法制作，制作的目的也在于力求使之一定被感受为艺术性的事物。"[④]

韦勒克和沃伦在《文学理论》中曾指出，人们对平常所熟悉的语言组合或陈词滥调往往不能作出立即的反应，他们不再把文字看作文字，也不去确切地理解文字联合所指的意义，甚至会因文学审美蜕变成机械化的语义认知而感到腻烦。只有当我们把文字以新鲜的方式令人吃惊地组织在一起时，我们才能够认清它们，并了解它们所象征的

① ［俄］维克多·什克洛夫斯基等著，方珊编：《俄国形式主义文论选》，生活·读书·新知三联书店 1989 年版，第 19 页。

② 同上。

③ 同上。

④ ［俄］维克多·什克洛夫斯基：《散文理论》，刘宗次译，百花洲文艺出版社 1997 年版，第 6 页。

意义。[①] 韦勒克和沃伦所言针对的就是日常生活体验中的自动化和机械化心理过程，这是一种感知的标签化，不需要进入个体内心的顺势体验，这种体验的程式化会麻痹个体的感觉。而现代美学家桑塔耶那也有相似的论述。

> 某些刻板的说法，曾被当作价值的判断，其实是对此种事情的愚昧无知之掩饰。老生常谈最容易使人感觉麻木。[②]

> 如果重复的刺激不是十分尖锐，我们须刻之间就会淡忘了它们；像时钟的嘀嗒一样，它们不过变成我们体内状态的一个要素。……我们习惯了的难看的东西，例如风景上的缺点，我们的衣服或墙壁的丑处，并不使我们难堪，这不是因为我们看不见它们的丑，而是因为我们习而不察。[③]

韦勒克、沃伦和桑塔耶那所言道出了什克洛夫斯基陌生化的心理机制：千篇一律的机械性和自动化反应使个体完全丧失了感受的无限丰富性和诗意性，使人根本无法领略人生活的全部丰富性、生动性、鲜活性。“当一些现象太熟悉，太‘明显’时，我们就觉得不必对其进行解释了。”[④] 如何打破自动化，摆脱机械性，让个体重新唤起对生活的诗意关注，恢复第一次感受事物时那种原初状态，这就需要使事物不断地以崭新的、陌生的、鲜明的，甚至异于寻常的面貌重新呈现于人的面前。正如另一位形式主义者托马舍夫斯基所言：“文学外材料在被引入作品时，为不致从艺术作品中脱落，应在材料的表现的具备新颖的和个性的根据。要把旧的和习惯的东西当作新的和尚未习惯

---

① ［美］勒内·韦勒克、［美］奥斯丁·沃伦：《文学理论》，刘象愚译，生活·读书·新知三联书店1984年版，第277—278页。

② ［美］乔治·桑塔耶那：《美感》，缪灵珠译，中国社会科学出版社1982年版，第13页。

③ 同上书，第72页。

④ ［美］诺姆·乔姆斯基：《语言与心理》，牟小华等译，华夏出版社1989年版，第27页。

的东西来谈；要将司空见惯的东西当作反常的东西来谈。”[①] 因此，艺术的功能恰恰在于使我们的感觉非习惯化，从而复活对象。所以，在陌生化手法中，接受者的心理机制也相当重要，在某种意义上，接受者决定艺术品的价值。

文学作品生命力的源泉是感受，作品是否具有艺术性，首先取决于它是否可感，作品的艺术性，也无非是由感觉方式所产生的一种效果。作品之所以要由特殊的手法写成，之所以要对形式与内容加以“陌生”的变形处理，目的就在于要使其尽可能地被接受者所感受到。什克洛夫斯基说：“作家或艺术家全部工作的意义，就在于使作品成为具有丰富可感性内容的物质实体，使所描写的事物以迥异于通常我们接受它们时的形态出现于作品中，借以吸引读者的注意力，延长和增强感受的时值和难度。”又说：“感觉之外无艺术，感受过程本身就是艺术的目的。”[②] 可见，陌生化通过种种不同的形式手法，对前在的思想及其表现范畴实施变形。通过对前在的日常语言、主导意识形态或其他文学作品符码所加之于现实之上的特定的接受或思维模式的颠覆，来达到取消“前在性”的目的，并以此来削弱我们在接受世界时所惯用的把握方式。

文学不是如科学那样从概念方面来使世界组织化，而是将我们通常用来接受世界的那一形式解构，以此打开一道缝隙，好让我们能够透过它来看见世界的某一个新的意想不到的方面。正如本内特所言：“文学以此对接受实施着双重的转移。即其所使之显得陌生的不光是被程式化惯例性表现方式所提供的那一‘现实’本身，而且也包括惯例性表现方式本身。文学不光提供认识现实的一个新视角，而且还揭示那些被认为是‘现实’的东西其实不过也是一种构成品、是一种形

① ［俄］鲍里斯·托马舍夫斯基：《主题》，方珊编《俄国形式主义文论选》，生活·读书·新知三联书店 1989 年版，第 132 页。

② 张冰：《陌生化研究：俄国形式主义诗学》，北京师范大学出版社 2000 年版，第 178 页。

式的动作结果。”① 陌生化要求人们摆脱感受性的惯常化，突破事物的实用目的，超越个人的种种利害关系和偏见的限制，带着惊奇的目光和诗意的感觉去看事物。由此，原本司空见惯、习以为常而毫不起眼、毫无新鲜感可言的事物，就会焕然一新，变得异乎寻常，鲜明可感，从而引起人们的关心和专注，重新回到原初感觉的震颤瞬间。

由此可见，陌生化是一种重新唤起人们对周围世界的兴趣，不断更新人们对世界感受的方式。作者在创作过程中要力求将文本的可感性前置，而接受主体也必须摆脱感受性的惯常化，突破事物的实用目的，超越个人的种种利害关系和偏见的限制，带着惊奇的目光和诗意的感觉去看事物。在这一过程中，陌生化的审美效果是艺术的最终目的，艺术不能贪图省力，必须对表现过程加强难度，使接受主体长久地驻留在审美对象的“视像”上。如本尼特所言：“在所有这一切中，形式派最偏爱这种文学形式：它们不掩饰或抹杀它们本身的形式作用，而在表面上明确展示出它们本身发挥作用的过程。这种对‘裸露技巧’的偏爱在一定程度上反映了他们所受的康德‘为艺术而艺术’观点的影响。因为现实主义写作模式鼓励读者在阅读文学作品时，不必注意形式上的艺术技巧，而透过它们去把握隐藏在艺术技巧下面的故事；而那些运用裸露技巧的作品，则使读者把作品的艺术性作为审美目的本身予以关注。可见，什克洛夫斯基是 zaum 诗歌直言不讳的拥护者。这种诗歌慎重地选用词语及其有效的意义，以便产生一种超越理性的语言，在这种语言中，词语以纯艺术形式的方式发挥作用。”②

从陌生化的实现过程来看，陌生化创造了复杂化和难化的形式。为了打破自动化感受的定式，冲破审美注意的惯性，使接受主体获得新颖奇异之感，并使这种感受长久地留在接受主体的审美屏幕上，艺术家必须创造出复杂化和难化的形式，不仅打破原有形式的规范和格

① T. Bennett, *Formalism and Marxism*. Routledge, 1979, p. 54.

② ［英］托尼·本尼特：《形式主义与马克思主义文学批评》，张来民译，《黄淮学刊》1992 年第 2 期。

局，而且独辟蹊径、趋奇走怪地营造异于前在的艺术迷宫。这种精心营造的艺术迷宫无疑会增加形式的艰深化，增大接受主体审美感受的难度。但百川归海，最终都是为了达到“艺术更新人类的记忆”① 的目的。

什克洛夫斯基对艺术品的复杂化和难化极为注重，认为诗歌语言是一种受阻碍的、扭曲的语言。在诗歌中，诗语采用一系列手法，极力破坏普通语言的规则，从而产生难以发音的效果；使用冷字、古字、外来词、方言词等陌生词语入诗，以不合时尚语言风格对时尚风格进行突然“施暴”，从而使读者在新奇中获得新的审美享受。在叙事类作品中，复杂化和难化主要表现为叙事语言的陌生化、叙述角度的陌生化和叙事结构的陌生化。通过这些“谜”化、“隐化”处理，艺术就不可能沿着平坦而笔直的道路行军，而只能踟蹰于“弯曲崎岖的道路、脚下感受到石块的道路、迂回反复的道路”② 上。艺术品就好像一座浮在海面上的冰山，呈现于接受主体面前的，只是浮出水面的十分之一，而隐于水下的十分之九，要靠接受主体去挖掘和丰富。因此，艺术的成功永远是一场骗局，特殊的艺术程序越精巧和独特，艺术的感染力也就越强烈；程序越隐蔽，骗局也就越成功，艺术就越成功。

从发生学的角度看，要获得复杂化和难化的艺术效果，其前提是要对我们熟悉的语言及文本经验进行创造性的变形。托马舍夫斯基说：“程序都经历诞生、发展、衰老、死亡的过程。程序随着不断的使用而变得僵化，结果是逐渐丧失自己的功能和活力。为了克服程序的僵化，就要使程序在功能和意义上不断翻新。程序的翻新，无疑是对前辈作家的东西给以别致的使用并赋予崭新的含义。”③ 这里的“别

① ［俄］维克多·什克洛夫斯基：《散文理论》，刘宗次译，百花洲文艺出版社 1997 年版，第 6 页。

② 同上书，第 25 页。

③ ［俄］维克多·什克洛夫斯基等著，方珊编：《俄国形式主义文论选》，生活·读书·新知三联书店 1989 年版，第 32 页。

致的使用”就是一种诗语的变形。变形在我国古典诗学中表现为违背常理、违背习用的标准语言，力求破常示新。杜甫《秋兴》诗句：“香稻啄余鹦鹉粒，碧梧栖老凤凰枝”，如改为“鹦鹉啄余香稻粒，凤凰栖老碧梧枝”，便毫无诗韵可言。刘长卿的《长沙过贾谊宅》诗句：“秋草独寻人去后，寒林空见日斜时”，如改为“人去后独寻秋草，日斜时空见寒林”，便会了无生气。正是在这种诗语的变形与错位中，诗人们有意颠倒、打乱语言的常规顺序，借以求得陌生化效果。

文本经验的创造性变形是俄国形式主义者对艺术陌生化技巧的独特看法，这一独特之处我们可以到西方诗学的传统语境中得到说明。在传统的诗学语境中，艺术作品的一切都是为了某种最终的特定目的而存在的，这是文本作为消费品所应当具有的独特品性。然而对俄国形式主义者来说，陌生化打破了这种消费格局，作品中存在的一切首先只是为了让作品得以形成，文本本应具有的独特品性被置换成了文本自身的言说方式。“这种方法的优点在于，亚里士多德式的分析最终跑到了作品之外（如心理学以及有关一般感情之类作品之外的问题），而什克洛夫斯基则认为，诸如怜悯与恐惧这样的感情首先应该被认为是作品的组成部分或成分。”① 传统文论的种种美学主张总是试图跑到纯文学系统之外，这实际上是将文学导向哲学与社会学层面，而忽视了文本的纯文学功能性，而通过对传统文本经验的创造性变形，文本实现了由本体向技巧的转移，文本经验也实现了由外在言说性向内在指涉性的转换。

俄国形式主义倡导文学创作中要有意偏离语言的规律系统，以各种方法使普通语言“变异”。通过采用诸如压挤、凝聚、缩短、拉长、错置等一系列手法，使诗语与日常语言区别开来，破除接受者的预定接受定势，从而引发读者的感受兴趣激活读者的感受能力。什克洛夫斯基在《马步》中写道：“不同时代有不同的感受能力，每个时代都

---

① ［美］弗雷德里克·詹姆逊：《语言的牢笼》，钱佼汝译，百花洲文艺出版社 1995 年版，第 69 页。

有其特有的接受方式。文学作品如欲永保其可感性，就必须不断地变化其表现形式，因为表现形式的变化也就是感受方式的变化。”[①] 可见，作家或艺术家独异于常人之处，就在于他是一个美的发现者，善于从常人眼中无奇可言的现实生活中挖掘出美来，并通过创造性的变形，将之呈现在接受主体面前。

从接受主体的心理维度来看，陌生化所针对的是主体感知系统的自动化，陌生化引发了接受主体的惊奇感与惊异感。对于习惯的事物，我们的感知总是处于一种自动化过程之中，我们只是凭习惯去了解它，却看不见它，体验不到它。如我们经常处在室内，就会对墙壁视而不见；我们经常很难发现校样上的错字，因为我们通常按我们自己的语言习惯在理解它。对此，杰弗逊分析说：“艺术能更新我们对生活和经验的感受，把司空见惯、无意识感知的东西变得陌生。譬如走路，我们天天走来走去，就不再意识到有什么新鲜。但是，当我们跳舞时，无意识的步行姿态给人以新鲜感。”[②] 在这个层面上，陌生化要对被日常习惯化模式所自动化的感知体验进行颠覆。在什克洛夫斯基的引述中，托尔斯泰曾经描述过这种感知的自动化情形：

> 我在房间里抹擦灰尘，抹了一圈之后走到沙发前，记不起我是否抹过沙发。由于这些动作是无意识的，我不能而且也觉得不可能把这回忆起来。所以，如果我抹了灰，但又忘记了，也就是说做了无意识的行动，那么这就等于根本没有过这回事。如果那个有心的人看见了，则可以恢复。如果没人看见，或是看见了也无意识，如果许多人一辈子的生活都是在无意识中度过，那么这种生活如同没有过一样。[③]

---

① 张冰：《陌生化研究：俄国形式主义诗学》，北京师范大学出版社 2000 年版，第 192 页。

② ［美］安纳·杰弗逊、戴维·罗比：《西方现代文学理论概述与比较》，包华富等译，湖南文艺出版社 1986 年版，第 6 页。

③ 托尔斯泰 1897 年 3 月 1 日日记。参见［俄］维克多·什克洛夫斯基《散文理论》，刘宗次译，百花洲文艺出版社 1997 年版，第 10 页。

什克洛夫斯基引述托尔斯泰的日记，意在表明：我们在接受的过程中，总是处于一种自动化的模式之中。实际上我们意识中没有接受的事物总是以无意识的、不证自明的方式被我们所接受。对此，什克洛夫斯基自己也有生动的描述："如果我们来研究感受的一般规律，就会发现，动作一旦成为习惯，就会自动完成。譬如，我们的一切熟巧都进入无意识的自动化领域。谁要是记得自己第一次握笔或第一次说外语的感受，并以之与自己后来第一万次做这些事时的感受相比较，就会同意我们的意见。我们的日常言语中有不完全句或只说出一半的词语，这种规律性现象就归因于自动化过程。"① 面对生活中司空见惯的事物，人们的感知系统已经麻木，面对熟悉的事物，我们的感觉也视而不见，艺术的陌生化就是要使熟悉的对象变得新奇，从而引起人们新的感知兴趣。

在这个意义上，陌生化是相对于自动化的习惯、经验和无意识而言的，它产生于变形和扭曲，产生于差异和独特。而且，陌生化要求我们对受日常生活的感觉方式支持的习惯化过程起反作用，要很自然地对我们生活于其中的世界不再看到或视而不见，要"创造性地损坏习以为常的、标准的东西，以便把一种新的、童稚的、生机盎然的前景灌输给我们"，作者在创作中也应"瓦解'常备的反应'，创造一种升华了的意识"，使我们"最终设计出一种新的现实以代替我们已经继承的而且习惯了的（并非是虚构的）现实"。② 对套板式的陈词滥调，我们往往以一种不经意的、机械的方式去把握，以至于感觉的麻木。艺术中的陈旧规范随着不断的使用而不再成为有效的东西，习以为常的事物由于不为人所注意也会逐渐成为无意识的东西。因此，"规范程序到一定的时候就要衰败。文学的价值就在于独出心裁的创新。追求创新的反对矛头一般指向规范的、传统的、'一成不变'的

① ［俄］维克多·什克洛夫斯基：《散文理论》，刘宗次译，百花洲文艺出版社 1997 年版，第 9 页。

② ［英］特伦斯·霍克斯：《结构主义和符号学》，瞿铁鹏译，上海译文出版社 1997 年版，第 61—62 页。

程序。……衰败的、陈旧的、古老的程序令人感到是复活的残迹，已失去意义但任凭惯性继续存在的现象，活人中间的死尸。相反，新程序则以其超凡脱俗使人耳目一新。”① 因此，陌生化意味着对旧规范旧标准的超越、背反，它是对读者的审美心理定式、惯性和套板反应的公然挑战。

现代心理学的研究表明，审美愉悦的实现来自审美接受者的两种心理唤醒：渐进性唤醒和亢奋性唤醒。通过渐进性唤醒，情感可以达到适当的程度，因为在这种唤醒中，情绪的紧张度是渐进递增的，一切的情绪激动都是水到渠成的。而在亢奋性唤醒中，情感超过了适当的程度而剧烈上升，然后在唤醒下退时得到一种解除的愉悦。渐进性唤醒是依靠人们熟悉的、有规律的模式的逐渐变化而达到的，它所引起的注意时间极为短暂，所以要佐以“亢奋性”唤醒。由于亢奋性唤醒介入了高度奇异和令人有惊讶或复杂之感的样式，因而它不但有维持审美主体注意的可能性，同时也因为这类模式不可能很快地使人适应而迎合了主体的逆反心理，诱发其对文本进行不断的玩味与揣摩。不难看出，这种亢奋性唤醒就是通过对熟悉事物的难化而诱发接受者的惊奇感与惊异感，要使作品能为接受者所关注，它的形式就必须具有足够的难度。

此外，陌生化还能带来接受主体的差异感。当我们感觉到某种与通常的、正常的东西，与某种现行规范的背离时，我们在情绪上会产生特殊的印象。这种印象就其类型而言，与感性形式的情绪成分是相同的，唯一的差别在于前者是对不相似的体验，也就是说，这种特殊印象所感觉到的是某种不可能被感性感知的东西。差异感源于对规范的偏差，个体通过审美欣赏活动，欣赏到一些新的艺术品，它们偏离了传统的典范，与典范构成了差异，那么个体的差异感就在对新艺术的体验中产生。此时，不仅个体的思维十分活跃和敏锐，而且个体的

① ［俄］维克多·什克洛夫斯基等著，方珊编：《俄国形式主义文论选》，生活·读书·新知三联书店1989年版，第363页。

差异感也相当丰富和深刻。

形式具有足够的难度，就能唤起接受主体前在期待视野和当下文本经验的冲突：它唤起主体的前在期待和先有接受范式，又以作品的新范式打破这种前在的期待范式。霍克斯说："'陌生化'的过程预先需要一批'大家熟悉的'材料的存在，这批材料似乎是有内容的。假如所有文学作品在任何时候都从事于陌生化过程，那么由于缺乏大家所熟悉的标准或'对照物'，这一过程的任何特征也就给剥夺了。"① 由于平常的积累，接受主体已形成特定的审美和认知范式，主体总是带着业已形成的特定范式投入新的文本经验之中。当特定的陌生化手法将某一新的范式突置于接受主体面前时，前在范式和新范式会产生撞击和冲突。这种撞击和冲突所构成的张力就会极大地吸引主体的注意，激发主体的兴趣，并使主体在这种张力与新旧范式的冲撞中获得新奇、陌生的审美体验。

从陌生化的价值建构维度来看，陌生化创造了文本（及其所指）与接受主体的距离。真正的艺术是对现实的疏离与决裂，艺术作品不是透视世界的窗口，它是一个独立自主的世界，它有自身的构成规则，它与现实有一定的距离。在现实世界中，到处充斥着陈腐的语言，个体的感觉被麻痹了，外在的现实被遮蔽了。在这个意义上，艺术作品是对现实的拒绝，是对规范语言功能的颠覆与造反，是对人的感觉异化的反抗。在这里，我们隐隐约约看到了什克洛夫斯基对现实的批判精神，这种对现实的批判精神上布莱希特及后起的批判理论家身上得到了更好的体现。这种距离使得艺术得以远离现代日常生活的平庸，远离现代日常意识的工具理性化，进而实现对日常生活的批判，实现个体的审美救赎。因此，从这个意义上来说，陌生化绝非简单意义上的形式的革新，它意味着打破陈旧的日常生活对个体自我意识的遮蔽，唤醒被现代日常生活意识形态所钝化的审美经验，实现对日常

① ［英］特伦斯·霍克斯：《结构主义和符号学》，瞿铁鹏译，上海译文出版社 1997 年版，第 66 页。

生活意识形态的拒绝与批判。

正是这种距离的存在，可以使我们在过于理性化的现代环境中，获得一块主观性的安全岛，一块秘密的、封闭的隐私领域。因此，陌生化所导致的主体与文本的距离实际上是现代人在现代性工具理性的扩展中对物化现实的一种抵制策略，而这种策略的关键就在于要求我们以一种“他者”的眼光去审视和批判现实世界。因此，在这个层面上，陌生化所导致的距离，不仅仅是个体面对客观文化的压力所采取的必然姿态，同时也是个体面对现代生活所持的一种审美立场。现代社会生活的审美，在很大程度上就是通过创造距离而得以实现的，因为通过这样一种审美维度来审视生活，可以使个体超越现实生活的平庸与陈旧，获得对生活的诗意发现，并站在一个更高的层面来看这个世界，进而实现个体的自我救赎。

从文本与主体的建构关系来看，陌生化的处理还有一个度的问题。艺术的陌生化或情节的变形应在接受者可理解的范围内进行，跨度过大，接受者就难于理解和接受。俄国形式主义者过分强调诗语和文本结构的奇和异，唯陌生而陌生，认为诗语之所以具有强烈的美感，其核心在于文本与接受者之间距离的拉大，并且，这种距离越大，越能引起接受者的惊赞。他们认为，文本与接受者之间距离的拉大，可以增强审美难度，延长审美时值，增加审美快感，至于这一距离所产生的审美主体的不可接受问题，他们认为是不存在的，或者说他们很少考虑。因此，在对度的把握上，俄国形式主义者们显然“过度”，走进了一个极端。因此，应在陌生与熟悉之间保持一种中庸，在常与奇之间保持一种不即不离、不黏不脱的状态。明人谢榛在《四溟诗话》中说：“贵乎同与不同之间，同则太熟，不同则太生。”就是要求出奇但又不伤于正，追怪但又要显现常，若能在平常句中创造至难至险的奇句，这才是创作的高手。叶燮《原诗》说：“陈熟、生新，不可一偏，必两者相济，于陈中见新，生中得熟，方全其美。”不难看出，在中国古典诗学中，“奇”与“常”是融洽相生的，对陌生化的追求要做到“常”中出“奇”，“奇”中见“常”，保持一种不偏不倚的态度。《红楼梦》第三十七回，曹雪芹借宝钗的话说："诗固然怕说熟话，然也不可过于求生"，也是说的这个意思。我国传统的古典文论强调平字见奇，常字见险，陈字见新，朴字见色，就是要求先把传统的习惯、习见的词语置于前景，然后再言创新，这样才不至于过于生硬。可见，诗语的陌生化应当适度，并非越陌生越好。

至此，可以对俄国形式主义的陌生化进行整体的观照：陌生化是基于审美主体的惊奇、惊异欲而运用一定的艺术变形手法，使熟悉的事物难化、复杂化，以延长审美感受的时值和难度，使审美主体强烈地感受到文本话语和文体经验，获得对熟悉事物的原初惊赞。它不仅体现为一种诗学的技巧，更体现为一种诗学的原则和诗学的思维方式。试以图表示如下：

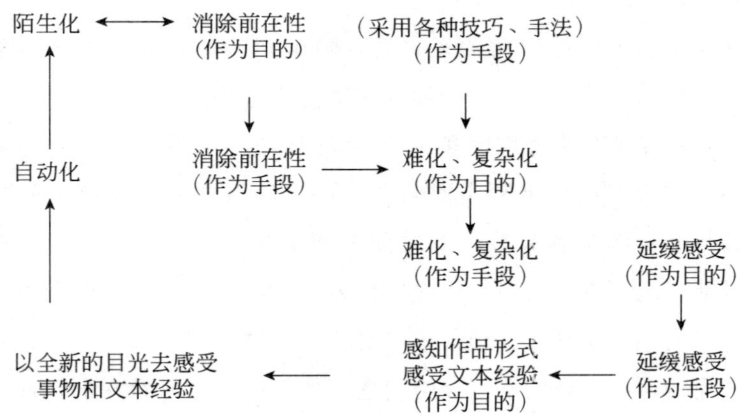

将上图简化，我们可得到下面两个公式：

①陌生化——→自动化——→陌生化

②消除前在性——→展现当下性——→消除当下性（消除新的前在性）

可以看出，陌生化表现为一种螺旋上升的辩证发展过程：前在的符号经验已不再对我们的感觉产生影响，必须对之进行陌生处理，使其形象鲜明地呈现于我们面前。这种陌生的手法经常性地重复使用，久而久之，也逐渐成了一些干枯的符号，成为一堆自动化的感觉经验，不能再引起我们的注意。我们在更高一级的层面上再一次对之进行陌生处理，使之成为能调动我们感知积极性的鲜活符号，使我们永远处于感知的不断变异中，从而获得持续的美感享受。这正如本尼特所言："通过对日常语言，主导意识形态或其他文学作品代码所加之于现实之上的特定的接受或思维模式的颠覆，来达到使此类形式陌生的目的，并以此来削弱我们在接受世界时所惯用的把握方式。"①

二　悖论中的张力美

通常理论界对陌生化的理解多从文本的外在形式着手，以陌生化为目的，运用一定的艺术手法对文本形式（文本语言及结构）进行偏离和悖反，使主体获得似曾相识的生疏美感。笔者以为，对陌生化的理解不能仅限于文本的外在形式，而应注重主体的审美接受维度，揭橥陌生化在审美主体方面所唤醒的审美张力。从主体接受维度出发，陌生化的实质在于取消形式及文本经验的前在性，它通过对前在的文本范式和主体文本经验的偏离与违背，从而不断更新主体对人生、事物和世界的陈旧感觉，使主体从狭隘的日常关系的束缚中解脱出来，摆脱习以为常的惯常化、自动化、机械化模式的制约，使主体在与对象的交互冲突中感受对象的异乎寻常，非同一般，从而体验与前在经验不同的异常的符号经验。

在这种陌生化的处理中，一个内在本质上的但又往往被我们所忽略的悖论便呈现于我们面前：陌生化与"前在性"的悖论性共存，即陌生化必须以"前在性"为前提，但又必须消解"前在性"才能实现陌生化。一方面，主体在对文本进行感知的同时，脑海中不会是一片空白，而是存在着一个理解对象的"前在性"（包括对象的前存在和主体接受维度的前存在）。由于"前在性"的存在，主体对文本的感受和理解才得以可能，否则文本相对于主体而言只会是异己的、不可通约的他者。"前在性"是理解的前提，对经陌生化处理过的文本的

① T. Bennett, *Formalism and Marxism*. Routledge, 1979, p. 24.

感知也不能脱离这种“前在性”的预设；另一方面，任何陌生化的处理又都是对这种“前在性”的宣战和施暴，陌生化的内在本质在于消除和解构“前在性”，在于取消和打破语言及文本经验的前在和先设。

对象的前存在是陌生化得以实现的前提，对此，我们试以语言为例来加以说明。语言是人类不可或缺的工具，离开了语言的命名，人就不能准确地感知、区分和认识客观世界，更不能进行思维和传达活动，“语言犹如我们思想和情感、知觉和概念得以产生的精神空气。在此之外，我们就不能呼吸”①。但语言又会成为主体感知、认识对象的屏蔽，以及思维与传达的局限，语言的惯常化使用在一定程度上将人与感性世界分隔开来，使主体只能凭借对语言的自动化适应来感知、认识世界，从而导致反应的钝化。而通过陌生化，就在一定程度上废弃了语言的习惯意义，挖掘了语言的边缘意义和隐含意义，使主体与感性对象建立起全新的关系。它宛如一道闪光，撕开了语言对感性世界的遮蔽，更新了人的感觉，在主体面前展现出一片澄明之境。但语言的陌生化并不是凭空而产生的，而是一种对常态语言的突破。这种常态语言表现为日常的非文学语言和前在的文学语言。但陌生化对常态语言的变异，只能以前在的常态语言的存在为前提。在陌生化处理中，主体采取多种变异手法向既定的语言符号秩序提出挑战，使语言从常规模式中解放出来，从而疏离语言符号的常规秩序与用法，在前在语言的废墟上重新建立起一种生机勃勃的，与既定语言符号不同的异常的符号经验。

此外，陌生化必须以主体的前理解为潜在基础。主体对文本的接受并不是静态的非流动过程，而是处于流动的话语交流中。在这种动态的对话中，主体不是僵化地去迎合文本，不是被文本所内化，而是尽可能地将文本纳入自身的前在的心理定式中，力求文本迎合自己的前在视域。这种前在的视域在解释学者眼中构成了主体与文本遭遇的

① ［德］恩斯特·卡西尔：《语言与神话》，于晓译，生活·读书·新知三联书店 1988 年版，第 127 页。

基本前提，也是理解文本的根本。海德格尔提出前见、先见、先有、偏见等概念，强调把某样东西作为某样东西加以解释，这在本质上是通过先有、先见、先构来起作用。任何解释工作之初都必然有这种先入之见，它作为随着解释就已经设定了的东西是先行给定了的，即是在先有、先见和先构中先行给定了的。伽达默尔在借鉴海德格尔的基础提出前理解这一概念，用以表征理解者在进行理解时具有的先于当下理解的知识结构、社会时代背景以及人生经验。伽达默尔认为在理解的过程中，主体的头脑不会空无一物，而总是带着自己的预设理解与一定的对象进行对话交流。因此，前理解是理解的起点、基点或立足点，它形成理解的视域。主体在文本感知中的前理解在接受美学那里，则体现于姚斯所创立的期待视野这一概念中。期待视野是指主体在与文本遭遇时，前在的接受经验所构成的一种思维定式或先结构。姚斯认为，主体对文本的接受不是完全被动的，而是以历史经验所积累起来的期待视野作为接受的前提，因此，“艺术作品问世时，以何种方式适应、超越、辜负或驳斥主体的期待视野，这就为确定其是否受欢迎，以及判别其美学坐标提供了标准”。①

不难看出，不论是海德格尔和伽达默尔的前理解，抑或是姚斯的期待视野，都是指主体在与文本对话时所存在的先有的思维与知识结构——一种为主体所特有的前在性，它是主体与文本展开对话的前提与基础。布尔特曼曾说：“没有前理解，任何人都不能领会文学中的爱和友谊、生与死……一句话，根本无法领会一般的人。”② 这话十分精辟，任何理解和解释都依赖于主体的前在的理解结构，它否认了阐释可以始于一个没有任何前见的纯洁状态。无论主体自觉与否，前在性都是一种客观的存在，与文本的对话只能由此开始，它形成了主体的接受视域，规定了主体的立足点以及他由此所能遭遇的一切。

① ［德］H. R. 姚斯、［美］R. C. 霍拉勃：《接受美学与接受理论》，周宁等译，辽宁人民出版社 1987 年版，第 399 页。

② M. Murray, *Modern Critical Theory: A Phenomenological Introduction*, Martinus Nijhoff Publishers, 1975, p. 264.

在与文本的遭遇中，主体总是带着前在的理解进入具体的文本感知体验中，对文本陌生化的感知也不例外。对接受中的前理解，伊瑟尔从接受美学的维度进行了阐释。伊瑟尔认为人们生活在自动化的生活世界中，时刻受到种种规范的约束，并且这些社会规范已经内化为人的行为习惯，成为人的第二天性，人也就再也意识不到规范的存在。只要这些规范在它们的社会语境中发挥作用，那么我们通常就意识不到它们是规范。但是，当这些规范被移置于文学文本之内，被非现实化了，规范本身就成为一个反规范。与此相应，读者也经历了变化，他已不再处于习惯了的日常现实之中，不再无意识地被包含于现实体系之内，而是从现实境况转移到非现实化了的文本中。这是一个陌生化了的虚拟世界，一个现实约束不再有效的世界。在这个新的世界中，如果文本设置的新语境否定了这些规范，这种感知就会变得更加强烈。[①]

顺着伊瑟尔的表述继续下去，笔者以为，陌生化实现对日常生活中规范的打破，然而，这种规范却是接受主体在接受时的前理解，失去了这些规范，陌生化也就成为无源之水。因此，采用陌生化手法对文本进行具体生发与再创造，其目的就在于要打破前在的知觉定势，要与众不同，要与人们习以为常的、见怪不怪的心理定式相背反、相脱离，使文本呈现背离常态的陌生面貌。但这种背反与脱离又是以前在的具体的“众”和“定势”为前提，离开前在的“众”和“定势”而去抽象地强调陌生化，无异于要巧妇去为无米之炊。什克洛夫斯基说：“对作品的每一次再现都是对它的再创造，这也就是一次再包装。”[②] 什克洛夫斯基所言的再创造，也是强调主体在接受任何一部作品的时候，头脑都不可能是一片空白，在主体的思维中，既有以往作品的印象与痕迹，又有他个人的文化教养、接受习惯与审美趣味，这

---

① ［德］沃尔夫冈·伊瑟尔：《审美过程研究》，霍桂桓等译，中国人民大学出版社1988年版，第291页。

② 张冰：《陌生化研究：俄国形式主义诗学》，北京师范大学出版社2000年版，第189页。

些都在潜意识中影响着主体的审美取舍。可见，陌生化是以日常的习见体验为前提，它是对日常的习见体验的一种隔离与生疏。

对具体文本进行感知与体验时的前在主体结构是陌生化不可或缺的前提因素，陌生化正是在这种前在性中展开其陌生化之旅，然而恰恰有趣的是，陌生化并不是要维持这种“前在性”，而是希冀消解、解构这种“前在性”。这就导致了陌生化的一个恒在悖论：只有以前在的理解为前提，以“前在性”为出发点，才能实现陌生化；而陌生化又是对“前在性”的消除与解构，它必须否定这种“前在性”，才能达到其目的。这样，陌生化必定永远是一个有争议的术语，“它依赖于对现有的思维习惯或感知习惯的否定，就这一点来说，它受到它们的约束，同时也成了它们的附庸。换言之，它本身并没有资格成为一个完整的概念，而是一个可转变的、自我消除的概念”[①]。

陌生化以“前在性”为潜在前提，但又力求消解、解构这种“前在性”。在这种悖论性的共存中，前在与此在的相互冲突从而引发一种张力，陌生化也正是借这种张力而使主体最大限度地体验到变异的张力美。

张力原指事物之间与事物内部力的运动所造成的一种紧张状态。新批评主义者将此术语率先引入文学批评领域，用来分析文学文本的本体结构。退特在《论诗的张力》一文中认为，诗歌语言的外延（extension）和内涵（intension）形成相互冲突而又彼此依存的紧张关系。他主张去掉 extension 和 intension 的前缀，将其合并为张力。[②]《现代西方文学批评术语词典》将张力释为“互补物、相反物和对立物之间的冲突或摩擦”，认为“凡是存在着对立而又相互联系的力量、冲突和意义的地方，都存在着张力”[③]。从张力的角度去研究文本的内

① ［美］弗雷德里克·詹姆逊：《语言的牢笼》，钱佼汝译，百花洲文艺出版社 1995 年版，第 75—76 页。

② ［美］艾伦·退特：《论诗的张力》，赵毅衡编《新批评文集》，中国社会科学出版社 1988 年版，第 117 页。

③ ［英］罗吉·福勒：《现代西方文学批评术语词典》，袁德成译，四川文艺出版社 1987 年版，第 280 页。

在结构无疑具有辩证的合理因素，它强调了文本内容各种要素的矛盾统一和对立面的平衡。事实上，张力不仅存在于文本内部，而且也存在于主体的接受心理中。主体在接受过程中，其自身的心理期待在与文本的碰撞与互渗过程中，就充满了既统一又矛盾的心理张力，这种张力在一定程度上维持着阅读心理的动态平衡。

在与文本的对话中，主体往往带着一定的期待视野进入文本内部，将文本纳入自己的审美心理结构之中。主体的期待视野是由前在期待和求新期待构成的，一方面，长期的接受习惯使他按既定的期待去审视文本；另一方面，求新的欲望也不满足前在的成规，要搜索新的东西来刺激自己，这样，原有的习惯就成了障碍，只满足原来兴趣的东西反倒被排斥了。这种前在期待与求新期待是一个矛盾体，两者互不相容，一个要守旧，固守早已习惯的阅读模式，一个要创新，趋向新的模式。主体心理上的这两股力量的冲突构成了一种审美的张力，陌生化也正是凭借文本与主体接受之间的张力美，吸引主体的审美关注，使主体获得出乎意料的审美效果。

进一步的分析表明，审美接受中的张力美源于主体审美心理与文本之间的距离，阿恩海姆说："任何非同质性的刺激物都会招致紧张力的出现，从而使得视域的简化性大大减少。"① 即是说，文本必须与主体的审美心理保持一定的距离，主体对文本进行一定的偏离，张力才能产生，如果文本一味投合主体的习惯心理，就会使主体心生厌倦，不能激发其内心深处的紧张感。桑塔耶那说："顺心而单调的环境所产生的快感，往往不能使环境显得美，道理很简单，就是这环境未受到注意。同样，我们习惯了难看的东西，例如风景上的缺点，我们的衣服或墙壁的丑处，并不使我们难堪，这不是因为我们看不见它们的丑，而是因为我们习而不察。"② 过于熟悉的文本会导致主体心理

① ［美］阿道夫·阿恩海姆：《艺术与视知觉》，滕守尧等译，四川人民出版社 1998 年版，第 601 页。

② ［美］乔治·桑塔耶那：《美感》，缪灵珠译，中国社会科学出版社 1982 年版，第 72 页。

的钝化与保守，而新奇的文本则可能使之改弦更张，发生嬗变。正因为如此，什克洛夫斯基才提出了文学的陌生化理论，主张用反常的文学样式去消解和瓦解文本的前在形式与主体的前在思维结构，使主体用新奇的眼光去关注对象，让钝化的审美知觉复活，在与文本的碰撞中产生审美张力。

陌生化强调审美接受中主体与对象之间的张力美，但有一点我们需注意，即在主体接受心理与文本之间应保持一定的度，文本的陌生化程序应在主体可理解的限度内进行。过于突破主体的前在限定，会使主体难于理解和不能接受，过于遵循前在的传统，也不能引发主体的审美注意和达到陌生化的目的。这可用通常所言的审美距离来进行理解，在主体与文本的遭遇中，接受主体与文本的距离为零，主体完全进入角色，感到的仅仅是一种共鸣，未必能获得审美享受；相反，当这种距离超过主体的接受限度，主体则会对文本漠然，丝毫没有美的享受。熟知的、前在的审美经验与文本当下存在之间的距离，决定着文本的张力美，因此，在取消与保持前在传统之间应保持一种适度，文本的陌生化无论怎样新奇，都要既在意料之外，又在情理之中。并非文本越新颖，接受张力就越大，主体就越能获得美的享受，超过了主体的接受维度，文本就难以成为主体的接受对象，审美张力也就不会存在。

三　语言的前置

从文学性到陌生化，再到文学语言的陌生化，这是俄国形式主义对文学展开科学研究的逻辑思路。将文学研究的最后视点放到语言的陌生化上，这一方面是文学的语言性质之所然，另一方面也与形式主义者本身的学术兴趣有着很大的关系。形式主义者的不少成员自己就是语言学家，擅长从语言学的角度、用语言学的方法在文学作品中寻求文学性的存在。在他们看来，以语言为研究对象的语言学是一门真正的科学，将它用之于文学研究，对作品的结构原则、构造方式、韵律、节奏和语言材料进行语言学的归类和分析，就如同自然科学一样，较为可靠和稳定，很少受到文学外部诸因素的影响，因此可以而且容易成为文学科学研究的对象。

为了证明文学的文学性，形式主义者首先把语言分为两大类：诗歌语言与日常语言。最早进行这一区分的是雅库宾斯基。他在1916年指出："我们应该根据具体情况下说话人使用语言表现的不同目的来对语言现象进行归类。如果他使用它是出于交流的纯实用目的，那就涉及实用语言（言语思维）体系，这里，语言表现（语音、语素等）并没有独立价值，它们只是一种交流手段。然而，我们仍可以考虑到其他语言体系（它们是确实存在的），在那里，实用的目的退居次要地位（虽然并未全然消失），语言表现获得一种独立价值。"① 对雅库宾斯基来说，日常语言没有独立价值，只能依附于交际过程，是交际的工具，其价值是外在的，"他性"的。诗歌语言则能在自身找到证明其价值的合理性，它本身就是目的而不是手段，它是自主的或者说是有自在目的的。

语言的两种不同价值意味着两种不同的与世界的关系，两种不同的语言特性。日常语言有赖于交际，交际一旦成功，它就退出这一过程不再为人们所注意，这就是所谓的"得意忘言"。同时，由于交际过程本身的不可复现性，因此日常语言的具体传意活动也具有单一性和不可再现性。与日常语言不同，诗歌语言不受交际过程的影响，其音节、音位、语素及语词的组合与配置往往能生成意想不到的效果。另一位俄国形式主义者迪尼亚诺夫则写道："把诗和散文进行对照，就要求在一个不寻常的事物上建立统一性和连续性，因为这样并不会抹杀诗的本质，相反会使之得到加强……不论是散文的哪一种要素，一旦纳入诗的系列中，就会以另一种面貌出现，由于它的功能而变得突出，从而产生两种不同的现象：突出强调的结构和不寻常的事物的

① ［俄］列·彼·雅库宾斯基：《诗的语言论集》，［法］茨维坦·托多洛夫《批评的批评：教育小说》，王东亮等译，生活·读书·新知三联书店2002年版，第2页。

变形。”[①] 可见，实用语言在自身之外、在思想传达和人际交流中找到它的价值，它是手段不是目的。

在什克洛夫斯基看来，诗歌语言区别于散文语言是由其结构的感觉特点决定的，人们可以感觉声音的各个方面，如发音的方面、语义的方面，等等。诗歌形象是一种手法，用来创造人们能够感觉到其实体本身的感觉结构，但仅此而已。在这个意义上，什克洛夫斯基强调，建立科学的诗学要求我们从一开始便承认存在着诗歌语言和散文语言两者的规律区别。在此基础上，什克洛夫斯基对诗歌语言与日常语言（散文语言）进行了区分。

> 无论是从语言和词汇方面，还是从词的排列的性质方面和由词构成的意义结构的性质方面来研究诗歌言语，我们到处都可遇到艺术的这样一个特征：它是有意地为那种摆脱接受的自动化状态而创作的，在艺术中，引人注意是创作者的目的，因而它“人为地”创作成这样，使得接受过程受到阻碍，达到尽可能紧张的程度和持续很长时间，同时作品不是在某一空间一下子被接受，而是不间断地被接受。“诗歌语言”正好符合这些条件……这样我们就可把诗歌确定为受阻碍的、扭曲的语言。诗歌言语是一种作为构造的言语。散文则是通常的言语，它用词经济、易懂、正确——是司正常的、顺利的分娩和婴儿胎位“正不正”的女神。[②]

与文学性的诗歌语言不同，日常语言服从于交际功能，重在指陈事物，传递信息。在日常生活中，我们所遇、所说的都是一些干枯而陈旧的符号，然而，这却是生活所必需的。因为生活所注重的只是这

---

① ［法］茨维坦·托多洛夫：《俄苏形式主义文论选》，蔡鸿滨译，中国社会科学出版社 1989 年版，第 47 页。

② ［俄］维克多·什克洛夫斯基：《诗学》，［苏］米哈伊尔·巴赫金《文艺学中的形式主义方法》，李辉凡等译，漓江出版社 1989 年版，第 120 页。

些语言的意义和内容，而不是其外在的形式。在语言的日常使用中，所指与能指的关系是被规定了的，使用语言也是在约定俗成中进行习惯性的重复。如有哪一个人在生活中故意使用一些陌生的语言来表达一些常见的东西，那这个人只会被认为是莫名其妙，是疯子。当然，日常语言也有它的变化，但这种变化与文学语言的变化不同，文学语言的变化是瞬间性和随机性的，而日常语言的变化则是长时性和官方性的，重复使用的频率非常高，而且，它是随着生活情形的改变而变化，只要外部现实不发生变化，日常语言就会一直沿用下去。由此可见，日常语言是一种实用性的语言，它具有自动化的性质。因为实用性的日常语言仅仅只是传递消息的手段，具有的是交际功能。“在日常生活中，词语通常是传递消息的手段，即具有交际功能。说话的目的是向对方表达我们的思想。因为通常我们能够检验对方对我们的话语到底理解了多少，所以我们不甚计较句子结构的选择，只要能表达明白，我们乐于采用任何一种表达形式。表达本身是暂时的、偶然的，全部注意力集中于交流。话语是交流过程中偶然的伴侣，假如面部表情和姿态也能胜任交流的表达作用，那我们也会像使用词语一样来使用这些手段。点头、摆手经常代替表达并成为对话的有机成分。”①

艾略特曾说：“诗歌可有助于打破习惯的知觉和评价方式……使人重新看到世界或世界的某一方面。诗歌能帮助我们逐渐地，一点一点地懂得构成我们生存基础的，深层的，无以名状的感情，对这种感情我们几乎无法洞悉；这是因为我们在生活中往往总是在回避我们自己和可见可感的世界。”② 在日常的生活中，我们经常使用司空见惯、呆板僵化的话语方式，它们仿佛在麻痹着我们的注意力。在平常的语言交际中，说者是一种机械表达，而听者也习以为常。但是在诗歌中，语言的特性正好相反，诗歌语言对实用语言进行阻挠、变形、扭

① ［俄］维克多·什克洛夫斯基：《作为艺术的手法》，方珊编《俄国形式主义文论选》，生活·读书·新知三联书店 1989 年版，第 83 页。

② E. Victor, *Russian Formalism: History-Doctrine*, Moutcn & Co., 1965, p. 178.

曲，它是技巧处理后的产物。人们在欣赏诗歌时，首先关注的不是诗语的所指，而是诗语的能指。正如霍克斯所分析的那样，“诗歌语言的自我意识、自我认识是非常强烈的。它强调自身是‘媒介’，这媒介超越它所含有的‘信息’：它特别关注自身，而且系统地强化自身的语言素质。所以，语词在诗歌中具有的地位不只是作为表达思想的工具，而是实实在在的客体，是自主的、具体的实体。用索绪尔的话来说，它们不再是‘能指’而成为‘所指’，正是诗歌的‘陌生化’的技法诸如节奏、韵脚、格律等，才使这种结构变化得以实现。”[①] 日常语言的外在目的是由能指与所指间的相近关系形成的，而诗歌语言的外在目的是由能指与所指间的相似关系形成的。这正如雅各布森所言：“在情感与诗的语言中，语言表现（既是语音上的也是语义上的）使自己受到了很大的注意，音义关系也就变得尤为紧密、亲近；因此，语言也就变得更具革命性，惯常的相近结合退居到次要地位。”[②]

由此可见，文学语言区别于日常语言是由其结构的感觉特征所决定的。在日常生活的交际语言中，说话的意义和内容是最重要的东西，其他的一切均作为手段为它服务；而在文学中，语言的内容却没有它的语言外壳那么重要，有些人使用一些词语，并没考虑这些词的意义。因此，在文学语言中，言语的发音方面是最重要的，诗歌带来的大部分快感就在于发音方面，意义要么排除，要么只是作为手段而存在。

与什克洛夫斯基的论述相呼应，雅库宾斯基从语音的角度对诗歌语言进行了阐发，他认为，我们应该根据具体情况下说话人使用语言表现的不同目的来对不同的语言现象进行归类，如果人们使用语言是出于交流的纯实用目的，那么就涉及实用语言体系，但是，如果在交流中实用的目的退居次要地位，语言表现获得一种独立价值，那么就

---

① ［英］特伦斯·霍克斯：《结构主义和符号学》，瞿铁鹏译，上海译文出版社 1997 年版，第 62—63 页。

② ［俄］罗曼·雅各布森：《语言科学纲要》，［法］茨维坦·托多洛夫《批评的批评：教育小说》，王东亮等译，生活·读书·新知三联书店 2002 年版，第 9 页。

涉及诗歌语言体系。因此，他强调在诗的语言中，是语言的能指而非语言的所指成为引人注目的对象。“在诗的语言思想中，语音成为引人注目的对象，它们反映着自身的独立价值并在清晰的意识域里显现出来。”[①] 而雅各布森则认为，诗不过是一种旨在表达的陈述，“严格地讲，诗的语言以语音的词为目的；更确切地说，因为其相应目的的存在，诗的语言是以谐音的词、以无义言语为目的的”[②]。在雅各布森看来，如果说造型艺术是具独立价值的视觉表现材料的显现，音乐是具独立价值的音响材料的显现，舞蹈是具独立价值的动作材料的显现的话，那么，诗便是具独立价值的词的形式的显现。对此，本尼特在分析雅各布森的观点时有着精辟的阐释：“在雅各布森看来，诗歌言语的功能模式达到这样的程度以至保证它的审美功能居于传达功能之上而成为第一位的要素。言语指称意义的问题——言语与其表示任何事物的关系——在普通语言中是主要的，而在诗歌中则是悬而未决的。雅各布森认为，在诗歌中，词语被置于连续不断的意义层叠的游戏过程中。这一过程产生多余的词意，而由于这个词的意义超出了它常用的范围，因此它就具备了纯属于自己的价值。”[③] 可以说，诗歌特别注重词语的选择和配置，相比起日常语言来，诗歌语言更加重视表现本身。当我们在听这类话语时，会不由自主地感觉到表现本身，即注意到表达所使用的词及其搭配，在这个意义上，语言表达在一定程度上具有本体论价值。

什克洛夫斯基提出诗语的陌生化，所针对的是象征主义所主张的节力原则。所谓节力就是语言过程的紧缩。这与人们对语言负载意义反复多次的认知相关，也与人们习惯性的思维定式有关。它要求语言尽可能简洁、明了、准确、缩短发送与接收过程，降低力量耗损。与

---

① ［俄］列·彼·雅库宾斯基：《论语音》，［法］茨维坦·托多洛夫《批评的批评：教育小说》，王东亮等译，生活·读书·新知三联书店 2002 年版，第 6 页。

② ［法］茨维坦·托多洛夫：《批评的批评：教育小说》，王东亮等译，生活·读书·新知三联书店 2002 年版，第 4—6 页。

③ ［英］托尼·本尼特：《形式主义与马克思主义文学批评》，张来民译，《黄淮学刊》1992 年第 2 期。

节力原则相反，诗歌语言的陌生化则要求延宕、增加发送与接收过程，增强诗语接受的难度，以使人们将注意力驻留于感受诗语这一过程本身，复活对语词原初情态的感受。由于诗歌语言是自我指涉的，因此诗语的陌生化就要对规范化语言进行扭曲、变形、延宕、强化、浓缩、套叠及倒错，给人新奇感，以达到凸显诗语，使诗语自身成为感受对象的目标。对此，什克洛夫斯基形象地写道："无论是从语言和词汇方面，还是从词的排列的性质方面和由词构成的意义结构的性质方面来研究诗歌语言，我们到处都可以遇到艺术的这样一个特征：它是有意地为那种摆脱接受的自动化状态而创作的，在艺术中，引人注意是创作者的目的，因而它'人为地'创作成这样，使得接受过程受到阻碍，达到尽可能紧张的程度和持续很长时间，同时作品不是在某一空间中一下子被接受，而是不间断地被接受。'诗歌语言'正好符合这些条件……这样我们就可以把诗歌语言确定为受阻碍的、扭曲的语言。"①

在俄国形式主义者的论述中，诗歌语言是以其自身为其目的的，也就是说，诗歌语言并不关注其所指内容，诗歌语言的功能也不是用来为交际服务，而在于尽可能地突出能指，对诗歌的欣赏也力求让主体最大可能地感受到诗语能指的无穷魅力。对此，伊格尔顿写道："文学语言的特殊之处，即其有别于其他话语之处，是它以各种方式使普通语言'变形'。在文学手段的压力下，普通语言被强化、凝聚、扭曲、缩短、拉长、颠倒。这是被'弄陌生'（make strange）了的语言；由于（与普通语言的）疏离，日常世界也突然被陌生化了。在日常语言的俗套中，我们对现实的感受和反应变得陈腐了、滞钝了，或者——如形式主义者所说——被'自动化'了。文学则通过迫使我们更鲜明地意识到语言而更新这些习惯性的反应，并使对象更加'可

---

① J. Pivkin, M. Ryan, *Literary Theory: An Anthology*. Blackwell Publisher, 1998, p. 21.

感’。”[1] 文学手段包括声音、意象、节奏、句法、叙述技巧等，实际上它包括了文学的全部形式元素；这些元素的共同之处是，它们具有“疏离”或陌生化效果。诗歌语言并不像日常语言那样指事称物，传达有关客观事物的信息。相反，诗歌语言是自我指称、独立自主的，它运用变形、扭曲等手法，使自己从常规模式中解放出来，以出乎预期之外的表现手法，导致一种对世界和人生的新的意识。而这，要求文学创作者不能一味屈从于现有语言的暴力，而应自觉地向既定的语言符号秩序提出挑战。通过不断地创造与革新，通过对诗歌语言进行偏离与变形处理，通过疏离语言符号的常规秩序与用法，使诗歌语言得以摆脱日常的自动化模式，进而使主体在感受诗语的能指的过程中受到阻碍，并最终建立起一种生机勃勃的、异乎寻常的陌生化能指体验。

在俄国形式主义理论中，文学语言与日常语言的区别是非常明显的。经过陌生化处理的文学语言，不再负载一般语言的指涉意义，因而弱化了语言的所指功能，而凸显了语言的能指功能，或者用形式主义者的话来说是前置了语言的诗学功能。从这一维度出发，如果说日常语言是能指功能和所指功能自动化组合，那么文学语言则打破了这种组合，强化了其中的能指功能。也就是说，日常语言的价值是外在的和为他性的，而文学语言的价值是内在的和自指性的。

从语言学的维度来分析的话，笔者以为，俄国形式主义者对诗歌语言的描述，实际上强调的是文学语言的能指功能。在形式主义者眼中，文学语言是一种自指的符号，它不具备日常生活语言的所指功能。在文学语言中，被前置的是文学的诗学和美学功能，而被遮蔽的是文学的所指功能，即文学的交际功能和传情达意功能。在文学语言中，语言只强调自己的音与形，自己的排列和组合，而忽视音、形、排列组合所代表的意义。这正如雅各布森所言：“诗歌的特点就在于

① ［英］特里·伊格尔顿：《二十世纪西方文学理论》，伍晓明译，北京大学出版社2007年版，第4页。

把词当词来看待，而不是它所代表的所指物或者是感情的爆发，还在于词及其调度、意义、内外形式的重要性和价值都来自它们自己。”①

如果我们进一步将诗歌语言的陌生化放到雅各布森所提出的诗歌的横向轴和纵向轴的理论语境中，笔者以为，诗歌语言的陌生化与雅各布森的理论有着某种类推性。即诗歌语言语音层面上的陌生化对应的是诗歌的纵向选择轴，陌生化在这一维度上处理的是一种选择和更替的问题，即用新鲜的、新奇的甚至不符合常规的语言来取代日常的、习以为常的语言。而诗歌语言结构层面上的陌生化对应的是诗歌的横向选择轴。陌生化在这一维度上处理的不再是语音的选择问题，而是语音的排列组合问题，即打破日常的正常语序，创造出一种新颖的陌生化语序。当然，若我们把诗歌语言的陌生化与索绪尔的语言学观点联系起来的话，我们还会发现，诗歌的陌生化其实质是对语言能指与所指区分的取消。在索绪尔的语言学理论中，任何语言都是能指与所指的结合，俄国形式主义把能指当成文学语言的最终目的，其实质是取消诗歌语言的所指，或者说，能指取代了所指成为新的“所指”，这样一来，在俄国形式主义那里，诗歌语言的能指与所指就具有同一性，这不能不说是对索绪尔语言学观点的一种解构。

以形式主义者对日常语言的描述为依据，从存在主义哲学的语言观出发，笔者以为，日常语言的自动化实际上也就是语言在日常使用中的异化。根据日常语言的规律，日常话语里不完整的语句和只念出一半的词别人就能听懂，这是话语的自动化在发挥作用。语言的使用就如重复无数次的动作一样，会逐渐变成我们的无意识活动，那种熟悉的话语结构会积淀成我们的无意识，以至于我们在使用时，根本用不着去苦心经营、仔细推敲。然而，我们需要注意的是，一旦我们掌握了一种日常语言的规律之后，就再也不会感觉到语言的存在，这正如伽达默尔所言：“没有一个人说话时会真正意识到他在说。只在特殊情况下一个人才会意识到他所说的语言……语言越是一个活生生的

① E. Victor, *Russian Formalism: History -Doctrine*. Mouton & Co., 1965, p. 183.

运用过程，我们就越难意识到它。”[①] 语言的无意识化，换一种说法，就是语言导致了个体的意识与感觉的异化。因为语言结构一旦深入到个体的无意识区域，个体的意识就被语言所控制，沦为语言结构的奴隶。不是个体借语言表达自己，而是语言借个体表达自己，个体在语言的控制之下从主体沦为客体，陷入自我异化状态中。这正如詹姆逊所言：“在过去的语言学中，或是在我们的日常生活中，有一个观念，以为我们能够掌握自己的语言。语言是工具，人则是语言的中心，但现代语言学正是在这个意义上成为一场哥白尼式的革命。……当我们说话时自以为自己在控制着语言，实际上我们被语言控制，不是‘我在说话，而是话在说我’。说话的主体是他人而不是我。”[②]

语言原本是诗性的，它与个体的感受、体验与想象是密切相关的，但随着语言向较高的抽象目标发展，个体的经验的直接性和感觉的具体性随之而丧失，留存的仅仅只是理智性的符号世界。在这个意义上，与其说我们生活在形象现实世界中，倒不如说我们生活在抽象的符号世界中。感觉被钝化，仿佛结了一层厚厚的老茧，只能抽象地识别事物，却不能具体地感觉事物。对于感觉在语言面前的异化，心理学家马斯洛称之为“感觉的标签化”，即我们在大多数情况下，“感觉都是在对经验进行分类，为它贴上标签，而不是对它进行检查，这种活动其实并不是真正的感觉”[③]。感觉的标签化是由语言的命名功能所导致的，语言给经验命名之后会使它凝固化与类型化，使其成为横亘在人与事物之间的一道帷幕，妨碍人与事物之间的直接接触，使人感觉迟钝。

文学语言需要陌生化，怎样才能实现文学语言的陌生化？文学语言陌生化的实现可以从两个方面得到说明，也就是说有两个参照系。

① ［德］汉斯-格奥尔格·伽达默尔：《美的现实性》，张志杨等译，生活·读书·新知三联书店1991年版，第134—135页。

② ［美］弗雷德里克·詹姆逊：《后现代主义与文化理论》，唐小兵译，陕西师范大学出版社1986年版，第29页。

③ ［美］亚伯拉罕·马斯洛：《动机与人格》，许金声等译，华夏出版社1987年版，第246页。

第一个参照系是日常的非文学语言，在这一方面，文学语言要避免与非文学语言雷同，即避免与日常语言雷同。在这个意义上，文学创作者要突破语言在日常功利性运用中形成的只重意义、只重识别、只重所指对象的惯性思维，让主体能重新去感觉语词本身的感性特征。为了改变这一习惯，只有增加理解的阻力，使语言成为充满障碍的语言，乃至迫使接受者放弃对意义的理解，才能使主体把注意聚焦于语言感性本身，使语言的外在形式凸显出来，成为感知的焦点和目的。文学作品是经过艺术处理后的作品，通过对日常语言的陌生化，文学作品创造了有别于日常话语体系的文学话语体系。这样一来，就会使读者以一种非日常的审美态度去接受作品，而不是以一种日常的现实态度去接受作品。当然，对日常语言的陌生化也必须在可理解的维度内进行，正如卡勒所言："交流的意图是以听话者懂得这种语言为前提的。同样，一首诗是以阅读程式为前提的，诗人可以参照这些程式写诗，他可以设法改变这些程式，但是，这些程式却是他的话语之所以可能存在的条件。"[①] 文学作品的创作必须以一定的程序为前提，作者可以改变这些程序，但又不能完全摧毁这些程序。失去了程序的制约，就等于失去了文本可理解的参照系，也就失去了文本理解与阐释的可能。

文学语言陌生化的另一个参照系是前在的文学语言，在这一方面，文学语言要避免与前在的文学语言雷同。在文学发展的长河中，文学语言处于永远的流动与变化当中。在文学创作中，由于词汇和语言表达形式的重复使用，因而渐渐失去了往昔的诗性而沦为毫无生机的套话。这种毫无生机的语言是枯萎了的语言，更是丧失了诗意和阐释空间的语言。反复使用的比喻、词语或句式，总是被诗人和作家所厌弃，他们不得不苦心孤诣地去搜寻新的语言表达方式，去创造个人的独特的表达风格。

---

① ［美］乔纳森·卡勒：《结构主义诗学》，盛宁译，中国社会科学出版社 1991 年版，第 59 页。

在对前在文学语言的陌生化处理上，可以从两个相反的层面展开讨论，一方面，既可以不断追求新异，也可以重返俚俗、平易、自然。因为文学艺术的创新性迫使文学语言不断追求新异，使其在长期发展过程中逐渐形成自身特征，如果在这个时候，我们将俚俗、平易、自然之语引入文学作品，反而会使文学语言变得更为清新。这种清新，在某种意义上，也就是一种陌生化。因为在日常话语活动中，平易自然之语已因使用过程中的功利性而沦为工具，它失去了沟通、聚合人与世界的能力，而当它进入诗语系统，进入虚拟的审美意向关系之中，摆脱了在日常运用中与人之间那种被扭曲的关系时，它的诗意本性就重新展现了。因此文学中的平易自然之语虽然来自日常话语，但是由于它在诗语世界中与主体及世界的丰富联系，因而跟日常语言迥然而异，是一种陌生化的语言。

不论是对日常语言进行陌生化，还是对前在的文学语言进行陌生化，这两个方面都有一个共同的目的：使文学语言摆脱习惯模式，摆脱习以为常的知觉经验，把语言置于重新考察的背景上，借以形成一种新的、陌生的知觉体验。例如，在文学创作中，弥尔顿称黄金为“珍贵的毒物”；肖霍洛夫称太阳为“耀眼的黑色圆盘”；丁尼生描写亚瑟王的胡须是“英勇地丛集于他的嘴唇周围的灌木”；郭沫若的呓语“芬芳便是你，芬芳便是我”，等等，这些都是使用陌生化手法将常见的事物变成了具有陌生感和阻拒性的事物。因此，在文学的创作中，作者总是力避文学语言的自动化现象，力求使文学语言成为陌生的、扭曲的、对人具有阻拒性的符号。

第四节　陌生化诗学的反思

就陌生化概念而言，它极为注重文本的感受性以及接受主体的感受方式和感受情境，这无疑为我们提供了一种诗学研究的新思路，因而具有极大的理论意义和发展空间。虽然如此，但我们也不能视陌生化为艺术的全部。过于强调语言的陌生化，文本与接受主体的距离过大，也会造成文本的阻拒性，造成接受的困难。而且，俄国形式主义者们对陌生化的夸张使读者丧失了与文本对话的可能，其文本与主体的关系表现为一种简单的认知关系。一旦文本的陌生化只关注文本纯形式本身，就会造成艺术本体之外的审美空间在艺术中的缺席，而这，也正是什克洛夫斯基后期对此概念的自我反思以及学界的批判指向之所在。

一　什克洛夫斯基的自我反思

1982 年，什克洛夫斯基撰写了与早期同名的《散文理论》，然而学术界却往往根据什克洛夫斯基的早期著作《作为手法的艺术》来阐释俄国形式主义①及其陌生化理论的内涵，而忽略了什克洛夫斯基后期的理论表述。最早介绍俄国形式主义的厄利奇的《俄国形式主义：历史与学说》出版于 1955 年，对俄国形式主义进行介绍的两个英译本是雷斯所编的《俄国形式主义批评：四篇论文》和麦卡杰与波英斯卡所编的《俄国诗学文选》，分别出版于 1965 年和 1971 年。在国内，什克洛夫斯基 1982 年撰写的《散文理论》于 1997 年才由百花洲文艺出版社出版。在此文中，什克洛夫斯基对陌生化进行了反思与重解，但由于各种原因，什克洛夫斯基的重读往往被学者们所忽略。这是当前学术界将什克洛夫斯基的陌生化误读为“唯美主义”艺术观的主要原因。因此，考察什克洛夫斯基的后期理论表述，是我们在探讨陌生

① 我国学术界对俄国形式主义理论的介绍最早应当是在 20 世纪 40 年代，当时钱锺书在《谈艺录》和《管锥篇》中将俄国形式主义的陌生化理论与中国古典诗学中的新奇诗论进行比较研究。1936 年《中苏文化》第 6 期刊登“苏联文艺上形式主义论战特辑”，其中有不少论文涉及了俄国形式主义及其文学性和陌生化理论。新中国成立后，1983 年，张隆溪在《读书》杂志第 8 期发表《艺术旗帜上的颜色：俄国形式主义与捷克结构主义》一文，首次将俄国形式主义作为一个文艺理论流派正式介绍到国内，几乎与此同时，李辉凡 1983 年在《苏联文学》上发表《早期苏联文艺界的形式主义理论》，此文对俄国形式主义的理论观点进行了介绍与批判性解读。

化时需要厘清的关键问题。

在早期的《散文理论》中，什克洛夫斯基主张形式至上，他在这个时期提出的陌生化主要是一个纯形式意义上的概念。在他看来，形式的感性原则是审美感觉的主要特征。“常见的东西我们感觉不到，看不到，但我们能意识得到。我们看不见自己房间的墙壁，我们很难看见校样的错排，特别是当这种校样里是非常熟悉的语言的时候，因为我们不能迫使自己去看，去阅读，去意识不到常用的词。如果我们要给诗歌感觉甚至是艺术感觉下一个定义，那么这个定义就必然是这样的：艺术感觉是我们在其中感觉到形式（可能不仅是形式，但至少是形式）的一种感觉。”[①] 对此，刘宗次在《散文理论》的前言中有着比较全面的总结：

> 艺术是纯粹的形式，艺术中的思想、感情与艺术无关，文学也是如此，因此一部文学作品就是种种手法的总和，就是看一幅画也要把它倒过来看，为的是看画家如何运用色彩，而不是他在画里说了什么，作品中的内容取决于形式，甚至内容也只是形式的表现，手法决定材料，而不是相反；手法和语言都要不断更新，文学发展的历史是手法的更迭史，手法的更迭与时代变迁、社会环境、作家个人心理无关（这都属“非审美序列”因素），而是手法和语言本身内部规律决定的，这规律就是它们会自动地老化，久而久之再也不能唤起读者诗的感受；为了使读者觉得新鲜，就必须使手法和语言给人以新奇感，用新眼光去看旧事物，这就叫“陌生化”；作家都是根据已有的形象、情节来创作，古往今来，形象和情节都四处“流浪”，作家的创作就是对原来的情节和人物加以变形（或否定，或讽刺性模拟，或移位）使之具有新意，所以在“不似之中”总有“相似”。[②]

---

① ［俄］维克多·什克洛夫斯基：《词的复活》，［法］茨维坦·托多洛夫《俄苏形式主义文论选》，蔡鸿滨译，中国社会科学出版社 1989 年版，第 29 页。

② 刘宗次：《散文理论·译者前言》，百花洲文艺出版社 1997 年版，第 3—4 页。

从刘宗次的描述中不难看出，什克洛夫斯基早期的理论旨归主要是以形式主义为主。佛克马曾写道：“俄国形式主义的主要目标之一是促使文学研究的科学化。这实际上是基于以下信念：这样一种研究方法终究是可能、合适的。这一信念即使未加进一步的讨论，也已作为俄国形式主义的一个前提。但每当这学派成员讨论文学的科学化研究的可能性时，他们多只表示深信其研究结果将提高读者以适当的方式阅读文学文本能力，也就是说，使读者能领略作品的‘文学性’或‘艺术性’。他们推论说，通过艺术形式而来的感知，将恢复我们对世界的认识，并使事物得到生命。因此，俄国形式主义的前提似乎间接地以心理学为基础，因为直接经验是它的主要目标之一。然而只是在后来的阶段，有关艺术形式的直接经验所具有的社会功能才得到强调。”① 应当说，佛克马的分析相当准确。1982 年，什克洛夫斯基撰写了与早期同名的《散文理论》，并专辟一章对陌生化概念进行了反思与重新阐释。在后期的理论表述中，他像其他俄国形式主义者一样，开始慢慢地放弃了早期的形式主义观点。这个时候他语境中的陌生化不再是早期唯形式的陌生化，而是以反映现实生活为前提的陌生化。

沿着佛克马的论述，我们可以从以下几个方面展开具体讨论。首先，什克洛夫斯基对自己早期的一些理论主张进行了审视与反思，并主动承认自己早期理论中的片面性。在 1970 年所写的《弓弦·论似中之不似》中，什克洛夫斯基说：“放弃艺术中的情绪，或是艺术中的思想意识，我们也就放弃了对形式的认识，放弃了认识的目的，放弃了通过感受去触摸世界的途径。”② 在 1982 年所撰写的《散文理论》中，他又多次承认：“我说过，艺术是超情绪的，艺术里没有爱，艺

① ［荷］杜威·佛克马、［荷］E. 贡内-易布思：《二十世纪文学理论》，林书武等译，生活·读书·新知三联书店 1988 年版，第 14 页。

② ［俄］维克多·什克洛夫斯基：《弓弦·论似中之不似》，刘宗次《散文理论·译者前言》，百花洲文艺出版社 1997 年版，第 6 页。

术是纯粹的形式。这是个错误。”“不应当放弃过去，应当否定它，并加以改造。”[①]“我曾经写过，艺术无恻隐之心。此话激烈，但并不正确。”“我过去曾说过，艺术无所牵涉，它没有内容。从说这话到现在，五十周年了，可以庆贺金婚了。但这话不对。”[②] 而且，作者在表述自己对形式主义的态度时说：“我并不放弃‘形式主义’一词，但我赋予‘形式’一词以作家赋予它的意义。”[③] 在这里，我们明显感觉到什克洛夫斯基对自己早期思想中的纯形式主义观点的批判性反思。

其次，什克洛夫斯基对文学艺术的看法也发生了本质上的变化。早期的什克洛夫斯基与其他形式主义者一样，认为文学艺术的本质在于其自身，在于文学的文学性。什克洛夫斯基曾坚决地强调，我们对作品的倾向不感兴趣。艺术的价值在自身内部由其自我定夺，其意义大小不在于社会的取向。他甚至还抛出“艺术不应当反映城堡上空的旗帜的颜色”的偏激观点。而后期的什克洛夫斯基似乎发现，再讨论城堡上空的旗帜是否有颜色已无意义，因为艺术不仅仅是纯粹的手法的体现，在艺术中应当有现实的内容。在他看来，不向艺术里注入意义，这是一种怯懦的、不负责任的行为。以此为前提，他对艺术进行了重新定义：

> 艺术——是怜悯与残忍的代言人，是重新审理人类生存法则的法官。我限制了运用艺术的范围，重蹈了老唯美派的覆辙。[④]
>
> 对我来说，艺术——这就是争论，意识和对世界的认识的争论。艺术是对话的，有生命的，如果让它停止，它就会枯萎。[⑤]

---

① ［俄］维克多·什克洛夫斯基：《散文理论》，刘宗次译，百花洲文艺出版社 1997 年版，第 80 页。

② 同上书，第 243 页。

③ 同上书，第 101 页。

④ 同上书，第 82 页。

⑤ 同上书，第 95 页。

> 世界为单调所苦，而艺术——是世界的触觉。需要认识世界的规律。[①]

> 艺术——是暴露现实、更新现实的方法。艺术紧贴着现实世界来构筑自己的现实；艺术离它的源泉很近，比影子同遮阳物体间的距离还要近。[②]

后期的什克洛夫斯基已看到，艺术不是唯美主义者所言的纯粹艺术，而必须反映世界，必须向其中注入意义。文学反映生活，但不是镜子式地反映生活，“文学不反映生活。或者，如人们所说，反映，但不是镜子式的。文学反映与生活的斗争。人们走入文学像进杂技场一样，是为了看谁打赢谁”[③]。在这里，我们似乎看到了什克洛夫斯基表述上的自相矛盾之处。[④] 不过，他基本上认为文学应当反映生活，只是不能讲“镜子式地”反映，而应当换一个词来代替传统意义上的“镜子”。因为艺术反映的是动态的现实生活，而镜子不能反映运动。在这个意义上，我们发现，什克洛夫斯基后期基本上已放弃了艺术上的纯形式论，而转向了艺术上的反映论——能动反映论。此外，他还引用赫列勃尼夫柯夫的话表明自己对艺术意义和内涵的关注，“艺术的意义和任务——就在于重新审视世界上的种种现象。”[⑤] 在什克洛夫斯基看来，文学就是争论，是对种种阐释、理论和世界观的争论。

再次，什克洛夫斯基在对早期形式主义理论主张进行反思与批判的同时，对陌生化概念也进行了反思。

---

① ［俄］维克多·什克洛夫斯基：《散文理论》，刘宗次译，百花洲文艺出版社 1997 年版，第 101 页。

② 同上书，第 235 页。

③ 同上书，第 398 页。

④ 这种表述的模糊性与晚年近 90 岁高龄的什克洛夫斯基思想的跳跃性和文字表述的随意性有很大关系。他 1982 年所撰写的《散文理论》基本上是自己口授，由别人笔录而成，因而在文字表述上有着前后矛盾之处。

⑤ ［俄］维克多·什克洛夫斯基：《散文理论》，刘宗次译，百花洲文艺出版社 1997 年版，第 329 页。

> 是的，我们证实，对文学作品，只能在不超越文学系列的范围内对之加以分析和评价。我们在自己先前的论文中引用了大量被视为是‘陌生化’的例证，而实际上，乃是一种风格手法。①

在反思的同时，什克洛夫斯基对自己早期所误造的这个词所引起的以讹传讹进行了解释，并在此基础上对陌生化的内涵进行了新的阐释。

> 艺术通过世界的种种偶然性，通过发疯，通过对疯狂的描写来衡量世界的种种可能性，换句话说，这就是陌生化，即把世界置诸另一个基础上。②

> 陌生化——就是用另外的眼睛来看世界。……这是新的、自我肯定的文学的运动。对世界的新视角的运动。……陌生化——不仅仅是新视角。它是对新的、从而也是充满阳光的世界的幻想。③

在这里，什克洛夫斯基显然已注意到艺术所承载的内容、现实的社会生活、世界上的种种现象和世界观等层面的东西。“我们翻开任何一本书，在书中我们首先看见的是引起注意的愿望。从普通的事物中刻画出不同寻常的事物来。为此又要把不寻常的事物表现成寻常的。”④ 他强调，陌生化不仅仅是一种感受事物的新视角，同时也是一种对“充满阳光的世界的幻想”。什克洛夫斯基再一次援引了托尔斯泰，“列夫·尼古拉耶维奇·托尔斯泰的创作——是为了看见一个未

① ［俄］维克多·什克洛夫斯基：《汉堡账单》，张冰《陌生化诗学：俄国形式主义研究》，北京师范大学出版社2000年版，第234页。

② ［俄］维克多·什克洛夫斯基：《散文理论》，刘宗次译，百花洲文艺出版社1997年版，第310页。

③ 同上书，第326页。

④ 同上书，第379页。

被描写过的世界而作的天才的努力。手稿多次修改，其结果是教导人们要会看”[①]。在这里，什克洛夫斯基认为，托尔斯泰的陌生化手法的主要目的在于教导人们“要会看”世界，即教导人们用一种批判性的眼光去发现世界。在这里，陌生化不再是早期意义上仅仅维持感受的时延，而已附有认识和批判世界的意味在其中。在这个意义上，什克洛夫斯基可以说与布莱希特走到了一起。此外，在论述小说情节的陌生化时，什克洛夫斯基也修正了自己早期的观点，认为“情节——这就是为了真正的谜底而抛弃虚假的谜底”，“艺术、剧场、戏剧、长诗的特点在于我们以不同一般的寓意来表现普通一般的生活。它有如拳击竞赛，眼看就要取胜的拳手突然被击昏倒下”[②]。在什克洛夫斯基看来，小说的情节不再是造成读者感觉延宕的情节，而是读者重新审视生活的一种方式。

对什克洛夫斯基后期关于陌生化的重新阐释，丁国旗在《“陌生化”和“时间”：什克洛夫斯基后期思想的两个重要概念》中将什克洛夫斯基前后期的陌生化理论进行了比较，认为前后期理论的不同主要体现在四个方面：第一，目的不同。早期陌生化的目的就是对抗语言感觉的日益异化和疏远化，让人以自然纯朴的眼光去观察世界，以最真实的语言去捕捉人与事物接触时刹那间的新鲜感觉，冲破惯性思维的锁闭，复归人的生命本源。而在后期，什克洛夫斯基认识到“惊奇”的感觉显然不是艺术的目的，陌生化只可作为吸引人去关注艺术的一种方法。第二，出发点不同。什克洛夫斯基早期谈陌生化主要立足于文学内部，即以文学性为出发点，而不涉及文学以外的东西。而后期显然是为了使艺术更好地反映现实生活才谈陌生化的。第三，构成的材料不同。早期什克洛夫斯基以反对语言的僵化和惯常化为出发点来谈陌生化，所以“词语”是其组织“奇化”的材料。而后期什克洛夫斯基是以生活事件本身作为陌生化的内容的。第四，结果不同。早

① ［俄］维克多·什克洛夫斯基：《散文理论》，刘宗次译，百花洲文艺出版社1997年版，第327页。

② 同上书，第332页。

期的陌生化重在强调一种由视觉、感觉而带来的“惊奇”的美学价值，这从其早期的各种文章中随处可见。而后期由于什克洛夫斯基开始重视艺术同社会生活、人生命运的关系以及加强了对艺术的各种社会功能的认识，所以后期陌生化则更多地体现了其作为方法论的价值和意义。①

二　陌生化的批判性反思

1934年，基尔沙诺夫在苏联第一次作家代表大会上的发言中说：

> 只要一接触到诗歌的形式问题，隐喻，诗韵或者形容语，就会立即引起反驳：让形式主义者们住口！人人都冒着被扣上形式主义罪名的危险。形式主义这个词变成了批评家们练习二头肌的拳击袋。一提到“声音的图形”或是“语义学”，马上就遭到无礼的对待：向形式主义者冲啊！有些残酷的批评家把这个口号当作战斗口号，来掩饰他们在诗学实践和理论上的无知，来惩罚胆敢扰乱他们的蒙昧主义老巢的人。②

这是俄国形式主义在苏联文艺界命运的表现，也是俄国形式主义在现代文艺美学史上的尴尬位置的体现。“这是封闭于坚硬果壳中的早期形式主义”③，佛克马的评论似乎带有很强的讽刺和批判意味。不论我们将什克洛夫斯基的理论归于索绪尔的语言学创新，还是归于胡塞尔的现象学活用，但从讨论中，我们可以发现，在什克洛夫斯基眼中，创造难化形式的技巧主要用于文本的微观结构，而陌生化的技巧主要用于文本的宏观结构。也就是说，难化的形式结构带来了整个文

---

① 丁国旗：《“陌生化”和“时间”：什克洛夫斯基后期思想的两个重要概念》，《黄河科技大学学报》2002年第4期。

② ［俄］罗曼·雅各布森：《诗学科学的探索》，［俄］茨维坦·托多洛夫编《俄苏形式主义文论选》，蔡鸿滨译，中国社会科学出版社1989年版，第4页。

③ ［荷］杜威·佛克马、［荷］E. 贡内-易布思：《二十世纪文学理论》，林书武等译，生活·读书·新知三联书店1988年版，第19页。

本的陌生化效应。这种对文本结构形式的过度强调，使我们看到了雅各布森的论断：文学性，或者说使一部文学作品成为文学作品的东西，是文学科学唯一真正的对象。当雅各布森这样宣言，而什克洛夫斯基实践于陌生化文本形式中时，我们似乎找到了批评形式主义的充分理由：俄国形式主义只关注文本的外在形式技巧，而悬置了文本的意识形态内容。以此为批评矛头，作为20世纪文坛上的革新与反叛者，俄国形式主义受到了来自或意识形态或非意识形态的批判与责难，成为20世纪大概最富有创新精神，而命运也最奇特的流派。[①] 然而，正是这些批评与责难，似乎在一个反向度上彰显了俄国形式主义的理论勇气与开创精神，成就了俄国形式主义在现代诗学史上的开创性地位。

应当承认，俄国形式主义者所构建的“视像”形式观超越了传统意义上与内容相对的单一形式观，使形式具有了传统诗学所不具有的内涵。俄国形式主义的最终目的在于建立一种科学的、具有独立自主性的诗学理论。在这个意义上，我们可以说，俄国形式主义的贡献是不可淹没的。正因为如此，当前学术界的“复兴俄国形式主义”的倾向，也正是看到了俄国形式主义的这一努力。而早在1985年，杰克逊在《回顾俄国形式主义》[②] 的前言中就对学界的复兴进行了概括。

> 在很长一段时间内，我们已经“超越了形式主义”，超越了布拉格语言学派和波兰的“文学整体性研究”理论，也超越了列维·斯特劳斯、罗兰·巴特和尤·洛特在60年代所开创的早期结构主义和符号学理论。今天，所有的事情，甚至这些思想本身，都在以巴黎为中心的后结构主义的氛围中消解。雅克·德里

---

① 参见［法］让-伊夫·塔迪埃《20世纪的文学批评》，史忠义译，百花文艺出版社1998年版，第10页。

② 《回顾俄国形式主义》由耶鲁大学国际及地区研究中心的俄国及东欧出版部编辑出版。此书是献给维克多·埃利希的，祝贺他光荣退休。因为在20世纪介绍俄国形式主义的论文集中，以埃利希所编的《俄国形式主义·历史与理论》一书最为系统和全面，而且影响也最大。

> 达说："在没有超验的所指的情形下，作为游戏的意义是无止境的。"当下的文学理论，至少是那些以最新奇的形式出现的理论，已经处于虚无主义境地。但那些可以与其相敌对的力量还没有出现。在这种时候，对过去的回顾就具有探本索源、追溯来龙去脉和希望复兴的性质。而俄国形式主义就是这种复兴。[①]

顺着杰克逊的分析，笔者以为，作为一种诗学技巧和原则，尤其是作为一种诗学的思维模式，俄国形式主义的陌生化打破了诗语和文本经验的前在常规，增加了感知的难度和时间，使接受者摆脱了感觉上的自动化和机械化。而且，陌生化强调离奇性和个别性，与马克思主义文学批评观相比，这一范畴表现出鲜明的对立性，也正是由于这个原因，陌生化受到了来自各种各样的马克思主义文艺批评家的责难。因此，当什克洛夫斯基说艺术的颜色不反映城堡上旗帜的颜色时，他显然犯了片面的错误，因此我们不能忘记，艺术不能像一面普通镜子那样机械地反映现实。艺术并不能完全独立于自然，在艺术的旗帜上，我们常常会发现现实生活中没有的绚丽丰富的色彩。

对形式的过于关注，这也许是俄国形式主义者遭受非议的最主要原因，对此，雅各布森在回忆中曾写道：

> 无论是图尼雅诺夫，还是姆卡洛夫斯基，无论是什克洛夫斯基，还是我，都没有鼓吹过艺术是一个封闭的领域。相反，我们认为，艺术是社会结构中的一个部件，它和其他部件密切相关，而且变化无常，因为艺术领域以及它与其他社会结构部门的关系不断发生辩证的变化。我们所强调的不是艺术的分离主义，而是审美功能的自主性。[②]

---

① J. R. Louis, S. Rudy, *Russian Formalism: a Retrospective Glance*, Slavica, 1985, p. xi.

② ［英］托尼·本尼特：《形式主义与马克思主义文学批评》，张来民译，《黄淮学刊》1992年第2期。

也许，雅各布森是对的，就形式派的大多数人而言，他们并不认为文学作品存在于和历史无关的真空之中。他们只是希冀对传统的文艺学进行反拨，强调对文学进行经济学、社会学、心理学和历史学等外在学科的研究是不合适的。然而正是在这两种理论的诉求中，他们对文学文本的形式特征的强调，无疑过于偏激，以致走上了历史的另一极端。这也使得形式主义成为一种空中楼阁式的审美印象主义，而丝毫没有触及应用的实践层面。对此，威廉斯的分析也很有针对性。“在为艺术的自主而努力方面，形式主义同时拒绝了资产阶级社会秩序对艺术的简化以及既定的资产阶级文化的各种形式和机构，但也同时拒绝了那些思考艺术的形式，它们把艺术与那种或者任何其他的社会秩序联系在一起。形式主义最大的收获是在特性方面：它对艺术作品实际上是如何形成的以及如何达到其效果的详细分析和展示方面。而且后来，可能没有真正返回到一般的应用范畴之上。”① 在威廉斯看来，俄国形式主义的分析是一种静止的理论分析，而艺术随着时间而明显变化的特点却在他们的视野之外。

对俄国形式主义的这一理论误区，钱佼汝也有着很好的概括：

> 文学研究作为一项有别于其他学科的专门化研究，以文学语言作为自己的研究对象本来是无可厚非的。然而，俄国形式主义者的失误，尤其在早期，恰恰由此而来。尽管他们并没有完全否定文学的思想内容和社会作用，他们却把这些东西双手奉给了政治家、教育家、哲学家和心理学家等，给自己留下的只剩下作品的语言。他们割断语言与意义的联系，把文学性看成是纯技巧的表现，似乎和内容可以不发生关系。他们甚至认为内容不过是形式的副产品，归根结底是“形式决定内容”。……正是在俄国形式主义混淆内容和形式这两个不同概念的影响下，

① ［美］雷蒙德·威廉斯：《现代主义的政治》，阎嘉译，商务印书馆2002年版，第236页。

> 后来的结构主义者甚至声称每一部文学作品讲的都是它自己的形式和结构。①

其实，如前所述，什克洛夫斯基的表述有着内在的矛盾性。一方面，陌生化强调文本的自我指涉性，认为文学的文学性只存在于文本自身，而不应当关注文本之外的其他东西；而另一方面，陌生化的最终目的又是增强作品的可感性，从而使读者最大限度地获得审美享受。如果文学文本只为自身而存在，又如何能使读者最大限度地审美享受呢？如果陌生化的最终目的在于读者的审美接受维度，那么强调文本的自我指涉性又有何意义？对于什克洛夫斯基陌生化理论的矛盾性，托多洛夫进行了精辟的总结。

> 什克洛夫斯基看起来根本没有意识到艺术的这一功能（更新对世界的感受）不能再与艺术的另一特性（没有外在功能的自在目的性）相统一，并且，在其后的著述中，他继续对两者同时加以肯定。二者之间关节的缺乏在出现他那著名概念“陌生化”的《作为手法的艺术》一文中尤为突出。②

> 如果感受的过程成了一种自在的目的（由于形式的困难），我们就更少而不是更多地感受到客体；如果“陌生化”提供了艺术的定义，那么感受过程则是不可感受的，我们看到的将是客体。③

托多洛夫的话表明：“更新对世界的感受”与“没有外在功能的自在目的性”很难统一在一个层面。而且，在谈论具体对象的陌生化时，什克洛夫斯基并没有摒弃艺术的外在目的，如在讨论托尔斯泰的

---

① 钱佼汝：《“文学性”和“陌生化”：俄国形式主义早期的两大理论支柱》，《外国文学评论》1989 年第 1 期。

② ［法］茨维坦·托多洛夫：《批评的批评：教育小说》，王东亮等译，生活·读书·新知三联书店 2002 年版，第 15 页。

③ 同上书，第 17 页。

创作时，什克洛夫斯基说："这种把事物从其环境中抽离出来看的方式，使托尔斯泰在晚期作品中剖析种种教规和仪式时，也对之采用陌生化的描写方法。他不使用习惯的宗教用语，而是用普通含义的词，于是产生某种奇怪的荒诞不经的效果，被许多人真诚地看成是对神的亵渎，刺痛了许多人。这其实是托尔斯泰感受和叙述周围事物的一贯的同一手法。托尔斯泰的感受动摇了托尔斯泰的信仰，触及了他久久不愿触及的事物。"① 在这里，什克洛夫斯基很明显考虑了托尔斯泰创作的外在目的，即宗教信仰。这样一来，什克洛夫斯基的内在悖论便相当明显地呈现于我们面前。陌生化技巧强调文本的自足性（形式），而陌生化感受则强调文本的外在性（读者），这两者构成了一种内在矛盾。对这种矛盾，马大康在《陌生化与文学功能结构》一文中曾归纳说："'亵渎宗教''动摇宗教信仰'显然突破了文学自在目的性的圈子而具有更新对宗教、对世界看法的外在目的性。而当什克洛夫斯基专注于形式和语言问题，或在更高的理论层次上概括'陌生化'时，则又强调了文学没有外在功能的自我目的性。"②

从语言的维度来看陌生化，陌生化也存在着理论上的缺陷。在具体的作品中，语言总是以某一种方式呈现自己，并且希望被接受主体所理解。当语言言说时，语言已经给予了我们可理解的信息，所以语言不可能绝对以陌生化的方式与我们联系，否则，语言将不被理解。而且，任何一种语言都包含着高度复杂和广泛的层次，表达出多样的社会文化内涵，绝不可能简单地归于陌生化的单一模式中。语言只有被理解才是语言，陌生化的极端化却使语言处于不可理解的处境中，这实际引发了人在面对文本时的理解困境。在这个意义上，陌生化只能是造成文学与生活暂时隔离的一种操作手法而不能当作方法论原则来对待。而且，任何文本的陌生化都是相对于既定的规范而言的，如果规范发生了变化，那文本的陌生化也就相应发生转移，从这个角度

① ［俄］维克多·什克洛夫斯基：《散文理论》，刘宗次译，百花洲文艺出版社 1997 年版，第 16 页。

② 马大康：《陌生化与文学功能结构》，《文艺研究》1993 年第 4 期。

来说，任何文本的陌生化仅仅只是相对的，而不能像俄国形式主义者所言的那样有着文学本体论的位置，如本尼特所言："但是，文本进入文学之门的'主因'——文本的陌生化能力——从本质上说是一种相对的属性。一个文本只有相对某些熟识的既定规范才能具有陌生化的文学功能。但是由于熟识的既定规范易于变化，所以任何特定文本的功能本身也必然随着它所处的历史阶段的变化而变化。"①

在中国学术界，对俄国形式主义的接受也经历了一个"批判—接受—回归"的过程。在20世纪80年代初，学术界对俄国形式主义基本上持一种批判态度。如李辉凡在《早期苏联文艺界的形式主义理论》中批评俄国形式主义的理论方法脱离生活实践，并认为这种排斥内容、追求怪诞形式的理论根源在于唯心主义和形而上学，其本质是资本主义走向没落时期的征兆在文学艺术上的反映，是苏联早期文艺理论发展中的一块绊脚石。② 而陈圣生和林泰认为："由于俄国形式主义者在寻找文学的一般规律时，只看到所谓的'文学性'，即：使一部作品成为艺术品的手法或构造原则，实际上把文学作品的整体（尤其是思想内容）置于不顾，因此不能十分公允地评价文学的艺术价值。"③ 在这一时期，对俄国形式主义的理论贡献进行阐释的文章很少，最早为俄国形式主义辩护的是张隆溪，他在《艺术旗帜上的颜色：俄国形式主义与捷克结构主义》一文中对俄国形式主义展开了客观的分析和评价。张隆溪认为，批判了形式主义，但往往连文学形式的分析也一并取消了，似乎一谈形式就是资产阶级的唯美主义和形式主义，结果完全无力对作品进行艺术分析。在这种倾向的影响之下，批评从概念出发，不接触文学作品的具体实际。创作也从概念出发，似乎忘记了文学是语言的艺术，于是产生了不少缺乏完美的艺术形

---

① ［英］托尼·本尼特：《俄国形式主义与巴赫金的历史诗学》，张来民译，《商丘师范学院学报》1991年第2期。

② 李辉凡：《早期苏联文艺界的形式主义理论》，《苏联文学》1983年第4期。

③ 陈圣生、林泰：《俄国形式主义》，《作品与争鸣》1984年第3期。

式、图解概念的公式化作品。[①] 基于此，张隆溪认为，对待俄国形式主义，我们应当持一种客观和公允的态度。

到了20世纪80年代末90年代初，中国学术界开始慢慢地接受了西方文论中的“语言学转向”研究，这段时期内，大量的形式主义、结构主义、后结构主义和符号学的理论著作被介绍到国内。国内文论开始了文艺学研究的向内转向，即关注形式、关注文本。在这一时期，学术界又重新发现了俄国形式主义，并开始慢慢地接受了俄国形式主义的理论观点与研究方法，并对其展开一定程度的批判和反思。如谢天振在《什克洛夫斯基与俄国形式主义》一文中高度评价俄国形式主义者对传统文论的反叛，认为什克洛夫斯基的陌生化理论通过对形象思维论的批判确立了形式的本体论地位。“什克洛夫斯基对形象思维论的批判是正确的，因为后者不是根据对象的不同，而是根据思维方式的不同去区分艺术与非艺术，这显然是错误的。”[②] 与谢天振的肯定相类似，张无履和孙逸行在《差异论模式：意义与局限——俄国形式主义文论研究》一文中则从“差异论模式”的维度看到了俄国形式主义的合理性。“我们必须承认以‘差异论模式’为其理论框架的俄国形式主义文论把文艺学研究从陈旧的概念和体系中解放了出来，是‘对艺术作品应优先考虑事项的一个大颠倒’，不啻为一场‘批评的革命’，因为从本质上讲，文学就是文学，它是自主、自足、自律的实体。……不是我们借以认识其他事物的窗口。”[③] 而杨金才在《文学的自律性：追求与建构——俄国形式主义文学批评实体论》中认为，俄国形式主义文论中的本体性追求从根本上改变了以往研究文艺必须以文学的政治、道德等为主要内容的文学观，从而形成一种全新的文学思维模式，即只有文学艺术本身特有的规律才能恰当地说明文

① 张隆溪：《艺术旗帜上的颜色：俄国形式主义与捷克结构主义》，《读书》1983年第8期。

② 谢天振：《什克洛夫斯基与俄国形式主义》，《上海文论》1990年第5期。

③ 张无履、孙逸行：《差异论模式：意义与局限——俄国形式主义文论研究》，《学术界》1995年第6期。

学作品。[①]

到了21世纪之初，由于各种理论批评方法在中国的兴起，人们对俄国形式主义阐释的思维模式超越了传统“文本—内容”的二元对立模式，而更多关注形式主义所提出的理论本身，从而实现了向研究对象理论本身的回归。这一特征主要集中体现于对俄国形式主义的陌生化的阐释中。在这段时间里，杨帆、马大康、邹元江、马生龙、丁国旗和杨向荣等人都从不同层面对俄国形式主义的陌生化概念展开了新的批判性反思。

第五节　陌生化诗学的批判超越

从莫斯科到布拉格再到巴黎和耶鲁，20世纪初俄国形式主义的美学规划为新批评、符号学、结构主义和解构主义的兴起奠定了基础。但在俄国形式主义的美学诉求中，文本存在的合法性只能依据自身的内在标准加以说明，俄国形式主义文本能指前置的美学诉求无疑遮蔽了其审美维度，而这，也正是巴赫金、詹姆逊和本尼特等学者对俄国形式主义及其陌生化批判的批判性超越路径。

一　巴赫金的批判性超越

俄国形式主义追求文学的纯粹性，如果说文学性是俄国形式主义的理论基石，那么什克洛夫斯基所提出的陌生化概念则是文学性的凸显手段。陌生化通过对日常话语以及前在的文本经验的违背，创造出了一种与前在经验不同的特殊的符号经验。可以说，俄国形式主义对文学性宗旨和陌生化策略的强调，其要义就是解构文本能指与所指间

① 杨金才：《文学的自律性：追求与建构——俄国形式主义文学批评实体论》，《四川外语学院学报》1995年第5期。

习惯性、常备化、自动化的意指关系，摆脱由习以为常的知觉经验，打破、毁坏一切固有的接受模式，把文本置于重新能指化的背景中，借以重构它的感性内涵，形成新的意指链。

对俄国形式主义的这一理论主张，巴赫金展开了批判性评述。巴赫金认为，在俄国形式主义那里，艺术作品是自我封闭的整体，文本的每一个要素只是在整体本身的自身具有意义的结构中获得自己的意义，这意味着“艺术作品的每一个成分首先在作为封闭的独立自在的结构的作品中具有结构的意义。如果它再现、反映、表现或模仿什么的话，那么这些‘流动性的’功能都服从于基本的结构任务——建造严整的和自我封闭的作品。艺术学家的基本任务也在于首先揭示作品的这个结构的统一体和其中的每一成分的纯结构功能。”[①] 在巴赫金看来，一旦当俄国形式主义的“视像”形式作为能指被接受主体所感知，文学的价值就完全体现在“视像”上，“视像”实际上成了一种以引起主体陌生感受为目的的特殊形式，而“视像”所承载的内容遭到放逐。这样一来，艺术便仅仅只是作为单纯的技艺，只是成为为创作形式而存在的形式，这显然过于绝对化。

巴赫金指出，形式主义者“把区分特点设想为对某一意识形态领域的隔离，与意识形态和社会生活的一切别的力量和能量的隔绝。他们把特点、独特性设想为对一切别的事物的保守的和敌视的力量，也就是说，他们不是辩证地理解独特性的，因而不能把独特性与社会历史生活的具体统一体中的生动的相互影响结合起来。”[②] 巴赫金认为，任何文学都是一种社会现象，而俄国形式主义者的理论主张却给文学的独特性提供了错误的解释和定义。俄国形式主义的基本概念和命题，无论是“摆脱自动化状态”的陌生化，还是诗语的“变形”，“只涉及外部的重新排列和一定范围内的移动，而所有内容和性质则被设

---

① ［苏］米哈伊尔·巴赫金：《文艺学中的形式主义方法》，李辉凡等译，漓江出版社 1989 年版，第 58—59 页。

② 同上书，第 48 页。

想为已经具备的东西。形式主义思维由于具有这一基本特点，很不符合历史主义精神。存在和意识形态领域的那种构成历史的质的发展变化，对它来说是无法理解的。”①

俄国形式主义坚持文学的自主性，认为真正的批评事业是对文本的形式特征进行独立分析。他们坚持非政治的批判立场，考察文学作品作为本体结构而产生的陌生化审美效果，认为这种审美效果源于非政治的文本实践中，这实际上是把审美从政治、经济和文化等社会因素从文本中分离出来，淡化了文学的审美意识形态属性。此外，俄国形式主义者视文学为自我指涉体，认为文学的本质在于形式，而形式的关键在语言，文学性就体现在单纯的形式所产生的能指效果之中。这种仅仅依靠语言学方法来处理复杂文学问题的策略，也使得形式主义的研究方法过于简单化和绝对化，这不能不说是一个理论上的缺陷。

在对文本语言的分析中，俄国形式主义者强化了语言的诗学功能。他们区分了日常语言与诗歌语言，并建构了两种语言的不同功能。在俄国形式主义者的理论表述中，诗歌语言是以其自身为目的的。诗歌语言并不关注其所指内容，它的功能也不是用来为交际服务，而在于尽可能地突出能指或诗学功能，对诗歌的欣赏也力求让接受者最大可能地感受到诗语能指的无穷魅力。捷克理论家穆卡洛夫斯基在俄国形式主义的基础上将语言区分为标准语言和诗的语言。在他的诗学观念里，诗的语言是最大限度地把言辞“突出”。“突出”是自动化的反面，它是一种行为的反自动化。而标准语言则极力避免突出，它的目的在于将接受者的注意力吸引到由“突出”所反映出来的主题内容上。穆卡洛夫斯基认为，“在诗的语言中，突出达到了极限强度：它的使用本身就是目的，而把本来是文字表达的目标的交流挤到了背景上处，它不是用来为交流服务的，而是用来突出表达行为、

---

① ［苏］米哈伊尔·巴赫金：《文艺学中的形式主义方法》，李辉凡等译，漓江出版社1989年版，第131页。

语言行为本身。”[1]“和标准语言相比，诗的语言是一种不同的语言形式，它有自己的功能。……然而对标准语的规范的歪曲正是诗的灵魂。因此，要求诗的语言遵守这种规范是不适当的。”[2] 穆卡洛夫斯基所说的“突出”和“对标准语的规范的歪曲”，即什克洛夫斯基的陌生化，而“本身就是目的”即强调诗语的自足性。

对俄国形式主义关于诗歌语言与日常语言的区分，巴赫金展开了批判与反思：“根据形式主义者的学说，诗歌语言实际上只能把语言的其他体系已经创造出来的东西‘陌生化’，使之摆脱自动化。它本身并不创造新的结构。它只是使人们感觉到已创造的却未被感觉到的和接受时处于自动化状态的结构。它只能等待，先让生活实用语言根据自己的目的和意图创造出某种新的言语结构，并使这种结构变得习以为常，能自动化地接受，只有到那时，诗歌语言才能登台，郑重其事地使这种结构摆脱自动化状态。”[3] 在巴赫金看来，既不存在专门的实用语，也不存在专门的艺术语（文学语言），更不存在二者的对立，因此建立在这种虚拟的二元对立基础上的诗语理论是不真实的、错误的，然而恰恰是这种不真实的、错误的诗语理论构成了俄国形式主义整个理论的基石。巴赫金认为，日常语言与诗歌语言其实是同一种语言，只不过两者所处的语境不同。诗歌语言处于艺术语境之中，而日常语言处于日常生活语境中。这两种语言本质上的特点都是具有对话功能，因此并无区别。它们是同一语言中的不同部分，是它们所处的不同语境决定了它们不同的社会功能。

以巴赫金的分析为依据，笔者以为，其实任何一种语言都蕴含着多种功能，如交际功能、艺术功能、解释功能，等等，这些功能在特定的语境中得到凸显，而不可能在同一次言谈（包括文学文本）中同

① ［捷］穆卡洛夫斯基：《标准语言与诗的语言》，伍蠡甫、胡经之编《西方文艺理论名著选编》（下），北京大学出版社 1986 年版，第 419 页。

② 同上书，第 426 页。

③ ［苏］米哈伊尔·巴赫金：《文艺学中的形式主义方法》，李辉凡等译，漓江出版社 1989 年版，第 121 页。

等程度地展现出来。当某一功能尚未被纳入一定的语境中时，这些功能只能以潜能的方式存在。也就是说，当一种功能居于主导地位时，其余的功能就居于从属的或潜隐的地位。那么以此来看文学语言与日常语言，也可以这样说，当语言处于文学语境时，它的诗学（艺术或诗歌）功能得以充分实现，语言因此成为一种文学语言。但是，如果当同一种语言成分置入日常交流语境，它的交流功能便会充分实现，那么这种语言就是日常语言。因此，根本就不存在所谓的日常语言与文学语言的区分，它们只不过是同一种语言在不同语境中所凸显的不同的功能罢了。在这个意义上，俄国形式主义之所以会走上极端，原因在于他们把在诗歌中使用的语言与日常语言绝对区分开来，而这从语言学的角度来说是有问题的。

俄国形式主义视文学为自我指涉体，认为文学的本质在于形式，而形式的关键在语言，文学性就体现在单纯的语言滑动而产生的陌生化效果之中。这样一来，俄国形式主义的分析是一种静止的理论分析，文本的审美性游离于他们的视野之外。巴赫金指出，“形式主义者一贯地、始终不渝地坚持艺术结构本身的非社会性。他们建立的诗学是作为一种彻底的非社会学的诗学。……如果文学是社会现象，那么，轻视并否定其社会本性的形式主义方法首先与文学本身不相符的，它恰恰是给文学的独特性和特点提供错误的解释和定义。”[①] 在巴赫金看来，俄国形式主义者之所以最后走上极端化，乃是由于他们过于追求研究对象的科学性所导致的，“承认只有科学的思维才是可取的，在艺术研究领域里也已广泛为人们所接受。几乎可以说已有另一个极端出现，即以科学性为时髦，表面上追求貌似的科学，在真正的科学尚未诞生时草率而自负地标榜科学性。因为处心积虑要尽快创建一门科学的企图，往往导致研究课题水准的严重下降，研究对象变得

① ［苏］米哈伊尔·巴赫金：《文艺学中的形式主义方法》，李辉凡等译，漓江出版社1989年版，第49页。

贫乏，甚至研究对象被别的东西所偷换。”[①] 俄国形式主义者注重从文学的语言形式层面来对文学进行纯科学的研究，在他们的视域中，所谓社会、历史、作者、读者和外在因素，最后都可以还原为单一的文本能指形式，这样一来，绝对的科学化就使文学研究变得简单化和绝对化，而在这种纯技术性的分析中，文学所蕴含的审美精神事实上也就消失殆尽了。

巴赫金坚持以一种文艺社会学的方式来消除俄国形式主义所强调的内在规则体系与外在文化语境的二元对立。他认为俄国形式主义过于局限语言的技术形式，而忽略了现实语言的社会和文化层面。在巴赫金看来，俄国形式主义者坚持艺术结构本身的非社会性带来了理论的自我悖论：如果他们这种观点是对的，那么说明文艺学中的社会学方法的作用极其有限，是对文学发展的一种干扰；如果他们是错误的，那么他们设计得如此完美的理论就应当是“非社会学诗学的出色的归谬证法”。以此为基点，巴赫金进而批判和反思了俄国形式主义纯技术方法操作所带来的审美缺失。对于文学的审美性，巴赫金不同意传统的庸俗社会学将审美等同于内容，但也不同意俄国形式主义将审美等同于形式。在他看来，审美应当既包括内容，同时也涵盖形式。而俄国形式主义者的最大失误在于将审美形式化，因而导致了纯技术分析中的审美缺失。

在巴赫金对俄国形式主义的批判中，很明显有着马克思主义美学和文艺社会学研究思路的影响，这种影响从更广泛的意义上来说，即一种文化研究或文化社会学研究的路径，一种对文学艺术与意识形态关联起来的研究路径。事实上，文学并非绝对纯粹性的自我体系，而是一种特殊的社会化组织的表征体系。在这个体系中，文学一方面有其自身的独特性，另一方面又可以视为一系列社会现实、社会实践和社会意识形态的表征。

---

① ［苏］米哈伊尔·巴赫金：《巴赫金全集》（一），张杰等译，河北教育出版社 1998 年版，第 306 页。

二 詹姆逊的批判性超越

詹姆逊是美国当代最具挑战性的“左派”马克思主义批评家之一。他在20世纪70年代初和80年代初出版的三本著作——《马克思主义与形式》(1971)、《语言的牢笼》(1972)和《政治无意识》(1981)——被伊格尔顿称为“西方马克思主义三部曲”，这三部著作奠定了詹姆逊作为马克思主义文学批评家的地位，尤其是《政治无意识》的出版，更是使詹姆逊成为西方一位成熟的马克思主义批评家的重要标志。

1972年出版的《语言的牢笼》是詹姆逊集中讨论俄国形式主义与结构主义的重要著作。此书根据马克思主义的辩证思想，对索绪尔的普通语言学理论、俄国形式主义理论、法国结构主义理论和后结构主义理论作了介绍，同时基于马克思主义的立场对这些理论展开了批判性讨论。对俄国形式主义的批判，詹姆逊主要是从两个方面展开的：文学性和陌生化。

在对俄国形式主义的文学性概念展开批判性的分析中，詹姆逊首先指出了文学性的意义之所在：

> 与索绪尔语言学一样，俄国形式主义者一开始便分离出事物的内在因素本身，将它们特定的研究对象与其他学科的研究对象区别开来，并对雅各布森称为Literaturnost（文学性）的东西，即文学自身的区别性要素，进行系统的考察。①

在詹姆逊看来，文学性是俄国形式主义的核心概念之一，而且俄国形式主义提出文学性这个概念，似乎也是情不得已的做法。“俄国形式主义者一开始的做法不得不是否定性的，目的在于把文学体系与

① ［美］弗雷德里克·詹姆逊：《语言的牢笼》，钱佼汝译，百花洲文艺出版社1995年版，第34页。

其他外在体系分开来。”[①] 詹姆逊认为，文学性概念的提出源于俄国形式主义者对传统文论的批判。这些批判的对象可分为三大类：把文学当作哲学寓意或哲学内容载体的观点；用发生学或我们现在所说的历时方法（传记式的，或通过研究起源，等等）分析文学的企图；把作品归结为单独一种技法或单独一种心理冲动的倾向：如别林斯基的研究模式，认为诗歌就是形象思维。在批判传统文论的基础上，詹姆逊看到了俄国形式主义所提出的文学性的合理性，“通过给‘文学’这一概念赋予高度特殊的含义，俄国形式主义得以在一个具有自我意识的理论基点之上建立其文学批评，并以之确定文学批评的客体——文学陈述中的文学性。这一重大理论行动的第二个意义，是开创了一个科学美学的新方向，从而对反映论提出了质疑。”[②] 因此，詹姆逊认为，俄国形式主义对文学这一概念所做的重新审视，即定义文学性，是俄国形式主义的最大成就。

在承认文学性的合理性之后，詹姆逊便对这个概念展开了毫不留情的批判。詹姆逊认为文学性概念造成了俄国形式主义者研究对象的自我指涉。因为根据索绪尔的差异性观念，文学性必须以非文学为参照，文学本身的新奇与独创只有在与那些非文学成分的对照中才能被理解。并且基于马克思主义的立场，詹姆逊认为仅仅依据文学体系本身的内在规律来探讨文学是不够的，还必须看到其他系统从外部作用于文学系统的问题。而俄国形式主义的最大问题则在于“顽固地坚持内在文学性，以及固执地拒绝脱离‘文学事实’而转向其他的理论形式”[③]。

在批判了文学性概念之后，詹姆逊进而对陌生化展开了批判性剖析。在詹姆逊看来，什克洛夫斯基的这个著名的定义是一条心理法则，其意义深远。詹姆逊援引什克洛夫斯基关于托尔斯泰日记中打扫

---

① ［美］弗雷德里克·詹姆逊：《语言的牢笼》，钱佼汝译，百花洲文艺出版社 1995 年版，第 34 页。

② 同上书，第 65—66 页。

③ 同上书，第 34 页。

房间的个例进行了阐释，认为“在这种情形之下，艺术就是一种恢复有意识的体验的方法，一种打破迟钝机械的行为习惯（捷克形式主义者后来称之为‘自动化行为’）的方法，使我们得以在这个存在着清新与恐惧的世界中获得新生”[①]。在詹姆逊的语境中，陌生化心理机制仅仅只是一种涉及形式的心理因素。“这里暗含的这些纯心理规则和形式主义者所批评的波杰布尼亚的那些心理规则（艺术即隐喻，隐喻即能量储存）其实是不同的，因后者有内容，而什克洛夫斯基取而代之的那种新的心理机制只涉及形式。”[②]

詹姆逊认为，作为一个纯粹的形式概念，陌生化有三个长处。

> 首先，正如我们所见，陌生化起到了把文学（即纯文学系统）与任何其他的语言使用形式区别开来的作用。因此，它首先是使文学理论得以建立起来的先决条件。但同时它也使文学作品内部得以建立起一种等级。由于艺术作品的最终目的现在已经事先确定，即更新感知，突然间以一种新的眼光、一种新的未曾有过的方式去观察世界，所以作品的各个成分及技法或手法现在都以此为目的分成等级。……最后，陌生化这个概念在理论上还有第三个长处，即它提示了一种新的文学史观：这并不是唯心主义历史观所持有的那种根深蒂固的传统无限延续的观念，而是将历史视为一系列的突变，即与过去的一系列断裂，其中每一种新的文学现实都被看成与上一代占主导地位的艺术准则的决裂。[③]

在俄国形式主义者眼中，艺术创作的目的就是通过施展创造性手段，把那些日常的、司空见惯的、已经不能引起我们新鲜感和美感的东西陌生化为奇异的东西，使人产生强烈的感受。詹姆逊认为，陌生

---

① ［美］弗雷德里克·詹姆逊：《语言的牢笼》，钱佼汝译，百花洲文艺出版社 1995 年版，第 41 页。

② 同上书，第 42 页。

③ 同上书，第 42—43 页。

化为俄国形式主义理论奠定了基石，显现了俄国形式主义理论诉求的创新性。因为俄国形式主义者把这种不停的变化，这种艺术上永恒的革命，看作是艺术形式自身的性质所固有的。这在詹姆逊看来是合理的，因为某种一度引人注目、清新活泼的艺术形式，一旦变得陈旧之后，就必须由新的艺术形式以从未有过和不可预见的方式予以替代。因此，詹姆逊认为，什克洛夫斯基把艺术定义为陌生化，即使事物变得陌生，使感知重新变得敏锐，这个著名的定义是一条心理法则。"'陌生化'这个新概念并不意在说明任何已变成习惯并有待更新的感知的特性。它对文学批评的独特用处在于，它描述了适用于所有文学的一种过程，却绝不暗示一种特殊的文学成分（如隐喻）某个特殊的文学类型优于其他文学成分或类型。"[①] 詹姆逊还认为，由陌生化概念出发，俄国形式主义者进而建构出一套完整的文学理论，这种理论的建构首先是离析出纯文学系统本身，其次是建构存在于共时系统中的各种关系的一种模式，最后通过对一种共时状态转变到另一种共时状态中所发生的变化的分析来实现向历时的返归。

詹姆逊对俄国形式主义者所提出的陌生化与自动化裂变中的文学史观表示了认同。"将历史视为一系列的突变，即与过去的一系列断裂，其中每一种新的文学现实都被看成是与上一代占主导地位的艺术准则的决裂。"[②] 在詹姆逊看来，这种文学史的突变理论突破了传统文学史无限延续的观点，展示了文学研究中的渐变与革命的关系。当然，俄国形式主义者认为这种变化不受外界制约和影响，是"艺术形式自身的性质所固有的"，这一点与詹姆逊所坚持的马克思主义历史观是截然相反的。

尽管高度评价了俄国形式主义，但詹姆逊对什克洛夫斯基引以为荣的这个概念还是展开了毫不留情的批判。他对俄国形式主义过分强调技法的观点不以为然，认为一味推崇技法，尽管可以新鲜一时，但

---

① ［美］弗雷德里克·詹姆逊：《语言的牢笼》，钱佼汝译，百花洲文艺出版社 1995 年版，第 42 页。

② 同上书，第 43 页。

最终会令人厌倦。"他（什克洛夫斯基）把'暴露技法'作为文学中陌生化及技法更新的一种独特的现代的方式，因而完全把自己独特的个人的与历史的境况等同于新事物本身。但形式主义有关无止境的艺术变化和不停的艺术革新这种观点中所包含的'生活的悲剧感'同时也要求承认变化，承认一度时新的方法不可避免地会变旧，一句话，必须承认自己的死亡。合乎逻辑的发展必定是读者对什克洛夫斯基本人从事的并由他的理论所推动的那种自我意识艺术感到厌倦。"[①] 在陌生化的理论诉求中，矛盾依然存在，然而这正是什克洛夫斯基陌生化的辩证法，即陌生化的处理永远不可能使对象保持为陌生化的视像，它总会实现向自动化视像的滑变。在詹姆逊看来，什克洛夫斯基对技法的强调似乎回到了古希腊，反映了古希腊人对手工技艺的怀念，与亚里士多德一样，陷入了将艺术视为工艺或技法的理念。

此外，詹姆逊也不同意俄国形式主义者将所有内容一概解释为形式的做法，他固执地坚持内容与形式的区别。

> 我们已经把这种内容中的陌生化向形式中的陌生化的滑动称为什克洛夫斯基理论中的一种模糊，但我们不清楚这种模糊究竟是由于疏忽引起的还是有意造成的。毫无疑问，《散文理论》中一句关键的话语使这个问题比以往任何时候都更令人困惑不解："艺术是重新体验创造事物的一种手段，而已经创造出来的事物对艺术却并不重要。"我们是否应该认为，一切形式的艺术之所以存在仅仅是为了"暴露自己的技法"，为了让我们看到艺术是怎样创造的以及事物是怎样向艺术转变，怎样成为艺术的？（果真如此，那么只有所谓的"现代"艺术才有价值，或对什克洛夫斯来说，甚至传统艺术在本质上也确实隐含有现代性。）还是我们应当认为有某种更为形而上的含义，即感知本身便是对被感知

① ［美］弗雷德里克·詹姆逊：《语言的牢笼》，钱佼汝译，百花洲文艺出版社 1995 年版，第 76 页。

的事物的一种创造，因而对事物的重新感知在某种意义上便是意识到我们自己的“创造”活动？①

詹姆逊由此批判了陌生化方法论上的缺陷。在他看来，如果只有“业已存在的东西——实物、惯例、一定的单位——才能陌生化”，那么什么才是俄国形式主义者眼中的“业已存在”，并已为大家所熟悉的东西呢？詹姆逊认为这只能来自现实生活。但俄国形式主义者总是将一切内容视为形式的投射，所以在他们的论著中从来就说不清陌生化的到底是内容还是形式。“陌生化既可应用于感知过程本身，也可应用于表现这种感知的艺术方式。即使假定艺术的本质就是陌生化，什克洛夫斯基在其著述中也从未清楚地说明被陌生化的究竟是内容还是形式。换言之，一切艺术似乎都含有某种感知的更新，但并非一切艺术形式都以其独特的技巧引人注目，或有意识地‘暴露’或展现其本身的‘手法’。”② 在詹姆逊看来，这些矛盾造成了俄国形式主义理论表述的混乱。

三　本尼特的批判性超越

自俄国形式主义伊始，继起的新批评、结构主义和解构主义都把文学的文学性作为核心问题来加以探讨和研究，从而建构一种具有强烈自主性的美学研究体系。然而也正如很多学者所看到的那样，俄国形式主义的美学策略无疑会使他们封闭于坚硬的语言与形式的硬壳中，而忽略了文本的文化与意识形态关注。本书中，笔者拟循着英国学者本尼特的批判路径对俄国形式主义及其陌生化诗学展开反思。

本尼特的《形式主义与马克思主义》出版于 1979 年，这是一本深受阿尔都塞意识形态观念影响的文本，本尼特撰写的这本著作，其

① ［美］弗雷德里克·詹姆逊：《语言的牢笼》，钱佼汝译，百花洲文艺出版社 1995 年版，第 66 页。

② 同上书，第 63 页。

目的也在于从文化和审美的角度回应阿尔都塞所提出的“艺术与意识形态之关系”的问题。

俄国形式主义强调文本存在于与历史和文化无关的真空之中，他们视文学为自我指涉体，认为文学的本质在于形式，而形式的关键在于语言，文学性就体现在单纯的语言滑动而产生的陌生化效果之中。这种仅仅依靠语言学方法来处理复杂文学问题的策略，不能不说是一个理论上的缺陷。这也正如威廉斯的分析：“在为艺术的自主而努力方面，形式主义同时拒绝了资产阶级社会秩序对艺术的简化（以及既定的资产阶级文化的各种形式和机构），但也同时拒绝了那些思考艺术的形式，它们把艺术与那种或者任何其他的社会秩序联系在一起。”① 在威廉斯看来，俄国形式主义的分析是一种静止的理论分析，艺术随着时间而明显变化的特点却在他们的视野之外。本尼特指出，俄国形式主义虽然为我们提供了认识现实的一个新视角，但在俄国形式主义那里，“那些被认为是‘现实’的东西其实不过也是一种构成品、是一种形式的动作结果”②。在本尼特看来，“文学不是也不可能是现实的反映，而仅仅是现实符号化的特殊表现。文学文本根本不反映现实，而是倾向于‘把现实变得陌生’，打破我们感知现实世界的习惯，以便使现实世界成为我们重新关注的对象”③。对本尼特而言，俄国形式主义的这种空中楼阁式的理论诉求，丝毫没有触及现实的实践与文化层面，这无疑使俄国形式主义走向了一个极端。

本尼特将俄国形式主义与康德美学联系起来，认为“俄国形式派倾向于赞同康德‘为艺术而艺术’的观点”④。在他看来，俄国形式主义在对文本的考察中直接忽视了历史的存在，而这与康德对艺术纯粹

① ［英］雷蒙德·威廉斯：《现代主义的政治》，阎嘉译，商务印书馆 2002 年版，第 236 页。

② T. Bennett，*Formalism and Marxism*，Routledge，1979，p. 54.

③ ［英］托尼·本尼特：《形式主义与马克思主义文学批评》，张来民译，《黄淮学刊》1992 年第 2 期。

④ 同上。

性的诉求是一致的。此外，本尼特还通过对“形而上文本”与“社会文本”的区分展开了进一步的分析。“形而上文本”是指单一的、封闭的、没有任何变化的文本，俄国形式主义以及各种后康德式美学强调从文学性、陌生化和自主性等层面分析文本。在本尼特眼中，这种文本割裂了自身与社会之间的关联，是对马克思主义美学的背离。而“社会文本”是指与社会密切关联，处于社会文化历史进程中的文本，“社会文本”处于具有多种不同意义的历史文化语境中，其文本意义来源于文本的所处立场，源于整体的社会文化语境，以及对文本使用、阐释和理解的方式。在本尼特的分析中，俄国形式主义“说明了所有文学形式同样而且必须是对现实的符号性沉思，是现实的符号化，而不是对现实的反映，也就质疑任何对从文学文本获得的逼真性程度讨论的有效性和有用性”①。本尼特认为，形式主义学派“削弱了成为许多传统批评和马克思主义批评的共同基础的‘文本的形而上学’：即假定文本具有一种由其来源时的环境与标志和所决定的一劳永逸的存在，和与其他文本的一劳永逸的关系”②。显然，本尼特并不主张把文本孤立化，而主张在文化的历史进程中审视文本、美学和文化三者之间的关系。在他看来，俄国形式主义虽然努力想实现传统的美学关注，但抛弃了美学，反而热衷于文本自身的特性，热衷于构建不同文学体系中的文本关系。

在本尼特的批判视域中，以历史唯物主义为基础的马克思主义美学在实质上不同于俄国形式主义和各种后康德式的美学理论。这也正如王杰的分析：形式主义和各种源于康德的后康德式美学仅仅从自律的形式层面分析文本，不可能真正说明文本的社会作用及其与社会的互动关系；但是，如果仅仅看到文本是一种社会性的文化现象，而拒绝从形式的角度进入对文本的研究，那么马克思主义也会失去自己的

---

① ［英］托尼·本尼特：《文化与社会》，王杰等译，广西师范大学出版社 2007 年版，第 2 页。

② 同上书，第 4 页。

"美学"。[①] 也许，本尼特是想在俄国形式主义与马克思主义之间寻找一个折中点，在他看来，文本往往是意识形态与审美的结合，不能将文本的审美诉求与意识形态诉求简单地对立起来。"如果艺术超越了它的社会状况，那只能是通过那种社会状况才能超越的，因为作为真正的艺术，它与历史的关系被深深地决定了。真正的艺术作品打上了难以消除的生产背景的烙印，它之所以能在那背景之中浮升起来，恰恰是因为其价值在于（也源于）它与生产背景的关系。"[②]

梅德维德夫与巴赫金在对俄国形式主义的批评中，就坚持以一种文艺社会学的方式来消除俄国形式主义所强调的内在规则体系与外在文化语境的二元对立。"从内部来看，文学作品由文学自身所决定，从外部来看，文学作品由社会生活中的其他领域所决定。但是在考虑内部决定的因素时，文学作品也不能忽略外在的决定因素，因为决定文学本身的因素来自外部。而考虑外部决定的因素时，同样不能忽略内在的决定因素。因为内在因素既保证了文学自身的独特性，又保证了文学作品与整个文学情境的关联，并使文学作品不能处于外在情境之外。"[③] 以此来看俄国形式主义的局限性，俄国形式主义过于局限于语言的技术形式，而忽略了现实语言的社会和文化层面。这也正如本尼特的分析："索绪尔的语言观和形式主义的'文学系统'观有点儿像东方神话中会飞的魔毯一样：二者都盘旋于空中，从这个方向或那个方向起飞，因为都没有解释它们被推动的方式，所以人们只有得出结论，它们具有魔力。"[④]

就本尼特而言，文本只能放到它们产生的经济、社会和政治环境中才能得到充分理解，然而俄国形式主义背弃了马克思主义，他们坚

① ［英］托尼・本尼特：《文化与社会》，王杰等译，广西师范大学出版社 2007 年版，第 4 页。

② 同上书，第 27 页。

③ P. Medvedev, M. Bakhtin, *The Formal Method in Literary Scholarship: A Critical Introduction to Sociological Poetics*, The Johns Hopkins University Press, 1978, p. 29.

④ ［英］托尼・本尼特：《文化与社会》，王杰等译，广西师范大学出版社 2007 年版，第 8 页。

持文学的自主性，认为真正的批评应当对文学文本的形式特征进行独立分析。俄国形式主义坚持非政治的立场，考察文学作品作为本体结构而产生的审美效果，认为这种审美效果来源于非政治的文本实践中，这实际上是把审美从政治、经济和文化等社会因素中分离出来，淡化了文学的意识形态属性。这实际上是以一种复杂和矛盾的方式，给美学操办了丧礼，对此，本尼特遗憾地写道："尽管形式派所提出的研究模式仍然是一种美学模式——'文学'本身的理论——但从本质上说，它是一种科学美学。"①

在本尼特眼中，俄国形式主义建构了一种科学美学，形式主义希望通过关注支配文本结构的形式特性，通过经验解决文学性问题。这种科学式美学诉求将文学艺术从其所处的社会语言文化语境中分离出来，却忽略了文学艺术与社会文化语境之间的复杂关联，结果使文学艺术的审美效果总是处于永恒不变的科学式审美关系的影响之下。本尼特指出，文本应当是一种社会实践或文化实践的场所，是一系列社会文化语境，或特定的历史话语制度所商定的存在；文本不应当谋求建立纯粹性的审美空间，不应当成为索绪尔和俄国形式主义所言的那种由"能指的飘浮"所建构的自主性存在。在文学这个不再封闭的场域内，文学就不再可能保持自律性，而不可避免地受到政治、文化和意识形态的影响，不可避免地会融入某种政治或批判的意识形态建构中。由于文本与文化、政治等的复杂关联，文学艺术就不可能是纯审美的文学理论，而是一种介入社会现实的政治美学或意识形态美学。从这个方面来说，通过科学式美学方式的批判，本尼特实现了批判的意识形态维度的介入。他注意到了文化或意识形态的实践性作用，从而超越了俄国形式主义、布拉格学派以及各种康德式美学对自主性的审美经验的诉求，实现了从康德式的超验美学向意识形态介入式的政治美学的转向。

---

① ［英］托尼·本尼特：《俄国形式主义与巴赫金的历史诗学》，张来民译，《商丘师范学院学报》1991年第2期。

在俄国形式主义美学中，陌生化是一个强调纯粹自律性的诗学观念。然而，强调绝对自律性的陌生化能否表征文学艺术的社会功用性？尤其是随着文化研究的兴起，在日常生活审美化观念日益扩张的现代社会，俄国形式主义的陌生化能否顺应当下的文化语境？陌生化又将承担何种审美功能？基于此，有必要重新审视本尼特对陌生化的批判，我们将会发现，陌生化及其相关问题是如何从俄国形式主义的纯粹自律性审美诉求转变为西方马克思主义的社会美学规划。

本尼特对俄国形式主义陌生化的批判始于他对索绪尔的批判。索绪尔将内在于语言的规则系统与系统外的文化实践人为地割裂开来，这是本尼特所不能认同的。本尼特认为，文本的能指与所指具有很大的选择性，这在某种意义上是对过去和当下的文化实践的一种组合，是对文本能指与所指的一系列操作的结果，而不是对文本之间的任何必然和内在联系反映的结果。而本尼特对俄国形式主义展开批判，认为俄国形式主义过于纠结于文本自身，而不能把文本自身的变化与外在的文化实践或文化推动力联系起来，其根本的原因在于索绪尔的语言学理论引导着俄国形式主义走入了一个死胡同。

批判了索绪尔之后，本尼特将矛头指向了俄国形式主义。在他看来，陌生化是由两种话语之间的差异性关系所产生的一种功能，它并不是一种永远给定的特性，而是指语言的某些特殊用法。本尼特认为，“当承担陌生化功能的文本作为文学而出现的时候，并不是说这个文本在所有时间和所有阶段都可以称为文学，它是依靠这个文本与其他文本建立起的文学系统的关系才可称为文学”[①]。因此，陌生化是一种区分性机制或区分性功能，它区分一种文本是文学的依据源于不同文学系统间所形成的一种关联。本尼特指出：“文本进入文学之门的‘主因’——文本的陌生化能力——从本质上说是一种相对的属性。一个文本只有相对某些熟识的既定规范才能具有陌生化的文学功能。但是由于熟识的既定规范易于变化，所以任何特定文本的功能本

① T. Bennett, *Formalism and Marxism*, Routledge, 1979, p. 57.

身也必然随着它所处的历史阶段的变化而变化。”① 在本尼特看来，陌生化绝非一个封闭自足的形式机制，它应当关注文本外的文化语境。

基于此，本尼特对俄国形式主义这个引以为豪的概念显得相当担忧，在他看来，语言只有被理解才是语言，而陌生化却使语言处于不可理解的处境中，这实际引发了主体在遭遇文本时的理解困境。任何文本的陌生化都是相对于既定规范而言的，如果规范发生了变化，那文本的陌生化也就相应会发生转移。从这个角度来说，任何文本的陌生化仅仅只是相对的，而不能像俄国形式主义者所言的那样有着文学本体论的位置，文本的陌生化只是一种相对的属性。本尼特明确指出，“我们不应该把文学文本疏离或陌生化意识形态的能力，看作是超历史的范畴，而更应该把它看作是，只有作为与资产阶级文学体系的形态相联系的书写的特定形式，它才是真实的”②。本尼特反对科学的文学定义，认为文学的特性一方面在于其自身的特殊性，另一方面也在于文学与意识形态的关系，而且，文学处于一定的历史或意识形态语境中是一种既定的事实。只有如此，文学的文学性才能获得言说的参照点，才能获得自身的明确性规定。“文学不可能四平八稳地成为一种形式的实体，所以如果对它的分析必须融进一种对能指活动的无区别研究，就会错过应该进行首先分析的重要问题：运用和影响的被明确组织的场域功能，在这种场域之中，建构和维持边界策略对于文本使用和影响（而不是那种书写）的社会区分场域的功能而言，是非常重要的。”③

顺着本尼特的思考延伸开来，笔者以为，从陌生化的功能价值维度来考察的话，对日常生活意识形态的批判理应是陌生化批判精神的本质所在，陌生化的批判功能价值建构在于创造艺术与生活的距离，

---

① ［英］托尼·本尼特：《俄国形式主义与巴赫金的历史诗学》，张来民译，《商丘师范学院学报》1991年第2期。

② ［英］托尼·本尼特：《文化与社会》，王杰等译，广西师范大学出版社2007年版，第38页。

③ 同上书，第44—45页。

这种距离意味着对艺术对现代日常生活意识形态的一种拒绝和批判。如阿多诺认为现代艺术为了拒绝日常生活的物化与庸俗，就必须远离或者说否定日常生活，从现代生活中抽离出来，站在日常生活的对立面来保持自身的纯洁与自由，并在这种内心的纯粹与自由中远距离地对社会进行反思与批判。“艺术只有具备抵抗社会的力量时才会得以生存。如果艺术拒绝将自己对象化，那么它就成了一种商品。”[①] 在阿多诺看来，资本主义社会发展已成为一个控制现代人的无所不在的铁笼，而艺术想要对这种现实展开批判，就不能服从于现实生活的逻辑。艺术为了避免自己成为现实商品，为了避免受到物化意识形态的侵蚀，就只有通过否定现行意识形态，通过与现行意识形态拉开距离，才能保持自身的丰富性和实践对现代日常生活的远距离的审视和批判。

需要指出的是，本尼特的分析也仅仅局限于早期的俄国形式主义美学，而并没有将视角放在俄国形式主义的后期理论主张中。其实，在俄国形式主义者的后期理论表述中，他们对早期的一些理论主张进行了审视与反思。但不可否认，本尼特在批判中强调意识形态的介入，这与他对文化研究批评实践的偏好是分不开的。在本尼特对康德美学、自律性美学和俄国形式主义的批判，我们可以从中看到英国马克思主义美学的影响，而这种影响，从更广泛的意义上来说，即一种文化研究的批判路径，一种对文学艺术与意识形态关系研究路径或理论模式。本尼特批判俄国形式主义，显然以文化研究的立场强调了文本符号的文化生成性。在他的批判视域中，文本并不是一个封闭的系统，而是随着文化与社会环境的变迁而发生变化的历史性范畴，不应当被静止、孤立地分析，而应当将文本置于一定的社会和文化语境中去考虑文本种类的社会变迁，去考虑文本与其他文本、文本与社会文化之间的关联。

---

① ［德］西奥多·阿多诺：《美学理论》，王柯平译，四川人民出版社 1998 年版，第 387 页。

第三章

布莱希特的陌生化理论

在什克洛夫斯基提出陌生化诗学理论后约 20 年，德国戏剧美学家贝托尔特·布莱希特从戏剧理论方面对陌生化理论进行了阐述。“陌生化”（德语为 Verfremdung）又译为“离间化”或“离间效果”，德文中原本没有这个词汇，它为布莱希特所独创，是布莱希特戏剧理论与美学思想的核心概念。① 布莱希特力图凸显其陌生化理性的批判性与实践性，在他看来，陌生化意味着主体认识论的完善，是实现现代性批判的武器和策略。

第一节　陌生化理论的溯源

目前学术界对布莱希特的研究比较多，然而布莱希特的陌生化理论源自哪里？陌生化的命意指向的丰富性有哪些？笔者以为，布莱希

① 布莱希特在其作品中使用“陌生化效果”和“陌生化反映”两种表述。在内涵上，陌生化有间离、疏离、异化等含义，布莱希特通常将 Verfremdung 和 Effekt 合在一起使用，中文译为“陌生化效果”。为了统一，除书名与文章名，本书一律译为“陌生化”。

特的陌生化理论受到中国京剧艺术表演效果的影响，是俄国形式主义陌生化诗学和德国认识论哲学的综合产物。

一　中国京剧艺术的影响

1935年，受苏联对外文化协会邀请，梅兰芳以国宾身份出访苏联，会见了当时苏联文学与戏剧界的众多知名人士，如斯坦尼斯拉夫斯基、梅耶荷德、塔伊洛夫等。布莱希特也恰在此时由流亡地丹麦来到了莫斯科，推行他和皮斯卡托的“无产阶级戏剧”。布莱希特观看了梅兰芳的演出，并于1936年撰写《中国戏剧表演艺术中的陌生化效果》一文。在文中，布莱希特认为中国戏剧表演的陌生化主要是通过以下方式实现的：中国戏曲的表演不存在“第四堵墙”，由此突出演员表演被观看的印象；演员表演时的冷静状态，由此可以避免观众与演员产生共鸣；等等。

据此，有学者认为，布莱希特的陌生化理论源自观看了梅兰芳的京剧艺术表演。如伯格·潘认为，虽然中国戏曲表演艺术并非布莱希特戏剧理论发展的唯一重要因素，但中国戏剧中的陌生化因素给布莱希特心目中理想的戏剧模式提供了一种感性的实例，一种他所希冀的，有别于欧洲戏剧传统的新实例。“他努力寻找‘陌生化’，最终，他如愿以偿地找到了，尽管这是以他自己的方式找到的。他敏锐地发现，在中国戏曲艺术的表演中，演员的姿态正是最成熟和复杂的技巧。”[①] 格里姆也表达了相似的观点，“促使他（布莱希特）创立自己的理论的最终推动力，是他后来才得到的：这就是他同中国京剧演员梅兰芳的会晤。梅兰芳的有意识的、保持间隔的、具有高度艺术性的表演风格，极其出色地体现了陌生化的表演方式。”[②] 陈伟认为，布莱

---

① R. Berg-pan, *Bertolt Brecht and China*, Bouvier Werlag Horbet Grundmann, 1979, p. 169.

② ［德］莱因霍尔德·格里姆：《陌生化：关于一个概念的本质与起源的几点见解》，载张黎《布莱希特研究》，中国社会科学出版社1984年版，第211页。

希特的陌生化理论直接来源于对中国戏曲实践的认识。[①] 而布莱希特的终生艺术伴侣魏格尔也曾说："布莱希特的哲学思想和艺术原则和中国有着密切的关系，布莱希特戏剧里流着中国艺术的血液。"[②] 根据学者们的阐释，结合布莱希特对梅兰芳戏剧艺术的评论以及他所提出的一系列涉及中国戏曲艺术的理论主张，我们似乎有理由相信，布莱希特在 20 世纪 30 年代与梅兰芳的相遇对其陌生化理论的提出有着不容忽视的影响。

然而，不少学者对此提出了异议。苏联学者弗拉德金指出，布莱希特是在 20 世纪 30 年代后半期开始使用陌生化这一术语，但是他自己在创作实践中运用陌生化技巧则要更早一些，至少是开始于 1928—1929 年的剧本《人就是人》的创作中。[③] 孙君华认为："表面看，似乎是因为布莱希特 1935 年在莫斯科有幸观赏梅兰芳大师的精湛演艺，有感而发才写了《中国戏曲表演艺术中的陌生化效果》，开始探讨陌生化效果的表演规律。嗣后，他又发表专文《表演艺术的新技巧》，对陌生化效果表演方法进行更深入的研究。……然而，实际情况并非如此。如果我们将这些论文中有关段落稍加辨析，就会得出结论，布莱希特对这一艺术方法的论述并不局限于表演方法。"[④] 在孙君华看来，布莱希特的陌生化是对其戏剧理论的全面总结，涉及方方面面，而非简单地来自观看梅兰芳的表演。沈建翌也认为，虽然 1935 年布莱希特在莫斯科观看了梅兰芳的演出，并写下了论及中国戏曲艺术中陌生化效果的文章，首次提出他的陌生化理论，但实际上布莱希特心目中的异化（陌生化）概念，是他当时到莫斯科接触到俄国形式主义批评家什克洛夫斯基的异化程序（陌生化程序）观点以后，受启发而

---

① 陈伟：《中国戏曲点燃布莱希特的理论火花——从"间离"效果"打破第四堵墙"看东方戏剧美学对西方的影响》，《上海师范大学学报》2001 年第 5 期。

② 丁扬忠：《布莱希特论戏剧·译序》，张黎《布莱希特论戏剧》，中国戏剧出版社 1990 年版，第 9 页。

③ 参见［苏］T. 苏丽娜《斯坦尼斯拉夫斯基与布莱希特》，中平译，北京大学出版社 1986 年版，第 64 页。

④ 孙君华：《试论布莱希特的陌生化效果》，《国外文学》1982 年第 4 期。

借鉴过来的。[①]

布莱希特对以斯坦尼斯拉夫斯基为代表的传统戏剧理论持一种强烈的抵制态度，以期建立一种全新的戏剧样式。布莱希特所创立的新型叙事剧要求舞台上所展示的事件，既要让观众觉得他看到的就是真实生活，同时又要明确意识到自己所面对的仅仅只是一个舞台上的艺术虚构。在布莱希特看来，观众不应当同舞台上的演员产生认同感受，而应当以旁观者的身份给出理性的批评。只有这样，观众才能既对舞台上的演出产生真实的认同，同时又能认识到舞台演出仅仅只是一个有意设置的假象。而且，在这种批判性的距离当中，观众才能有效揭示舞台演出所遮蔽的虚假意识形态，获得对现实的审视与批判。通过其所提出的叙事剧，布莱希特最终的愿望在于实现舞台演出与观众的交流与对话。这样一来，通过叙事剧的陌生化效果，从而实现了戏剧从缺乏剧场性的“第四堵墙”形态向恢复剧场性形态的转变。也就是说，在传统戏剧理论中，演员与观众之间耸立着一堵看不见的墙，它阻碍了演员与观众的直接交流。在布莱希特看来，戏剧的本质特性在于它的剧场性，而剧场性就是演员与观众的直接交流，如此一来，就应向这面看不见的“第四堵墙”宣战。无疑，中国戏曲艺术中的陌生化表演方式为布莱希特打破“第四堵墙”提供了思想灵感。布莱希特对中国戏曲艺术大加称赞，其主要原因就在于中国戏曲并不存在所谓的“第四堵墙”，这正如他所言：“中国戏曲演员的表演，除了围绕他的三堵墙之外，并不存在第四堵墙。他使人得到的印象，他的表演在被人观看。这种表演立即背离了欧洲舞台上的一种特定的幻觉。观众作为观察者对舞台上实际发生的事情不可能产生视而不见的幻觉。”[②]

---

① 沈建翌：《布莱希特的“异化”理论溯源及批判》，《戏剧艺术》1985年第1期。

② ［德］贝托尔特·布莱希特：《中国戏剧表演艺术中的陌生化效果》，张黎《布莱希特研究》，中国社会科学出版社1984年版，第192页。

二　俄国形式主义的影响

布莱希特认为，陌生化的过程就是人为地疏远熟知的东西，与其保持距离的过程。熟悉的东西因为太熟悉了，我们的感觉因而熟视无睹，而一旦熟悉的人或事突然变得非同一般、令人吃惊和费解，自然就会唤起主体全新的感受，也自然会引起主体深入的思考，获得对熟悉的人或事的全新的认识。在这一点上，布莱希特可谓与什克洛夫斯基走得很近。

同什克洛夫斯基一样，布莱希特也认为陌生化手法是所有艺术所共有的，只不过，什克洛夫斯基以诗歌为理论切入点，而布莱希特则以戏剧为理论参照系。对此，有不少学者纷纷表示认同。如托多洛夫认为，“形式主义运动的终点正是布莱希特美学的出发点”[①]。因为布莱希特首先使用的是 Enfremdung（疏远、异化）一词，但是，不久在俄国形式主义及十几年前的什克洛夫斯基陌生化的影响下，他变换了词句。大概布莱希特在他去莫斯科并经常拜访布瑞克的日子里，对于当时发生在俄国的事情（形式主义）有所见闻；或者是 1931 年，到柏林并结识了布莱希特的 S. M. 田特亚科夫给他介绍过形式主义的情况。[②] 而塞尔登更是明确指出，什克洛夫斯基把他的核心概念命名为陌生化，而“陌生化”和“裸露”两个概念直接影响了布莱希特的陌生化效果理论。[③]

梁展指出，布莱希特并不是在观看梅兰芳表演之后才使用陌生化这个词，而是在此之前就已经用过了。因此，不是布莱希特从梅兰芳那里借来了陌生化表演方式，而是布莱希特运用陌生化理论来解释梅

---

① ［法］茨维坦·托多洛夫：《批评的批评：教育小说》，王东亮等译，生活·读书·新知三联书店 2002 年版，第 34 页。

② 什克洛夫斯基在 1982 年撰写的《散文理论》中认为，这一术语是通过他在左翼战线的同事谢尔盖·特列季雅可夫传给了布莱希特。（参见［俄］维克多·什克洛夫斯基《散文理论》，刘宗次译，百花洲文艺出版社 1997 年版，第 243 页）

③ R. Selden, *A Reader' s Guide to Literary Theory*, The University Press of Kentucky, 1985, p. 11.

兰芳的表演艺术。英国戏剧学者魏勒特仅根据布莱希特在 1936 年发表的一篇文章的一行边注[①]就断定陌生化这个词产生于布莱希特 1935 年观看梅兰芳艺术表演之后。梁展指出事实并非如此，他援引布莱希特在 1935 年 4 月 14 日研讨会上所说的一段话和格林的一项研究进行了具体说明。在格林的语境中，这一术语的根源被追溯到 1930 年，即布莱希特在《例外和常规》中对与陌生化词义相近的“Befremdend”“Befremdlich”两词的使用。格林教授指出，陌生化概念的来源是与 30 年代盛行的俄国形式主义思想及其“尖锐化或陌生化”（Ostranenie）的手法紧密相关的。[②] 通过援引布莱希特的谈话和格林的研究，梁展认为，早在 1933 年布莱希特的第一次苏联之行时，陌生化概念就已在他的思想中孕育成熟，因此，所谓 1936 年才提出陌生化这个概念的说法是站不住脚的。

对于梁展的分析，笔者以为有所偏失。其实，魏勒特并非强调布莱希特的陌生化理论源于观看梅兰芳的艺术表演之后。魏勒特认为，陌生化的原型首先出现在 1934 年完成的《尖头党与圆头党》一剧的说明中，只不过当时并没有使用陌生化一词。因为布莱希特的陌生化这个词的真正提出是在其 1935 年莫斯科之行后。以此为据，魏勒特认为，布莱希特的理论其实是什克洛夫斯基理论的翻版，“这个词显然是来自俄国形式主义批评家的‘Priem Ostrannenija’（‘使之成为奇怪的手法’或‘间离效果’）。1935 年布莱希特访问了莫斯科之后，这个概念（陌生化）和其他的时髦词汇便出现在他的作品中。在莫斯科，他观看中国戏剧演员梅兰芳不化妆、不穿舞台服装、不用灯光的表演，他发现演戏的梅兰芳同他所扮演的角色保持着距离……这正是布莱希特心目中的戏剧应有的演技与‘表现’过程。他在首次评价这位演员取得‘陌生化效果’所凭借的手段的论文中，介绍了梅兰芳的

---

① 在布莱希特 1936 年所撰《中国戏剧表演艺术中的陌生化效果》一文中有一行边注：“一九三五年梅兰芳一行人在莫斯科进行表演，这篇文章即缘此而作。”

② 梁展：《也谈布莱希特与梅兰芳》，《读书》1998 年第 9 期。

表演技巧。"[①] 由此可见，魏勒特并非否定布莱希特的陌生化源于俄国形式主义的陌生化。只不过布莱希特借用俄国形式主义陌生化的"瓶"装上了包括中国戏曲在内的诸种戏剧合理因素的"酒"。

而德国学者格里姆将陌生化的理论来源追溯到俄国形式主义的陌生化理论。在他看来，俄国形式主义的陌生化概念与布莱希特的陌生化概念完全相吻合。格里姆对什克洛夫斯基与布莱希特理论的一致性作了相当有趣的阐释："俄国形式主义者的代言人什克洛夫斯基早在一九一七年就发表了他的著名文章《艺术作为艺术手段》，把艺术的手法规定为陌生化或异化方法。如果我们看一看什克洛夫斯基关于诗人的定义，那他们之间的一致就更加明显了。诗人的使命不在于'把未被认识的东西告诉人们，而是从新的角度来表现习以为常的事物，从而使人们对它产生异化之感'，难道人们不可以认为这是在读布莱希特的话吗？"[②] 而叶廷芳也认为，布莱希特的陌生化理论是黑格尔辩证法和马克思异化理论及什克洛夫斯基陌生化理论的综合产物。[③]

布莱希特确实是在 1935 年的莫斯科之行后才提出陌生化的，而什克洛夫斯基早在 1919 年就已有此提法。布莱希特与什克洛夫斯基的理论在美学内涵上有着许多相似处，什克洛夫斯基的理论在一定程度上应该是影响了布莱希特，而不仅仅是一种巧合。然而，对布莱希特这一理论的来源，我们应当防止误读，防止对布莱希特的理论进行

---

① ［德］约翰·魏勒特：《关于布莱希特史诗剧的理论问题》，张黎《布莱希特研究》，中国社会科学出版社 1984 年版，第 35—36 页。

② ［德］莱因霍尔德·格里姆：《陌生化：关于一个概念的本质与起源的几点见解》，载张黎《布莱希特研究》，中国社会科学出版社 1984 年版，第 206 页。在这篇文章中，格里姆对什克洛夫斯基与布莱希特理论的一致性作了相当有趣的阐释："俄国形式主义者的代言人什克洛夫斯基早在一九一七年就发表了他的著名文章《艺术作为艺术手段》，把艺术的手法规定为陌生化或异化方法。如果我们看一看什克洛夫斯基关于诗人的定义，那他们之间的一致就更加明显了。诗人的使命不在于'把未被认识的东西告诉人们，而是从新的角度来表现习以为常的事物，从而使人们对它产生异化之感'，难道人们不可以认为这是在读布莱希特的话吗？"这话容易让人觉得布莱希特的陌生化理论即什克洛夫斯基同名理论的复制。

③ 叶廷芳：《论布莱希特美学思想的时代性》，《文艺理论研究》1985 年第 3 期。

简单的形式主义的嫁接。在中国，布莱希特的戏剧理论往往被当成与斯坦尼斯拉夫斯基体系对立的批判力量而存在。但是，中国戏剧界在这种借鉴的过程中却更多地关注布莱希特戏剧的外在形式，特别是陌生化形式，这样一来，陌生化效果赖以产生的一系列手段往往被视为形式主义，而布莱希特的陌生化也被视为是对什克洛夫斯基理论的翻版。但通过对双方理论的比较，笔者以为，什克洛夫斯基的陌生化追求文学的内在自足性，极力避免对社会做出任何的意识形态批判，而布莱希特旗帜鲜明地将陌生化作为以认识干预生活的重要手段。如果说什克洛夫斯基为了追求审美的价值实现而将陌生化视为一个美学范畴的话，那么布莱希特则将这个美学范畴移到社会批判领域，使其成为一个具有批判哲学意味的概念。

在布莱希特的理论中，批判性是其核心精神。布莱希特多次提到，戏剧的最主要目的在于实现对资本主义虚假意识形态的揭露与批判，从而引导观众获得对日常现实的真理性发现。布莱希特不是一个空想社会主义者，而是一个虔诚的马克思主义者，他的陌生化理论去除了传统戏剧中以情动人的表现手法，其目的是防止观众被所表演的事件所迷惑，从而丧失思考的能力和批判的眼光。王晓华认为，布莱希特的陌生化效果是在社会学与美学的嫁接之下产生的。布莱希特的总体思路在于：社会学—美学—社会学。布莱希特走的是一条以社会学为出发点，以社会学为终点的道路。而美学（戏剧艺术）仅仅是实现其社会学分析的中介和手段。这样一来，布莱希特的理论就显得过分强调社会学目的，而淡化了其理论的美学色彩。① 王晓华显然将社会学与美学处于一种对立的学科位置上。似乎在布莱希特的陌生化效果中，为了社会学目的就必然会淡化美学手段，而过分追求美学分析就必然会丧失社会学归宿。其实，这两者在布莱希特语境中是一个融合体。

伯格·潘认为，布莱希特的戏剧诗学从一开始就内含美学与社会

---

① 王晓华：《对布莱希特戏剧理论的重新评价》，《戏剧艺术》1996 年第 4 期。

学的含义。陌生化这一术语对于布莱希特来说应该是特别巧妙的，因为它同时传达了其戏剧诗学的美学与社会政治方面的含义。[①] 可见，布莱希特并非不注重艺术的审美功能，它强调戏剧的陌生化，建立一种新型的叙事剧，不能不说是戏剧艺术审美上的伟大成功。布莱希特并非局限于营造一个完全陌生化的戏剧领域，而是强调以审美的陌生化手段实现对现实的批判，而这，就使他的理论摆脱了狭隘的审美经验论，而进入了一个审美超越的空间，在这空间里，布莱希特所希冀的，并非戏剧艺术的审美自主性诉求，而是大众的审美救赎诉求。

三 德国认识论哲学的影响

除了探讨陌生化与中国戏曲艺术以及俄国形式主义的关系之外，不少学者还就陌生化的渊源提出了其他看法。

孙君华认为陌生化沿袭的是黑格尔的异化理论。“1936 年，布莱希特在《娱乐戏剧还是教育戏剧》一文中初次阐述陌生化效果时，虽然袭用了黑格尔的异化（Entfremdung）一词，但从一开始他就试图从认识论来阐明陌生化效果的概念……如果引证一下黑格尔的有关论述，其认识论的意义也就更明显了。”[②] 余匡复也持此说，认为“德国 18 世纪的哲学家黑格尔则从哲学上来说明‘间离—陌生化’是认识事物的一个必要阶段和手段：熟悉（认识）—陌生（间离）—熟悉（认识），这就是认识的‘否定之否定’的辩证过程。黑格尔说过，熟悉的东西往往并不是人们所认识的东西（即所谓‘熟视无睹’）。因此为了认识事物，人们应借助于陌生化，通过陌生的角度来再认识原来熟悉的事物，从而获得新的认识——更深刻的认识。黑格尔的理论为布莱希特的美学思想提供了哲学根据。”[③]

---

① R. Berg-pan, *Bertolt Brecht and China*, Bouvier Werlag Horbet Grundmann, 1979, p. 164.

② 孙君华：《试论布莱希特的陌生化效果》，《国外文学》1982 年第 4 期。

③ 余匡复：《布莱希特论》，上海外语教育出版社 2002 年版，第 41 页。

黑格尔从认识论的维度对个体认知与审美中的惊奇心理进行了讨论。在《精神现象学》中，黑格尔对主体活动中的无意识化过程进行了描述："由于进入了表象，具体存在就成了一种熟知的东西，对于这样的一种东西，具体存在着的精神已经不再理会，因而对它也不复有什么活动和兴趣了。……一般说来，熟知的东西所以不是真正知道了的东西，正因为它是熟知的。"① 在黑格尔看来，主体在活动中经常会产生一种习以为常的自欺欺人事件，在认识的时候先假定某种东西是已经熟知了的。这样的知识去除了主体认识它的过程，主体也不知道它是怎么来的，因此，在这样的知识面前绕来绕去，主体的认识无论怎么都不能离开原地而前进一步。在《美学》中，黑格尔对艺术欣赏中的"惊奇感"问题展开了进一步的阐释，认为当主体与自然一体时，或主体完全认识自然时，惊奇感并不会产生。只有在这些惯常的联系遭到破坏时，才会有惊奇感的产生。在黑格尔那里，惊奇感是艺术起源和发展的内在动力与源泉，艺术的发展过程是不断地维持惊奇感的过程。

可见，布莱希特陌生化效果的论述明显受到了黑格尔的影响，他的陌生化认识论三部曲完全符合黑格尔"正题—反题—合题"的辩证法认识观，并且，在其所写的论文中，他也曾多次提到黑格尔对其的影响。当然，这里我们必须还提到另外一个德国思想家马克思。马克思所提出的异化理论与布莱希特的陌生化理论有着内涵的诸多相似处。马克思所提出的异化强调社会和社会中个体的一种存在处境，而布莱希特的陌生化则强调在艺术领域中用以克服社会异化的一种方法，也就是要把观众从传统戏剧表演的催眠术中解放出来，揭示异化现象似乎合理的外表下的真实面目。从这个维度来看，布莱希特陌生化理论也可以说是马克思的异化观基础上的改造。不过，布莱希特陌生化理论的目的是批判、变革和激发观众的积极性，这是布莱希特理论所带来的新的革新因素，也是区别于马克思异化观的主要

---

① ［德］黑格尔：《精神现象学》上，王玖兴等译，商务印书馆 1979 年版，第 20 页。

方面。

布莱希特如此强调在戏剧创作中运用陌生化手法，其实也是他把马克思主义的认识论运用于艺术实践的产物。在对戏剧的意识形态功能的理解上，布莱希特是一个坚定的马克思主义者，他对戏剧艺术所进行的一系列探索和改革都是在马克思主义世界观的指导下进行的。舒玛赫写道："布莱希特的陌生化概念，离开马克思和恩格斯早期著作中的异化概念，是无法理解的。"[①] 要深入了解布莱希特陌生化概念的内涵，就必须将陌生化理论放到马克思主义的视域中。布莱希特认识到，虽然阐述人类社会本质的新兴科学在被统治者与统治者的斗争中建立起来了，然而，对于大多数的人来说，观察事物的新眼光还不能同样用来观察社会，存在着人与人之间不平等关系的社会仍然是一个尚停留在黑暗中的领域，因为现代个体受到了掌握政权的阶级——资产阶级的束缚。这种状况带来的严重后果是：群众并不总是知道要求真实的，因为当他们信假为真的时候，这种意识是不自觉的。

从这种社会考虑出发，布莱希特认为戏剧的首要任务，是对广大人民群众进行思想和政治上的启蒙，即启发他们的阶级意识。布莱希特看到，在这个资本主义统治下的社会，传统的是非曲直观念是颠倒的，处于剥削奴役地位的阶级千百年来一直在沿袭着占统治地位阶级的思想意识和道德观念。因为，"统治阶级的思想在每一时代都是占统治地位的思想。……支配着物质生产资料的阶级，同时也支配着精神生产的资料，因为，那些没有精神生产资料的人的思想，一般地是受统治阶级支配的"[②]。布莱希特认为要使戏剧真正发挥其积极的社会功能，有效地反映和揭露被历代剥削阶级偏见或习俗所蒙蔽的现实，就必须使用"特殊的镜子"，而这面"特殊的镜子"就是"陌生化"。只有通过陌生化改变人们的思维定式，引导他们用异样的目光去认识事物，

---

① ［德］恩斯特·舒玛赫：《布莱希特的〈伽利略传〉是怎么通过历史化达到陌生化的》，张黎《布莱希特研究》，中国社会科学出版社 1984 年版，第 181 页。

② ［德］马克思、恩格斯：《马克思恩格斯全集》（三），人民出版社 1960 年版，第 52 页。

对被资本主义异化的世界给出判断，才能打破思想统治上的异化。

布莱希特的出发点在于通过陌生化唤醒个体的理性，他力图使个体摆脱虚假社会意识形态所造成的理性的异化，实践艺术的认识功能和批判功能。因此，布莱希特的陌生化其实是一种探讨戏剧艺术的现实功能的理论，它与什克洛夫斯基借助陌生化来确立艺术作品的自在本体完全不同。由于布莱希特的这种创造性变革，陌生化理论得以冲破什克洛夫斯基所营造的形式主义象牙塔，融入广阔的社会生活中。俄国形式主义认为艺术作品独立于现实和历史之上，而布莱希特的陌生化则为戏剧艺术确立了一个历史的现实维度。可见，不能简单地将布莱希特的陌生化理论视为俄国形式主义或中国戏曲表演艺术的衍生物，而必须看到这一概念来源的复杂性，将其放到一个比较宽广的理论视域中，才能准确和全面把握这一概念的真正内涵。

第二节　陌生化理论的内涵

在对陌生化词源进行探讨之后，我们进而会问，到底陌生化是什么意思？它又有着什么样的内涵呢？在布莱希特的语境中，陌生化既是一种戏剧表演的方法和原则，同时也是戏剧的一种审美艺术效果。而且，在布莱希特看来，陌生化是对传统的现实主义戏剧理论的一种突破与反叛，是一种“非亚里士多德式戏剧”[①] 的创新表征。

---

① 布莱希特把戏剧分为亚里士多德式戏剧和非亚里士多德式戏剧。亚里士多德式戏剧以“模仿—共鸣—净化”为核心，这类戏剧强调戏剧冲突和戏剧性，布莱希特称之为传统戏剧。非亚里士多德式戏剧为布莱希特所主张的理想戏剧模式，这类戏剧反对以“模仿—共鸣—净化”为中心，不再强调戏剧的戏剧冲突，而是强调突出舞台整体的叙述风格，布莱希特称之为叙事剧。

一　陌生化效果

对于布莱希特陌生化理论的内涵，国内外学者同样有不同的理解。格里姆认为，布莱希特的陌生化理论是在三个层面上运用的："通过剧作家——他提供剧本；通过导演——他在布景、照明、服装、面具、音乐和其他效果的帮助下把剧本搬上舞台；通过演员——他在舞台上演出时把台词和导演设计付诸实施"。① 丁扬忠认为陌生化应当是一种戏剧的表演方法，而并非戏剧的艺术效果。② 王晓华在《对布莱希特戏剧理论的重新评价》中则认为陌生化的含义主要体现在"陌生化效果"与"陌生化方法"两个层面。"传统的戏剧理论要求演员消失于角色之中，观众与剧中人一体化，追求共鸣效应，他所建立的戏剧样式则强调演员与角色保持距离、观众与剧中人保持距离、以惊愕和批判来代替共鸣。这种彻底地反叛具体化为艺术原则和艺术方法时，便是布莱希特所说的陌生化效果。"③ 王晓华认为，布莱希特用陌生化这个词首先意指一种方法，然后才指这种方法产生的效果。而作为一种方法的陌生化则主要有两个方面的含义：第一，演员将角色表现为陌生的；第二，观众以一个保持距离（疏远）和惊异（陌生）的态度看待演员的表演或剧中人。④ 对于王晓华的概括，我个人认为比较全面，应当说准确地揭示了布莱希特陌生化概念的核心要素。

在布莱希特的语境中，陌生化又具有什么样的审美学或社会学内涵呢？布莱希特认为，陌生化应当从两个层面加以把握，即陌生化技巧和陌生化效果。在《论实验戏剧》中，布莱希特对此展开了详细的描述：

什么是陌生化？

---

① ［德］莱因霍尔德·格里姆：《陌生化：关于一个概念的本质与起源的几点见解》，载张黎《布莱希特研究》，中国社会科学出版社 1984 年版，第 209 页。

② 丁扬忠：《布莱希特和他的表演理论》，《戏剧学习》1979 年第 2 期。

③ 王晓华：《对布莱希特戏剧理论的重新评价》，《戏剧艺术》1996 年第 4 期。

④ 同上。

对一个事件或一个人物进行陌生化，首先很简单，把事件或人物那些不言自明的，为人熟知的和一目了然的东西剥去，使人对之产生惊讶和好奇心。让我们再拿李尔王由于他的女儿们对他忘恩负义而产生愤怒作例子。采用感情共鸣的技巧，演员能够这样表演这种愤怒，就是让观众把愤怒看作人世间理所当然的事情，他不能想象李尔王怎么会不愤怒，他与李尔王完全融合在一起，感同身受，他自己就掉进愤怒的情绪中去了。采用陌生化技巧的演员则相反，演员表演李尔王的愤怒可能使观众对之产生惊讶，因为演员可以不表现李尔王的愤怒而去表现他的其他反应。这样，李尔王的立场将被陌生化，这就是说，他的立场被表现为独特的、奇怪的和瞩目的，亦即作为一种社会现象去表现，它不是一种理应如此的现象。这种愤怒是人性的，但不是共通的人性，有些人就不会产生这种愤怒。不是一切时代的一切人在具有李尔王同样经历的时候，都会产生这种愤怒的。愤怒是人永远可能具有的一种感情反应，但李尔王这种表达愤怒的方式和产生愤怒的原因是和时代相联系的。由此看来，陌生化就是历史化，亦即说，把这些事件和人物作为历史的，暂时的，去表现。同样地，这种方法也可用来对当代的人，他们的立场也可表现为与时代相联系，是历史的，暂时的。①

在《中国戏剧表演艺术中的陌生化效果》中，布莱希特又写道：

这种效果（陌生化效果）终于在德国被采用乃是在尝试建立非亚里士多德式（不是建立在感情共鸣的基础上）的戏剧，亦即史诗戏剧的时候。这种尝试就是要在表演的时候，防止观众与剧中人物在感情上完全融合为一。接受或拒绝剧中的观点或情节应该是在观众的意识范围内进行，而不应是在沿袭至今的观众的下

① ［德］贝托尔特·布莱希特：《论实验戏剧》，布莱希特《布莱希特论戏剧》，丁扬忠等译，中国戏剧出版社 1990 年版，第 62—63 页。

意识范围达到。[1]

孙君华在《试论布莱希特的陌生化效果》中认为，陌生化效果就是布莱希特在长期戏剧革新的实践中，借鉴、探索、实验、总结乃至逐步完善的一种新颖的艺术方法。孙君华将陌生化效果概括为四点，认为这四个方面是陌生化效果的四个环节，它们构成了一个有机、统一的理论体系。

1. 布莱希特认为，一切熟知的事情，就因为其熟知，人们就以为理所当然，而放弃理解。其实，人们只是满足于知其然，而不知其所以然。

2. 陌生化效果就是借助种种戏剧艺术手段“除去所要表现的人物和事件，理所当然，众所周知，明白了然的因素”，或“给它们打上触目惊心，引人求解，决非自然，绝不当然的印记”。总之，使它们失去为人们所熟知的假象，揭示它们的社会本质。

3. 在艺术欣赏中，陌生化效果不是单纯地诉诸感情。它们强调人的理智作用，主张以间情打破共鸣的独断地位，破除催眠般的舞台幻觉，触发观众艺术鉴赏中的理性激动，引起深广的联想和冷静的思考。

4. 陌生化效果的目的是引导人们对舞台表现的人物，事件及其社会过程，采取一种批判、探讨的态度，促使他们从社会的角度出发，做出有益的评判，感奋人们改造世界的行动。[2]

根据布莱希特的论述以及孙君华对陌生化效果的分析，对陌生化理论，笔者以为可从如下几个方面进行解读。

首先，从哲学的维度来看，陌生化意味着主体认识论的完善。根

---

① ［德］贝托尔特·布莱希特：《中国戏剧表演艺术中的陌生化效果》，《布莱希特论戏剧》，丁扬忠等译，中国戏剧出版社 1990 年版，第 191 页。

② 孙君华：《试论布莱希特的陌生化效果》，《国外文学》1982 年第 4 期。

据孙君华的研究，虽然布莱希特从黑格尔那里借用了“异化”一词，但随着布莱希特对马克思主义哲学研究的不断深入，他发现异化这个词并不能完全表征他的思想，因此他很快放弃了这个词，而选用了自己所生造的陌生化一词。① 在30年代末所写的《辩证法与陌生化》一文中，布莱希特对自己生造的这一术语进行了比较抽象的描述：

> 1. 陌生化作为一种理解（理解—不理解—理解），否定之否定。
>
> 2. 非解的积聚，直至理解发生（量变到质变的突转）。
>
> 3. 知识的实践性（理论与实践的统一）。②

在《辩证法与陌生化》一文中，陌生化效果不仅仅是一个主体认识事物的辩证过程，也是一个从量变到质变，理论与实践相结合的过程。从最初的《论实验戏剧》中对陌生化的功能性描述，到《辩证法与陌生化》中对陌生化的认识论阐述，布莱希特对陌生化内涵的理解有着很大差异。

布莱希特强调，陌生化效果的实现首先要“把事件或人物那些不言自明的，为人熟知的和一目了然的东西剥去，使人对之产生惊讶和好奇心”③。之所以如此，笔者以为，这是对黑格尔辩证认识论的化用。布莱希特深谙黑格尔思想的精髓，在他看来，陌生化的过程，就是人为地疏远熟知的东西，与其保持距离的过程。熟悉的东西因为太熟悉了，我们的感觉因而熟视无睹，而一旦熟悉的人或事突然变得非同一般、令人吃惊和费解，自然就会唤起主体全新的感受，也自然会引起主体深入的思考，获得对熟悉的人或事的全新的认识。因为，“日常生活中的和周围的事物、人物、在我们的眼里是很自然的，因

① 孙君华：《试论布莱希特的陌生化效果》，《国外文学》1982年第4期。

② ［德］贝托尔特·布莱希特：《辩证法与陌生化》，孙君华《试论布莱希特的陌生化效果》，《国外文学》1982年第4期。

③ ［德］贝托尔特·布莱希特：《论实验戏剧》，《布莱希特论戏剧》，丁扬忠等译，中国戏剧出版社1990年版，第62—63页。

为我们对它已习以为常。对它们陌生化就意味着把它们放在一定距离之外去。细致地建立一套对习以为常的，从不怀疑的事件进行追究的技巧。”[①] 在这一点上，布莱希特可谓与什克洛夫斯基走得很近。同什克洛夫斯基一样，布莱希特也认为陌生化手法是所有艺术所共有的，只不过，什克洛夫斯基以诗歌为理论切入点，而布莱希特则以戏剧为理论参照系。

在布莱希特的理论中，艺术家应当首先传达出陌生化效果，因为陌生化就是要改变我们看事物的方式，让日常熟悉、俯拾皆是的事物成为一种特别的意料之外的事物。对熟悉的东西加以陌生化，就是选择熟知的、常见的题材，从一个特殊的，不为人所习以为常的角度去观看和研究它。这样，观众从这一新的角度出发就会产生新的惊异效果，发现在习以为常的背后有着不为人知的不合理性。这就是说，人们长期生活在一定的环境和制度下，一切都习以为常，现实的一切似乎都存有不言而喻的合理性，这势必会造成主体在思维上的不假思索和麻木不仁。因此，一旦戏剧把人们所熟悉的东西放到舞台上去，就必须使观众感到惊奇，感到陌生，从而使观众发现生活背后的真理，受到启发并引起深入思考。由此可见，在现实生活中，熟悉的习以为常性保护着现实不被触及和改变，而陌生化则要粉碎生活的习以为常性，揭露似乎是不言而喻的真理，摆脱麻木不仁的思维惯性。

对布莱希特来说，在现代的新艺术实践中，亚里士多德式戏剧的共鸣效果已失去它的统治地位，而让位于陌生化效果。陌生化效果则要突出在舞台上模仿的现实生活事件中的因果关系，并以此来触动观众，使观众能够把握住现实。托多洛夫说：“陌生化效果就是要改变我们要让人理解并希望引起别人注意的事物，使日常熟悉的、俯拾皆是的事物成为一种特殊的奇特的意料之外的事物。”[②] 然而，要实现这

---

① 范方俊：《陌生化的旅程：从维克多·什克洛夫斯基到布莱希特》，《中国比较文学》1998年第4期。

② ［法］茨维坦·托多洛夫：《批评的批评：教育小说》，王东亮等译，生活·读书·新知三联书店2002年版，第34页。

一过程，我们还是要回到黑格尔的认识论，即认识—陌生—认识的认识过程。托多洛夫精辟地解释说：在实施陌生化手法之前，“作家与观众都持有对事物约定俗成的看法，即认识事物却并不真正理解它。意识到这种感受的陈规，作者就在作品中引进一种不同的感受规范，这规范用之于作品也正是为了用之于观众。并且，由于间离效果，观众就不再与人物认同，于是就出现了两个主题而不是过去的一个主题。”① 可见，把习以为常的对象表现为反常的，变成为意外的，并以此使观众感到惊奇，这就是布莱希特陌生化的任务。为了更易于揭示对象的内在本质，“布莱希特把对象‘陌生化’，并不破坏对象的有机本质，也并不把对象所不具有的性质强加于它。布莱希特并不是随意地把对象‘陌生化’，他把对象‘陌生化’的目的，就是要揭示世界的社会关系的本质，揭示生活的辩证法。”②

其次，从现代性的维度来看，陌生化是布莱希特实现其社会批判的现代性策略。如果说认识论的完善着眼于主体对社会的真理性发现，那么现代性维度则主要着眼于对资本主义社会现实的揭露与批判。“所谓的间离效果，简言之，就是一种使所有要表现的人与人之间的事物带有令人触目惊心的、引人寻求解释、不是想当然的和不简单自然的特点。这种效果的目的是使观众能够从社会角度做出正确的判断。”③ 从陌生到陌生化效果，所有的一切手法都有一个明确的目的：用一种新颖的、不为人们所熟悉的观点说明一切事物，以便使观众从批判的角度去看待他迄今认为理所当然的事物。在现代社会中，传统戏剧艺术的规则已不能满足现代艺术的要求，特别是在资本主义异化文明的笼罩下，艺术已越来越被资本主义的异化文明所侵蚀、扼杀。因此，只有当演员批判地注意到自身的种种表演，批判地注意到

---

① ［法］茨维坦·托多洛夫：《批评的批评：教育小说》，王东亮等译，生活·读书·新知三联书店 2002 年版，第 37 页。

② ［苏］T. 苏丽娜：《斯坦尼斯拉夫斯基与布莱希特》，中平译，北京大学出版社 1986 年版，第 66 页。

③ ［德］贝托尔特·布莱希特：《街头一幕》，《布莱希特论戏剧》，丁扬忠等译，中国戏剧出版社 1990 年版，第 83—84 页。

戏里所有别的人物表演的时候，才能掌握他的人物，才能抵御现代异化文明对个体的侵蚀。

基于此，布莱希特把陌生化手法与戏剧改造世界的斗争直接联系起来，认为他的陌生化戏剧是一种直接服务于个体人性解放的戏剧。在《间离的政治理论》中，布莱希特说："要求进行统治或者已经获得统治的新阶级，按照它的特性，这个阶级有别于以前一切阶级，它不再满足于只是在剧院里审察世界的表象，而是将这个世界完全交给它的观众，让剧院成为无拘无束的政治辩论的场所。戏剧能够而且必须更多地表现出世界是发展的，并且还要继续发展，任何一个阶级也不可能按照它的利益需要给这种发展划定界限。观众的消极立场符合生活中大多数人民的消极性，它与改造世界的新观众和他的积极性是不相干的。"① 在此立场上，布莱希特坚信戏剧的陌生化效果是与一个新阶级的利益和需要联系在一起的，是这个阶级认识世界和改造世界所必需的"特殊镜子"。

在布莱希特看来，传统戏剧通过各种舞台手段把观众带入一个虚假的生活幻觉当中，观众在这种共鸣的一体化的体验中，会产生一种情不自禁的催眠意识，这种意识瓦解了观众的独立思考能力，消解了观众的理性意识与批判精神。因此，陌生化就是要实现对现代人生存的救赎。"我们时代的观众需要消遣来忘记每日的生存竞争……既要转移观众对生活竞争的注意力又要将他们的注意力引到舞台上的戏剧事件上，观众所希望的这两点都是为了摆脱每日的生存竞争。"② 通过戏剧来摆脱生存竞争，这是陌生化对个体现代日常生活的救赎功能之所在，而戏剧艺术的任务在于"放弃对那种不允许矛盾不允许批评的引导观众的方法的垄断，而应努力表现人们的社会生活，这样的演出能使观众也就是组织观众不仅对所表演的事件，而且对表演本身采取

① ［德］贝托尔特·布莱希特：《间离的政治理论》，《布莱希特论戏剧》，丁扬忠等译，中国戏剧出版社1990年版，第179页。

② ［德］贝托尔特·布莱希特：《"买黄铜"理论补遗》，《布莱希特论戏剧》，丁扬忠等译，中国戏剧出版社1990年版，第121页。

一种批判性的，甚至反对的态度。”[①] 观众不能受到剧中放纵热情的刺激，也不应当受到演员表演的迷惑。一言以蔽之，不能让观众陷于神志昏迷的状态，给观众一种幻觉，好像他们看到的是一个自然的、理所当然的事件。对于观众的这种入迷状态，应当采用陌生化这一特殊的艺术手法使之中立化。对此，苏联学者苏丽娜说：“布莱希特的主要思想是：如果把世界反映为可变的，那么现代人就能认识这个世界。必须从社会的观点来再现生活，一切形式的艺术都应当为社会政治任务服务。布莱希特的出发点就是社会批判的观点。他主张的是促进革命改造世界的政治剧。”[②] 苏丽娜的观点虽然带有很浓的政治意识性，但剥离话语中的政治意识之后，我们发现，她的话却不无道理。

在这种情况下，渴望通过使观众融入戏剧，进而直面生活来担当个体启蒙解放的大任已不太可能。只有通过使观众与生活保持距离，才能实现对资本主义异化文明的间离与批判。因此，艺术作品通过否定现实来确定自身，恰恰是对异化现实的否定，而恰恰是这种与现实的距离，才可以确保批判资本主义社会虚假意识形态的可能性。正如布莱希特自己所言：“陌生化这种艺术使平日司空见惯的事物从理所当然的范畴提高到新的境界。”[③] 对布莱希特的理论诉求，美国戏剧理论家威尔逊评述说：“德国剧作家布莱希特希望激发观众思考他们正在观看的东西。为了达到这样的目的，他用一首歌或者一个叙述者的话来打断故事。这种理论认为，当故事以这样的方式中断时，观众就有机会更仔细去考虑一下他们已经看到的东西，并把舞台上的戏和生活的其他方面联系起来。如果观众不知道布莱希特有意打断情节的目的是什么的话，他们也许会认为布莱希特是一个粗心或拙劣的剧

---

① ［德］贝托尔特·布莱希特：《关于共鸣在戏剧艺术中的作用》，《布莱希特论戏剧》，丁扬忠等译，中国戏剧出版社 1990 年版，第 176 页。

② ［苏］T. 苏丽娜：《斯坦尼斯拉夫斯基与布莱希特》，中平译，北京大学出版社 1986 年版，第 58 页。

③ 范方俊：《陌生化的旅程：从什克洛夫斯基到布莱希特》，《中国比较文学》1998 年第 4 期。

作家。”[①] 威尔逊可谓深谙布莱希特的心理，在他看来，布莱希特通过在剧中采用陌生化处理，从而使观众得以更深刻地思考剧中的人或事，如布莱希特自己所言：“李尔王的立场将被陌生化，这就是说，他的立场被表现为独特的，奇怪的和瞩目的，亦即作为一种社会现象去表现，它不是一种理应如此的现象。”[②]

再次，陌生化效果的实现在于表演者与角色的分离。演员应当“凭借着一种并不十分简单的技术，同他所表演的人物保持着一定的距离，使剧情变成观众批判的对象。”[③] 表演者在戏剧中应当扮演双重角色：既是表演者，同时也是被表演人物的载体。对此，布莱希特多次进行了详细描述。

> 演员一刻都不允许自己完全变成剧中人物。“他不是在表演李尔，他本身就是李尔”——这对于他是一种毁灭性的评语。他只须表演他的人物，或者说得更确切些，不仅仅是体验他的人物。[④]

> 为了实施陌生化效果，演员必须放弃无保留地转变为剧中人的做法。他扮演一个人物，引用台词，再现一个真正的事件。观众没有完全被迷住，心理上并没有和剧情融为一体，对所演的剧中人物的命运没有陷入无能为力的境地。[⑤]

而且，在对中国戏曲艺术进行评论时，布莱希特对中国戏曲艺术中演员与角色的分离表现出强烈兴趣和高度认同。

---

① 周宪：《布莱希特戏剧的内在矛盾及其反思》，《戏剧艺术》1997 年第 3 期。

② ［德］贝托尔特·布莱希特：《论实验戏剧》，《布莱希特论戏剧》，丁扬忠等译，中国戏剧出版社 1990 年版，第 63 页。

③ ［德］贝托尔特·布莱希特：《街头一幕》，《布莱希特论戏剧》，丁扬忠等译，中国戏剧出版社 1990 年版，第 78 页。

④ ［德］贝托尔特·布莱希特：《戏剧小工具篇》，《布莱希特论戏剧》，丁扬忠等译，中国戏剧出版社 1990 年版，第 24—25 页。

⑤ ［德］贝托尔特·布莱希特：《“买黄铜”理论补遗》，《布莱希特论戏剧》，丁扬忠等译，中国戏剧出版社 1990 年版，第 123 页。

> 演员力求使自己出现在观众面前是陌生的，甚至使观众感到意外。他之所以能够达到这个目的，是因为他用奇异的目光看待自己和自己的表演。这样一来，他所表演的东西就使人有点儿惊愕。这种艺术使平日司空见惯的事物从理所当然的范畴里提高到新的境界。①

> 演员在表演时的自我观察是一种艺术的和艺术化的自我疏远的动作，它防止观众在感情上完全忘我地和舞台表演的事件融合为一，并十分出色地创造出二者之间的距离。……演员表演时处于冷静状态，如上所述乃是由于演员与被表现的形象保持着一定的距离，力求避免将自己的感情变为观众的感情。谁也没有受到他所表演的人物的强迫；坐着的不是观众，却像是亲近的邻居。②

布莱希特认为，不应当要求演员进入角色或等同于角色，而应当要求演员清楚地知道自己是在演戏，与角色拉开距离，站在角色的对立面，对角色旁观和进行评价。“演员并不使自己完全变成角色，以至丝毫不露其本来面目。他并不是李尔王、阿巴公或好兵帅克，他只是把这些角色‘展示’给观众看。他尽可能真实地说出他们的言语。他尽其所知地介绍出他们的生活方式。但他并不自欺欺人地认为自己已经完全变了形。”③ 也就是说，演员不应当把自己放在角色的位置上，而应当把自己放在角色的对立面。这样，演员与角色拉开了距离，舞台上的“第四堵墙”便会打破，舞台上的生活幻觉便不复存在。舞台幻觉一旦消除，观众与角色之间也就会失去共鸣而产生距离，陌生化效果也得以产生。

在《街头一幕》中，布莱希特进一步对演员应当具有的双重身份

① ［德］贝托尔特·布莱希特：《中国戏剧表演艺术中的陌生化效果》，《布莱希特论戏剧》，丁扬忠等译，中国戏剧出版社 1990 年版，第 193 页。

② 同上书，第 194 页。

③ ［德］贝托尔特·布莱希特：《间离效果》，邵牧君译，《世界电影》1979 年第 3 期。

进行了详细描述：

> 街景的另一个重要特征在于街头表演者这种两重性的自然的动作；他始终考虑到两种处境。他很自然地以表演者的身份出现，并且让被表现的人物很自然地活动。他永远不能忘记，也永远不许忘记，他不是被表演的人物，而是表演者。[①]
>
> 演员必须保持一个表演者的身份；他必须把他所要表现的人物作为一个陌生者再现出来，他在表演时不能把这种“他做这个，他说这个”删除掉。绝不能完全融化到被表现的人物中去。[②]

正是演员这种双重身份的存在，演员才能“作为双重形象站在舞台上，既是劳顿，又是伽利略”，“站在舞台上的确实是劳顿，他在表演他是怎样想象伽利略的。即使在观众对他赞叹不已的时候，他们仍然不会忘记这就是劳顿，一旦他设法运用完全的转变，他的意见和感受便会遭到损害，从而全部变成人物的意见和感受”。[③] 表演者不能与被表演者融为一体，而必须保持距离，这种表演方法在布莱希特看来，就是叙事剧的表演方法，也就是反共鸣，实现演员与观众对话的叙事剧方法。陌生化带来了观众与演员的距离，这是布莱希特陌生化理论的审美意义之所在。距离的存在，使得观众不能完全陷入情节中而失去自我，而是在一种诗意的想象中达到审美的愉悦，获得超越于现实生活之上的审美意识的升华。在这种距离中，观众与演员，观众与戏剧表演之间的关系是和谐自由的，是一种纯粹的审美呼应，而不是资本主义物化现实中个体屈服于社会意识形态的关系。

最后，陌生化还意味着将事件当作历史来加以呈现，陌生化是一

---

① ［德］贝托尔特·布莱希特：《街头一幕》，《布莱希特论戏剧》，丁扬忠等译，中国戏剧出版社 1990 年版，第 83 页。

② 同上书，第 83 页。

③ ［德］贝托尔特·布莱希特：《戏剧小工具篇》，《布莱希特论戏剧》，丁扬忠等译，中国戏剧出版社 1990 年版，第 25 页。

种历史化[①]的呈现。应当说，历史化是布莱希特戏剧理论中一个非常重要的概念，然而这一概念的重要性却并没有得到国内外学者的重视。在研究布莱希特的文献中，如张黎所编《布莱希特研究》精选国外学者研究布莱希特的论文 21 篇，但真正涉及这一术语的没有一篇，有关联的仅有魏勒特所撰《关于布莱希特史诗剧的理论问题》一文，而且魏文也并没有使用历史化这一概念，而是使用史诗化这一术语。在国内的研究论文中，90 年代之前的研究论文很少涉及这个问题。[②]近期关于布莱希特历史化的讨论渐渐多起来，如张时民深入探讨了历史化这一术语及其与陌生化的关系，认为“布莱希特理论表述中间离与历史化的同一性将引导我们发现并重构支持其间离乃至全部戏剧理论的较为完整的哲学/美学体系。换句话说，有关间离的体系化论述可以置换为历史化问题的体系化论述来为我们把握，由此，间离理论的核心意义也将最终获得确认”[③]。

历史化是布莱希特戏剧理论的核心概念，是陌生化概念的关联术语。当然，比较一下布莱希特的历史剧与真实的历史，我们便会发现，布莱希特的历史化在某种意义上是一种历史的比喻。历史化是从

---

① 余匡复在《布莱希特》中认为，历史化是布莱希特从皮斯卡托那里借来的一个概念。皮斯卡托的历史化意味着把个人的行为上升为政治化、社会化、经济学化，而政治、社会、经济诸现象都随时代变化而变化。也就是说，一定的政治、社会、经济现象都仅仅是一定时期的历史现象。当人们把一切当作历史来看时，距离便产生了。因此，历史化与陌生化便实现了汇合。余匡复认为，虽然历史源于皮斯卡托，但将历史化与陌生化汇合则是布莱希特自己的独创。（参见余匡复《布莱希特》，四川人民出版社 2003 年版，第 67—68 页）

② 在学术界，涉及历史化理论的论文不多。丁扬忠在《布莱希特论戏剧》译序中将历史化视为布莱希特表演方法的决定性技巧，是指演员在塑造人物和表现事件的时候，要用历史家的立场和眼光去观察和处理人物及事件，并把舞台上发生的事件当作历史事件来表演。孙君华在《试论布莱希特的陌生化效果》中，认为布莱希特历史化概念的内涵就是“陌生化”。与丁扬忠不同的是，孙君华认为历史化并不是一种表演技巧，而是叙事剧的一种陌生化效果，是布莱希特历史唯物主义戏剧观在创作中的具体反映。而沈建翌在《布莱希特的“异化”理论溯源及批判》中也辟一节“‘异化’和‘历史化’”，用以专门讨论布莱希特心目中历史化概念的发展及形成的事实依据和理论溯源。而按照詹姆逊在《布莱希特与方法》中的研究，布莱希特的陌生化并不等同于俄国形式主义的陌生化，陌生化通过对新事物的间离，其目的在于恢复新事物的“过去”而为那个“过去”创造一种历史性。

③ 张时民：《陌生化：揭露戏剧的“意识形态”属性》，《戏剧》2005 年第 3 期。

另一个历史的立场观察某一特定的历史。在戏剧中，布莱希特借助历史的比喻，取得他所希冀实现的陌生化效果。在这个意义上，陌生化效果的内涵就是使历史事件可以辨认，可以觉察和可以理解。“如果这些事件表面上是理所当然的，则必须首先把它们变成令人诧异的，然后使它们成为有意识的。历史剧能够使科学家表面看来理所当然的立场，即他们不考虑自己的思维产品的社会后果，表现成为令人诧异的。”①

在某些阐释语境中，布莱希特甚至认为陌生化就是历史化。对此，布莱希特在分析李尔王这一人物时有着相当明确的阐释，“陌生化就是历史化，亦即说，把这些事件和人物作为历史的，暂时的，去表现。同样地，这种方法也可用来对当代的人，他们的立场也可表现为与时代相联系，是历史的，暂时的”②。此外，在谈及演员的表演时，布莱希特也对历史化进行了解释和补充。讲到表演问题时专门阐述：“在这里我们遇到了一个重要的技巧问题，即历史化。演员必须把事件当成历史事件来表演。历史事件是只出现一次的、暂时的、同特定的时代相联系的事件。人物的举止行为在这里不是单纯人性的、一成不变的，它具有特定的特殊性，它具有被历史过程所超越和可以超越的因素，它是屈服于从下一时代的立场出发所做的批判的。不断的发展能够使我们对前人的举止行为越来越感到陌生。”③ 在布莱希特看来，演员应当采用历史学家对待过去事物和举止行为的那种距离观，来看待目前所发生的事件和行为。只有这样，才可以使我们对目前发生的事件和行为因历史化而感到陌生。

仔细分析，布莱希特的历史化与陌生化的关系有点模棱两可。布莱希特认为陌生化就是历史化，然而在不同的语境中，布莱希特又似

---

① ［德］恩斯特·舒玛赫：《布莱希特的〈伽利略传〉是怎么通过历史化达到陌生化的》，张黎《布莱希特研究》，中国社会科学出版社 1984 年版，第 189 页。

② ［德］贝托尔特·布莱希特：《论实验戏剧》，《布莱希特论戏剧》，丁扬忠等译，中国戏剧出版社 1990 年版，第 63 页。

③ ［德］贝托尔特·布莱希特：《简述产生陌生化效果的表演艺术新技巧》，《布莱希特论戏剧》，丁扬忠等译，中国戏剧出版社 1990 年版，第 213 页。

乎将历史化视为实现陌生化的一种策略。“如果我们按照不同的年代，通过不同的社会动力，让我们的人物在舞台上活动，我们就会使观众难以深入理解当时的环境。他将不会直接地感觉到：我也会这样行动；至多他会说：如果我曾经生活在这种环境里……我们若把本时代的戏当作历史戏来表现，那么，观众所处的环境对他来说就会显得不平常。而这就是批判的开端。”[①] 对布莱希特而言，通过历史化，观众所体会的环境就会成为“显得不平常”的陌生环境，进而使观众摆脱现实的虚假意识形态的遮蔽，以一种全新的眼光去看待现实，实现批判的开始。由此可见布莱希特理论的内在矛盾性。

二　非亚里士多德式戏剧

在对布莱希特陌生化进行词源学上的梳理之后，我们现在转向西方的戏剧理论传统，来看看陌生化与西方传统戏剧理论有什么内在关联。从戏剧发展史来看，布莱希特的陌生化理论与其所创立的叙事剧(episches Theater)[②] 密不可分，可以说，如果没有叙事剧，也就没有陌生化。

当我们提到布莱希特所创立的叙事剧时，我们不能不提一个人的名字，他就是莎士比亚。莎士比亚戏剧对世界戏剧的发展有着不可估量的贡献，布莱希特所追求的叙事剧就从莎士比亚的理论中汲取了不少营养。英国著名导演布鲁克曾认为，莎士比亚戏剧是一个兼有布莱希特和贝克特的典范，但又超过这两者的戏剧理论家。[③] 事实上，莎士比亚是布莱希特戏剧艺术上的指路人，每当布莱希特在寻找戏剧新出路时遇到困难，他总是会习惯性地说：“让我们看看，威廉是怎么

---

① ［德］贝托尔特·布莱希特：《戏剧小工具篇》，《布莱希特论戏剧》，丁扬忠等译，中国戏剧出版社 1990 年版，第 63 页。

② 在德语文学中，Episches Theater 兼有“史诗的”和“叙事的”两层内涵。布莱希特认为叙事剧是一种科学时代的戏剧。在早期，他称这种戏剧为叙事剧，又称为叙述体戏剧、非亚里士多德式戏剧，后来又将其命名为“辩证戏剧”(Dialectic Theater)。

③ ［英］彼得·布鲁克：《空的空间》，邢历等译，中国戏剧出版社 1988 年版，第 93 页。

做的!”而布莱希特所排演的《科里奥兰》一剧就是直接根据莎士比亚的原剧改编而成的。由此可见莎士比亚对布莱希特非同一般的影响。关于莎士比亚对布莱希特的影响，田民曾撰《莎士比亚戏剧中的“间离”效果：兼及莎士比亚对布莱希特的影响》一文进行了分析。田民提道，布莱希特曾自己指出：“从伊丽莎时期戏剧经过棱茨、早期的席勒、歌德（《葛茨》和两部《浮士德》)、格莱伯、毕希纳，贯穿着一条导向史诗剧的某些尝试的线索。这是一条容易追寻的很强的线索。”① 在田民看来，布莱希特把自己的史诗剧称为“非亚里士多德式戏剧”，主张用史诗的叙事体来代替传统的戏剧性戏剧结构，从而打破了亚里士多德关于戏剧“不采用叙述法”的清规戒律。布莱希特的这个创新，在田民看来，是西方戏剧理论史上莎士比亚传统的一种继承和延续，因为莎士比亚的戏剧是史诗性因素和戏剧性因素结合的典范。在田民的分析中，莎士比亚的陌生化主要体现在戏剧题材、戏剧情节、歌队、剧场艺术等十个方面，而这些，恰恰与布莱希特的陌生化理论有着惊人的相似。②

布莱希特对西方传统的戏剧理论进行了反思与批判。在布莱希特看来，欧洲戏剧传统是由亚里士多德所奠定的，欧洲的戏剧艺术几经流变但始终都没有改变和超越这个传统。

在《诗学》中，亚里士多德将模仿视为诗学的第一原则，并从模仿这一角度对悲剧进行了定义：

> 悲剧是对于一个严肃、完整、有一定长度的行动的模仿；它的媒介是语言，具有各种悦耳之音，分别在剧的各部分使用；模仿方式是借人物的动作来表达，而不是采用叙述法，借引起怜悯与恐惧来使这种情感得到陶冶。③

---

① 田民：《莎士比亚戏剧中的“间离”效果：兼及莎士比亚对布莱希特的影响》，《戏剧文学》1990年第4期。

② 同上。

③ ［古希腊］亚里士多德：《诗学》，罗念生译，人民文学出版社1962年版，第19页。

亚里士多德戏剧的主要特征就是强调对生活的模仿，要求演员化身为角色，最大限度地使观众与演员产生共鸣。从这一维度出发，布莱希特将传统亚里士多德式戏剧的核心理解为“模仿—共鸣—净化”。在《论实验戏剧》中，布莱希特对这种亚里士多德式戏剧进行了描述：

> 感情共鸣是占统治地位的美学的一根最基本的支柱。亚里士多德早已在他伟大的《诗学》中论述过，净化，亦即对观众心灵的陶冶是通过对人的动作的模仿来达到。演员在台上模仿英雄（俄狄浦斯或者普罗米修斯），他是使用这样一种暗示和转化的力量，让观众从中去模仿他，同时置身于英雄的经历之中，感同身受。①

> 我们认为亚里士多德给悲剧规定的目的，即“净化”最引起社会的注意，这种净化系指观众通过演员模仿引起恐惧和怜悯的情节而被恐惧和怜悯所净化。实现这种净化的基础是观众的一种独特的心理活动，即对由演员扮演的剧中人物产生“共鸣”。我们称引起这种共鸣的戏剧为亚里士多德式戏剧。至于这个戏是否运用了亚里士多德为此所列举的规定完全是无关紧要的。几百年以来戏剧以迥然不同的方式实现这种独特的共鸣心理活动。②

基于此，布莱希特在1933年所撰写的关于《母亲》的说明中，对他所心仪的“非亚里士多德式戏剧”进行了定义。“这种戏剧既不将其主人公交给这个世界，让他听任命运的摆布，也不梦想着把观众交给一种能够给人以灵感的戏剧经验。由于急于教会观众一种非常明确的实践方法，即改变世界的方法，必须一开始就使他在剧场里采用

---

① ［德］贝托尔特·布莱希特：《论实验戏剧》，《布莱希特论戏剧》，丁扬忠等译，中国戏剧出版社1990年版，第59页。

② ［德］贝托尔特·布莱希特：《对亚里士多德诗学的评论》，《布莱希特论戏剧》，丁扬忠等译，中国戏剧出版社1990年版，第91页。

一种完全不同于自己平时习惯了的方法。”[①] 非亚里士多德式戏剧是布莱希特一生为之奋斗的目标。布莱希特认为，戏剧应当采取类似于古希腊史诗那样的形式，使戏剧不再是对现实的简单模仿，不再制造生活幻觉，而让人们认识到戏剧与现实生活不同。因此，布莱希特希望通过类似于叙事史诗的一些表现方法来实现对舞台幻觉的打破。在这种戏剧中，演出具有一种情感创造力和现实穿透力，而不单单是对客观现实的一种解释。

布莱希特之所以要反对亚里士多德式戏剧，最主要的原因有两个：第一，反对亚里士多德式戏剧与其戏剧审美效果的追求密不可分。布莱希特认为，戏剧不仅应当只是显现世界，更主要的是批判现实，揭露现实的意识形态性。在《关于现实主义写作方法的札记》中，布莱希特写道：“对于现实主义作家的实践来说，重要的是，文学理论要把现实主义现实的各种社会功能联系起来。”[②] 对布莱希特来说，文学艺术，特别是戏剧，必须把对现实的批判放在第一位，要时刻具有批判现实的历史使命感。因此，布莱希特时刻强调他的叙事剧是针对传统戏剧的不满而创造的。在他看来，传统戏剧所追求的目标是取得观众情感性的一致共鸣，传统戏剧从剧本到舞台体现再到表演，都应当调动一切可能，最大限度地追求逼真的艺术幻觉，使演员和观众都融入戏中，从而感动观众，使观众在共鸣的基础上获得审美的净化功效。

布莱希特认为，传统的亚里士多德式戏剧虽然曾经意味着戏剧史上的巨大进步，但对于目前不断发展的表演艺术来说已越来越成为一道阻碍艺术发展的屏障。因为在生产力高度发达的现代社会里，个人必须把他的作用让位于集体。从这个意义上来说，现代社会已经不能从个体的立场出发去理解我们时代的决定性事件，这些事件也不再受个体的影响，因此，艺术上共鸣的技巧便丧失了其存在的合理性，情

---

① ［德］约翰·魏勒特：《关于布莱希特史诗剧的理论问题》，张黎《布莱希特研究》，中国社会科学出版社 1984 年版，第 31 页。

② 张黎：《表现主义论争》，华东师范大学出版社 1992 年版，第 3 页。

感共鸣也因而显得苍白无力。“在感情融合（即共鸣）的基础上出现的舞台与观众的交流，观众看见的东西只能像他与之感情融合在一起的剧中英雄人物所看见的东西那样多。”① 舞台上不可能产生和体现戏剧表演没有暗示和没有体现的其他情绪活动，观众在这种情况下所获得的感受和认识只会与舞台上的人物一致。更严重的是，情感的共鸣会使观众沉醉于情感之中而无力自拔，这样一来，观众便会丧失积极思考的能力，也因而会丧失对戏剧的思考以及对社会与现实的批判。布莱希特曾说，传统戏剧的艺术效果是“我与哭者同哭，我与笑者同笑”，而叙事剧的陌生化效果则是“我笑哭者，我哭笑者”。② 应当说，布莱希特的话很精辟地道出了叙事剧的核心：以理智代表情感，让观众在理性的思考与分析中获得真理性发现。

为了说明叙事剧与传统亚里士多德式戏剧的不同，布莱希特对两者的表演形式进行了对比。③

传统戏剧的表演形式	叙事剧的表演形式
行　动	叙　述
把观众吸引到剧情中去	使观众成为旁观者
消耗观众的主观能动性	唤起观众的主观能动性
使观众产生感情	要求观众做出判断

---

① ［德］贝托尔特·布莱希特：《论实验戏剧》，《布莱希特论戏剧》，丁扬忠等译，中国戏剧出版社 1990 年版，第 60 页。

② 丁扬忠：《布莱希特和他的表演理论》，《戏剧学习》1979 年第 2 期。

③ 布莱希特在《跋歌剧〈马哈哥尼城的兴衰〉》和《娱乐剧还是教育剧?》中对这两种戏剧类型的表演形式进行了比较，这里所列的表是对两篇文章比较点的综合。参见［苏］T. 苏丽娜《斯坦尼斯拉夫斯基与布莱希特》，中平译，北京大学出版社 1986 年版，第 36—37 页；［瑞典］柴特霍尔姆《布莱希特：没有工人形象的社会主义》，载张黎《布莱希特研究》，中国社会科学出版社 1984 年版，第 415 页；布莱希特《关于革新》（此文译自《马哈哥尼城的兴衰》注释），《布莱希特论戏剧》，丁扬忠等译，中国戏剧出版社 1990 年版，第 106 页。

续 表

传统戏剧的表演形式	叙事剧的表演形式
感　化	议　论
保持感情	促成认识
把人预想成大家都熟悉的	把人作为探讨的对象
不变的人	可变的和改变着的人
关注结局	关注过程
前一场戏是为了后一场戏	每一场戏都是独立的
扩　展	蒙太奇
事件直线发展	事件曲线发展
意识决定存在	存在决定意识
感　情	理　智
舞台“化身为”事件	舞台叙述事件
使观众经历事件	使观众理解事件
把观众放到情节中去	把情节放到观众面前
用的是暗示手法	用的是说理手法
表现人的本能	说明行动的动机
情节自然地稳步渐进，无跳跃	情节有跳跃性
表现世界的本来面目	表现世界将变成怎样

第二，布莱希特反对亚里士多德式戏剧，还基于他对亚里士多德共鸣理论的批判。在《戏剧小工具篇》中，布莱希特对观众的共鸣反应有一个形象的描述：

> 让我们走进这样一座剧院，观察一下它对观众所产生的影响。只要我们向四周望一望，就会发现处于一种奇怪状态中的、颇为无动于衷的形象：观众似乎处在一种强烈的紧张状态中，所有的肌肉都绷得紧紧的，虽极度疲惫，亦毫不松弛。他们互相之间几乎毫无交往，像一群睡眠的人相聚在一起，而且是些心神不安地做梦的人，像民间对做噩梦的人说的那样：因为他们仰卧着。当然他们睁着眼睛，他们在瞪着，却并没有看见；他们在听着，却并没有听见。他们呆呆地望着舞台上，从中世纪——女巫和教士的时代——以来，一直就是这样一副神情。看和听都是活动，并且是娱乐活动，但这些人似乎脱离了一切活动，像中了邪的人一般。[①]

布莱希特所言的共鸣是指戏剧在观众身上所引发的一种特殊精神状态，一种观众陷入幻觉，忘记自我现实存在的迷幻状态。在布莱希特看来，共鸣作为一种社会现象，它曾经在戏剧理论史上意味着巨大的进步，但随着戏剧理论的发展，这一理论已越来越成为限制表演艺术社会功能的障碍。“今天当‘自由的’个人成为进一步发展生产力的障碍时，艺术上的这种共鸣术也就失去了它存在的理由。”[②] 布莱希特认为，幻觉是共鸣的基础，其最终目的是要将观众带入某种不能自主的情景当中，使观众成为“着魔”的人。“这就是我们在自己的事业中所看到的戏剧，到目前为止，它表明有能力把我们充满希望的、

① ［德］贝托尔特·布莱希特：《戏剧小工具篇》，《布莱希特论戏剧》，丁扬忠等译，中国戏剧出版社1990年版，第15页。

② ［德］贝托尔特·布莱希特：《关于共鸣在戏剧艺术中的任务》，《布莱希特论戏剧》，丁扬忠等译，中国戏剧出版社1990年版，第175页。

被我们称作科学时代的孩子的朋友们，变成一群畏缩的、虔诚的、‘着魔’的人。”[①] 共鸣使观众“着魔”，从而遮蔽了戏剧的真实性，反而使戏剧的虚假意识形态得以强化，使观众以假为真，信假为真，难辨真伪。

在布莱希特的视域中，共鸣得以形成的前提在于传统戏剧形成了一个完全独立的整体性存在。对这种被亚里士多德奉为基础的传统戏剧的整体性存在，布莱希特给予了坚决批判，认为要使观众实现对现实的批判性，就要破除魔幻化的共鸣。

> 亚里士多德式戏剧的结构和与它联系在一起的演剧方法（必要时这两个概念要调换一下位置）以表演构成绝对严谨完整的情节来加强观众对舞台上戏剧事件如何在现实生活中形成和演变的错觉。不能把舞台上的戏剧事件的细节逐个地和现实生活中相应的细节相对比。相互有关联的整个戏剧事件中的任何一个细节都不能硬塞到现实生活事件的关联中去。通过陌生化的演剧方法就纠正了这一点。情节的发展是不连贯的，各个独立的部分组成统一的整体，观众能够也必须随时把它们和现实生活中相应的事件相对比。这种演剧方法不断地从这种和现实的对比中吸取力量，这就是说，这种演剧方法把观众的目光不断引到所模仿的事件的因果律上。[②]

在布莱希特看来，亚里士多德式戏剧以整体对应于现实，从而让观众产生了虚假的现实感。因此，要消除虚假的现实感，必须破除这种有机整体观。布莱希特之所以推崇陌生化，在于陌生化正是强调要打破有机整体，进而使观众关注现实的细节和碎片，这样一来，整体

---

① ［德］贝托尔特·布莱希特：《戏剧小工具篇》，《布莱希特论戏剧》，丁扬忠等译，中国戏剧出版社 1990 年版，第 17 页。

② ［德］贝托尔特·布莱希特：《“买黄铜”理论补遗》，《布莱希特论戏剧》，丁扬忠等译，中国戏剧出版社 1990 年版，第 123 页。

性消除了，而根植于整体性存在的虚假幻觉也就会烟消云散。在这个意义上，陌生化技巧实际上是一种“开放式”戏剧在观众面前的呈现。“采用适当的陌生化手法解释和表现布局，是戏剧的主要任务。演员不必什么都做，尽管什么都得跟他发生关系。‘布局’由剧院的全班人马——演员、布景设计师、脸谱设计师、服装设计师、音乐师和舞蹈设计师共同来解释、创造和表现。他们都为了共同的事业把自己的艺术联合在一起，同时他们当然也不放弃本身的独立性。”① 可见，布莱希特的目的在于使戏剧的各种成分散离开来，就像一个个原子一样，以其各自的独立性存在呈现于观众面前。

由于传统戏剧强调对生活的模仿，制造幻觉，最大限度地要求观众与剧中人物产生共鸣，这一切皆有违布莱希特重树戏剧社会功能的初衷，因此，他反对观众和剧中人物的一体化，以使观众能够超越戏剧所表现的现实，进而改变他们置身于其中的社会。既然以模仿和共鸣为特征的西方传统戏剧妨碍了人们去改造现存世界，那么就必须寻找一种能够帮助人们改造现实的艺术样式，而这就是以陌生化为特征的叙事剧。因此，布莱希特要求观众明确意识到舞台行为为假，是在演戏。他对演员的要求则是通过表演来惊醒观众而非使他们产生幻觉。“为了制造陌生化效果，演员必须放弃他所学过的一切能够把观众的共鸣引到创造形象过程中来的方法。既然它无意把观众引入一种出神入迷的状态，他自己也不可以陷入出神入迷的状态。”② 为了达到以上目的，在实践中，布莱希特要求演员肌肉必须保持松弛，③ 要故意制造穿帮效果，如让演员用第三人称的口气或用过去时说话，甚至把剧本台词讲出来，等等，拉大舞台与生活的距离。总之，在布莱希特眼中，演员绝对不能因进入角色而放弃“演戏”，观众也绝对不能

① ［德］贝托尔特·布莱希特：《戏剧小工具篇》，《布莱希特论戏剧》，丁扬忠等译，中国戏剧出版社1990年版，第37页。

② 同上书，第24页。

③ 在布莱希特看来，拉紧脖颈肌肉的一次扭头，也会像魔术一样吸引观众的目光，使观众入迷。

将舞台与现实混为一体，从而失去看戏的意识。观众的“看”的行为不再是无距离的静观，而变为介入式的批判性的“看”，而演出则被剥去一切伪饰的外表，露出其虚构的意识形态指向。

此外，对共鸣的批判也表征了布莱希特对时局的批判。布莱希特敏锐地发现，传统的戏剧把心理共鸣无限地夸大，表面上虽然强调观众与演员的同化，但表面上的同一性背后所遮蔽的是意识形态的虚假性和欺骗性。共鸣实际上已成为法西斯欺骗和奴役大众的工具，“人们到剧院看戏，就是为了触动、麻醉、感化、振奋、惊愕、激动、紧张、解脱、消遣、获释、鼓舞，为了忘却现世，迷醉于梦幻……并且以此作为评判艺术的依据，否则艺术就不成其为艺术。”① 但实际情况却是，大众已成为麻木不仁的看客，共鸣也成为资产阶级戏剧的精神支柱。布莱希特认为，大众处于这样一种语境之下，其感觉已经钝化，他们无法真正了解现实背后的真实。大众所获得的所谓真实只是一种对社会现实的歪曲真实。对于大众的这样一种异化生存，戏剧的任务与其说通过共鸣来打动大众的心灵，还不如说是通过展现社会过程的内在关系，暴露生活的本来面目，从而警醒大众通过理智去认识和改造世界。

在20世纪20年代，布莱希特的批评首先所针对的就是观众在剧院中的无所适从的盲目性。在布莱希特看来，观众在剧院里听任催眠术式的暗示摆布，他们像被施了魔术、服了蒙汗药一般，陷于神志昏迷状态，丧失了意识，听任无法控制的感情摆布。每一种旨在共鸣的技巧，都会阻碍观众的批判能力。只有不发生共鸣或放弃共鸣的时候，才会唤醒观众的批判意识。正是基于这样一种考虑，布莱希特反对共鸣，主张创立一种新的艺术，并通过新艺术的陌生化手法来打破共鸣在戏剧中的统领地位。对此，魏勒特的分析很敏锐。“由于共鸣有赖于幻觉，所以布莱希特就将20世纪20年代的‘史诗方法’看作比新的叙述方法更为有益的东西；这种‘史诗方法’打破了魔术式的

① 孙君华：《试论布莱希特的陌生化效果》，《国外文学》1982年第4期。

迷惑，使观众脱离了麻痹状态，从而使他们采取批判的态度。”[①] 在布莱希特看来，戏剧最主要的不是面向感情，而是要摆脱感情，面向理性。戏剧不应当引起观众对现实的幻觉，而应当打破幻觉，唤起观众对现实的真实观察。观众在欣赏戏剧时也不应当处于一种盲目的听任状态，而应当获得一种体验。观众不应当卷入戏剧情节中去，而应当成为一个面对舞台的冷静的旁观者。总而言之，现代戏剧应当创造一种新的表演方式，以此防止观众的共鸣。布莱希特相信，新的叙事剧，就是这样的一种新型戏剧。

在这个意义上，陌生化要使观众在观看的过程中始终保持一种超然的态度，要始终明白自己是在看戏，而不能与剧中情节与剧中人产生共鸣。从心理学的角度来看，陌生化意味着审美心理的理性主义效果，即要求观众在剧院中不能处于情感的体验状态，而应当保持一种理智的认知心理状态。对这个问题，布莱希特在不少场合都有论及。

> 尽量放弃使观众产生共鸣，不意味着放弃对他的影响。……这种介入不可避免地要产生感情作用；它们是有目的的，是必须受到控制的。一种或多或少放弃共鸣的表演，绝对不是“没有感情”的表演，或者忽视观众感情的表演。但它必须用批判的态度对待观众的感情活动，像对待他的想象一样。[②]

> 尤其重要的是，演员必须注意不能削弱有意义的感情，如果这种感情提高为明确的、批判性的意识。人物形象一步一步地发展……使听众产生一种丰富的、间或是复杂的感情曲线，产生一种感情的转化，甚而至于产生感情的斗争。[③]

> 法西斯主义荒诞地强调动情，马克思主义学说中理性因素的

① ［德］约翰·魏勒特：《关于布莱希特史诗剧的理论问题》，张黎《布莱希特研究》，中国社会科学出版社1984年版，第28页。

② ［德］恩斯特·舒玛赫：《论布莱希特戏剧情与理的辩证关系》，张黎《布莱希特研究》，中国社会科学出版社1984年版，第196页。

③ 同上书，第196页。

某种衰落大概都同样引起我本人过分强调理性。但恰恰是最理性的形式即教育剧表现出最强的动情效果。因为大部分当代的艺术作品脱离了理性我才谈到减退动情效果，并且由于加强理性的倾向而谈到复兴动情效果。只有那些对动情持有十分保守看法的人才会对此感到惊讶！①

由此可见布莱希特对理性与感情所持的立场。在《辩证法与陌生化》提纲的第四条中，布莱希特还提出“发展的因素（感情转化为另一种相反的感情，批判和共鸣融为一体）”② 这一命题。从布莱希特的论述中，笔者以为，布莱希特并非要抛弃情感，而是希望实现情感的转化，即通过理性的认知来抛弃虚假的情感，以激发有益的情感。或者换句话说，即通过理性的分析来取代无意识的情感共鸣。在《批判的立场是一种非艺术的立场吗》中，布莱希特有着明确表示：“表演艺术不需要完全排除共鸣，但它必须，而且可能在不失去其艺术性质的同时，使观众能够采取批判的立场。这种批判的立场不像人们通常认为的那样可怕，它对艺术毫无损害，而是既给人们艺术享受，又充满感情，它本身就是一种体验，而且首先就是一种创造性的立场。这是史诗戏剧理论的一个主要论点，批判的立场可以是一种艺术的立场。”③ 从上述言论可以看出，布莱希特并非完全否定共鸣，在他的语境中，共鸣只是已无法成为一切的中心，共鸣已非万能之物。戏剧在于使人认识和审视现实，而不仅仅只是让人看到现实。要认识和审视现实，方法虽然可以多种多样，但他强调陌生化对认识和审视现实作用的重要性，认为通过共鸣认识现实比通过陌生化认识现实要软弱得多。而戏剧理论家埃斯林在《荒诞派戏剧》中也指出，戏剧完全取消

---

① ［德］贝托尔特·布莱希特：《理性与动情的立场》，《布莱希特论戏剧》，丁扬忠等译，中国戏剧出版社1990年版，第173页。

② ［德］贝托尔特·布莱希特：《辩证法与陌生化》，孙君华《试论布莱希特的陌生化效果》，《国外文学》1982年第4期。

③ ［德］贝托尔特·布莱希特：《批判的立场是一种非艺术的立场吗》，《布莱希特论戏剧》，丁扬忠等译，中国戏剧出版社1990年版，第249页。

共鸣是不可能的，也是不现实的。

> 如果我们自己和剧中主要人物认同，我们便会自然而然地接受他的视野，用他的眼光来看待世界，并体验到他的情感。依据一种教条的社会主义戏剧观，布莱希特论证道，演员和观众之间由来已久的心理联系必须被打断。当演员实际上采用人物的视野时，他该如何看待剧中人物的行动呢？布莱希特在其马克思主义时期，力图引进多种用于打碎这一联系的手段。然而，他却从未成功地实现自己的目标。虽然引入了歌曲、标语、抽象背景和其他阻止手段，观众们仍然继续与他卓越刻画的人物认同，进而常常会忽略布莱希特向他们宣传的批判态度。戏剧的古老魔力太强大了，来源于人性基本心理特征的导向自居的这种拉力是压倒一切的。如果我们看到大胆妈妈为她的孩子哭泣，我们是不会拒绝感受她的悲哀的，因此也不会谴责她把战争当作一桩生意，正因为这样她才不可避免地失去了自己的孩子。舞台上的人的性格化越是完美，共鸣也就越是不可避免。①

埃斯林认为，在布莱希特的戏剧中，他所主张的陌生化效果在戏剧实践中并没有得到真正的贯彻，而在荒诞戏剧中，这种效果反而得到了实现。对此，笔者以为，布莱希特之所以在戏剧实践中没有实现他的戏剧理论，实际上是因为他并不是完全反对在戏剧中唤起观众的情感，而只是想要消除那些阻碍观众真知灼见的虚假情感。对此，苏丽娜的观点很有针对性。“布莱希特主要是反对在观众的感受中引起‘盲目的共鸣’。其实，他所反对的是那些实质上排斥艺术创作中的理智的人。他强调，理智和感情只有在无知者的头脑中是对立的。”② 在苏丽娜看来，布莱希特强调理智与感情的相互关系，他并没有否定理

① 周宪：《布莱希特戏剧的内在矛盾及其反思》，《戏剧艺术》1997年第3期。

② ［苏］T. 苏丽娜：《斯坦尼斯拉夫斯基与布莱希特》，中平译，北京大学出版社1986年版，第38页。

智中的感情。既然陌生化并非不要情感，而只是消除虚假的下意识情感，那么也就是说，陌生化并非完全排斥情感的共鸣。对此，舒玛赫也认为，布莱希特的陌生化理论“并不意味着感情与理智的势不两立。早在关于《马哈哥尼》的跋文中，理性与感情的对比分明标明是‘侧重点的变易’”①。舒玛赫强调，在布莱希特的语境中，所排斥的是观众与剧中人物的单纯共鸣，即要阻止观众对演出的单纯的接受。布莱希特甚至认为，要激发观众的审视意识与批判精神，以便使那些迄今为止并未被洞察的亦即理所当然的事物产生令人诧异的效果。这种意识与批判的共同作用，在笔者看来，恰恰是布莱希特戏剧思想辩证法的体现。

布莱希特推崇非亚里士多德式戏剧还体现在他对俄国戏剧理论家斯坦尼斯拉夫斯基戏剧理论体系的背离中。斯坦尼斯拉夫斯基信奉模仿说以及亚里士多德的悲剧论，力求对现实世界作忠实的描绘，这主要体现在“规定情境”与“当众孤独”理论中。所谓“规定情境”，即对剧本的情节、舞台布置以及演员的表演等给予规定，其目的在于实现对世界的真实体验。在斯坦尼斯拉夫斯基看来，“在舞台上为使人信服，虚假也应该成为或者显得是真实的。……假定性在舞台上就必须具有真实的味道，换句话说，它必须是逼真的，无论演员本身或是观众都必须相信它。”② 何谓“当众孤独”？斯坦尼斯拉夫斯基对演员如此描述：“现在你所体验到的心境，在我们行话里就叫作‘当众的孤独’。是当众的，因为我们大家和你在一起；又是孤独的，因为小小的注意圈把你和我们大家隔离开了。在成千观众面前表演的时候，你可以一直索居在孤独里，像蜗牛躲在壳里一样。”③ 可见，“当众孤独”是要让舞台上的演员在表演时无视观众的存在，做到情感上

① ［德］恩斯特·舒玛赫：《论布莱希特戏剧情与理的辩证关系》，张黎《布莱希特研究》，中国社会科学出版社 1984 年版，第 195 页。

② ［俄］康斯坦丁·斯坦尼斯拉夫斯基：《斯坦尼斯拉夫斯基全集》（一），史敏徒译，中国电影出版社 1958 年版，第 371 页。

③ 同上书，第 133 页。

入戏，要摆脱被看的思想与心理，仿佛自己一个人存在于舞台之上。

布莱希特对以斯坦尼斯拉夫斯基为代表的传统戏剧理论持一种强烈的抵制态度，以期建立一种全新的戏剧样式。在这个意义上，布莱希特的努力可以说是西方现代戏剧非亚里士多德式戏剧的优秀典范。布莱希特所创立的新型叙事剧要求舞台上所展示的事件，既要让观众觉得他看到的就是真实生活，同时又要明确意识到自己所面对的仅仅只是一个舞台上的艺术虚构。在布莱希特看来，观众不应当跟舞台上的演员产生认同感受，而应当以旁观者的身份给出理性的批评。只有这样，观众才能既对舞台上的演出产生真实的认同，同时又能打破这种真实感，认识到舞台演出仅仅只是一个有意设置的假象。而且，在这种批判性的距离当中，观众才能有效揭示舞台演出所遮蔽的虚假意识形态，获得对现实的审视与批判。对布莱希特叙事剧的理论创新，阿多诺曾进行过高度评价。

> 在布莱希特的剧作中，任何具有教育意义的东西，均可更加令人信服地凭借理论加以传授——如果真需要传授的话。布莱希特的听众并非全然不知诸如此类的洞见：富人比穷人富裕；世界充满不平之事；压制继续存在于形式上的平等之中；私下的善在客观恶的公共背景下转向其反面；再就是善需要戴上恶的面具（一种十分可疑的智慧）等等。凭借这种格言式的率直说法，布莱希特把如此陈腐的智慧珍宝转化为戏剧性的姿态，而这种率直也使他的创作具有独一无二的特性。他的说教方法促使他进行戏剧改良，以期取缔阴谋和心理学的古老剧场。①

就阿多诺而言，在布莱希特的戏剧中，那些“具有教育意义”的洞见有着很重要的意义，它们构成了布莱希特戏剧的反虚幻本性，是现代戏剧批判功能的最佳体现。

---

① ［德］西奥多·阿多诺：《美学理论》，王柯平译，四川人民出版社1998年版，第421页。

通过叙事剧，布莱希特最终的愿望在于实现舞台演出与观众的交流与对话。这样一来，通过叙事剧的陌生化效果，从而实现了戏剧从缺乏剧场性的“第四堵墙”[①] 形态向恢复剧场性形态的转变。传统的“亚里士多德式戏剧”理论最大的特点在于演员与观众之间有一面“第四堵墙”，“第四堵墙”与剧场的交流性是背道而驰的。也就是说，在传统戏剧理论中，演员与观众之间耸立着一堵看不见的墙，它阻碍了演员与观众的直接交流。在布莱希特看来，戏剧的本质特性在于它的剧场性，而剧场性就是演员与观众的直接交流，既然传统的亚里士多德式戏剧缺乏剧场性，那么就应向这面看不见的“第四堵墙”宣战，必须打破“第四堵墙”。而要打破“第四堵墙”，就势必要抛弃传统以现实主义为核心的戏剧形态，创立一种新的戏剧形态。对此，本雅明[②]给予了高度评价：“布莱希特以其史诗性戏剧同以亚里士多德的理论为代表的狭义的戏剧性戏剧分庭抗礼。因此，可以说，布莱希特创立了相应的非亚里士多德式的戏剧理论，就像利曼创立了非欧几里得几何学一样。”[③]

---

① 据黄佐临考证，“第四堵墙”这个术语是 1887 年 3 月 30 日由一位剧作家让·柔琏在观看一出根据左拉小说改编的《雅克·达摩》而提出的。“第四堵墙”是指舞台与观众之间的一堵看不见的、幻觉的墙。“通常人们演剧好像舞台不仅仅有三堵墙，而有四堵墙，观众所坐的地方就是第四堵墙。这样就造成和保持了一种假象，即舞台上发生是生活中的一个真实事件，那自然不会有观众。用第四堵墙的演剧方法演剧就如同没有观众一样。”（［德］贝托尔特·布莱希特：《幻觉与共鸣的消除》，《布莱希特论戏剧》，丁扬忠等译，中国戏剧出版社 1990 年版，第 181 页）也就是说，演员表演应当无视观众的存在，就仿佛自己与观众之间有一面看不见的墙，凭借这种舞台观念，演员才可以流露自己内心深处的秘密。“第四堵墙”理论也就是后来斯坦尼斯拉夫斯基语境中的“当众孤独”理论。

② 在德国批判理论中，除本雅明对布莱希特高度评价，并与之有亲密合作之外，其他人如阿多诺夫妇、马尔库塞、布洛赫和克拉考尔等人都不太喜欢布莱希特，并颇有微词。伊格尔顿曾指出：本雅明和布莱希特的合作是“马克思主义批评史上最动人的篇章之一”，本雅明是布莱希特的“亲密朋友”和“头一个支持者”。（参见［英］特里·伊格尔顿《马克思主义与文学批评》，文宝译，人民文学出版社 1980 年版，第 69 页）而布莱希特亦高度称赞本雅明为“本世纪最伟大的文学心灵之一”。本雅明把他与布莱希特的关系称作“不同凡响的星丛”，意在表明他与布莱希特初次接触便有相知相惜、相见恨晚之感。2004 年，德国艺术学院档案馆布莱希特档案所所长艾德穆特·维茨斯拉出版《本雅明与布莱希特》，此书以大量翔实、具体的史料对布莱希特和本雅明的关系进行了介绍与分析。

③ ［德］瓦尔特·本雅明：《什么是史诗剧?》，张黎《布莱希特研究》，中国社会科学出版社 1984 年版，第 13 页。

此外，布莱希特对中国戏曲艺术大加称赞，其主要原因就在于中国戏曲并不存在所谓的“第四堵墙”。“中国戏曲演员的表演，除了围绕他的三堵墙之外，并不存在第四堵墙。他使人得到的印象，他的表演在被人观看。这种表演立即背离了欧洲舞台上的一种特定的幻觉。观众作为观察者对舞台上实际发生的事情不可能产生视而不见的幻觉。”① 当然，也有学者对布莱希特希冀恢复剧场性的努力持保留意见。如周宪认为，把所谓的“第四堵墙”与剧场的交流性简单对立起来其实是对布莱希特的一种“误读”。“从西方戏剧史角度说，戏剧的发展就是在亚里士多德式的和非亚氏戏剧之间的两极摆动中进行的，有时强调高潮式完整结构，有时突出片段式的松散结构；有时主张观众和戏剧保持一定距离的静观，有时提倡观众介入戏剧的主动性。某个时代把写实的逼真的模仿视为戏剧的最高理想，另一个时代则相反，将非写实的浪漫的甚至荒诞的戏剧当作时代潮流。这个历史本身就表明，戏剧的交流方式是多样化的，即使退一步说，也至少存在两种基本类型。以为一种可以取代或高于另一种的看法，无疑是缺乏历史意识和短见的。”②

对布莱希特在戏剧理论史上的创新，我们不能盲目接受，而应当防止误读，防止对布莱希特的陌生化理论进行简单的形式主义的嫁接与评判。周宪在《布莱希特对我们意味着什么？——布莱希特对中国当代戏剧的影响》中认为，“布莱希特的理论一俟进入中国戏剧共同体的视野，就是作为一种和斯坦尼斯拉夫斯基体系相对立的批判力量。换言之，布莱希特的戏剧理论在中国这个特定的舞台上，被演变为一种用以抗拒带有自身特征的戏剧思潮，尽管名义上是被戏剧共同体当作一种用以对抗偏狭的现实主义的有力武器，一种改变当时

① ［德］贝托尔特·布莱希特：《中国戏剧表演艺术中的陌生化效果》，《布莱希特论戏剧》，丁扬忠等译，中国戏剧出版社 1990 年版，第 192 页。

② 周宪：《布莱希特的诱惑与我们的“误读”》，《戏剧艺术》1998 年第 4 期。

戏剧现状的外来力量。"[1] 周宪指出，进入新时期以后，布莱希特戏剧理论被当成与斯坦尼斯拉夫斯基体系对立的批判力量而存在。但是，中国戏剧界在这种借鉴的过程中却更多地关注布莱希特戏剧的外在形式，特别是陌生化形式，这样一来，陌生化效果赖以产生的一系列手段往往被视为形式主义，而布莱希特的陌生化理论也被视为是对什克洛夫斯基陌生化的翻版。周宪的评析不无道理，我们在关注布莱希特戏剧革新的同时，确实不能完全机械地挪用，而应当有着理性的反思。

第三节 陌生化理论的反思

布莱希特的戏剧理论有很浓的政治批判气息，虽然布莱希特的戏剧理论给人以相当明显且夸张的政治色彩，而且强烈的意识形态批判意识也使其成为西方马克思主义的代表人物。但他注重历史性与现代性的融合，注重社会批判性与审美诉求上的统一，这是布莱希特与什克洛夫斯基理论的根本区别，也是其理论焕发出生命力的独特之处。

一 什克洛夫斯基与布莱希特

有学者将布莱希特的陌生化理论与什克洛夫斯基的陌生化理论进行比附，把布莱希特的陌生化简单地理解为什克洛夫斯基理论的翻版。然而，当我们把陌生化放到他们各自的诗学理论中加以考察的话，又会发现两者有着质的不同。

首先，两人陌生化的哲学基础不同。在什克洛夫斯基看来，陌生化是一个纯粹的美学和文学概念，文学应成为独立的自足体和与世界

① 周宪：《布莱希特对我们意味着什么？——布莱希特对中国当代戏剧的影响》，《戏剧》1996 年第 4 期。

万物相分离的自在之物，因而很少去考虑陌生化产生的社会效果。对什克洛夫斯基来说，美不在于对外在事物的逼真描绘，也不在于表现了作者怎样的心灵情感，而在于文学的文学性所显现出来的艺术魅力。在此维度上，陌生化是文学性获得源源不绝的生命活力之所在。显然，什克洛夫斯基将陌生化前置到了文学本体论的意义上，视陌生化为单纯的形式维度上的运用。而对布莱希特来说，陌生化却超越了单纯的形式与结构层面，成为参与、介入社会现实生活的一种手段，其最终目的在于完成对社会的批判和改造。也就是说，布莱希特并非在本体论意义上讨论陌生化，而是在工具论意义上讨论陌生化。在《街景》中，他说："一种技巧，它所要表演的人与人之间的事件，具有令人惊异的、需要解释的、而不是理所当然的、不是单纯自然的事物的烙印。这种效果的目的是使观众能够从社会角度做出有益的批判。"① 对布莱希特来说，陌生化不仅仅只是一个美学范畴，它更是一个哲学上的认识范畴，是认识事物的一种特殊规律。

真理往往产生于怀疑中，而认识与领悟也往往始于惊愕或惊奇感，因为众所周知、理所当然的事件并不会得到接受者的关注。布莱希特曾经把陌生化的实现过程概括为这样一个公式：认识（理解）—不认识（不理解）—认识（理解）。这是一个认识上的三部曲，类似于黑格尔的"正题—反题—合题"的发展规律。首先，事物表现为我们所习惯的、熟悉的东西；其次，通过陌生化手法使我们对习见之物产生惊愕与惊奇感；最后，通过陌生化的折射，在更高层次上达到对习见之物的更深刻的认识和理解。可见，布莱希特的陌生化并不像什克洛夫斯基所提倡的那样"唯陌生而陌生"，而是希冀借陌生化达到对事物的更高层次、更深刻的理解与熟悉。

布莱希特的学生维克维尔特曾说："'陌生化'是在更高一级的水平上消除所表演的东西与观众之间的间隔。陌生化是一种可以排除任

① ［德］恩斯特·舒玛赫：《布莱希特的〈伽利略传〉是怎么通过历史化达到陌生化的》，张黎《布莱希特研究》，中国社会科学出版社1984年版，第181页。

何现象的‘陌生性’的可能性……因此，陌生化是真正地令人熟悉。”[①] 维克维尔特的话很精辟，也很中肯。布莱希特的陌生化不像人们所想象的那样，仅仅在于制造间隔，而恰恰正是力图在更高层次上消除这种间隔。“为了理解某一现象，他们做起来时就像他们不懂一样；为了发现规律，他们一反传统的看法而进行实验；这样他们就突出了刚刚研究过的现象的显著特点。某些自然而然的事变得不那么自然而然了，当然只是为了真正地变得可以理解。”[②] 因此，制造间隔只是一个步骤，一个程序，更重要的是消除间隔，达到对事物的更深刻的熟悉。正如布莱希特自己所言，“陌生化的反映是这样一种反映：对象是众所周知的，但同时又把它表现为陌生的”[③]。因此，对什克洛夫斯基来说，陌生化是文学艺术的本体，而对于布莱希特来说，陌生化是认识现实和批判现实的一种手段，它是文学艺术的工具。

其次，两人陌生化的内涵指向不同。在俄国形式主义者那里，美不在于对外在事物的逼真描绘，也不在于表现了作者一定的心灵情感，而在于特定的文本自身。陌生化是审美接受者获得新奇美感享受的根本。什克洛夫斯基注重艺术形式本身的陌生化，特别是诗歌语言的陌生化，这就必然要注重对文学文本的形式特征进行特别关注，并将形式前置，使之成为接受主体注目的中心。在这种前置中，文本的外在形式符号成为文本的价值中心。对什克洛夫斯基来说，陌生化追求文学的内在自主性，而极力避免对社会做出任何的意识形态批判，从而凸显了文学艺术非功利的唯美主义趋向。而布莱希特则强调用异样的目光去认识被异化的世界，并将陌生化视为认识生活、干预生活的手段，在布莱希特那里，陌生化效果的目的，在于把事件里的一切社会性动作陌生化。也就是说，布莱希特陌生化理论中所前置的，并

---

① ［德］莱因霍尔德·格里姆：《陌生化：关于一个概念的本质与起源的几点见解》，张黎《布莱希特研究》，中国社会科学出版社 1984 年版，第 204 页。

② ［德］贝托尔特·布莱希特：《陌生化效果》，《布莱希特论戏剧》，丁扬忠等译，中国戏剧出版社 1990 年版，第 224 页。

③ ［德］贝托尔特·布莱希特：《戏剧小工具篇》，《布莱希特论戏剧》，丁扬忠等译，中国戏剧出版社 1990 年版，第 22 页。

不是文本的符号本身，而是文本符号所承载的社会动作意义。对此，格里姆分析说："俄国形式主义者们的思想首先是完全局限于美学的领域的。这里是他们的出发点，也是他们的真正的活动范围。因此，如果说在什克洛夫斯基所援引的例子（绝大多数是引自托尔斯泰）中，陌生化同社会批判发生了联系，那也是次要的。"① 而厄利希也指出，意识形态批判在什克洛夫斯基的论述中是附带的，什克洛夫斯基并不关心陌生化手法中的意识形态问题。②

虽然什克洛夫斯基的陌生化与布莱希特的陌生化都创造了文本世界与现实世界的距离，但什克洛夫斯基致力于文本符号的独立性，而布莱希特则致力于为接受主体提供一个更好地观察现实、审视现实和批判现实的"他者"视角。在什克洛夫斯基眼中，文本符号区别于现实世界，而在布莱希特眼中，文本符号虽然区别于现实世界，但符号最终还是导向和指涉现实世界。布莱希特是马克思主义的忠实捍卫者，他在美是生活的命题上继续前进，他认为美是客观事物的显现，是客观存在在艺术形式中的本真显现。"在他看来，美与生活的关系不是被动的，而是能动的。他认为一切前进的事物，亦即在生产中导致社会改造的每一摆脱自然束缚的解放，人类按照新的方向所从事的一切改善他们的命运的尝试，不管在文学里作为成功或者失败加以描写，都赋予我们一种胜利的或者信赖的情感，带给我们对一切事物转变可能性的享受。"③ 可见，布莱希特美学理论的基石是牢牢地根植于现实主义的大地上，陌生化是一种对被资本主义异化文明掩盖的本然生活进行挖掘的手段。因此，对什克洛夫斯基来说，唯美主义化的纯艺术追求构成了陌生化的内涵指向；而对布莱希特来说，以反思与批判现实为指向的现实主义追求构成了陌生化的内涵指向。

再次，两人陌生化的价值指向不同。在什克洛夫斯基那里，陌生

---

① ［德］莱因霍尔德·格里姆：《陌生化：关于一个概念的本质与起源的几点见解》，张黎《布莱希特研究》，中国社会科学出版社 1984 年版，第 206—207 页。

② V. Erlich, *Russian Formalism: History-Doctrine*, Mouton & Co., 1965, p. 151.

③ 叶廷芳：《论布莱希特美学思想的时代性》，《文艺理论研究》1985 年第 3 期。

化的价值取向是要恢复个体的感性认识；而在布莱希特那里，陌生化的价值取向则是要恢复个体的理性认识。在什克洛夫斯基的语境中，陌生化的目的是对抗个体感觉的日益异化和自动化，让个体冲破自动化惯性思维的限制，以自然纯朴的眼光去看世界，复归个体对现实世界的鲜活感受。在什克洛夫斯基那里，陌生化主要是想唤起主体对事物本身的感性认知，即让主体“看到”事物，什克洛夫斯基的出发点是个体的感性，他力图通过陌生化去解放被自动化程序所束缚的人的感觉，追求艺术恢复感性的功能。

而在布莱希特的语境中，陌生化的最终目的并非使感性回归，而是希冀借陌生化的手法达到对事物更熟悉的认知，恢复个体对现实世界的理性认识。布莱希特反对传统的“亚里士多德式戏剧”，因为他看到传统戏剧的核心在于引起观众对戏剧本身的共鸣，而一旦观众产生共鸣，就会情不自禁地与戏剧情节融为一体，就会情不自禁地与剧中人物产生共鸣。这样一来，观众就会丧失与戏剧的距离感，就不能达到以旁观者的角色欣赏和反思剧情的目的。布莱希特努力创造叙事剧，就是力图让观众在剧情面前始终保持清醒的状态，而不能让观众被剧情所同化，沉溺于戏剧情感之中不能自拔，最终成为戏剧虚假意识形态的俘虏。通过陌生化的手法，排斥观众的感情参与，能唤起观众的理性认识，唤起观众的反思能力和批判能力。在这个意义上，陌生化主要是唤起主体对事物的理性认识，让主体剥去事物身上的虚假的外衣和表象，进而对其内在的不合理性进行反思与批判。在比较古老的陌生化效果与新的陌生化效果时，布莱希特认为，古老的陌生化效果使观众完全无法介入戏剧所反映的现实，因此，现实并不会因陌生化效果而得以改变；而新的陌生化效果本身并不奇异，新的陌生化的独特性在于：它可以让受到社会影响的事件除掉令人信赖的印记。因为这些印记使现实事物受到保护，不为人们所介入。

可见，布莱希特的出发点在于唤醒个体的理性，他力图通过陌生化解放被物化现实所钝化的个体的理性认识，使个体摆脱虚假社会意识形态所造成的理性的异化，实践艺术的认识功能和批判功能。因此，布莱希特的陌生化其实是一种探讨戏剧艺术的现实功能的理论。它与什克洛夫斯基借助陌生化来确立艺术作品的自在本体完全不同，甚至正好相反。俄国形式主义认为艺术作品独立于现实和历史之上，而布莱希特的陌生化则为戏剧艺术确立了一个历史的现实维度。

最后，两人陌生化的适用语境不同。如果说什克洛夫斯基经由对艺术手法的探讨而建立了艺术本质论的学说的话，那么布莱希特则借助于对戏剧舞台上所使用的某些特殊手法的概括，构建了一套关于戏剧艺术与历史现实之间的关系的学说。在什克洛夫斯基眼中，陌生化概念有着多重含义，它既是创作艺术作品的特殊手法，也是个体特有的一种感知事物的方式，同时还是艺术作品自身独立本体的标志。而在布莱希特眼中，陌生化概念的含义主要在两个方面体现出来：作为技巧的陌生化和作为效果的陌生化。两人的理论内涵之所以出现差异，最根本的原因在于什克洛夫斯基着重探讨的是文学艺术作品中的陌生化手法，而布莱希特着重探讨的是戏剧艺术中的陌生化手法。

从文学艺术的角度出发，什克洛夫斯基将他的艺术真实建立在审美化的文本之上。对他来说，艺术通过隔离现实世界来构筑自己的审美真实。因此，陌生化后的艺术世界的真实，其实质是一种理想中的审美真实，是偏离于历史本身的审美现实，它是斩断了与日常现实世界关联的艺术真实。而布莱希特所认定的真实则更明显地表现为现实的真实。他所提出的陌生化效果，其目的是想使观众去发现和认识本已存在却尚未被个体意识和理解的生活真实。对此，霍克斯认为，根据布莱希特的陌生化概念，“艺术客体是提高观众认识的革命的目标，使观众认识到，他们继承下来的制度和社会模式不是永恒的和‘自然’的，而是历史的，人为的，因而也是可以通过人的活动加以改变的”[①]。传统戏剧千方百计把戏剧的“虚假性”隐藏起来，而布莱希特的陌生化戏剧则千方百计把戏剧的“虚假性”揭露出来。他自以为打

① ［英］特伦斯·霍克斯：《结构主义和符号学》，瞿铁鹏译，上海译文出版社 1997 年版，第 62 页。

破观众幻觉的陌生化技巧，实际上只是把戏剧中原先处于隐蔽状态的“虚假”（虚构、人为）因素显露出来的一种技巧。陌生化技巧实际上是让戏剧“虚假”的一面直接呈现在舞台上的技巧，在显示虚假的同时，让被遮蔽的现实得以暴露出来。对此，威尔斯斯的分析很具有针对性，在威尔斯看来，布莱希特戏剧创作中所运用的不是戏剧的技巧，而是叙述的技巧，“这样产生的效果主要是布莱希特所急于达到的‘陌生化效果’，即让故事情节变得明了，使它不再看起来那么理所当然了，同时激起人们对它的思想意义的思考。这种技巧也提醒人们，这里出场的不是古代格鲁吉亚传说中的英雄，而是苏联集体农庄的农民在扮演民间传说中的英雄。他们与扮演的人物的关系是一种批评的关系，他们绝不等同于塑造的形象。”①

什克洛夫斯基的陌生化追求文学的内在自足性，极力避免对社会做出任何的意识形态批判，而布莱希特旗帜鲜明地将陌生化作为认识生活、干预生活的重要手段。如果说什克洛夫斯基为了追求审美的价值实现而将陌生化视为一个美学范畴的话，那么布莱希特则将这个美学范畴移到社会批判领域，使其成为一个具有批判哲学意味的概念。由此可见，布莱希特跳出了美学的框架，进入了一个更为广阔的社会生活层面。由于布莱希特的这种创造性变革，陌生化理论得以冲破什克洛夫斯基所营造的象牙塔，融入广阔的社会生活中，并赢得持久的旺盛生命力。然而在借鉴的同时，我们有必要指出，两人的陌生化诉求也存在着误区：什克洛夫斯基过于强调陌生化处理中感知的重要性，因而忽视了理性在艺术欣赏中的作用。而且，什克洛夫斯基过于强调对纯艺术的追求，呼吁艺术的自我指涉性，排斥艺术的外在因素，这就陷入了文本中心论的误区。布莱希特则反其道而行之，过于强调艺术的理性功能，呼吁艺术对现实的干预与批判功能，而对艺术本身的感觉功能重视不够，这在某种意义上陷入了现实中心论的误区。

---

① ［波兰］安德哲依·威尔斯：《论布莱希特剧本的立体结构》，张黎《布莱希特研究》，中国社会科学出版社 1984 年版，第 131—132 页。

二 审美批判的建构与反思

布莱希特的陌生化颠覆了传统的亚里士多德式戏剧理论，他反对演员入戏，要求演员用理智支配情感，强调演员在表演中要与角色保持一定的距离。在布莱希特眼中，观众同样不能入戏，而应当审视和思考戏剧所揭示的人生哲理，批判戏剧表层上所覆盖的虚假意识形态外衣。若我们跳出布莱希特的语境，从现代对话学的话语背景来考察陌生化，笔者以为，布莱希特的陌生化理论，是基于演员与观众的一种对话与交流。

对话理论，源于俄国文论家巴赫金，在《陀思妥耶夫斯基诗学问题》中，巴赫金对此有着精辟的论述：

> 思想不是生活在孤立的个人思想意识之中，它如果仅仅留在这里，就会退化以至死亡。思想只有同他人别的思想发生重要的对话关系之后，才能开始自己的生活，亦即才能形成、发展寻找和更新自己的语言表现形式、衍生新的思想。人的想法要成为真正的思想，即成为思想观点，必须是在同他人另一个思想的积极交往之中。他人的另一个思想，体现在他人的声音中，就是体现在通过语言表现出来的他人的意识之中。恰是在不同的声音、不同意识互相交往的联结点上，思想才得以产生并开始生活。[①]

在巴赫金看来，任何思想存在的前提都是一种对话，话语中的差异构成了思想的不同声音，从而形成多声部的复调。然而，布莱希特发现，在传统的亚里士多德式戏剧中，一切以共鸣为戏剧演出的最终目的，演出往往是一种取消观众自主意识和理性的表演，很少有演员与观众的对话，而是力图把观众变成跟着剧情活动的被动受众。布莱希特深有感触地在《戏剧小工具篇》中写道：

---

① ［苏］米哈伊尔·巴赫金：《陀思妥耶夫斯基诗学问题》，白春仁等译，生活·读书·新知三联书店1988年版，第132页。

> 我们在所有这些戏的结尾，看到的都是梦幻般的死的完成，这种死的完成是把再生作为非分的希望来惩罚的，而上述结尾仅仅有利于时代精神（合理的天意、安静的秩序）。我们沉湎在《俄狄浦斯》里，因为在那里仍然存在着神圣不可侵犯的戒律，而无知并不能使人免受惩罚。我们沉湎在《奥瑟罗》里，因为嫉妒仍然在支配我们的行动，而且一切都取决于占有。我们沉湎在《华伦斯坦》里，因为我们必须自由地参与竞争，而且应该守法，否则这种竞争就停止了。这些梦魇癖在《群鬼》和《织工》那样的戏剧里也得到了加强，在这些戏里，社会常常被表现为问题成堆的“环境”，由于我们被迫接受主要人物的感受、见解和冲动，因此我们关于社会所得到的东西，并不比“环境”所给予的更多。①

在布莱希特看来，由于传统戏剧的逼真性使观众不能够进行思考，而是将自身置于戏剧当中，仅仅是一起和演员经历或试图把自己变成其中的一员。在这种情况下，观众只是被动的，而缺乏主动性，因而在传统戏剧中，主体性是缺席的。正因为如此，布莱希特努力革新传统戏剧，创立新的叙事剧，就是力图改变主体性缺席的单一化格局，不仅使观众在观看，而且也使观众成为理性的思考者和观察者。更主要的是，要使观众与演员展开交流与对话，要在演员与观众之间实施真正的平等对话。这正如布莱希特自己所言：“当我们谈论批判的时候，我们考虑的并不是专业特殊爱好者应采取的立场。我们说的是观众应采取的立场，我们关心的是观众的平等地位，是观众的‘完全’的艺术感受的平等地位。”② 而且，“演员在表演时，不应把观众

① ［德］贝托尔特·布莱希特：《戏剧小工具篇》，《布莱希特论戏剧》，丁扬忠等译，中国戏剧出版社1990年版，第18—19页。

② ［德］贝托尔特·布莱希特：《批判的立场是一种非艺术的立场吗》，《布莱希特论戏剧》，丁扬忠等译，中国戏剧出版社1990年版，第249页。

带到‘感情共鸣’的轨道上，而是要使观众和演员之间产生交流。虽然大家都会很不习惯，也会感到很陌生，但演员一定要直接同观众说话。”[①] 在布莱希特看来，不应当采取共鸣的感染方式来实现演员与观众的交流，而应当换一种方式，采用平等对话的方式来实现交流。对此，托多洛夫也认为，在表演中，“演员还可以不同程度地与观众发生关系，借助于与观众的直接对话、与舞台提示类似的动作，使人注意到人物之间的对话插入了作者与观众的对话。”[②]

然而，布莱希特所言的观众与演员的平等交流真的就是一种对话吗？对此，阿多诺在《美学理论》一书中展开了深入的剖析。

> 他（布莱希特）的影响可以说是对信徒的一种说教。运用间离效果（estrangement effect）在他看来可以引起观众的思索。对反思态度的这一要求，一方面与艺术作品需要客观地予以认识的有效观念趋于一致，因为主要的自律性艺术作品均无一例外地要求观众、听众和读者对作品采取客观的态度。在另一方面，布莱希特的说教倾向反映出歧义性是不可容忍的，而这种歧义性是激发思索和反省的。在这一点上，布莱希特是独断专制的。也许这种专制主义做法是他对其说教性剧作缺乏影响而作出的反应：他想不惜一切代价来提高自己的影响，必要时甚至运用支配性技巧（这是他的拿手好戏），如同早先那样为了成名而竭力筹谋划策一样。然而在很大程度上，艺术作品之自我意识的滋长应归功于布莱希特，因为当艺术被视为政治实践的一种要素时，它对意识形态神秘化的抵抗变得更为强硬。布莱希特对实践的强调在形式上对他的全部创作产生了影响，因而无法简单地从它的真理性

① ［德］贝托尔特·布莱希特：《关于〈三角钱歌剧〉的排练说明》，《布莱希特论戏剧》，丁扬忠等译，中国戏剧出版社1990年版，第334页。

② ［法］茨维坦·托多洛夫：《批评的批评：教育小说》，王东亮等译，生活·读书·新知三联书店2002年版，第39页。

内容中将其消除，不管这些内容事实上离实践领域有多么遥远。①

在阿多诺的分析中，布莱希特的理论局限在于：陌生化效果主要在于引起观众的思考，但在布莱希特的说教倾向中，他是不容许歧义性出现的。也就是说，布莱希特不允许观众对戏剧有复杂的、含混的多义性理解，这实际上构成了布莱希特的独断。试想，如果不允许观众从多个角度、多个层面理解戏剧中的人物与事件，只有单一的压倒性的意义构成，对话有何意义？周宪在《布莱希特的叙事剧：对话抑或独白?》中认为，布莱希特的陌生化效果通常被戏剧家用来实现对观众的影响，但在这种影响的要求下，他不可避免地要求戏剧具有一种直接的明确的意义，而不能含有复杂的含混的多义性。而一种压倒性的意义的构成，实际上也就形成了布莱希特叙事剧的“独裁”特色，或者说是一种“专断做法”。②

对布莱希特的评述还体现在对其戏剧批判性功能的争议上。笔者以为，在现代性视域下，布莱希特陌生化的批判性命意指向，也就是现代性的批判性特征。若我们进入现代性的语境，我们便不会对布莱希特的陌生化理论感到奇怪。因为在现代主义那里，这是一个相当普遍的表征。艺术与生活保持距离，以期在艺术中建构一个审美的理想王国来与资本主义异化王国进行对抗，这是理解现代艺术自主性的关键，也是西方现代主义艺术所走过的历史轨迹。现代主义从象征主义起，就以反传统作为自己的理论追求。在象征主义、立体主义、表现主义等现代艺术理论流派看来，人类长期以来被社会的习惯性观念所支配，世界的真实面目已笼罩在虚假的现实表面之下。所以现代艺术家激进地反对模仿，而主张表现，主张内在心灵的呈现，他们希冀用一个特殊的方法，努力创造艺术品与现实的距离，在这种距离中审视和洞察被习俗观念所遮蔽的真正的现实。由此可见，布莱希特的陌生

① ［德］西奥多·阿多诺：《美学理论》，王柯平译，四川人民出版社 1998 年版，第 414—415 页。

② 周宪：《布莱希特的叙事剧：对话抑或独白?》，《戏剧》1997 年第 3 期。

化与西方现代性理论有着千丝万缕的关系。

现代性的最主要的特征在于对传统的背离与批判。从历史的视角来看，现代性思想体现于18世纪的启蒙运动。启蒙运动所引发的现代性思想最初体现为一种理性觉醒的精神，它强调自由与民主，强调个体的理性力量和冲破一切宗教魅影的革新精神。在理性精神的辉照下，艺术与文化日益摆脱了过去形而上宗教的魅影笼罩，并带来了社会生活的世俗化与个体生活的自由。此外，启蒙运动所引发的社会变革也是十分巨大的，在启蒙精神的引导下，资产阶级在“不到一百年的阶级统治中所创造的生产力，比过去一切世代创造的全部生产力还要多，还要大”①。虽然理性的进步带来了科技的进步和社会的发展，但启蒙运动的发展也带来了社会的异化和工具理性的横行。异化文明对个性的压抑，也导致个体自主性的消失和人性在现代社会中的分裂和被遮蔽。

人性在现代文明社会究竟是如何分裂的？席勒在《美育书简》中将之归于资本主义的工具理性的片面发展。资本主义的发展使劳动分工越来越细密化，人类对知识和技能的掌握也越来越专业化，人不再完整，而变得破碎，每个人只据以片段和部分展开自我的生活，人性也不再是活生生的了，他成了专业知识和技能的体现者，成了完全抽象的人。在席勒眼中，国家与教会，法律与习俗都已经分裂开来，享受和劳动、手段与目的、努力与报酬之间都已严重脱节，个体永远被束缚在整体中一个孤零零的断片上，个体也就把自己变成了一个断片。耳朵里所听到的永远是由他推动的机器轮盘所发出的那种单调乏味的嘈杂声，个体无法发展生存的和谐，他不是把人性印刻到他的自然（本性）中去，而是把自己仅仅变成他的职业和科学知识的一种标志。② 席勒对现代人性的沦丧深感忧虑，而马克思则认为现代文明是一把双刃剑：机器带来了生产力的发展，使劳动成为更有成效的神奇

① ［德］马克思、恩格斯：《共产党宣言》，人民出版社1964年版，第28页。

② ［德］席勒：《美育书简》，徐恒醇译，中国文联出版公司1984年版，第51页。

力量，但引起了饥饿和疲劳的过度；文学艺术的发展换来的是个性的沦丧；人类对自然的控制日益加强，但这个控制却使得个体愈来愈成为他者的奴隶；科学具有祛除蒙昧与无知的力量，但同时又使得外在物质世界更具理性化，科学日益凌驾于个体之上。与马克思的论述相类似，韦伯认为，现代性一方面是现代社会高度的理性化和科层化，但另一方面却把现代人带入一个无法挣脱的“铁笼”，在韦伯看来，铁笼中的异化生存必然导致现代文化与个体精神的萎缩，其最终结果是“专家没有灵魂，纵欲者没有心肝；这个废物幻想着它自己已达到了前所未有的文明程度”[①]。这样，不仅现代社会成为一个巨大的铁笼，生活于其中的每一个现代个体都要受到铁栏杆的束缚，以致成为没有灵魂，没有心肝，没有自我，没有个体身份的另类存在物。

现代性的发展带来了人性的异化以及个体的精神沦丧。何以救赎？布莱希特的陌生化理论可谓提供了一个很好的参照系。因为，在布莱希特的理论中，批判性是其最核心的精神。在其撰写的论文中，布莱希特多次提到，戏剧的最主要目的在于实现对资本主义虚假意识形态的揭露与批判，从而引导观众获得对日常现实的真理性发现。在《戏剧小工具篇》中，布莱希特这样写道：

> 这是一种批判的立场。面对一条河流，它就是河床的整修；面对一株果树，就是果树的接枝；面对移动，就是水路、陆路和空中交通工具的设计；面对社会，就是社会的变革。我们描写人类的共同生活，是为了治河工人、果农、交通工具设计师和社会革命家；我们邀请他们到我们的剧院来，当我们把世界呈献在他们的智慧和心灵之前，以便按照他们的心愿去改造这个世界的时候，请求他们在我们这里不要忘却快乐的兴趣。[②]

① ［德］马克斯·韦伯：《新教伦理与资本主义精神》，于晓等译，上海三联书店 1992 年版，第 142—143 页。

② ［德］贝托尔特·布莱希特：《戏剧小工具篇》，《布莱希特论戏剧》，丁扬忠等译，中国戏剧出版社 1990 年版，第 13 页。

布莱希特不是一个空想社会主义者，而是一个虔诚的马克思主义者，他的陌生化理论去除了传统戏剧中以情动人的表现手法，其目的是防止观众被所表演的事件所迷惑，从而丧失思考的能力和批判的眼光。欲还世界以本来面目，这是布莱希特陌生化理论追求之归宿，也是他全部创作思想的主宰。卢卡奇曾经与布莱希特在理论上有过交锋，但他对布莱希特戏剧理论的批判性却相当赞同，在他看来，布莱希特“所提出的一切问题，连同使之显得合理的答案，都来自人类从屈辱中解脱出来的持久需要，那就是人类不得不在社会生活中按照人的尺度建立一个家园”[①]。卢卡奇的话透露出这样的信息：在布莱希特的理论追求中，存在着一种审美诉求，即在现实生活之上建构一个类似于海德格尔诗性生存的家园。

布莱希特开创出资本主义意识形态的社会学批判路径，真可谓用心良苦。然而这种批判似乎弱化了其戏剧艺术的审美诉求。王晓华在《对布莱希特戏剧理论的重新评价》一文中认为，布莱希特的陌生化效果是在社会学与美学的嫁接之下产生的。

> 布莱希特反对这种戏剧的最直接原因是社会学的，因为西方传统悲剧是以帝王将相为主要表现对象的，而让观众永远和这些角色共鸣，必然使他们丧失超越处境的能力。应该说布莱希特走的是一条从社会学到美学的道路。
>
> 既然以模仿和共鸣为特征的西方传统戏剧妨碍了人们去改造现存世界，那么，就必须寻找一种能够帮助人们改造现实的艺术样式：“戏剧艺术这种社会作用的转变使得有必要完全改变戏剧艺术的手段。”于是布莱希特就从社会学合乎逻辑地转向了美学。
>
> 他强调陌生化的对象是社会动作：“陌生化效果的目的，在于把事件里的一切社会动作陌生化。”把社会动作陌生化又使美

---

① 绿原：《〈布莱希特论〉·序》，余匡复《布莱希特论》，上海外语教育出版社 2002 年版，第 7 页。

学具有了社会学意义，使观众通过戏剧呈现的可变的现实来培养自己批判现实和改造现实的能力。①

在分析了陌生化效果实现的逻辑线索之后，王晓华指出布莱希特的总体思路在于：社会学—美学—社会学。也就是说，布莱希特走的是一条以社会学为出发点，以社会学为终点的道路。而美学（戏剧艺术）仅仅只是实现其社会学分析的中介和手段。这样一来，布莱希特的理论就显得过于强调社会学目的，而淡化了审美目的。

对王晓华的质疑，笔者以为有失妥当。王晓华显然是将社会学与美学置于一种学科对立的位置上。似乎在布莱希特的陌生化效果中，为了社会学目的就必然要淡化审美目的，而过分追求美学分析就必然会丧失社会学归宿。也就是说，一旦布莱希特以明显的社会功利性作为其戏剧艺术的目的，那么戏剧艺术为其艺术的美学色彩就消失了。当然，王晓华此文发表于 90 年代中期，当时文学研究中流行的庸俗文艺社会学的确让不少学者们步其后尘，而当时流行的文学观点也是美学与社会学的分离，因此王晓华有此理解也在情理之中。但晚近文艺学学科的发展表明，社会学与美学是可以融合在一起的，而这也就是我们今天所看到的“文化社会学”（社会学美学）的研究路径。文化社会学的视角主要侧重于从社会学、美学、文化学、哲学等多角度相融合的层面来进行文学与艺术研究。而且这一传统在西方诗学史上一直存在着，从 19 世纪晚期的齐美尔、韦伯的社会学美学分析，到晚近西方马克思主义中以马尔库塞、阿多诺、本雅明和哈贝马斯为代表的社会批判理论一派，实践的就是文化社会学的分析路径。从文化社会学的维度出发，笔者以为，王晓华过分突出布莱希特的社会功能主义，而淡化了他的审美价值诉求。其实，这两者在布莱希特语境中是一个融合体。因为任何理论都不能完全脱离现实，完美的艺术是审美性与社会性的统一。

① 王晓华：《对布莱希特戏剧理论的重新评价》，《戏剧艺术》1996 年第 4 期。

伯格·潘在分析中谈到，布莱希特的戏剧诗学从一开始就有美学与社会学的含义。陌生化这一术语对于布莱希特来说应该是特别巧妙的，因为它同时传达了其戏剧诗学的美学与社会政治方面的含义。① 过分强调艺术的社会批判功能而忽视其审美功能，只会使艺术成为脱离诗性的纯政治文本，成为意识形态的乌托邦救赎想象，而这，也是西方马克思主义批判理论的主要理论缺陷。在这方面，笔者恰恰以为，在西方马克思主义流派中，布莱希特可以说是将艺术的审美性与社会性结合得最完美的一个理论家。布莱希特强调戏剧的陌生化，以期建立一种新型的叙事剧来反抗传统的亚里士多德式戏剧，不能不是戏剧艺术审美上的伟大成功。

布莱希特的伟大在于，他并非局限于营造一个完全陌生化的戏剧领域，而是强调以审美的陌生化手段实现对现实的批判，这就使他的理论摆脱了狭隘的审美经验论，进入了一个现实审美超越的空间。在这空间里，布莱希特所希冀的，并非戏剧艺术的审美自主性诉求，而是大众的审美救赎诉求。本特利说："'语言形式的大胆而优美的建造风格，使作品（与读者之间）产生了距离。'这即是说，美本身，形式本身，造成了陌生化效果：当它变混乱的事物为有条理的事物时，就造成了与该事物的距离，我们于是能在这样的距离外观察该事物。由此我们得到了一个关于文学的功用的解释。这一理论因而也不啻为文学做的强有力的辩护。它告诉我们，布莱希特为什么从根本上讲尽管怀有教育的目的，在方法上却始终是个诗人。"② 在这里，本特利说布莱希特是一个诗人，无异于认为布莱希特是一个陌生化的审美主义者。

---

① R. Berg-pan, *Bertolt Brecht and China*, Bouvier Horbert Grundmann, 1979, p. 164.

② ［德］埃里克·本特利：《论布莱希特的戏剧艺术》，张黎《布莱希特研究》，中国社会科学出版社 1984 年版，第 89 页。

第四节　陌生化理论的批判超越

在对布莱希特的批判性讨论中，批判反思的声音来自布莱希特的同代学者及其后来思想家们对其戏剧艺术理论的批判与反思，其中，阿尔都塞和詹姆逊的声音尤为凸显。

一　阿尔都塞的批判性超越

在西方马克思主义文艺理论的阵地中，路易·阿尔都塞被认为是“结构主义的马克思主义”的代表。[①] 事实上，我们发现，阿尔都塞本人很少讨论文艺和美学现象，在他的著作中，直接讨论文艺的文章只有三篇：《皮科罗剧团，贝尔多拉西和布莱希特（关于一部唯物主义戏剧的笔记）》（1962 年）、《一封论艺术的信——答安德烈·达斯普尔》（1966 年）和《抽象派画家克勒莫尼尼》（1966 年）。虽然如此，但有学者认为，阿尔都塞却是“对近年来的文学理论影响较大的马克思主义哲学家，他的影响甚至超过了许多马克思主义哲学家，如卢卡奇和萨特”[②]。

在《皮科罗剧团，贝尔多拉西和布莱希特（关于一部唯物主义戏

① 阿尔都塞以西方马克思主义者自居，但他一再声明自己只是马克思主义者，而不是结构主义者。但学术界普遍认为阿尔都塞接受和吸引法国结构主义的思想方法是一个不容否认的事实。斯塔米瑞斯在论述戈德曼的发生结构主义时指出，法国 60 年代的结构主义，是由列维·斯特劳斯、拉康、福柯和阿尔都塞这样的知识分子兴起的。英国学者罗伯特·康·大卫认为阿尔都塞所进行的工作，是把马克思主义与解构主义结合起来的工作，是一种后结构主义的思想。（参见冯宪光《“西方马克思主义”美学研究》，重庆出版社 1997 年版，第 319—320 页）在阿尔都塞的著作中，如《保卫马克思》《列宁和哲学》《政治和历史》《自我批评文集》等，他强调以索绪尔的结构主义语言观和心理无意识结构等理论框架，去解释马克思主义，这也使其名噪一时，被冠以“结构主义的马克思主义者”称号。

② L. Jackson, *The Dematerialisation of Karl Marx Literature and Maxist Theory*, Longman Publisher, 1994, p. 173.

剧的笔记)》一文中，阿尔都塞对戏剧《我们的米兰》和布莱希特的戏剧理论进行了评析，并对布莱希特的陌生化概念进行了解读和新的阐释。

首先，阿尔都塞针对巴黎评论界对《我们的米兰》所存在的误读，揭示了社会意识形态的虚幻性及其对生活于其中的个体的控制。《我们的米兰》是一部反映贫民生活状态的悲剧。而阿尔都塞在这部悲剧里看到了意识形态的虚幻性。

> 因为剧本虽然包含有情节剧的成分，整个悲剧却正是对情节剧的批判。尼娜的父亲确实按照情节剧的方式安排了女儿的一生，不仅是女儿的偶然遭遇，而且主要是父女相依为命的关系。他为女儿制造了一个虚构的环境，让她在感情的幻想中长大成人；他拼命想把他向女儿灌输的幻想变成有血有肉的现实。他决心使女儿不受他向她掩盖的世界的任何沾染，当他为自己不能被女儿理解而感到失望时，他便把带来邪恶的杜加索杀死了。因此，他真正成了为使女儿免受现实世界规律的支配而编造的神话的集中体现。因此，父亲是情节剧的形象，是“情感规律”对“现实规律”的僭越。①

在阿尔都塞看来，尼娜的父亲是意识形态虚幻性的化身，他拼命想让自己的女儿不去接触现实的真正面目，努力想让自己的女儿在美好生活的想象真空中生存。因此，在这部剧中，父亲的形象被符号化了，他是“‘情感规律’对‘现实规律’的僭越”，是虚假意识形态神话的集中体现。而尼娜所不接受的恰恰是这种虚幻的无意识神话，世界带给她的体验与父亲努力灌输给她的体验构成了矛盾和冲突。现存的丑恶打破了这种无意识神话的虚幻性，“杜加索使她睁开了眼睛，把她孩提时代的神话连同父亲的神话一扫而光。他的粗野行为也使她

① ［法］路易·阿尔都塞：《保卫马克思》，顾良译，商务印书馆 2006 年版，第 124 页。

突破了训诫和义务的束缚。她终于看到了这赤裸裸的世界，在这残酷的世界上，任何道德都是谎言”[①]。

在这里，意识形态的张力得到了很好的体现。尼娜父亲的存在，意识形态的虚幻性被合理化，真实世界的大门得以关闭；而杜加索的存在，意识形态的虚幻性被打破，真实世界的大门得以敞开。《我们的米兰》告诉我们：原本合理的存在，合理的信念，如穷人好好做人应当会幸福等信念，只不过是一种虚假的意识，这些信念只不过是统治阶级欺骗穷人的虚假意识形态而已。而尼娜最后的觉醒似乎表明，只有冲破意识形态的控制，才能看到生活的真实面貌。“她（尼娜）已经懂得只有依靠自己的双手来解救自己，只有把自己唯一的财产——少女的肉体——化为金钱才能进入另一个世界。”[②]“另一个世界”是一个真实的现实世界，然而，作为下层贫民的尼娜，却只有以牺牲自己最美好的东西作为代价才能步入这个现实世界。这是《我们的米兰》的悲剧，也是现实的悲剧。但是，这又是生活的必需，“当尼娜走出大门去迎接光明时，她还不知道她未来的生活将会如何，也许她会失败。但我们至少知道，她将走向真实的世界，这个世界无疑是金钱的世界，但也是制造贫困并使贫困意识到‘悲剧’的世界”[③]。

在阿尔都塞看来，意识形态是社会的必然存在，“是一切社会总体的有机组成部分。种种事实表明，没有这些特殊的社会形态，没有意识形态的种种表象体系，人类社会就不能生存下去。人类社会把意识形态作为自己呼吸的空气和历史生活的必要成分而分泌出来”[④]。但这种社会的必然存在又具有强制性和虚假性，它不是供个体自由选择的，而是强加在个体身上，是个体不得不接受的东西。“意识形态是一个表象体系，但这些表象在大多数情况下和‘意识’毫无关系；它们在多数情况下是形象，有时是概念。它们首先作为结构而强加于绝

① ［法］路易·阿尔都塞：《保卫马克思》，顾良译，商务印书馆 2006 年版，第 124 页。

② 同上。

③ 同上书，第 132 页。

④ 同上书，第 228 页。

大多数人，因而不通过人们的‘意识’。它们作为被感知、被接受和被忍受的文化客体，通过一个为人们所不知道的过程而作用于人。”① 意识形态作为表象而存在，它是一个社会的形象或概念。在这里，阿尔都塞实际上所看到的是意识形态作为文化客体的“粉饰性”特征。在阿尔都塞看来，必须打破意识形态对生活于其中的个体的无意识渗入，才能揭示真理，看到实在的现实世界。由此，阿尔都塞进入了对意识形态虚幻性的批判，他引用马克思的观点对此进行了强调，“马克思说，必须抛弃意识世界的虚假辩证法，转而去体验和研究另一个世界，即资本的世界；他讲的不也就是这个意思吗?”②

通过对《我们的米兰》的分析，立足于实现对社会意识形态的无意识神话的批判，对布莱希特陌生化概念的批判性讨论，并实现了对意识形态概念的批判和否定。

在对布莱希特的症候式③读解中，阿尔都塞读出了布莱希特的戏剧在结构上所存在的一种隐性结构——一种非中心的、异质性的结构。“在这些剧作中，我们也看到了两种相互分离、互无关系、同时并存、交错进行但又永远不会合的时间形式；我们还看到了由局部的、单独的、似乎凭空出现的辩证法作总结的真实事件。结构的内在分离性和不可克服的相异性是这些剧作的显著特点。”④ “结构的内在分离性和不可克服的相异性”是布莱希特戏剧的核心，也是其不同于

---

① ［法］路易·阿尔都塞：《保卫马克思》，顾良译，商务印书馆2006年版，第229页。

② 同上书，第132页。

③ 症候式阅读是阿尔都塞利用法国结构主义者拉康的精神分析原理，从弗洛伊德理论中挪用过来的一个词。弗洛伊德从对病人日常生活和梦境的呓语中，看到了无意识的、隐藏的症状。而拉康的精神分析法认为，意识层面的东西是能指，潜意识中的东西才是所指，因此，没有说出来的东西与表面上呈现的东西同等重要，甚至更重要。据此，阿尔都塞认为，一种学说的理论结构是无意识的结构，它往往不在文字的陈述中直接表现出来，而存在于文字表面下的沉默、缺乏和不在场等症候中。因此，在阅读时，我们就不能束缚于文字的表面陈述，而应当越过表面的直接阅读，把表面的文字指向与隐藏其后的种种缺席和不在场结合起来，才能使潜在理论框架结构从文字背后凸显出来。在这里，所谓“结构主义的马克思主义”，指对马克思主义的读解从各种空白、沉默等症候入手，把字里行间潜藏的以往被忽略的理论框架揭示出来。

④ ［法］路易·阿尔都塞：《保卫马克思》，顾良译，商务印书馆2006年版，第134页。

传统戏剧的独特结构。在这里，阿尔都塞所言的离心结构，其实就是布莱希特眼中的陌生化结构。由布莱希特戏剧的这种独特结构出发，阿尔都塞进而发现，布莱希特之所以强调陌生化，其实质在于艺术往往通过陌生化的形式来与社会意识形态拉开距离，通过离心结构实现对意识形态的离心效果。阿尔都塞认为，这种非中心的离心结构构成了戏剧批判性的基石，因为"批判归根到底不是由言词进行的，而是通过剧本结构各要素间的内在关系和非内在关系进行的。真正的批判只能是内在的批判，而在成为有意识的批判前，首先应该是真实的和物质的批判"[①]。以此为前提，阿尔都塞强调，应当把这种非对称的离心结构看作唯物主义戏剧尝试的基本特点。

在布莱希特的语境中，传统戏剧具有维护现存的资本主义虚假意识形态的功能，因为在戏剧欣赏中，"我们被迫接受主要人物的感受、见解和冲动，因此我们关于社会所得到的东西，并不比'环境'所给予的更多"[②]。阿尔都塞在研读布莱希特时，也正是看到了这一点。

> 传统戏剧（应该把莎士比亚和莫里哀作为例外，并说明其理由）把反映在一个中心人物的思辨意识中的剧情以及剧情的条件和"辩证法"统统交给我们；也就是说，传统戏剧通过一种意识，即通过一个有言论、有行动、有思考和有变化的人，来反映剧情的整体含义，这种整体含义对我们来说就是戏剧本身。如果"传统"美学的这项明确条件（戏剧意识的中心"整一性"支配着其他各项著名的"整一性"）同它的物质内容有着紧密的联系，这显然不是偶然的。我想在这里指出，传统戏剧的素材或题材（政治、道德、宗教、名誉、"荣誉""激情"等等）恰恰正是意识形态的题材，并且这些题材的意识形态性质从没有受到批判或

① ［法］路易·阿尔都塞：《保卫马克思》，顾良译，商务印书馆 2006 年版，第 134—135 页。

② ［德］贝托尔特·布莱希特：《戏剧小工具篇》，《布莱希特论戏剧》，丁扬忠等译，中国戏剧出版社 1990 年版，第 19 页。

非议（同“义务”和“荣誉”相对立的“激情”本身只是意识形态的装饰品，它从不是意识形态的真正解体）。[①]

在阿尔都塞对布莱希特的解读中，布莱希特语境中的传统戏剧内含着一种未经批判的意识形态，这种意识形态是“一个社会或一个时代可以从中认出自己（不是认识自己）的那些家喻户晓和众所周知的神话，也就是它为了认出自己而去照的那面镜子，而它如果要认识自己，那就必须把这面镜子打碎”[②]。所谓打碎镜子，也就是要消除传统戏剧所带来的似乎不证自明的真理。阿尔都塞眼中的布莱希特，恰恰很好地做到了这一点。为了使陌生化达到它的效果，布莱希特力图消除舞台和剧场的魔力，使演出不再具有任何迷幻之处。而演员也不能用奔放的情感来刺激观众的情绪，不能用真切动人的表情来摄取观众的心神。简言之，绝对不能让观众如醉如痴，必须利用一定的艺术手段来消除观众的这种舞台幻觉倾向。布莱希特之所以能够与意识形态决裂，那是因为他对此深恶痛绝，他在舞台上所努力表现的东西，正是对自发性意识形态的批判。

阿尔都塞认为，“一个没有真正自我批判的时代（这个时代在政治、道德和宗教等方面没有建立一种真正理论的手段和需要）必须倾向于通过非批判的戏剧（这种戏剧的意识形态素材要求具有自我意识的美学的明确条件）来表现和承认自己”[③]。这就是说，一个时代之所以缺乏批判性，主要在于自我意识已被意识形态化了。这就说明，一个社会或一个时代的意识形态无非就是这个社会或时代的自我意识，这种自我意识是一个社会或时代的虚假表征，是统治阶级选择并加以强调的意识，而并非这个社会或时代的真实意识。基于此，阿尔都塞指出，布莱希特的伟大在于，他同自我意识决裂，他在舞台上表现的

---

① ［法］路易·阿尔都塞：《保卫马克思》，顾良译，商务印书馆2006年版，第135—136页。

② 同上书，第136页。

③ 同上书，第136页。

东西，正是对自发意识形态的批判。“他必定要把自我意识这个意识形态美学的明确条件（以及它在古典戏剧中的派生物‘三一律’）从他的剧本中排除出去。在他的剧本中（这里说的都是指‘大型戏剧’），任何人物都不以自觉的形式包括戏剧的全部条件。总体的、透明的自我意识，作为整个戏剧的镜子，始终只是意识形态信仰的形象，它虽然把整个世界纳入到自己的戏剧中去，但这个世界只是道德、政治和宗教的世界，神话和毒药的世界。”①

阿尔都塞强调，在布莱希特的剧本中，“中心始终是偏斜的，既然这些剧本的目的是要破除自我意识的神话，它们的中心便在克服幻觉走向真实的运动中始终姗姗来迟和落在后面。由于这个根本的原因，剧本所真正产生的批判关系就不能单独表现自己”②。在这个意义上，布莱希特的戏剧具有离心性，离心意味着剧本中心意识的偏斜，意味着剧本不再具有中心的、支配性的意识。也就是说，布莱希特希望在他的剧本中打破自我意识的神话，不愿意让这种自我意识成为这个世界的主导意识。由此，“必须讨论剧本的结构，因为一个剧本的批判力归根到底既不在于它的演员又不在于演员所表现的关系，而在于被自发意识形态所异化了的自我意识（大胆妈妈、她的儿子们、厨师、牧师等等）同这些人物所生活的真实环境（战争、社会）之间存在的生动关系”③。这种关系是一种潜在的结构关系，它不由任何剧中人物所体现，但是它又包含了剧中所有人物的全部生活和行动。这种关系对演员来说是不可见的，但是对观众来说却又是可见的，“这种可见方式不是演出给予的感知，而是观众通过思考而取得的感受，它是观众从包藏着和孕育着感受的黑暗中所摸索出来的”④。

这是布莱希特陌生化的辩证法。陌生化效果不断地唤醒观众的

① ［法］路易·阿尔都塞：《保卫马克思》，顾良译，商务印书馆2006年版，第136页。
② 同上书，第137页。
③ 同上。
④ 同上书，第137—138页。

意识和理智，使观众由不断地欣赏剧情，转而对角色产生惊愕和思考，对剧中人物和事件进行评价，对戏剧的虚假外表进行批判，对被戏剧虚假外表所遮蔽的真实进行揭露。对此，阿尔都塞的分析颇具针对性。“布莱希特想用间离效果在观众和演出之间建立一种新关系：批判的和能动的关系。传统的戏剧形式要求观众把注意力集中在‘主角’的命运上，并把自己的感情力量倾注到戏剧的‘净化’中去。布莱希特却要同这种使观众和剧本达到共鸣的戏剧形式相决裂。他使观众同演出保持一定的距离，但又不是远离剧情或单纯欣赏。总之，他要使观众成为把未演完的戏在真实生活中演完的演员。”① 使观众与剧本之间产生距离，进而使一种十分特殊的批判在观众意识中产生，这是布莱希特陌生化理论的核心，也是阿尔都塞批判的靶心所在。

阿尔都塞认为，人们往往只是根据陌生化效果的技术因素和心理因素来解释布莱希特的陌生化，“似乎这个论点只是主张：不考虑演员的一切演出‘效果’，取消一切抒情和‘夸张’；表现宽广的‘社会背景’和设置简陋的舞台布景，似乎它故意使观众对任何布景不特别注目”②。“也有人把注意集中于共鸣现象和戏剧主角，并从心理学的角度来解释这个论点。他们把取消主角（不论是正面角色或反面角色，他们都是感情共鸣的承受者）当作间离效果的前提条件。”③ 阿尔都塞强调，这些解释都只是停留在一些非常重要却并非决定性的一般概念上。在他看来，我们应当越过这些技术因素和心理因素，去理解布莱希特的批判是如何，而且必须在观众意识中形成的。“为了使观众和剧本之间出现距离，必须使这种距离首先在剧本内部产生，而不能停留于对剧本的技术处理上或人物的心理状态上。”“正是在剧本的内部，在剧本内部结构的推动下，产生和

---

① ［法］路易·阿尔都塞：《保卫马克思》，顾良译，商务印书馆 2006 年版，第 138 页。

② 同上。

③ 同上。

出现了这个距离，它既是对意识幻想的批判，又是对意识的真实条件的阐述。”①

如果阿尔都塞仅仅局限于对布莱希特的解读，那阿尔都塞的高明也就体现不出来了。阿尔都塞的对布莱希特的超越在于他看到了布莱希特所没有看到的东西。阿尔都塞赞同布莱希特的陌生化理论，然而，他并没有完全局限于此，而是针对陌生化理论提出了自己的新理解。阿尔都塞认为，为了更好地理解陌生化，必须否定两个传统的有害公式。

阿尔都塞否定的第一个有害公式是观众的自我意识。“这个公式承认观众必须同‘主角’保持距离，不再同他发生感情共鸣。但这样一来，观众不正是站在剧本之外对剧本进行评判、估价和引出结论的人吗?”② 不难看出，这个公式是布莱希特意义上的反共鸣，台下的观众始终保持着清醒的意识，演出的目的在于把无意识引导为有意识。即观众应当在剧场中保持一种冷静和超然的态度，从而能够站在演出之外对演员及演出进行审视和批判。虽然阿尔都塞的引用是立足于布莱希特的本意，然而，阿尔都塞并非认可布莱希特，而是对布莱希特提出了质疑。

> 这种分工等于把演员所不能完成的任务交给观众去完成。其实，观众没有任何资格充当为剧本所不能容忍的绝对自我意识。正如剧本不包含对自己的“故事”的“最后裁决”一样，观众也不是剧本的最后裁决者。观众本身也是按照一种不可靠的虚假意识来观看和体验剧本的。观众同剧中人一样生活在意识形态的神话、幻觉和典型形式之中，观众是剧中人的亲兄弟。虽然观众由于剧本的安排而同剧本保持距离，但这不是为了使观众免受剧中人的命运而成为剧本的裁决者；相反，这正是迫使观众进入到这

---

① ［法］路易·阿尔都塞：《保卫马克思》，顾良译，商务印书馆 2006 年版，第 138—139 页。

② 同上书，第140 页。

种表面的间离状态和“异己”状态之中，使观众成为仅仅起着能动的和活生生的批判作用的间离状态本身。①

在布莱希特的语境中，观众为了对戏剧做出有益的批判，必须保持自身的清醒性与能动性。布莱希特显然预设了一种不受意识形态影响的观众的存在。这种观众必须能够时刻保持一种清醒的现实辨识功能，必须能够超越日常意识形态的束缚，保持一种自由、积极的批判立场。阿尔都塞却敏锐地发现，布莱希特的预设恰恰道出了他内心的惶恐。因为观众所谓的清醒状态其实是根本不存在的，因为观众也和剧中人一样，无时无刻不在意识形态的围困中，“观众是剧中人的亲兄弟”。因此，观众的超越性其实是虚假的，如果说演员受到意识形态的围困不能自拔，那么观众也同样如此。在这个意义上，布莱希特语境中能动的、积极的批判主体其实只是一种反意识形态的虚设，其最终实质是现行意识形态的拥护者。陌生化带来的批判距离其实只是意识形态内部的自我圆谎，而根本无法触及意识形态的内核，更不用说从意识形态外部展开真正的批判。

阿尔都塞否定的第二个有害公式是感情共鸣的公式。这是布莱希特戏剧陌生化理论的基石，在布莱希特的语境中，陌生化来自对亚里士多德式戏剧中共鸣效果的否定，对布莱希特来说，共鸣构成了陌生化的批判指向，没有共鸣，陌生化也就无从产生。在前文对布莱希特的讨论中，我们发现，布莱希特虽然否定共鸣，但他基本上还是认可共鸣的存在。阿尔都塞对布莱希特的超越，在于阿尔都塞看到了共鸣的虚设性质，因而从根本上对共鸣概念进行了否定。

阿尔都塞首先对共鸣概念的类属进行了界定，在他看来，感情共鸣的概念严格来说是个心理学概念，或更确切地说，是个心理分析的

① ［法］路易·阿尔都塞：《保卫马克思》，顾良译，商务印书馆2006年版，第140页。

概念。[①] 在指出共鸣的心理学性质之后，阿尔都塞展开了对共鸣的批判。阿尔都塞指出，观众对戏剧的欣赏并非单纯的心理问题。

> 在观众的心理状态中可以观察、描绘和确定的投射现象和升华现象单独并不能如实地反映观看演出这样一个特殊的复杂行为。这个行为首先是一种社会行为，一种文化的和美学的行为，因而也是观念的行为。这种复杂行为超出了具体的心理过程（例如，在严格的心理学含义上的共鸣、升华、解除压抑等等）的范围，弄清这些心理过程在复杂行为中的体现当然是一项重要的任务。但为了不陷入心理主义，我们不能因这第一项任务而取消第二项任务，即确定观众的自我意识本身的特殊性。假如这种自我意识不等于单纯的心理意识，假如它是社会的、文化的和观念的意识，人们就不能仅仅以心理共鸣的形式来思考观众同演出的关系。[②]

阿尔都塞强调，在戏剧欣赏中，观众的自我意识并不等同于单纯的心理意识，而是一种社会、文化和观念的综合意识。当然，阿尔都塞的目的并不在于指出共鸣的内涵指向，他的目的在于颠覆布莱希特陌生化理论中所反对的共鸣。在阿尔都塞看来，布莱希特对共鸣的反对其实只是一种乌托邦式的毫无意义的反对，因为在阿尔都塞看来，根本就不存在所谓的观众与演出之间的对立，因此，布莱希特所言的消除共鸣其实是不可能的。阿尔都塞指出，“观众在心理上同主角发

① ［法］路易·阿尔都塞：《保卫马克思》，顾良译，商务印书馆 2006 年版，第 141 页。也有学者对共鸣的心理学性质表示了质疑，如黄应全认为，阿尔都塞的共鸣意味着观众与主角发生感情上的一致和认同。阿尔都塞没有提到布莱希特用来界定共鸣的中心概念“幻觉”，布莱希特的共鸣的确是观众与舞台人物感情一致的意识，但布莱希特强调的中心在于观众与舞台幻觉的一致，从而导致被动和麻木。因此，布莱希特所谓打破共鸣是以打破幻觉为目的的，布莱希特不会认为共鸣只是心理学问题。由此可见，阿尔都塞对共鸣展开的批判并没有击中布莱希特的核心。参见黄应全《艺术是对意识形态的内在批判：阿尔都塞的艺术观》，《文学前沿》2002 年第1 期。

② 同上书，第 141 页。

生共鸣前，他的自我意识在剧本的观念内容中以及在这一内容特具的形式中已得到了承认。演出在造成共鸣（与以他物出现的自我共鸣）前，它在根本上已经承认了自己是文化的和观念的意识”①。在阿尔都塞看来，共鸣其实不可能消除，因为在演出之前，观众已经“被强加于我们的神话和主题，以及被自发地体验的意识形态联结在一起”②。这就是说，在观众展开批判之前，观众其实已经被演出所同化了，因为主导的意识形态在观众欣赏演出之前，就已经将观念的意识与演出所要传达的意识联结在一起了。因此，观众的自发意识与舞台意识其实是一致的，只是观众自己没有意识到而已。

> 在我们的无意识中，我们和剧中人过着相同的日日夜夜，面临着相同的无底深渊。总之，我们和剧中人确实是共命运的，这是全部问题的出发点。所以，从本质上看，我们早已置身在剧本之中，虽然我们知道剧本的结局，但这并不重要，因为归根到底它无非表现了我们自己，表现了我们生活的世界。所以，共鸣这个虚假的问题从一开始起，甚至在它被提出以前，就已经被自我承认的现实所解决了。③

由此，阿尔都塞症候式地读解出布莱希特文字背后的真实：表面上看，观众在实施能动的批判功能，但实际上，与其说观众在批判意识形态，还不如说观众在间接地维护意识形态。既然在阿尔都塞的读解中，共鸣是一个虚假的问题，这意味着陌生化并非来自对共鸣的否定，那么，陌生化效果缘何而生？阿尔都塞回答说：“唯一需要回答的问题是：这种不言而喻的同一性和这种直接的自我承认，它的命运

---

① ［法］路易·阿尔都塞：《保卫马克思》，顾良译，商务印书馆2006年版，第141—142页。

② 同上书，第142页。

③ 同上。

是什么？作者怎样描绘了这一命运？”[1] 阿尔都塞所关心的是“不言而喻的同一性”与“直接有自我承认”的命运问题。笔者以为，阿尔都塞这里意指的就是意识形态的命运问题。陌生化效果来自对意识形态的批判，但是由于观众已经被意识形态所内化，那么批判的力量就不能依靠观众，而只能回归到剧本的内在结构方面。他强调，不能通过观众的同一性批判来实现对意识形态的拒绝与否定，而只能通过剧本本身的内在结构实现对虚假意识形态的拒绝与否定。阿尔都塞看到，剧本本身就表征着观众的意识，观众除有剧本的意识之外，根本不会有其他自我意识，观众与剧本的距离实际上来自剧本内部自身结构的距离。因此，在阿尔都塞的视域中，批判关系从来都不是观众对演出的批判关系，批判关系在任何时候都只是剧本的内在结构对意识形态的批判关系。

阿尔都塞说：“我甚至认为，并不是布莱希特把主角排除在剧本之外，因而使主角不再出现，而是剧本中虽然有主角，但剧本本身使主角不能存在，剧本把主角连同主角的意识以及这种意识的虚假辩证法统统消灭了。”[2] 在这个意义上，剧本结构实际上承担了陌生化批判的重任。阿尔都塞认为，戏剧的目的不是对固定不变的自我承认和自我不承认进行评论，因为这是老生常谈，相反，“戏剧的目的是要触犯自我承认这一不可触犯的形象，是要动摇这静止不动的、神秘的幻觉世界”[3]。这种“不可触犯的形象”和“神秘的幻觉世界”即无所不在的意识形态。要使剧本从意识形态的笼罩下突围出来，“剧本就必定在观众中产生和发展一种新意识。这种新意识是尚未完成的意识，它在这种未完成状态、这种由此产生的间离状态以及这种源源不断的批判的推动下，通过演出而创造出新的观众。这些观众是在剧终后开

① ［法］路易·阿尔都塞：《保卫马克思》，顾良译，商务印书馆2006年版，第142—143页。

② 同上书，第139—140页。

③ 同上书，第143页。

始演出的演员，是在生活中把已开始的演出最后演完的演员”[①]。从阿尔都塞的分析中，笔者以为，意识的未完成状态即意识的批判性展现状态。一旦意识得以完成，那么势必会被意识形态所同化，成为幻觉世界的一部分。因此，只有当意识处于未完成状态时，它才得以与意识形态保持距离，陌生化批判的力量由此而生。

在这个层面上，阿尔都塞再一次实现了对布莱希特的超越：布莱希特希望通过各种各样的艺术技巧来实现陌生化的批判功能，而阿尔都塞显然意识到，批判的力量绝不会来自剧本的外在表征体系，而是来自剧本的内在结构体系，同质性的剧本外在表征同化着意识形态的神话，而异质性的剧本内在结构则以陌生化的异质方式实现着对意识形态神话外衣的揭露与批判。

二　詹姆逊的批判性超越

除了阿尔都塞，批判的声音还来自另一位西马大师詹姆逊。詹姆逊进而对布莱希特的陌生化理论进行了批判性解读，在詹姆逊看来，布莱希特虽然为陌生化下了很多定义，但布莱希特的这个术语与俄国形式主义的陌生化也有着不同寻常的关系，“这个术语似乎通过诸如爱森斯坦或特列契雅柯夫等造访柏林的苏联现代派而源自俄国形式主义的陌生化（ostranenie）概念。正如爱森斯坦的‘蒙太奇’概念一样，这个概念使他能够把他的戏剧实践和美学的许多独特特征整理理顺出来”[②]。在詹姆逊看来，布莱希特的陌生化概念是由冠以该名的效果本身所触发的。“让某物看起来陌生化，促使我们用新的眼光看待它，这意味着某一普遍熟悉的东西的先行，一种阻止我们真正观看事物的习惯的先行，一种知觉迟钝：这是俄国形式主义者经常强调的，并给这个创新（Novum）提供了心理学依据，即依据经验的鲜活性和

① ［法］路易·阿尔都塞：《保卫马克思》，顾良译，商务印书馆 2006 年版，第 143 页。

② ［美］弗雷德里克·詹姆逊：《布莱希特与方法》，陈永国译，中国社会科学出版社 1998 年版，第 45 页。

知觉的恢复为创新所做的辩护。"① 由此我们可以顺理成章地得出以下结论：在詹姆逊眼中，布莱希特陌生化的起点就是俄国形式主义陌生化的终点。

在詹姆逊的语境中，布莱希特的陌生化与什克洛夫斯基的陌生化有着根本性的区分。对此，陈永国进行了研究，他在翻译詹姆逊的《布莱希特与方法》的前沿中写道："在詹姆逊看来，布莱希特的间离手法除了在表层上具有俄国形式主义的陌生化概念外，它本身并不是为达到目的的手段，而具有深远的象征意义，它的终极表述，即包容前此一切表述（如恢复经验和知觉的鲜活性、表演的距离性、移情作用和同感或同情心的关闭等）的一种系统的政治表述，可以把熟悉的或司空见惯的东西重又变成'自然的'，把客体变成'历史的'。"② 从陈永国的研究中，我们很容易读到，现实的批判性是布莱希特区别于什克洛夫斯基的核心。

有学者曾批判布莱希特的陌生化理论造成了审美的缺失，那么，在詹姆逊的眼中，布莱希特强调现实的批判性是否取消了戏剧的审美特性？对此，詹姆逊不以为然。在詹姆逊看来，尽管布莱希特的陌生化理论有很强的社会现实功利目的，但这种现实功利性与其审美性或艺术性并行不悖。

> 布莱希特的思想大部分（尤其是用非德语表达的思想）是与他独特的戏剧或表演思想相联系的（史诗剧，间离效果，反亚里士多德主义，姿态，以及其他各种表演技巧）。这些思想至多可以说组合构成了某一种美学，而一种美学又往往具有哲学的意味，就各种哲学体系来说，大部分都超越了它们可能包含也可能不包含的美学因素或次体系。另一方面，美学也倾向于对社会的或政治的困境或理想进行象征的或伪装的沉思。因此，亚里士多

① [美] 弗雷德里克·詹姆逊：《布莱希特与方法》，陈永国译，中国社会科学出版社1998年版，第45页。

② 陈永国：《布莱希特与方法·译者前言》，中国社会科学出版社1998年版，第7页。

德的《诗学》就可以看作是对氏族制度的沉思；而后来的美学传统则大多反映身体的不透明性，及社会的压抑或升华能力。在通常情况下，审美体验本身就被唤起而用作一种乌托邦式的悬置；而在现代主义中，审美价值往往被看作是根本革新的号召，无论是作为对现代化或革命的替代品，或相反，作为对二者之一或二者的强化，这从来都不是非常清楚的：有时是对它们的弥补。①

在《语言的牢笼》中，詹姆逊又写道：

布莱希特理论的独创性在于，它以一种新的方法沟通了社会的与形而上的两方面的对立，并使人们对这种对立获得一种完全不同的看法。布莱希特认为，最主要的区别不是事物与人类现实之间的区别，也不是自然与人工制成品或社会制度之间的区别，而是静态与动态之间的区别，是那些被认为是永恒不变的、无历史可言的事物与那些被认为是随时间改变的、从本质上来说是历史性的事物之间的区别。习惯产生的结果在于使得我们相信现时的永恒性，并加强我们的一种感觉，即我们生活中的事物与事件是“自然的”，也就是说，是永恒的。因此，布莱希特的陌生化效果的目的是一个彻头彻尾的政治目的。正如布莱希特一再坚持的那样，它要使你意识到，你认为是自然的那些事物与制度其实是历史的：它们是变化的结果，它们本身因此也是可以变化的。②

詹姆逊意在表明，不能人为地将布莱希特的审美诉求与现实批判诉求简单地对立起来。因为在布莱希特的作品里，无论何处，你遇到的总是政治与美学的结合。如果你一开始遇到的是政治，那么结尾你所面对的一定是美学；而如果你一开始遇到的是美学，那结尾你所遇到

① ［美］弗雷德里克·詹姆逊：《布莱希特与方法》，陈永国译，中国社会科学出版社1998年版，第40—41页。

② ［美］弗雷德里克·詹姆逊：《语言的牢笼》，钱佼汝译，百花洲文艺出版社1995年版，第48页。

的必然是政治。在这个意义上，布莱希特的戏剧理论可以称为政治的审美化或审美的政治化戏剧。在其中，政治与审美并无先后、高下之分。伯格·潘认为，布莱希特的戏剧诗学从一开始就包含了美学与社会学的双重含义，陌生化这个词对布莱希特来说是非常巧妙的，因为这个词同时传达了其戏剧诗学的美学与社会政治两方面的含义。①

可以说，布莱希特的意识形态批判与马尔库塞、阿多诺等人的审美意识形态批判又有着很大的不同。就布莱希特而言，一方面，他将理性的批判视为其戏剧理论的核心；但另一方面，在强调理性批判的同时，布莱希特又时刻不忘突出理性批判的实践性，并力图在自己的戏剧创作中加以实践。这使得他与其他西方马克思主义者审美乌托邦式的审美救赎理论又存在本质上的区别。这是布莱希特的独特性，也是布莱希特陌生化理论的价值之所在。

---

① R. Berg-pan, *Bertolt Brecht and China*, Bouvier Werlag Horbet Grundmann, 1979, p. 164.

第四章

陌生化的现代性审美之维

批判理论源自马克思、韦伯和齐美尔，后在法兰克福学派学者手中得到了发展。批判理论家们强调对社会现实中的种种不合理现象进行关注，他们往往持一种比较激进的态度和立场，对物化的资本主义文明进行批判，并希冀在一种与现实保持距离的基础上实现对现代物化文明的救赎。在本章，我们主要立足于批判理论视域，来对陌生化①理论展开讨论。笔者以为，梳理和剖析批判理论学派与俄国形式主义的对话，是我们在研究俄国形式主义时不能绕过的问题域，而

① 在20世纪西方文艺美学史上，俄国形式主义与批判理论的关系是一个相当微妙的话题。俄国形式主义由于其注重形式，强调文本自主性的观点与马克思主义的研究方式背道而驰，因而受到马克思主义者的批判和排斥，并最终在20世纪30年代退出了文坛。然而，俄国形式主义与西方马克思主义的对话却一直没有停止过，到了60年代，这种对话变得更加频繁。20世纪40年代，批判理论异军突起，而此时正值新批评、结构主义和解构主义思潮席卷欧洲大陆，新批评、结构主义和解构主义思潮对文本形式的重视自然是批判理论不能回避的话题，而新批评、结构主义和解构主义思潮的理论渊源又都来自俄国形式主义。批判理论在建构其对资本主义的批判体系之时首先遇到的就是形式的批判性问题，如齐美尔、阿多诺和马尔库塞等人都曾探讨过艺术中的形式问题，于是俄国形式主义自然进入了批判理论的论题视域。在本章，我们的讨论会跳出俄国形式主义与布莱希特的话语视域。笔者以为，陌生化理论不能简单地局限于某一诗学语境，如果我们将其视为一种诗学的思维模式，那么在批判理论学派中，许多学者的理论诉求以及所提出的诗学观念都体现为一种陌生化倾向或陌生化策略，如齐美尔的距离概念、奥尔特加的非人化概念、马尔库塞的新感性形式概念和阿多诺的艺术否定社会命题，等等。

且，俄国形式主义所体现出的审美现代性品性也是批判理论的现代性价值之所在。

第一节　审美距离与陌生化

齐美尔是德国著名的文化社会学家、哲学家和美学家。他从现代性体验这一独特视角出发，对现代都市生活风格进行了深刻剖析，并对现代文化做出了诊断。在他看来，现代性的深入和大量的碎片化景观对个体的冲击，导致个体在躁动的现代生存中的无聊、无助以及极度空虚；而且，随着现代生活的货币化，现代文化陷入了前所未有的困境中。面对现代人的生存困境，齐美尔提出距离①概念，认为个体只有通过与物化现实保持距离，对物化现实持一种陌生化的眼光，才能实现对现代日常生活的审美超越与审美救赎。

关于齐美尔的距离概念，斯温伍德曾有过这样的论述："对齐美尔来说，文化的发展必然会既导致由金钱经济所带来的社会关系的对象化（在现代社会中，社会关系受制于金钱的考虑，这就使得不同个体之间出现了一种功能性的距离），又导致了个体与他们的劳动产品的分离（主体与客体的关系以金钱和商品价值为中介，再次导向与对象自身的远离）。齐美尔的'距离'概念既是社会学的，又是美学的：因为只有通过背离文化对象，主体才能把握现实。……对齐美尔来说，审美及其在社会生活中的作用的概念有赖于距离和透视，有赖于一种确保文化对象保持审美价值的对象化过程。"② 斯温伍德的话很好

① 距离作为一个概念，本义是指空间或时间上的相隔。就这个概念的最一般语义层面而言，距离无处不在、无时不在。但是，经过齐美尔创造性的界定和解释，距离成为一个描述现代性特征的特殊概念，它从许多方面有效地描述并解释了个体在现代生活中的审美救赎问题。

② 周宪：《20世纪西方美学》，南京大学出版社1999年版，第42页。

地概括了距离的内在本质：距离既是社会学的，又是美学的。

从社会学的角度来看，距离是现代个体生存的前提，也是个体在现代社会中得以保存自身的策略。齐美尔对现代个体之间距离的深化且越来越缺乏沟通可能性深感忧虑，但同时他又认为，虽然心理距离在现代社会中不断扩延，但对于身处现代大都市中的个体而言，这种距离又必不可少。在齐美尔那里，货币在现代都市个体之间树立了一道屏障，然而这道屏障对于现代生活却相当重要，“若无这层心理上的距离，大都市交往的彼此拥挤和杂乱无序简直不堪忍受。当代都市文化的商业、职业和社会交往迫使我们跟大量的人有身体上的接触，如果这种社会交往特征的客观化不与一种内心的设防和矜持相伴随的话，神经敏感而紧张的现代人就会全然堕入绝望之中。”[①] 可见，在现代都市中，成熟的货币经济要么公开地、要么隐蔽地在个体之间塞入一种无形的、发挥作用的距离，它对我们现代文化生活中过分的拥挤和摩擦是一种内在的保护与协调。从齐美尔的论述中，笔者以为，在齐美尔那里，距离并非一个人与他人保持亲密关系的程度，也非与他人认识的程度，而是指一个人认为应该与他人亲近或认识的程度。因此，距离是一种心理状态。距离太近，个体其实并不能充分地、自由地交往，而距离太远，个体又缺乏交往的必要环境。

阿迪蒂认为，对齐美尔而言，现代文化的日益理性化，在其最广泛的意义上，势必会导致社会结构中“距离”现象的增长。[②] 因此，在齐美尔看来，距离既是现代文化日益理性化的必然结果，也是现代个体生存的必要前提，是个体在现代社会中得以保存自身的策略，而大都市的特点就是人与人之间的距离感的体验。齐美尔认为，一方面，生活从各方面向个体提供各种各样的刺激，这些刺激仿佛将人置于一条溪流里，个体几乎不需要自己游泳就能浮动；另一方面，生活

① ［德］乔治·齐美尔：《货币哲学》，陈戎女等译，华夏出版社 2002 年版，第388页。

② J. Arditi, “Simmel's Theory of Alienation and the Decline of the Nonrational”, *Sociological Theory*, 14.2, p. 99.

由越来越多非个人的以及取代了真正个性色彩和独一无二的东西构成，个体为了保存其最个性化的精神，不得不强烈地呼唤个性和夸大个体因素。[①] 对现代都市生活中自我意识的强调和个人因素的夸大，就是通过创造一种与他者的距离来保存自我的独特性。对此，弗里斯比分析说："对个人内在生活的强调，与齐美尔保护个体性的意图以及后来——随着与对主观文化和客观文化之间必然扩张的裂痕的日趋容忍——重新构建个体性的意图非常吻合。"[②]

因此，距离在齐美尔那里成为一种现代性的救赎策略，现代大都市中个体之间的心理距离是现代社会中个体面对物化现实的必然对策。要求在距离中维系与他者的关系，是社会实用性交往和纠葛过于繁复的结果。用弗里斯比的话说，则是：

> 在极端形式下，随着新鲜或不断变化的印象而来的诸多感觉的持续轰击，产生了神经衰弱人格，它最终不再能够处理这些纷至沓来的印象和冲击。这导致了在我们自身和我们的社会及物质环境之间创造距离的努力。虽然齐美尔认为这种距离是现代特有的"一种情感特征"，但它的"病理学上的变形就是所谓的'广场恐怖症'：害怕太近地靠近对象，它是感觉过敏的产物，任何直接的和有力的干扰都造成痛苦"。这是"被现代生活——我们对它已经日趋冷漠——的外在性所压抑的现代感觉"的极端形式。城市生活，作为由货币经济导致的社会关系客观化的一种极端形式，要求个体与其社会环境保持一种距离。[③]

从弗里斯比的论述中可以发现，齐美尔所言的心理距离，其实就是广场恐怖症及都市敏感症的一种极端形式，它在现代都市中表现为

---

① ［德］乔治·齐美尔：《时尚的哲学》，费勇等译，文化艺术出版社 2001 年版，第 198 页。

② ［英］戴维·弗里斯比：《现代性的碎片》，卢晖临等译，商务印书馆 2003 年版，第 82 页。

③ 同上书，第 96—97 页。

一种对周围环境完全冷漠的态度，一种在腻烦生活态度中表现出来的冷漠形式。这种冷漠态度，换一种角度思考的话，就是布莱希特眼中的陌生化态度。

刘小枫在《现代性社会理论绪论》中对齐美尔的距离有着全面的概括："在齐美尔看来，距离心态最能表征现代人生活的感觉状态：害怕被触及，害怕被卷入。但现代人对于孤独，既难以承受，又不可离弃；即便异性之间的交往，也只愿建立感性的同伴关系，不愿成为一体，不愿进入责任关系。现代社会生活的质态是感觉性的，其实质亦在于：心理性的浮游不定的孤独个体感觉，如今被视为确实牢固的生活，齐美尔把这种感觉称为'现代美感的个性主义'。事实上，距离感的基础是个体身体的不可重复和独一无二性，时装模特与观者在时装表演的时间中交流的是个体身体的感觉，美感的个体主义的实质正在于此。"① 一方面，距离导致都市个体间的冷漠和相互设防，人与人之间的关系变得相当生疏，然而，正是这种心理距离的存在，可以使我们在过于理性化的现代环境中，获得一块主观性的安全岛，一块秘密的、封闭的隐私领域。"现代人处在这种紧张之中：他必须扮演各种角色，利用各种社会形式，但始终不能完全与社会形式一致。个体在任何时候都可能抛弃一切外在形式，退缩到他自己的直接主体性中。"② 在现代性个体的心目中，有一种内心反抗的可能性始终存在着，现代个体感到受制于许多客观的内容束缚和具体的理性要求，认为只有摆脱社交界，才能发现其个人的和自然的存在，找到属于个体的自我。因此，都市社会中的心理距离所带来的个体向内心的退缩，实际上是齐美尔所描述的个体对现代性后果的一种抵制策略，而这种策略的关键就在于要求我们将外在世界当作内在世界、当作陌生世界去体验。

对齐美尔距离的社会学内涵，笔者以为可作如下解读：首先，距

---

① 刘小枫：《现代性社会理论绪论》，上海三联书店 1998 年版，第 334—335 页。

② ［法］达尼洛·马尔图切利：《现代性社会学：二十世纪的历程》，姜志辉译，译林出版社 2007 年版，第 316 页。

离是一个形容主体与客体关系的富有启发性的概念。现代性规划高扬了外在的客观文化，客观文化的发展使工具理性获得了统治性地位。工具理性的横行使现代人由对价值的追求转向对手段的追求，而对手段的过分追求又使得现代社会人与人之间的感情联系变得越来越薄弱，使得现代个体之间变得愈来愈难以沟通。在这个意义上，我们可以认为，个体与社会的距离在齐美尔那里也就是反对和批判启蒙现代性的一种审美现代性。其次，距离是个体面对强大的物质（客观）文化所采取的一种应对策略。客观文化对主观文化的压制所引发的个体的内撤，强调与外在客观文化保持一种距离，强调对外在世界持一种陌生化的审视视角，这是齐美尔对现代社会的日益客观化所开出的一个药方。

成熟的货币经济对现代社会的全面侵入，不可避免地导致个体的内在心灵及自我个性被忽视，个体与社会之间出现了一种紧张：一方面，日益理性化的外在物质世界完全忽略了个体的内在心灵的成长，从而使个体的内在精神生命受到威胁和压制；而另一方面，个体的内在心灵世界又在不断地成长，要力争保持自身的自由与自在。在这种紧张中，现代个体就不得不远离日益发展壮大的客观文化而以求自保，“每一天，在任何方面，物质文化的财富正日益增长，而个体思想只能通过进一步疏远此种文化，以缓慢得多的步伐才能丰富自身受教育的形式和内容”[①]。现代文化出现了悲剧，客观文化对主观文化的压制不但使得个体的自我日益沦丧，而且还产生了精神危机，遭遇到了前所未有的精神上的生存困境。一方面是物质财富的不断增长，另一方面则是主体精神日益受到前者的排挤与压制。因此，要有效地保持心灵或精神的丰富性和多样性，最有效的策略就是进一步地疏远外在的物化（客观）文化。这种“疏远”就是一种距离的描述，而且是距离的一种动态描述。“疏远”或陌生化要求主体远离和摆脱那个日

① ［德］乔治·齐美尔：《货币哲学》，陈戎女等译，华夏出版社 2002 年版，第 363—364 页。

益物化的社会现实，返归自己的主观精神世界。只有通过这样一种陌生化的距离策略，主体才能最终保持自身精神的丰富性和充实性，才能不被那日益增长的物化世界所征服。

齐美尔的社会学分析并非立足于经典社会学理论的视角，在齐美尔的社会学分析中，一直存在一个美学维度，恰如他自己所言，对生活片段的社会追问不仅仅是一种伦理的追问，还是一种美学的追问。①弗里斯比也发现，在许多文章中，齐美尔论述了当代审美主义导致个体与现实的距离这样一种趋势，“齐美尔倾向于将这种距离与现代货币经济以及城市生活联系起来。一方面，现代货币经济以及城市生活导致各种社会关系的客观化，同时，它也导致对一种美学距离的需求。……这样一种美学距离不仅仅表明齐美尔通往研究客体方面的特点，而且也构成了他自己对客观文化所导致的物化的一种回应”②。因此，齐美尔的社会学不再是传统意义上的社会学，而是将强调的重点由社会学转向了美学，因此，齐美尔的社会学可称为审美社会学或文化社会学。此外，维塞认为，齐美尔的社会学“具有巨大的审美魅力，就这一方面而言，我甚至愿意称这种社会学是唯美家的社会学、文化沙龙的社会学”③。显然，在齐美尔那里，现代生活的审美化主要体现在日常生活的感觉之中。或者我们可以说，齐美尔的美学不再是传统意义上的美学，而是一种审美感觉学，是一种审美感觉社会学。

基于这样一种社会分析的审美维度，齐美尔的距离概念就不仅仅局限于社会学层面，而更主要是涉及美学和艺术层面。如果说社会学

---

① K. P. Etzkorn, *Georg Simmel*, *The Conflict in Modern Culture and Other Essays*, Teachers College Press, 1968, p. 74.

② D. Frisby, *Sociologyical Impressionism*: *A Reassessment of Georg Simmel's Social Theory*, Heinimann Educational Books Ltd, 1981, pp. 87-88. 在此书中，弗里斯比批评雷文只注意到齐美尔社会学思想中的自然距离和社会距离，而未能意识到距离是齐美尔对现实审美化的思想立场。

③ ［英］戴维·弗里斯比：《论齐美尔的〈货币哲学〉》，阮殷之译，［德］乔治·齐美尔《金钱、性别、现代生活风格》，顾仁明译，学林出版社 2000 年版，第 232 页。

意义上的距离更多是从日常生活与都市心理体验的层面上展开讨论的，那么美学意义上的“距离”则是从现代生活审美体验的层面上展开的。在齐美尔那里，距离不仅是现代个体在都市生活中对自我的不可重复性和独一无二性的强调，它也是现代生活的一种审美维度。而这一审美维度主要体现于齐美尔所强调的通过距离来实现对日常生活的批判与审美超越中。

弗里斯比指出，在齐美尔眼中，“‘现代人们对碎片、单一印象、警句、象征和粗糙的艺术风格的生动体验和欣赏’，所有这些都是与客体保持一定距离的结果”①。在《社会学的印象主义》中又说，距离成为现代生活的审美维度，“这意味着我们可以通过与客体保持距离来欣赏它们。在其中，我们所欣赏的客体‘变成了一种沉思的客体，通过保留的或远离的——而不是接触——姿态面对客体，我们从中获得了愉悦’。……它创造了对真实存在的客体及其实用性的‘审美冷漠’，我们对客体的欣赏‘仅仅作为一种距离、抽象和纯化的不断增加的结果，才得以实现’”②。从弗里斯比的论述中可以看出，个体与客体保持距离，不仅仅是个体面对客观文化的压力所采取的必然姿态，同时也是个体面对现代生活所持的一种审美立场。现代社会生活的审美，在很大程度上就是通过创造距离而得以实现的，而通过这样一种陌生化的审美维度来审视生活，可以使个体超越现实生活的平庸与陈旧，获得对生活的诗意发现，并实现个体的自我救赎。

距离不仅是现代个体对自我的独一无二性的强调，更是现代生活的一种审美维度，一种对现代性个体的审美救赎策略。距离创造了对外在现实及其实用性的审美远离和审美冷漠。审美远离和审美冷漠的实质是一种陌生化的审美隐退主义，齐美尔试图通过对社会交往形式的审美维度的分析，在个体与超个体的社会之间达成一种和解。他认

① D. Frisby, *Simmel and Since: Essays on Georg Simmel's Social Theory*, Rouotledge, 1992, p. 138.

② D. Frisby, *Sociological Impressionism: A Reassessment of Georg Simmel's Social Theory*, Biddles Ltd, 1981, p. 88.

为审美价值就在于主观与客观、个别与普遍、个体与社会之间达成一种和解与融合，从而形成一种介于个人的与超个人的生活内容之间的生活形态，最终实现现代个体自我救赎的审美超越之路。

当我们说审美距离时，我们很容易会想到瑞士心理美学家布洛。几乎与齐美尔同时，布洛从美学角度提出了审美感知中的心理距离概念。① 在《作为艺术因素与审美原则的“心理距离”说》一文中，布洛强调说，他所研究的审美距离既不是时间距离，也不是空间距离，而是一种心理距离。布洛所言的心理距离其目的在于实现对象与主体功利性关系的分离。距离是通过把客体及其吸引力与主体本身分离开来而获得的，也是通过使客体摆脱了主体的实际需要与目的而取得的。当我们带着非功利性的眼光去看待外界事物时，我们就仿佛是旁观者，怀着一种令人诧异的、无动于衷的心情来注视着某种即将来临的灾祸趋于完成。在这种注视中，我们不会感觉到危险，反而会感觉到一种痛感中的快感。而且，在对象与主体利害关系的分离中，日常事物的某些侧面就会引起主体的注意。这些审美主体平时所忽视的日

① 布洛的距离强调审美感知的超功利性思想，而这种思想在西方诗学史上却并非始于布洛。最早涉及“审美无功利性”思想的是18世纪的英国美学家夏夫兹伯里，他认为美与个体的实际欲望无关，真正的审美快感并非来自对情欲或对利害的关怀，审美感知是对对象的外在形式特征的欣赏，而不应在其中掺杂对对象的占有欲望，真正的审美与实际的利益得失无关，也不以获得个人私利为目的。其后，英国美学家博克在《论崇高与美两种观念的起源》中对审美活动中的功利说进行了批驳。他认为美与欲望不同，欲望迫使我们去占有事物，而美则只是引起我们内心的愉悦之情，却并不会引起欲望。后来康德在《判断力批判》中对审美的无功利性进行了深入阐述，认为：“关于美的判断只要混杂有丝毫的利害在内，就会是很有偏心的，而不是纯粹的鉴赏判断了。我们必须对事物的实存没有丝毫倾向性，而是在这方面完全抱无所谓的态度，以便在鉴赏的事情中担任评判员。”（参见康德《判断力批判》，宗白华译，商务印书馆1964年版，第39页）在康德看来，利害关系是审美主体和一个对象的存在表象结合起来的快感。他认为主体对审美对象的种种利害关系往往与各种欲望能力联系在一起，因此，如某种审美判断夹杂着对对象的存在和属性的占有欲，那就等于说掺入了对利害关系的考虑，那么这种审美判断就会有偏爱，而不再是纯粹的审美判断。因此，康德认为审美是一种“无欲式”审美，即在审美活动中，主体对实际存在着的审美对象不感兴趣，或者说，在审美活动中，主体对对象没有丝毫的欲望，是一种绝对的“纯然淡漠”。不难看出，主体对对象的“纯然淡漠”态度，在某种意义上，就是强调主体与对象的一种心理距离，只是康德没有明确提出这概念而已。布洛则在总结发展前人观点的基础上，正式提出了审美感知中的心理距离概念。

常事物的隐性侧面一旦突然出现，就成为一种“艺术的启示”。在布洛那里，心理距离有着矛盾的两面性：一方面，心理距离具有否定性和抑制性的一面，即“摒弃了事物实际的一面，也摒弃了我们对待这些事物的实际态度”；另一方面，它也有肯定的一面，即“在距离的抑制作用所创造出来的新基础上将我们的经验予以精炼”[①]。因此，作为审美的一种基本原则，距离一方面使我们摆脱了对审美对象的实际的物质性考虑，另一方面又使主体在超越对象的实用目的的同时获得对对象的纯粹审美感知。

应该说，齐美尔的距离概念与布洛的审美心理距离概念具有相通之处。在布洛看来，审美心理距离的关键作用在于它割裂了主体与艺术品之间的实用和功利的关系，造成接受视野的变化，使人摆脱狭隘的日常方式，从而唤起主体对艺术作品的审美感受；而齐美尔所说的个体从物化现实中的撤离，其实也是强调要在主体与现实之间创造一种距离。所不同的是，布洛的审美心理距离完全是从主体的无功利性角度提出的，它要求主体在审美对象面前持一种完全无功利性的态度，保证主体对艺术的形式和所表现的主题给予全身心的关注；而齐美尔的距离观念更多是从主体与现实的关系角度提出来的，它并不要求主体保持一种无功利性，而仅仅是希望通过主体与现实拉开距离，使主体从物化的外在现实中脱身出来，持一种陌生化眼光，站在一个独特的角度对物化现实进行批判。因此，相对于布洛的审美心理距离，齐美尔的距离概念更具现实感和批判性。

齐美尔提出距离以实现对现代个体的救赎，然而，这条救赎之路能否真正起作用？其实，在齐美尔提出距离概念以抗拒现代物化文明时，他自己就已经意识到了这种救赎策略的乌托邦色彩。在《德国生活和思想的趋势》中，齐美尔写道：

---

① 张德兴：《二十世纪西方美学经典文本》（一），复旦大学出版社2000年版，第354页。

> 这种渴望呈现一种审美的特征。他们似乎在对物品的艺术观里，发现了一种从现实生活的碎片和痛苦中解脱出来的办法。……然而，如果我没有被蒙骗的话，这种对艺术陡然，增加的钟爱现象不会太长久。对任何终极之物都缄口不言的残缺不全的科学，忽视精神发展之内在的、自我本位的实现的社会性利他活动，二者一起打破了超越冲动的美梦，这种冲动为自己在审美领域里找寻了一个出口，但是它会明白，这个领域仍然过于狭窄。①

在《交际社会学》一文中，齐美尔又写道，个体的远离可以使我们暂时摆脱生活的异化，然而，个体却不可能永远脱离生活，生命的真正意义还是要回归到生活本身中去寻找：

> 请看大海的景色：海浪涌起只是为了随后退去，退去之后又复涌起。浪与浪的挑逗与反击，非但没有使我们感到不安，反而在这样的景致中，我们的心灵得到自由。推动海浪的动力可以作为生活的整体风格之最佳表述，它摆脱了个人所能经历的所有真实，摆脱了个人命运的一切重负，而这一切真实的最终含义还是要回到起落的生活本身来寻找。正因如此，艺术也许透露了生活的秘密；所谓艺术使我们自我拯救，并非通过单纯地让我们看向别处的方法，而是在艺术形式那种显然自足自律的游戏中，我们构建与体验生活最深层的现实性的意义与力量，同时又不失去现实本身。②

齐美尔的思想其实是矛盾的。一方面，距离在一定程度上抵抗了物化现实对个体的侵蚀；但另一方面，强调与现实的距离也许只是对

---

① G. Simmel, "Tendencies in German Life and Thought since 1870", D. Frisby, *Georg Simmel: Critical Assessments*, Vol. Ⅰ, Rouotledge, 1994, p. 25.

② ［德］乔治·齐美尔：《时尚的哲学》，费勇等译，文化艺术出版社 2001 年版，第 27 页。

现实的一种审美逃避，这个领域仍然过于狭窄。从这个维度来分析，齐美尔的距离策略自始至终笼罩着一层乌托邦的光芒。尽管齐美尔有足够锐利的眼光看出资本主义矛盾的不可消除性，但他的生命哲学有意识的逃避使他在相对主义和虚无主义的自我消融中得到一种心灵上的舒适和心安理得。卢卡奇认为，“齐美尔的这种意味的相对主义和怀疑就给德国哲学意识中带进来一种新的东西：自我陶醉的（视外物如浮云的）玩世主义”①。这种玩世主义在卢卡奇看来，是齐美尔哲学方法论的副产品，是齐美尔秉持资产阶级的世界观在威廉时代的道德反映。因此，虽然齐美尔对现代文化冲突、文化悲剧的分析带有批判和审视的意味，但在卢卡奇等西方批判理论家看来，这种批判和忧虑绝没有上升到对现实的改革层面，而仅仅只是消融在一种审美印象式的解读和阐释之中。

即使如此，我们也应当看到，齐美尔毕竟对现代个体的精神沦落提出了一个审美的解决方案，这个方案也许不是一个积极的行动方案，但是在特定的现代性条件下，个体所能采取的某种必需的应对策略。距离这一审美策略作为个体审美世界的陌生化策略，它是一种基于现实又超越现实的内在超越精神。它的合理性在于能克服人的自然惰性和对现实事实的消极默认，将现存的文化系统置于一定的距离之外来反思和观照，并提醒个体反思生活于其中的世界的非合理性。而且，在这种审美的陌生化追求中，现代性个体也许可以选择超越当下现存的另一种可能性，并以此来冲淡现代个体对金钱和科技的固执性迷恋，并在货币之网笼罩下重建一种健康、和谐的审美化的生存理念。因此，这种陌生化的审美距离的建构，是对诗意栖居于大地的理想生存模式的寻求，在某种意义上，它不失为一种现代个体精神上摆脱生存困惑的审美救赎策略。

① ［德］乔治·卢卡奇：《理性的毁灭》，王玖兴等译，山东人民出版社1997年版，第406页。

第二节　艺术的非人化与陌生化

奥尔特加是20世纪初西班牙的著名艺术理论家。非人化（Dehumanization）是其所提出的一个重要概念。非人化地出现在奥尔特加那里与大众的出现紧密相关，奥尔特加认为，现代艺术总有一个与之相对应的大众，任何现代艺术都自发地导致了对大众的一种新奇的效果，这种新奇所带来的后果便是现代艺术的陌生化和无法通俗化，或者说，现代艺术是与通俗普及背道而驰的。以此为前提，奥尔特加指出："现代艺术的典型特征是把大众分为两种类型：一类人理解它，另一类人则不能理解它。这意味着一部分人有一个理解官能而另一部分则没有，就好像是人类的两种不同变体。新艺术并不像浪漫主义那样是面向一切人的，而是面向有特殊天赋的少数人。"[①] 可见，现代艺术可以分为两种类型：一类是人们可以理解的艺术，而另一类则是人们不能理解的艺术，而后者只为少数的艺术家而存在。因此，并不是大众不喜欢现代艺术，而只能说多数人或大众根本不理解这种艺术。现代艺术之所以会造成这种局面，就是由于现代艺术的"非人化"特征所导致的。而非人化，笔者以为，在某种意义上就是一种陌生化的艺术处理方式。

何为非人化？在《艺术的非人化》中，奥尔特加有这么一段经典的论述：

> 现代艺术家不再笨拙地朝向实在，而是朝与之对立的方向行进。他明目张胆地把实在变形，打碎人的形态，并使之非人

① ［西班牙］奥尔特加：《艺术的非人化》，［法］米歇尔·福柯、［德］尤根·哈贝马斯等《激进的美学锋芒》，周宪译，中国人民大学出版社2003年版，第136页。

化。……通过剥夺“生活”现实的外观，现代艺术家摧毁了把我们带回自己日常现实的桥梁和航船，进而把我们禁锢在一个艰深莫测的世界中，这个世界充满了人的交往所无法想象的事物。现代艺术家迫使我们即兴发明一些沟通的新形式，它们全然有别于同事物沟通的惯常方式。为了适应他们创作的稀奇古怪的形象，我们必须发明一些前所未闻的姿态。这种以取消自然存在的生活为前提条件的生活新方式，也就是我们所说的艺术理解和艺术愉悦。①

不难看出，奥尔特加所言的非人化就是指现代艺术家割断了与平常熟悉的艺术世界的关联，而代之以一种陌生的关联。由此，艺术与现实的距离得以拉开，在艺术中我们平常所熟悉的那些事物和经验模式得以打碎，取而代之的是与我们的感知经验完全相异的陌生体验。通过艺术的这种非人化处理，传统的艺术与现实世界的再现关系得以瓦解，艺术与现实世界的联系也得以中断，呈现于主体面前的便是一幅与惯常接受模式俨然相异的陌生画面。

这里我们需加以注意的是：虽然从单纯的文字表面上看，非人化似乎意味着人及人性在艺术中的缺席，然而事实并不是如此简单。奥尔特加认为，现代艺术体现出来的非人化特征并非意味着现代艺术毫无人性，也不仅仅是由于它不包含人的事物，而在于“年轻艺术家逃离了人的世界”，现代艺术家“与其说他关心目的地在何处，不如说他更关心从哪儿走向目的地，亦即彻底摧毁人的外观”②。对此，奥尔特加形象地写道：“这里的问题不是画出什么全然有别于一个人、一幢房屋或一座山峰的东西，而是画出一个根本不像人的人；画出一幢需要展示出变形的房屋；画出一个从通常是山的地方冒出来的圆锥体，就像一条蛇从帽檐下钻出来一样。对现代艺术家来说，审美的愉

① ［西班牙］奥尔特加：《艺术的非人化》，［法］米歇尔·福柯、［德］尤根·哈贝马斯等《激进的美学锋芒》，周宪译，中国人民大学出版社2003年版，第138页。

② 同上。

悦就来自这种战胜人类事务的胜利。”[①] 可见，非人化意味着现代艺术家对生活世界的一种变形处理，通过这些不同现实世界的另类呈现，现代艺术实现了对生存世界的逃离，实现了对生活于其中的现实世界的拒绝与摒弃。

对现代艺术的非人化特征，我们还可以从以下方面进一步地展开说明。首先，非人化意味着现代艺术对日常生活意识的中断和陌生化。“剥夺‘生活’现实的外观”，摧毁通向“日常现实的桥梁和渡船”，也就意味着要将现代艺术与日常生活世界发生关系的通道进行封闭，隔断艺术与生活的联系，这样，现代艺术就不再反映或模仿现实，因而也就远离了现实的物化或异化。此外，由于现代艺术的非人化特征，现代艺术便成为一种排除了一切外界干扰的自足性的艺术。它之所以说具有新的艺术风格，就在于它排除了现实中人或物的所有因素，而只保留纯粹的艺术因素，在这种新艺术中，“艺术退却到自身的最初结果是禁止一切情感（pathos）。负载着‘人性’的艺术已变得和生活一样沉重”[②]。

其次，非人化意味着艺术对传统的非难与反叛。在传统的艺术中，所表现的主题都是严肃而重大的，且常常环绕着一种形而上的神圣光晕，艺术的对象也是一些完全的、具有特定审美内蕴的对象，而现代艺术的非人化则要取消自然存在的生活，将传统艺术所重视的现实生活进行变形，打碎传统艺术中人的形象。现代艺术之所以要反叛传统的艺术模式，就在于前在的艺术传统是新艺术发展的重要的桎梏，“当一种艺术在没有巨大断裂和历史灾难的条件下追随几百年来持续不断的演变过程时，其结果是继续积累，传统的重负愈来愈阻碍着现在的灵见。或者换一种说法，传统风格所造就的不断增长的大众

① ［西班牙］奥尔特加：《艺术的非人化》，［法］米歇尔·福柯、［德］尤根·哈贝马斯等《激进的美学锋芒》，周宪译，中国人民大学出版社 2003 年版，第 139 页。

② 同上书，第 141 页。

妨碍了尚未成熟的艺术家和他所处的世界做直接的富有独创性的沟通。”① 既然传统的规范对现代艺术带来了重负，或者说是阻碍了现代艺术的自由发展，那么现代艺术就必须打破这种前有的传统，而通过非人化处理，就能割裂传统艺术模式给予我们的期待视野，唤醒人们麻木的机械性反应，重新回到原初感觉的震颤瞬间。

再次，非人化不仅是对艺术传统的反叛，而且也是对艺术本身规则的反叛。现代艺术要努力打破艺术合法化的一切规则，强调艺术创作的无规则性，也就是说，现代艺术强调创作是一种个体的完全自由的行为。从这个角度出发，现代艺术可以说是没有任何规则，也可以说任何规则都可以成为现代艺术的规则，每一个人都可以成为艺术家，任何个体的创造也都可以称为艺术。

最后，对艺术的非人化处理，奥尔特加基本上持一种嘲弄和讽刺的态度。在他看来，新的艺术风格似乎暴露出对艺术的巨大热情，但是如果我们从另一个视角来审视这种现象时，我们便会发现，隐藏于现代艺术新风格表现下的其实是“腻味”或“鄙夷”的“扭曲面目”。正因如此，奥尔特加嘲弄式地写道：

> 现代艺术之所以被欣赏，恰恰是由于它被视为一场闹剧。正是这种特质使得年轻人的作品无法被较少超前趣味的人所理解。在这些人看来，现代绘画和音乐完全是一场“闹剧”（就这个词的贬义而言），他决不相信成为一场闹剧的东西仍是艺术的使命和德行。如果现代艺术家假装想得到同过去“严肃的”艺术家同样的地位，如果立体主义画家期待着得到米开朗琪罗那样庄重的而不是宗教上的地位，那么，艺术就会是贬义上的“闹剧”。然而，现代艺术家所做的一切不过是邀请我们观看实属一场玩笑的艺术之片段，它本质上是对艺术自身的戏弄，因为这正是现代灵

① ［西班牙］奥尔特加：《艺术的非人化》，［法］米歇尔·福柯、［德］尤根·哈贝马斯等《激进的美学锋芒》，周宪译，中国人民大学出版社 2003 年版，第 140 页。

> 感的滑稽性质所要表达的东西。新艺术并不是嘲弄其他人或事，没有受害者就没有喜剧，它要嘲弄的正是艺术本身。①

奥尔特加认为，现代艺术基本上只能算是一场闹剧，而现代艺术中所体现出来的灵感也毫无例外是滑稽的。正因为现代艺术是闹剧，所以它才不能被那些具有现代趣味，或者说时尚趣味的大众所理解。这是对现代艺术的一种嘲弄，也是对现代艺术的一种质询。确实，现代艺术强调以手法上的创新来反对和批判传统，这为现代艺术的发展开辟了新的天地。但同时，我们也应当看到，现代艺术相对于传统艺术而言，也是最适合于操作的，换句话说，现代艺术也较容易被创造出来，成为大量机械性的同一性复制产品，这也使得传统艺术中的“韵味”在现代艺术中变得日益式微。因此，虽然表面上看起来现代艺术种类形形色色，艺术创作手法五花八门，但其实背后却是大量的同质性的批量生产，很多看起来千差万别的表面差异实际掩盖的是内在的本质趋同。虽然奥尔特加说现代艺术是一场闹剧，说得有点过分，但他的质询对于现代艺术来说，确实也是振聋发聩的当头棒喝。

什克洛夫斯基的陌生化概念的提出时间是在 1917 年，8 年后，也就是 1925 年，奥尔特加提出了非人化概念。非人化强调现代艺术的形式革新，而这种经过非人化处理的现代艺术也借此摆脱了感受模式的惯常化，使原本司空见惯、毫无新鲜感可言的现实焕然一新，变得鲜明可感。因此，在某种意义上，现代艺术的这种革新，其实也就是一种陌生化处理方式。

什克洛夫斯基与奥尔特加都试图跳出传统文艺观的束缚，实现对传统文艺观的革命与反叛。只不过，什克洛夫斯基立足于诗学的批判层面，而奥尔特加则立足于艺术的解构层面。他们对传统文艺观的非难与诘问，笔者以为，恰恰体现了 20 世纪初传统诗学向现代诗学发

① ［西班牙］奥尔特加：《艺术的非人化》，［法］米歇尔·福柯、［德］尤根·哈贝马斯等《激进的美学锋芒》，周宪译，中国人民大学出版社 2003 年版，第 142 页。

展的两种转向。前者体现了以索绪尔为源头的语言学的转向，而后者则体现了以马克思和韦伯为源头的批判理论的转向。

如果说什克洛夫斯基的陌生化概念是语言学转向的产物，那么奥尔特加的非人化概念则可以说是批判理论转向的产物。虽然在奥尔特加的论述中，我们看不到他对资本主义日常生活意识形态激进的批判立场，但是他所提到的现代艺术与传统艺术的区分，以及现代艺术所具有的非人化特征，认为现代艺术是对现实存在的背离与中断，这一方面是对现代艺术所提出一种质询，但另一方面，也是对现实的日常生活的一种批判。因为艺术对现实的背离就暗示着现实存在的一种不合理性，或者说，正是由于这种对现实的背离，才能更为深刻地揭示现实的本质存在，因此，非人化理论在某种程度上可被视为一种批判理论。此外，奥尔特加所提出的大众概念，也开后来大众文化讨论的先河。虽然关于大众文化的讨论在后来现代性及后现代性的语境中出现得十分频繁，而且对“大众文化”的讨论和批判在目前也成为一个相当普遍的现象，但不可否认，奥尔特加在他的年代里所提出的一些命题在当时却具有很大的创造性。因此，后来讨论十分激烈的大众文化理论，以及法兰克福学派的大众文化批判理论，在某种程度上，都应当追溯到奥尔特加的理论。

在对什克洛夫斯基与奥尔特加的比较中，我们还可以发现，陌生化与非人化概念其实也代表了20世纪以来西方美学发展的两个主要方向：一个立足于从纯美学或纯艺术的角度来考察美学或艺术，另一个则立足于从文学社会学的角度来考察美学或艺术。应该说，什克洛夫斯基的观点代表了前者，他的陌生化概念注重从文学的内部来解决文学艺术的有关问题，强调学科的严谨性，其后的新批评、结构主义、符号学和解构主义等流派基本上就是沿着这个方向前进的。而奥尔特加基本上来说并不是一个纯粹的美学家，与其说他是一个美学家，还不如说他是一个社会理论家。因此，他的非人化理论基本上属于文化社会学的学科领域，即从一个较广泛的社会学视域来讨论美学和艺术的有关问题，它强调的是学科的开放性，如其后的利奥塔、比格尔、沃林和哈贝马斯等人基本遵循的就是这条思路。

第三节　新感性形式与陌生化

俄国形式主义曾提出陌生化理论，其批判的指向是感觉的自动化过程。如果说俄国形式主义的陌生化主要着眼于通过特定的艺术形式从而恢复主体的感性认知，那么马尔库塞的新感性理论则主要着眼于通过特定的方式，把个体的感性从理性的束缚下解放出来，并使之成为一种批判性因素。

马尔库塞新感性形式观念的提出，主要源于他对现代的物化资本主义文明的批判。在马尔库塞看来，在资本主义社会，统治阶级通过取消高级文化中对立的异化因素，并努力通过意识形态的控制抹平了文化与现实之间的对抗性和矛盾性。文化与艺术被整合到统一的社会意识形态之中，并沦为单一性的文化和艺术。而现代个体也成为如齐美尔所言的现代性碎片，成为马尔库塞笔下的单向度的人。

马尔库塞指出，在当代发达资本主义社会，技术征服了社会个体，并使社会通过技术统治而同质化和一体化。马尔库塞认为，“对技术的运用是一种控制，此外，技术自身对自然和人类也是一种控制，一种法律的、科学的和计算性的控制。统治的兴趣及其特定意图不是强加于随后的技术上，并且不是来自其他外部因素，它们进入技术机制的结构中。技术总是一个历史—社会的工程：在其中，技术对社会和统治的兴趣使其对人们所要做的各种事情进行规划”①。通过技术对个体的控制，现代资本主义社会也在文化领域上加强对个体的控制，并使其与社会意识形态层面上保持同一，并丧失对现代社会的否

① H. Marcuse, “Industrialization and capitalism in the Work of Max Weber”, *Negations: Essays in Critical Theory*, 1967, pp. 223-224.

定性精神。这正如哈贝马斯所言，“技术也将人类的不自由合理化了，并且显示了，个人要实现自主、决定自己人生，在‘技术上’是不可能的。这种不自由既不是不合理的，也不是政治的，而是屈从于技术机制，这种技术机制增强生活的舒适，并且提高劳动生产率。技术合理性因此保护统治的正当性，而不是取消统治的正当性，这种工具主义者的理性视域为理性的极权主义社会开启了大门”①。与此相适应，在艺术领域，艺术也渐渐丧失了其审美与批判功能，而被整合到铁板块的社会结构中，并与物化现实融为一体。

由于现代个体被资本主义社会及其文化所收编，个体曾经的丰富感性经验也因此而萎缩，现代人在文化工业面前，再也感觉不到过去经验的丰富多彩性，其鲜活的个性感受也逐渐变得单一而贫乏。马尔库塞认为，在现代物化的资本主义社会中，个体由于遭遇“社会水泥”的单向度思维影响，成为单向度的个体。要解放和拯救现代人的单向度性，就必须通过具有否定和对抗形式的艺术去唤醒个体的生命精神。在马尔库塞的思想观念中，这种否定性和对抗性的艺术所采用的形式就是新感性形式。只有通过新感性形式，才能培养个体对现代资本主义“社会水泥”的鲜活感受力，重新建构和复归个体的感性与理性，救赎个体的精神生命和实现个体的最终解放。

艺术如何实现其否定与批判功能？马尔库塞与齐美尔一样，将目光转向艺术形式。马尔库塞对现代艺术的形式革命相当感兴趣。他从齐美尔那里看到了形式对于艺术的重要性，认为现代艺术要打破资本主义文化的统治性，就必须打破被社会意识形态所约化的习以为常性。在马尔库塞看来，由于资本主义在意识形态上对个体的同化，现代人逐渐缺乏自我的思考空间，而往往以一种惯性的生存模式去应对外在世界。个体的惯常化思维模式充斥着现代社会空间，这是一种在文化同化作用影响下的无意识的自发性，是受社会同一性思维所影响

① ［美］托马斯·麦卡锡：《哈贝马斯的批判理论》，王江涛译，华东师范大学出版社2010年版，第27页。

而形成的思想惰性。马尔库塞希望通过艺术形式的革命，来打破思想的被统治性，并借助新感性形式来对现存的社会体制进行反思与批判。在马尔库塞看来，文学艺术具有巨大的解放潜能，它能通过形式的革命与创新唤醒人们的感性意识，可以与物化现实拉开距离，并在感性的认知中，发现现存社会的不合理性。马尔库塞希望通过新感性形式构建一个理想中的审美之维，从而让现代个体最终摆脱资本主义的物化奴役，实现真正的人性解放和审美救赎。

马尔库塞强调要构建一个超越性的审美世界，从而使艺术与物化世界之间保持着一种批判的距离空间。为了实现这个目标，马尔库塞在对新感性形式概念的阐释中对艺术形式的自主性进行了强调。马尔库塞写道：

> 形式，是艺术感受的结果。该艺术感受打破了无意识、“虚假的”、“自发的”、无人过问的习以为常性。这种习以为常性作用于每一实践领域……艺术感受，正是要打碎这种直接性。这种直接性事实上是历史的产物，也就是说，它是由现存社会灌注的经验的媒介物，它自身却积淀为一个自足的、封闭的、“自发”体系。①

> 借助形式而且只有借助形式，内容才获得其独一无二性，使自己成为一件特定的艺术作品的内容，而不是其他艺术作品的内容。……它们使作品从既存现实中分离、分化、异化出来，它们使作品进入它自身的现实之中：形式的王国。②

马尔库塞表现出对形式的明显好感，在他看来，形式在现代社会中有其特殊的功效。对马尔库塞来说，要打破“社会水泥”的统治性，恢复个体的思考能力和批判精神，就必须与现存体制彻底决裂，

① ［美］赫伯特·马尔库塞：《审美之维》，李小兵译，广西师范大学出版社 2001 年版，第 111 页。

② 同上书，第 180 页。

而现代艺术作为承载个体精神和情感的东西，更应当通过新感性形式形成艺术的批判功能。

对马尔库塞而言，新感性形式营造了一个独特的审美世界，这是一个与外在生存保持异在性的世界，这种异在性一方面带来了主体与物化世界的距离；另一方面也带来个体审美感知力和批判反思力的复苏。在这种营造的距离中，现代个体可以远距离地审视和反思现实，这样不仅打破了人们被资本主义物化现实所同化了单向度感性，同时也让个体批判物化现实和资本主义异化文明。马尔库塞写道："审美形式使艺术摆脱阶级斗争的现实性，即摆脱那种既纯粹又简单的现实性。审美形式构成了自律，使艺术与'给定的东西'区别开来。不过，艺术的这种超然独立产生的不是'虚假的意识'或纯粹的幻象，而是一种反抗的意识，即：对现实中随波逐流的心灵的否定。"[①] 用马尔库塞的话来说，通过新感性形式，现存社会的单向度的意识形态虚假外衣得以揭开，艺术与现实的距离得以建构，艺术的真理也得以敞开。"美学形式构成了艺术对于'既定'事物的自主性。然而，这种游离状态并不产生'假意识'或纯粹幻想，毋宁说它产生一种反意识：对于现实主义的——顺世从俗的理智的否定。"[②]

在马尔库塞的审美思想中，新感性形式实现了艺术与现实的距离，这是艺术自律性的一种体现。这种距离使个体能站在一定的角度外审视社会，从而使艺术具有认识和批判社会的现实功效。马尔库塞反对将艺术与生活等同，也尽力避免让艺术成为"社会水泥"的认同者、拥护者和同谋者。在他看来，如果艺术丧失了与生活的距离，那么就说明艺术丧失了自主性和批判性。马尔库塞强调说："艺术自律以一种极端的形式，即以不和解、疏远化的形式，证明着艺术自身的存在。……这些疏远化的艺术作品，不外都是贵族的或腐朽的征兆。

---

① ［美］赫伯特·马尔库塞：《审美之维》，李小兵译，广西师范大学出版社 2001 年版，第 197 页。

② ［美］赫伯特·马尔库塞：《现代美学析疑》，绿原译，文化艺术出版社 1987 年版，第 8 页。

然而，它们事实上都是矛盾的真实形式，因为，它们起诉着吞噬掉所有东西（甚至疏远化作品）的社会一体性。”① 在马尔库塞看来，艺术通过新感性形式建构艺术的自律法则，进而与资本主义物化现实保持着一个批判和反思的距离。

马尔库塞发现，在一个思维被全面同化，如同“社会水泥”般的异化社会中，艺术丧失了社会的批判和否定功能，成为无病呻吟的玩赏之物，更可怕的是，在艺术批判和否定功能丧失的同时，现代艺术不知不觉成为社会现行意识形态的同谋者或帮凶。马尔库塞认为，艺术在现代社会中应当承担起救赎的功能，艺术应当坚持自律特性，以其异在于社会现实的艺术形式，与社会保持着适当的距离来实现审美建构。艺术正是借助于形式的革命，才超越了现实存在，成为与社会物化意识形态保持距离的批判和反思载体。在艺术的新感性形式中，艺术的传统经验和观念被重建，艺术也因而传达出与现实社会意识形态不一样的经验。在这个意义上，马尔库塞的新感性形式是对异化生存的揭露与抵制，其目的在于重新恢复个体的鲜活感受，使现代人摆脱物化社会的奴役与控制，进而实现批判和审美拯救功能。马尔库塞写道：“艺术创造出一个并不存在的世界，一个‘显现’、幻象、现象的世界。然而，正是在这种把现实变为幻象的转化中，也只有在这个转化中，表现出艺术倾覆性之真理。”② 因此，艺术的新感性形式超越了生活的日常性，打碎了现存社会中的物化客观性，带来了主体全新的艺术体验和审美感受。正是在这个意义上，马尔库塞称艺术为资本主义社会的“异端力量”，是物化文明的批判武器和现代人的审美救赎路径。

在马尔库塞对现代艺术的分析中，他希望通过感性化的审美来超越资本主义物化意识形态对个体趣味、价值、标准和经验的限制、定型和导向，进而超越社会现实“社会水泥”所带来的现代个体思想的

---

① ［美］赫伯特·马尔库塞：《审美之维》，李小兵译，广西师范大学出版社 2001 年版，第 211 页。

② 同上书，第 157 页。

单向度性。在他看来，"'异在效应'并非外在强加于文学，它是文学对整体行为主义本身的回答——是拯救否定之合理性的企望，在这种企望中，杰出的文学的'保守派'，也与激进的行动者结为同盟"[①]。"艺术异在化的传统意向的确是浪漫的，因为它们在美学上与发展着的社会势不两立，这种势不两立即它们真理之象征。"[②] 在这个意义上，每一个真正的艺术作品都有着具有批判功能的新感性形式，因而都是革命性的存在。这些艺术形式以其独特的方式颠覆个体对社会的认知观念，控诉和批判着既存的社会现实，以达到救赎之目的。

马尔库塞认为，艺术通过形式的革命来唤醒现代个体的感性，借以形成对资本主义社会的反思精神和批判意识。因为一旦艺术与社会结盟，被社会所同化，那么艺术的现实反思和批判精神就会丧失。因此，艺术可能的方式在马尔库塞看来就是退回到自身，也就是我们所言的艺术自律。艺术通过回撤到自身，进而在自身上寻求反思与批判现存意识形态的可能性。马尔库塞提出新感性形式来反思与批判社会，其批判的矛头直指现存的意识形态语言。在马尔库塞看来，我们要批判社会意识形态语言，就必须通过与现行统治阶级不一样的语言形式。在形式的革命中，马尔库塞尤其看重语言形式的革命，在他看来，语言形式是唤起主体感性意识的主要方式。新感性语言具有革命性的功效，可以导致艺术文本与现实的距离。"它们打破了把人和自然囿蔽于其中的习以为常的感知和理解的框架，打破了习以为常的感性确定性和理性框架。"[③] 对马尔库塞而言，语言形式的革命性导致了艺术的自律和艺术功效的内转，使艺术能通过感性形式唤醒现代个体的批判意识，进而在文本所建构的审美空间内实施社会批判功能。

远离现实和物化生存，在审美中实现对现存不合理性的批判，这是齐美尔美学思想的核心要义，也是法兰克福学派在寻求社会救赎不

① ［美］赫伯特·马尔库塞：《审美之维》，李小兵译，广西师范大学出版社 2001 年版，第 70 页。

② 同上书，第 64 页。

③ 同上书，第 158 页。

可能时的理想出路。对马尔库塞而言，一旦社会的批判可能性不复存在，于是批判就转移到了语言形式层面。“艺术正是借助形式，才超越了现存的现实，才成为在现存现实中，与现存现实作对的作品。……艺术的‘语言’必须传达真理，传达出并不属于日常语言和日常经验的客观性。”[①] 马尔库塞认为，新感性语言本身就具有疏离现实的作用，因为它们在指称现实时就有着对现实的陌生化功效。在马尔库塞看来，在现代社会，由于统治阶级逐渐把语言纳入到意识形态的主导层面，从而遮蔽和掩盖了语言原本超越性的形而上的意义，并使其成为现行意识形态的帮凶，成为粉饰太平的工具。而且，更可怕的是，由于资本主义意识形态对语言的收编，语言逐渐成为统治阶级进行社会控制和奴役人们的手段。因此，艺术“只有以其破除日常语言，或作为‘世界的诗文’这种它自身的语言和图像，才能表达其激进的潜能”[②]。

在马尔库塞看来，要与“控制人的锁链决裂，必须同时与控制人的语汇决裂”[③]。这就要求必须搬掉日常语言这块“大众的镇石”，创造一种全新的话语方式。在现实生活中，个体将语言视为生存和交流工具。一旦当语言成为控制人类思维的帮凶，个体就会成为语言的奴隶，而语言也成为一条锁链反过来牢牢套住了个体的思维和心灵。因此，马尔库塞认为，诗性语言就是一种感性的语言，它超越了日常语言的工具性，以一种新的形式摆脱指称，获取自己的独立，同时也解放了语言对个体的控制，使个体通过语言获得对现行社会的感性认知，进而实现反思与批判功能。

在马尔库塞的语境中，由于社会生活已被统治阶级意识形态所操纵，人和自然处于一个不自由的社会，他们原本被压抑和歪曲的潜能不能通过正常的途径表达出来，只能通过疏远社会的方式表现出来，

---

① ［美］赫伯特·马尔库塞：《审美之维》，李小兵译，广西师范大学出版社 2001 年版，第 112 页。

② 同上书，第 162 页。

③ 同上书，第 106 页。

而新感性则成为马尔库塞最好的表达方式。在马尔库塞看来，通过新感性的形式，艺术世界展示出自己的另一面，它区别于受统治阶级所操纵和同化的物化世界。在这个世界中，艺术通过形式的革命性唤醒了主体的解放潜能，从而实现认识和批判现实的功效，传达出和显示出被资本主义物化世界所遮蔽的真实。新感性形式所具有的这种效果使艺术与现实保持着一种距离，现代艺术因审美形式的创新而成为一个与现实既相联系而又相区别的自律王国。这正如刘小枫所言，"艺术凭借它的审美形式使自己成为一个和既定的社会关系相对立的自律领域。作为自律领域，艺术既反抗这些社会关系，又超越这些社会。艺术有自己的对象、自己的人类学的依据、自己的形式组织。……并不总是屈从于特定的社会阶级的利益和观念"①。

艺术力图摆脱现实的同化影响，极力与现实保持距离，并通过与社会保持距离来反思和批判社会的不合理性。在这里，艺术自主性、审美形式和审美超越，共同建构了马尔库塞通过艺术实现个体救赎的审美之维。可以说，马尔库塞的新感性形式是与对社会的否定、反思和批判功能结合在一起的，新感性是指个体的感性与理性的共同解放，它一方面实践着艺术对现实的批判功能，同时也实践着艺术对个体的解放功能。当然，我们所言的什克洛夫斯基意义上的使用，主要着眼点在于语言的更新层面。就陌生化的价值指向而言，什克洛夫斯基的陌生化只是针对感知的自动化和无意识化，它意在通过陌生化手法使语言变得更具阻拒性，从而延长主体感受的时间与长度，其目的在于纯粹的审美追求。而马尔库塞所言的陌生化，是要打破已进入社会、政治和意识形态领域的习以为常性，它指向的是个体在更为广泛的社会思想领域中对社会表面虚假意识的漠然态度与顺从心理，是对个体的物化现实审视与批判能力丧失的反思。因此，马尔库塞提出的新感性，就不只是什克洛夫斯基意义上的简单的感知方式的回归，而主要表现为一种思考与反思的能力。新感性的目的在于通过感性的解

① 刘小枫：《诗化哲学》，山东文艺出版社1986年版，第266页。

放而实现对社会的反思与革命。可以说，马尔库塞跳出了纯形式主义的视域，将陌生化与整个社会的解放融为一体，陌生化实质上已承担着个体解放与社会解放的大任。

至此，我们可以发现，马尔库塞虽然在什克洛夫斯基与布莱希特的意义上使用了陌生化概念，但对什克洛夫斯基而言，陌生化着眼于个体感性认识的恢复，对布莱希特来说，陌生化着眼于个体理性认识的恢复。而在马尔库塞的语境中，陌生化是与对社会的否定功能结合在一起的，陌生化是个体的感性与理性的共同解放，陌生化既实践着文学对现实的批判功能，同时也实践着文学对个体的解放功能。

第四节　艺术否定社会与陌生化

德国批判理论家阿多诺认为，现代艺术最根本的特点就是对自主性的诉求。这在“艺术否定社会”这一命题中表现得相当明显。在《美学理论》中，阿多诺写道：

> 艺术之所以是社会的，不仅仅是因为它的生产方式体现了其生产过程中各种力量和关系的辩证法，也不仅仅是因为它的素材内容取自社会；确切地说，艺术的社会性主要因为它就站在社会的对立面。但是，这种对立性的艺术只有在它成为变得自律性东西才会出现。通过凝结成一个自为的实体，而不是服从现存的社会规范并由此显示其“社会效用”，艺术凭借其存在本身对社会展开批判。纯粹的和内部精妙的艺术是对人遭到贬低的一种无言的批判，所依据的状态正趋向于某种整体性的交换社会，在此社会中一切事物都是为他者的（for-other）。艺术的这种社会性偏

离是对特定社会的特定否定。[①]

在《多棱镜》中，阿多诺又说：

> 只有在撤回自身的过程中，只有迂回地展示自身，资产阶级文化才能从渗透到所有存在领域的极权主义病症之正在衰败的踪迹中想到某个纯粹之物。只有当它放弃已堕落为某对立面的某个实践（Praxis）的时候，只有当它不再生产千篇一律的东西的时候，只有当它不再为替某操纵者效命的顾客服务的时候……只有当它远离大写的人（Man）的时候，文化才会赢得人（man）的信任。[②]

现代艺术的主要功能在于否定社会。通过对社会的否定，艺术进而实现对现代个体的审美救赎。对阿多诺的这个命题，我们可以从以下几个方面来展开分析和说明。

首先，现代艺术的功能在于对社会的否定。艺术中没有任何东西具有直接的社会性，即使当直接的社会性成为艺术家的特殊目的时也不例外。如果艺术想要再现社会，或者说复制社会现实时，它所得到的肯定只会是仿佛如此的东西。对此，哈贝马斯也分析说，现代倾向使得艺术的自主性变得相当极端化。这一发展第一次产生一种反文化，这一反文化从资产阶级社会的核心产生出来，并对占有性的、个体性的、由成就和利益所支配的资产阶级生活方式持敌意的态度。在艺术美当中，资产阶级曾经体验到它自身的理想，并履行在日常生活中被悬置的一种尽管是想象出来的对幸福的承诺。而极端化的艺术则很快就不得不承认，自己对社会实践起着否定而不是补充的作用。[③]

---

① ［德］西奥多·阿多诺：《美学理论》，王柯平译，四川人民出版社 1998 年版，第 386 页。

② ［德］西奥多·阿多诺：《多棱镜》，［美］理查德·沃林《文化批评的观念》，张国清译，商务印书馆 2000 年版，第 15 页。

③ J. Habermas, *Legitimation crisis*, Beacon Press, 1975, p. 85.

因此，艺术的社会性并不在于艺术的政治态度，而在于它与社会相对立时所蕴含的固有的原动力。

其次，现代艺术否定社会实际上是对艺术自主性的诉求。阿多诺认为，艺术的社会本质体现于两个方面："一方面是艺术的自为存在，另一方面是艺术与社会的联系。艺术的这一双重本质显现于所有艺术现象中。"[①] 很明显，"艺术的自为存在"也就是指艺术的自主性，即艺术日益独立于社会的特性。而艺术的社会性主要在于艺术"站在社会的对立面"，并存在于对社会的否定中。"独立于社会"意味着同社会保持距离；而"站在社会的对立面"则意味着艺术持一种远距离的批判立场去否定现行社会的不合理性，进而暴露其虚假面具。艺术只有凝结为一个自在自为的实体，而不是服务于现行社会的工具理性，才能保持这种社会性偏离，实现对社会的批判以及生活于其中的个体的审美救赎。可见，艺术的自律性正是社会对艺术的要求，艺术只有否定社会总体的意识形态，维护自身的独立力量，才具有反抗社会的功能和意义。在这个意义上，艺术作品的自主性也恰恰是艺术的社会指向。

再次，自主性是现代艺术抵抗资本主义物化世界的审美救赎之途。阿多诺认为，现代艺术之所以被人视为一种"否定艺术"，主要是因为它表现出一种反世界倾向。它有意地不再美化人生与社会，而是直接呈现人的生存状态和揭露社会的种种弊端。资本主义社会已发展成为一个控制现代人的无所不在的铁笼，而艺术想要对这种现实展开批判，就不能服从于现实生活的逻辑，"艺术只有具备抵抗社会的力量时才会得以生存。如果艺术拒绝将自己对象化，那么它就成了一种商品"[②]。艺术为了避免自己成为现实商品，为了避免受到物化意识形态的侵蚀，就只有通过否定现行意识形态，通过与现行意识形态拉开距离，才能保持自身的丰富性和实践对现行意识形态的远距离的审

---

① ［德］西奥多·阿多诺：《美学理论》，王柯平译，四川人民出版社 1998 年版，第 388 页。

② 同上书，第 387 页。

视和批判。这正如王柯平对阿多诺的分析："与真理性内容密切相关的是艺术的自律性。具有自律性的艺术一般表现为它极力想摆脱这个行政管理世界对它的支配与干扰，它想独来独往，抵制整体社会文化运动。面对这个它所厌恶的现实世界，它不压制也不拒绝表现愚蠢和丑恶的东西，它竭力暴露和控诉当今社会的流弊。"[①] 面对资本主义文明的物化趋势和生活终极意义的日益式微，如果艺术还是对现实采取再现或是模仿的方式，那么无异于向工具理性化的资本主义日常生活世界进行妥协。在阿多诺的语境中，批判的社会意识只能通过否定性的美学形式来体现，也只有自主性的，与现实自觉保持批判性距离的艺术才能摆脱艺术的商品化趋势，把个体从工具理性化的物化现实中拯救出来。

为了拒绝日常生活的物化与庸俗，艺术必须远离日常生活，从现代生活中抽身出来，站在日常生活的对立面来保持自身的纯洁与自由，进而实现对物化生活的审美救赎。在资本主义社会，一切都是商品，而商品的基本逻辑就是可交换性和可替代性，就是"他为的"或"为他的"。在这样的情形下，要使艺术实现对社会的批判功能，必须使艺术站在社会的对立面，就必须把艺术从商业的可交换、可替代的逻辑中解放出来，使它成为自在的和自为的。对此，舒尔特-扎塞在分析中写道："阿多诺（卢卡奇也是如此）坚持黑格尔的原理，认为艺术与社会整体联系在一起。但是，对阿多诺来说，艺术并不反思社会，也不与社会交流，而是反抗社会。他不再将艺术与现实的关系看成是一种富有洞察力的批评，而是看成绝对的否定。'纯'艺术是一种清除所有实用目的的媒介，在其中个体（除了实现其他目的外）否定由于工具理性的原因而僵化了的语言和精神上的陈规陋习。"[②]

---

① 参见［德］西奥多·阿多诺《美学理论》的译者王柯平为此书写的引言。

② 约亨·舒尔特-扎塞为比格尔的《先锋派理论》写了一篇很长的序言，题目为"现代主义理论还是先锋派理论"。在这篇文章中，舒尔特-扎塞对欧洲的先锋派理论与资产阶级的暧昧性关系展开了探讨，并且对比格尔的理论展开了批判性的讨论。具体参见［德］彼得·比格尔《先锋派理论·序言》，高建平译，商务印书馆 2002 年版。

通过保持自主性和否定社会，使艺术与物化现实保持距离，以一种陌生化的策略实现个体在物化生存中的审美救赎。这是阿多诺为现代个体所开出的一条审美救赎之路。然而问题在于，现代艺术在现代社会中是否能做到完全的自主性？阿多诺所提出的方案是一条真正的审美救赎之路，抑或只是一种审美的乌托邦幻象？

对这个问题，阿多诺自身的态度也表现出一种暧昧性与模糊性。在《美学理论》中，他写道："艺术发觉自个处于两难困境。如果艺术抛弃自律性，它就会屈从于既定的秩序；但如果艺术想要固守在其自律性的范围之内，它同样会被同化过去，在其被指定的位置上无所事事，无所作为。这种两难困境反映出更为广泛的、能够吸收或摄取所遇到的一切的社会总体现象。"① 虽然有过困惑，但阿多诺也认为，对社会的否定并不是要取消与社会的联系，毕竟，艺术也不能完全脱离社会，如果艺术与生活之间的联系完全消失，艺术也就消亡了。从这个意义上说，完全的艺术自主，即艺术与社会的完全脱节，是一个相当诱人却永远不可能实现的梦。事实上，阿多诺也一直承认，无论是艺术的自主性，还是艺术对社会的否定，其实都是在与现实社会的联系基础上展开的。在某种意义上，自主性原则本身也是一种慰藉，艺术通过摒弃现实而为现实进行辩护。日本学者细见和之在对阿多诺的研究中也认为，任何自主性的艺术，并不是一定要与社会相对抗："无论是什么作品都不可能与社会没有任何联系。任何自律性的艺术，都存在于他律性的社会之中。"② 由此可见，阿多诺是在与他律性的社会相联系的角度来确认艺术的自主性的。也就是说，无论是艺术的自主性，还是艺术对社会的否定，其实都是在与社会相联系的基础上展开的。从这个角度来看，我们就很容易发现这么一个悖论：艺术一方面要否定社会从而实现审美救赎，而另一方面艺术实际上又极容易沦

① ［德］西奥多·阿多诺：《美学理论》，王柯平译，四川人民出版社 1998 年版，第 406 页。

② ［日］细见和之：《阿多诺：非同一性哲学》，谢海静译，河北教育出版社 2002 年版，第 131 页。

为现代社会的代言人。

若进一步稍加剖析，笔者以为，这种救赎仅仅是一种精神层面上的拯救或慰藉。在阿多诺那里，现代工业社会是一个压抑人、造成人性分裂、人格丧失的社会。个体分裂为无数不同的“角色”与片段，完整的人已不复存在，在现代社会里，个体已变成了非人，这是现代社会走向野蛮的标志，也是现代社会日益丧失真实内容与意义的原因。面对这样一个精神失落与虚无的社会，人们日趋绝望，因而需要一种精神性的补偿来消除绝望和拯救心灵。而具有否定性和批判性的现代艺术正好满足了这种需要。艺术在异化现实面前，使自己处于拯救状态，它能把个体在现实中所丧失的希望、所异化了的人性重新展现在个体面前，在批判现存社会的同时给个体以希望，进而补偿性地拯救了人性。但是，阿多诺的艺术批判与拯救功能都只是在意识和精神领域内进行的，而不具有实践性。阿多诺认为，在达到高度工业文明的资本主义社会中已不可能再产生像 19 世纪下半叶的无产阶级革命运动者那样的进行革命实践的主体了，因此，对现代资本主义社会的否定就只能采取理论批判或精神批判的形式。正是因为如此，阿多诺认为，艺术对社会的批判就是一种认识的批判。与此相类似，艺术的拯救也限于精神领域，它只是一种精神上的补偿与超越，而并非实践上的变革。

由此可见，阿多诺所强调的艺术自主性实际上只是一种意识形态虚设。从外在层面来看，它表达的是现代艺术对现实生活激进的否定态度。但若深入到内在层面，艺术与生活现实彻底分离的意图，不过是虚设了一个乌托邦的审美世界，它实际带来的是艺术中审美体验的萎缩和艺术家社会功能的丧失。这正如沃林在批判阿多诺时所言：“从一个‘全面受到主导的世界’当然产生不了美好的东西。并且在这种诊断无能的结果中，关于必然解放的预言被涂上了某种不切实际的乌托邦的色彩。由于没有能力把进步的解放趋势置于历史中，批判理论家们被迫到审美领域去查找否定力量的替代性源泉。但是，总而言之，艺术无力承受在他们的体制中必须承受的沉重负担。结果，留下来的只是某个'全面受到主导的世界'的观念窘境和历史上无法实现的乌托邦计划。"[①] 沃林的话相当深刻，艺术要么进入社会，要么通过一定的策略审视和批判社会，才能唤起对现代个体对资本主义日常生活模式的批判意识，只有通过艺术与社会的交流，艺术才能真正发挥其积极的社会功能，有效地揭露被统治阶级偏见或习俗所蒙蔽的现实，否则，艺术只会成为一个乌托邦的审美幻象。

虽然艺术的审美救赎策略只是一种精神上的慰藉，但若我们换一个角度来考察的话，阿多诺审美救赎策略又不能简单地贴上审美乌托邦的标签。

对阿多诺的审美救赎思想的合理性，沃林曾进行深入探讨。他认为在阿多诺的语境中，"艺术有一种类似于拯救的功能。对他来说，艺术也代表着同'理论的和实践的理性主义'的压迫相对应的某种救赎形式。那些压迫在日常生活中占据着主导地位。而且，在阿多诺的美学中，艺术在某种更加强烈的意义上变成了救赎的工具。作为和谐生活的某种预示，它起着强制性的乌托邦作用。如果阿多诺把黑格尔的主观颠倒过来，即声明'全体是虚假的'，那么只有艺术能够提供改变这种状况的前景，只有艺术能够提供把令人苦恼的社会整体性重新引导到和谐的道路上去的前景"[②]。在沃林看来，阿多诺明确把审美形式推荐为社会工具理性主导原则的积极替代者。在这方面，阿多诺的方法显然与自浪漫主义开始的为艺术而艺术的传统相一致。借助于这种方法，审美王国的非有效性逻辑被看作与日益理性化和无诗意的资产阶级社会秩序相抵抗的唯一选择。

对于阿多诺来说，艺术遵循的是为其所特有的非同一性原则，艺术不再与社会保持同一性，而是持否定态度。由于艺术远离了社会，并因此不再机械地服从于某种意识形态。"通过把它们吸收到某个审美构象之解放的轮廓中，艺术拯救了日常生活的物欲因素。……按照

---

① [美] 理查德·沃林：《文化批评的观念》，张国清译，商务印书馆2000年版，第115页。

② 同上书，第115—116页。

阿多诺的观点，在历史发展的现阶段，审美形式指示了一个独一无二的避难所，事物在其中暂时地处于为他存在的强制，并且它们的自为存在允许得到繁衍。只有通过这个办法，人们才能解除主体的‘咒语’，才能解除由此产生的社会组织原则——工具理性。”① 在现代艺术家眼中，古典艺术的规则已不能满足现代艺术的要求，特别是在资本主义异化文明的笼罩下，艺术已越来越被资本主义的异化文明所侵蚀、扼杀。在这种情况下，企图通过艺术直面生活来担当个体启蒙解放的大任已不太可能。只有通过艺术与生活保持距离，才能实现对资本主义异化文明的反抗与批判。因此，艺术作品通过否定现实来确定自身，恰恰是对现实的否定，恰恰是这种与现实的距离，才可以确保批判的可能性。

继续深入下去，阿多诺“艺术否定世界”命题其实质就是要对物化的世界进行陌生化处理。对阿多诺来说，“艺术作品所包含的关于形式和质料、精神和物质的每一种东西，都已被从现实中移到艺术作品中，而且在这些东西之中，其现实性已经被剥夺了”②。在这里，“现实性的剥夺”与“艺术否定世界”其实质是同一的，也就是要求以陌生化的眼光去审视现实世界。在这个意义上，艺术对现实性的剥夺，艺术对现实世界的陌生化远离，恰恰是对现代个体的心灵的解放。在这种剥夺和否定的陌生化眼光中，不仅仅是现实性，而且个体在长期的历史实践中逐渐形成的习惯和偏见，逐渐内化了的规则、禁忌、约束等等，也都统统被打破了。艺术世界是一个非现实的陌生化世界，一个真正个体化的世界，在这种与现实世界异在的陌生世界中，种种现实规则、禁条失效了，种种习惯、偏见遭到了否决，个体于是重返自己的自由本性，更新自己对现实世界的感觉。

在俄国形式主义的语境中，陌生化是一种恢复个体感性的方式，

① ［美］理查德·沃林：《文化批评的观念》，张国清译，商务印书馆 2000 年版，第 121—122 页。

② ［德］沃尔夫冈·伊瑟尔：《审美过程研究》，霍桂桓等译，中国人民大学出版社 1988 年版，第 315 页。

而在批判理论的视域中，陌生化是一种恢复个体理性批判的方式。陌生化强调个体要站在社会的对立面，把物化的现实世界陌生化，进而达到以他者的眼光审视和批判物化现实的目的，最终实现个体的审美救赎。寻求生命内在的力量，赋予生命以永恒的意义，即诗意，这是当下审美现代性的应有含义。在这个意义上，批判理论对俄国形式主义的理论转换与深入也告诉我们：陌生化不仅仅作为形式上的艺术手法，也是作为观察、审视和批判这个社会的一种策略。

第五章

陌生化视域下的艺术与生存体验

从现代性这一维度出发，陌生化内蕴着现代性的价值追求：对现代日常生活意识形态的中断、批判和超越。笔者以为，从现代性价值的维度来考察，对日常生活意识形态的批判是陌生化最内在的本质精神，也是陌生化在现代艺术中的审美品性之所在。陌生化的审美效应在于创造艺术与生活的距离，这种距离意味着对艺术对现代日常生活意识形态的中断和对现代陈旧的日常生活模式的拒绝。而且，艺术与日常生活保持距离，这是西方现代主义艺术的基本策略，也是艺术在工具理性横行的现代社会中始终高扬批判精神，以实现对现代个体审美救赎的理想立场。陌生化的现代性价值在于构建对日常生活意识形态的距离，而在现代生活的审美体验中，个体的诸多活动都显现出这一特点，即力求突出与生活的距离，保持对生活的陌生化体验。弗里斯比曾指出，现代个体努力尝试实现对现代生活的陌生化，可以打破生活的自动化与惯常化，如“旅行、冒险活动就是借助审美来逃出‘平淡的日常生活’的尝试，或者说是以时尚的方式来对日常生活进行抵制”[①]。基于此，时尚和冒险等活动作为现代性的生存体验，它们

---

① D. Frisby, “The Aesthetics of Modern Life: Simmel’ s Interpretation”, D. Frisby, *Georg Simmel: Critical Assessments*, Vol. Ⅲ. Rouotledge, 1994, p. 63.

创造了个体与生活的距离。在某种程度上，它们是对日常生活刻板模式的超越，同时也是对平庸的现代生活的中断和颠覆，是个体对现代生活的陌生化体验。

第一节　艺术自主性的陌生化诉求

在现代艺术史上，一个普遍看法是，现代艺术不同于传统艺术的特征在于，现代艺术作为一个独立的价值领域与社会其他价值领域区分开来，成为一个相对独立、自给自足的世界。也就是说，艺术自主性（Autonomy of Art，又译为艺术自律）成为现代艺术的显著特征。在现代美学与艺术理论中，艺术自主性可以从审美艺术学与艺术社会学两个维度上进行阐释。从审美艺术学的角度来说，艺术自主性意味着艺术获得了通过自身言说自我的合法性，其中，康德美学的“审美非功利性”命题、鲍姆嘉通关于美学学科的命名以及巴托“美的艺术”命题的提出为艺术自主性提供了理论资源。从艺术社会学的角度来说，艺术自主性力图摆脱资产阶级对艺术的操纵与控制，摆脱艺术商品化和市场化的趋势，使现代艺术成为“反艺术”，进而实现对资产阶级物化现实和中产阶级平庸趣味的审美救赎。

艺术的自主性是指艺术的一种自在自为、自我指涉的特性。在希腊语中，自主性含有“自身”和“法则”（或译为“自我”与“统治”）的双层含义。在美学上，自主性这个概念有其独特的内涵，在《美学百科全书》中，哈斯金是这样定义自主性的：

> 在美学中，“自律”这个概念的内涵意味着这样一种思想，即审美经验，或艺术，或两者都具有一种摆脱了其他人类事务而属于它们自己的生命，而其他人类事务则包括一些道德、社会、政治、心理学和生物学上所要求的目标和过程。这个命题反映了

> 自主性的一般意义，亦即“自治”或“自身合法化”。就其依赖自身来说，或宽泛地说，就其独立于多种语境相关方式中其他分析对象而言，自主性标志着属于某个对象的条件。传统上要求作为自律之物加以描述的美学主题包括：审美判断，制约审美判断的精神能力，艺术作品，艺术作品内在的形式特质和意义，艺术家的行为和目的，艺术史中风格、体裁和媒介的发展，以及维系社会中艺术活动的实践或制度。①

从哈金斯对艺术自主性所下的定义来看，作为美学概念的自主性有两个鲜明特征：一是注重于将艺术从人文学科中独立出来，艺术获得了“自我证明自身”的独立性；二是艺术所关注的是其内在的审美特性，即要关注属于艺术自身所特有的审美经验。在哈金斯看来，艺术的自主性经常是被用作一个强调艺术品没有任何实际功能和功利价值的口号。在他看来，这一观念可追溯到康德的《判断力批判》，正是由于这个原因，康德经常被认为是一个“自律主义者”②。可见，哈金斯的定义指出了研究艺术的一条路径：艺术对其自身独特性的追求。

我们知道，唯美主义的文艺观主要源自德国古典美学，特别是康德和席勒的美学思想。唯美主义所倡导的文艺观念，包括文学自主性、艺术无功利、纯形式、纯粹审美经验，以及广为人知的“为艺术而艺术”的口号，都具有浓厚的康德主义和德国浪漫主义色彩。虽然自主性作为一个概念远在希腊时期就已经出现，然而作为艺术或美学概念的自主性则是一个现代概念。卡林内斯库在研究中发现，“为艺术而艺术”思潮流行于19世纪中叶，然而早在一个世纪前在康德那里就出现了萌芽。“艺术自律的观念在十九世纪三十年代绝非新颖之见，

---

① C. Haskins, “Autonomy: Historical Overview”, *Encyclopedia of Aesthetics*. The Oxford University Press, 1998, p. 217.

② C. Haskins, “Kant and the Autonomy of Art”, *The Journal of Aesthetics and Art Criticism*, 41, 1, 43.

当时‘为艺术而艺术’的战斗口号在法国流行于青年波希米亚诗人和画家的圈子中。康德在一个世纪前维护了艺术作为一种自律活动的观点，他在《判断力批判》（1790）中提出了艺术‘无目的的目的’这个二律悖反的概念，并由此肯定了艺术根本的无功利性。但泰奥菲尔·戈蒂埃及其追随者所设想的‘为艺术而艺术’，与其说是一种成熟的美学理论，不如说是一些艺术家团结战斗的口号，他们厌倦了浪漫派空洞的人道主义，感觉必须表达自己对资产阶级商业主义和粗俗功利主义的憎恨。”[①] 卡林内斯库认为，为艺术而艺术源于康德的审美二律悖反概念，进而流行于19世纪中叶的诗人和画家圈中。“为艺术而艺术”思潮，甚至后来出现的颓废主义以及象征主义，都是在与当时正在扩散的中产阶级现代性及其庸俗世界观、功利主义成见、中庸随俗性格与低劣趣味展开激烈对抗的过程中产生的。

哈斯金和卡林内斯库的观点在比厄斯利的研究中再一次得到了呈现。比厄斯利认为，康德在其美学体系中致力于建构一个艺术自主性的领域，在其中，“审美对象由于其没有目的的合目的性而成为某种与所有的功利主义的对象完全不同的东西；它的创造动机也是独特的，独立于其他事物之外（即在理解力所具有的合规律性一般条件之上的想象力的自由游戏）”[②]。在比厄斯利看来，虽然康德的规划在后来的席勒那里得到了扩大和称颂，但艺术自主性的源泉绝大部分已经存在于康德体系之中。对此，比格尔认为，康德的思考成为席勒思考的出发点。席勒试图揭示，正是由于艺术自主性，由于康德意义上的审美判断的无利害性，艺术才不与直接的社会目的相关联，艺术才得以完成一个其他任何方式都不能完成的任务：增强人性。[③]

康德美学为艺术自主性概念提供了必要的理论资源，这对后来的

---

① ［美］马泰·卡林内斯库：《现代性的五副面孔》，顾爱彬等译，商务印书馆2002年版，第51—52页。

② ［美］门罗·C. 比厄斯利：《西方美学简史》，高建平译，北京大学出版社2006年版，第259页。

③ ［德］彼得·比格尔：《先锋派理论》，高建平译，商务印书馆2002年版，第113—114页。

西方美学与艺术产生了重要影响，如奥地利音乐批评家汉斯里克在康德美学思想的影响下，捍卫了音乐艺术的独立性和自足性。在汉斯立克看来，音乐的美不依赖于它的生理或心理的效果，不依赖于它所预期的内容或意义，也不依赖于外在的环境，而在于它有专属于音乐的本性。音乐的美是一种独特的只为音乐所特有的美，它只存在于音乐的艺术组合中。[①] 应当说，汉斯立克的“形式自律论”音乐美学与康德的“审美无功利性”思想有着极为显著的渊源关系。汉斯立克发挥了康德美学思想中对形式美的推崇，倡导对艺术形式因素的分析和研究。除了汉斯立克，20 世纪初艺术理论中所倡导的“纯艺术”观念，以及广为人知的“为艺术而艺术”口号，也都具有浓厚的康德主义色彩。“后来被称为‘为艺术而艺术’的思想源泉绝大部分已经存在于康德体系之中，尽管它们无疑有点夸大和过分简单化了。”[②]

在康德美学思想的影响下，艺术自主性成了现代西方美学的核心命题。但若我们对西方美学和艺术史稍加考察，艺术自主性概念的提出与 18 世纪出现的两个事件有着偶合的关联。一个事件是法国哲学家巴托于 1746 年在《简化为单一原则的美之艺术》中首次为现代艺术命名，提出了“美的艺术”（fine art）概念；另一个事件就是德国哲学家鲍姆嘉通于 1750 年出版了一本使其获得“美学之父”之誉的《美学》，鲍姆嘉通选择 Aesthetica 来命名这门科学，首次在美学史上提出了专门研究艺术和美的思维的哲学学科“美学”，从而促进了美学独特研究对象的确立。鲍姆嘉通和巴托的命名促使了艺术与美学研究的专门化，从而使得现代艺术自主性的出现成为可能。周宪认为，“巴托确证了一种独立的给人以审美愉悦的感性形态的艺术的存在，而鲍姆嘉通则是确证了有一种从理性的抽象形态来研究感性认识的理论学科的存在及其必要性。两者殊途同归，都隐含了一个共同的结

---

① E. Hanslick, *The Beautiful in Music*, Bobbs-Merrill Co., 1957, pp. 47-48.

② ［美］门罗·C. 比厄斯利：《西方美学简史》，高建平译，北京大学出版社 2006 年版，第 259 页。

论：美的艺术是独特的，它有自己的价值和原则”①。

与哈斯金等人的审美艺术学视角不同，比格尔和哈贝马斯对艺术自主性的分析则呈现一种艺术社会学的视角。比格尔认为，作为自主性的现代艺术是在18世纪资产阶级的兴起之后才开始出现的。由于18世纪末所流行的现代艺术概念的出现，艺术活动获得了对自我进行确证的合法性，各种艺术才纷纷从日常生活的语境中抽离出来，这样一来，自主性的现代艺术也就形成了。在比格尔看来，从18世纪的艺术自主性的出现，到19世纪后期与20世纪早期的唯美主义的发展，都是艺术与资产阶级社会分道扬镳的表现。

> 艺术自律是一个资产阶级社会的范畴。它使得将艺术从实际社会的语境中脱离描述成一个历史的发展，即在那些至少是有时摆脱了生存需要压力的阶级的成员中，一种感受会逐步形成，而这不是任何手段——目的关系的一部分。②

> 艺术作品与资产阶级社会的生活实际相对脱离的事实，因此形成了艺术作品完全独立于社会的（错误的）思想。从这个术语的严格的意义上说，“自律”因此是一种意识形态范畴，它将真理的因素（艺术从社会实践中分离）与非真理因素（使这一事实实体化，成为艺术“本质”历史发展的结果）结合在一起。③

除了比格尔，不少学者也看到了现代文化的分化现象。齐美尔曾认为，现代发展使美学的或思想的、实践的或宗教的活动的内容和结果形成了彼此分离的、自律自治的王国，它们分别以自己的方式和语言制造出世界或其自身的世界。④ 维尔默认为，随着艺术从宗教和文

---

① 周宪：《审美现代性批判》，商务印书馆2005年版，第218页。

② ［德］彼得·比格尔：《先锋派理论》，高建平译，商务印书馆2002年版，第103页。

③ 同上书，第117页。

④ ［德］乔治·齐美尔：《叔本华与尼采：一组演讲》，莫光华译，上海译文出版社2006年版，第95页。

化的目的关联中解脱出来，其自身也获得了自主性。在自主性艺术中，审美功能是摆脱一切外在目的的，美从一切外在的目的中抽身而出，其结果是，艺术作品将宗教符号中顶礼膜拜的灵韵吸收进来，于是艺术作品变成在内部自我循环的含义关联，由于其自身的组合，这些关联只能在内部超越自身。① 贝尔认为，在现代性的展开过程中，在绘画、电影等艺术界内，艺术家逐渐占据文化的统治地位。而促成这一转变的根本原因则是社会地位与文化风貌的相互分离，即文化从这个社会中分离出来，自行其是。② 哈贝马斯认为在现代艺术史上，对艺术进行界定的过程中有一个越来越倾向于自主性的趋势。美的范畴和美的对象范围最初是在文艺复兴时期确立的，在 18 世纪的发展过程中，文学和艺术作为独立于宗教生活和宫廷生活的活动而被制度化了。而到了 19 世纪中期，艺术上的唯美主义观念出现了，这个观念激励着艺术家按照“为艺术而艺术”的理念去创造自己的艺术品。审美领域的艺术自主性自此转变为一个深思熟虑的规划：天才的艺术家把本真的艺术表现诉诸自身所遭遇到的非中心化的主体性时所具有的体验，在这种体验中，艺术家们逐渐摆脱了刻板化的认知和日常行为的种种强制。

哈贝马斯认为，在艺术获得自主性的过程中，文化的分化也起到了推波助澜的作用，“文化合理性包括认知、审美表现以及宗教传统的道德评价三个部分。有了科学和技术、自主性的艺术和自我表现的价值以及普遍主义的法律观念和道德观念，三种价值领域就出现了分化，而且各自遵守的是自己特有的逻辑”③。文化分化为三个价值领域，艺术获得了自我确证的合法逻辑，也就意味着获得了自主性。而根据文化社会学家布尔迪厄的观点，这个过程就是社会文化中的各个

① ［德］阿尔布莱希特·维尔默：《论现代和后现代的辩证性》，钦文译，商务印书馆 2003 年版，第 126 页。

② ［美］丹尼尔·贝尔：《资本主义文化矛盾》，赵一凡等译，生活·读书·新知三联书店 1989 年版，第 86 页。

③ ［德］尤根·哈贝马斯：《公共领域的结构转型》，曹卫东译，学林出版社 1999 年版，第 159 页。

“场”的分离及其自身合法化的过程。在布尔迪厄看来，文化艺术作为一个“场”，最初是与政治、宗教、道德、经济等其他“场”融为一体的，但随着文化艺术与资产阶级的对抗，文化生产由于分离和孤立逐渐发展出一种动态的自主性，而这意味着一切外在的决定因素都被转变为符合“场”自我规定的功能原则。[①] 很明显，上述学者所遵循的是一种艺术社会学的思路。文化现代化进程使世界得以祛魅，不同的知识领域得以分化，而随着不同知识领域的分化，艺术逐渐从宗教和文化的目的关联中解脱出来，获得了自主性，进而实现对资本主义物化文明的批判目的。

基于以上讨论，在对艺术自主性的分析上，至少存在着两种考察思路：审美艺术学的考察维度和艺术社会学的维度。审视艺术自主性概念在审美现代性语境中的诸种命意，我们可以观照艺术是如何体现并表征着当下的社会文化形态及其审美逻辑。

伯曼在《一切坚固的东西都烟消云散了》中曾讨论过现代主义的几种类型，在他看来，第一种即是强调与生活拉开距离的现代主义：

> 现代主义中的第一种，即竭力避开现代生活的现代主义，由巴尔特在文学领域并由格林伯格在视觉艺术领域最有力地表现出来。格林伯格坚持认为，现代主义艺术唯一应当关注的是艺术自身……现代主义就是对纯粹的、自指的艺术对象的追求。总而言之，现代艺术与现代社会生活的关系就是根本没有关系。巴尔特对这种社会生活的缺席作了正面的甚至是夸大的说明：现代作家“把他的背转向社会，面向对象世界而不讨论历史或社会生活的任何形式”。(《写作的零度》) 现代主义于是表现为要将现代艺术家从现代生活的不纯和粗俗中解放出来的一种努力。[②]

---

① P. Bourdieu, *The Field of Cultural Production*, Polity, 1992, p. 115.

② [美] 米歇尔·伯曼：《一切坚固的东西都烟消云散了》，徐大建等译，商务印书馆2003年版，第36—37页。

伯曼认为现代主义中的第一种是“避开现代生活的现代主义”，它分别由巴尔特（又译为罗兰·巴特）和格林伯格在文学领域和艺术领域体现出来。仔细分析伯曼的话，笔者以为，“避开现代生活的现代主义”实际上就是一种强调艺术自主性的现代主义。虽然伯曼用巴尔特和格林伯格两个人来表征这种现代主义两个方面的提法似乎有点以偏概全，但毫无疑问，他的观点具有很大的代表性。以伯曼的分析为基点，不难发现，强调自主性的现代主义主要强调对艺术纯粹性的追求，它主要体现在现代艺术的“为艺术而艺术”主张中以及艺术对自足性和自我指涉性的追求中。

主张“为艺术而艺术”，其核心就是强调艺术的自我合法性以其艺术与非艺术的严格界限，这在不少艺术家那里都有过表述。法国人库赞认为，在现代艺术中，“艺术不再服务于宗教和道德，正如它不服务于快适感与实用性一样。艺术不是手段，它本身不是目的”。因此，他呼吁要“为宗教而宗教，为道德而道德，为艺术而艺术”[①]。可见，“为艺术而艺术”所代表的是那种除了美本身之外与其他事物毫无关系的作品，“为艺术而艺术”并非像它的反对者所说的那样仅仅是为形式而形式，它所强调的是要从外在的观念中解脱出来，拒绝提出任何理论信条，拒绝直接的实用性，它是为美而创造形式。埃尔曼则认为，在艺术家面前有两个世界：一个是现实世界，我们可以看到它而不必谈论它；另一个是艺术世界，我们必须谈论它，否则它就不存在了。[②] 在他们眼中，艺术在任何情况下都不能成为宗教的婢女、责任的导师、事实的奴仆和道德的先驱。即使对艺术进行多重加工和变形，它也不可能成为上述任何一件事物。相反，艺术的生命在于：为艺术而艺术。只有首先强调了艺术的自主性，然后我们才可以使它承担其他任务。

可见，“为艺术而艺术”强调了艺术的自我指涉性以及艺术与非

① 周小仪：《唯美主义与消费文化》，北京大学出版社 2002 年版，第 29—30 页。

② R. Ellmann, *Oscar Wilde: A Collection of Critical Essays*, Prentice-Hall, 1969, p. 27.

艺术的区分，而艺术的这种自我确证的合法性，就是艺术的自主性。其后的现代主义艺术的发展就越来越强调艺术的这种自主性，强调艺术的自足性和艺术中的个性风格，如格林伯格所言："现代派艺术家的直接目标仍然首先就是与众不同，他们作品的真髓和成功也首先显露出他们的个性。"[①] 在格林伯格看来，现代艺术家不再需要画他们所看到的事物，甚至也不需要画他们所感觉到的事物，而是要画艺术家自我灵魂深处的东西。现代主义艺术不是对新兴的技术世界的动荡的表现，它不应被理解为政治更新的运动，不应被理解为朝向艺术功能的"原始"真理的回归，而只能被理解为艺术对自身作为形式和主题的自我理解和自我证明。

相比于库赞和格林伯格等人，波德莱尔和王尔德则走得更远，波德莱尔不仅高呼"（艺术中的）每一次开花都是自发的、个体性的。……艺术家仅仅发源于他自己……他只能自己保护自己。他没有继承人。他是他自己的国王、他自己的牧师，他自己的上帝"[②]。而且在艺术实践中，艺术家甚至切断了其与整个过去和未来的艺术历史的联系。考虑一个艺术家的先驱对这个艺术家的影响，那是错误的，艺术家不仅要无视外界的存在，甚至要与外部世界毫不接触。波德莱尔的观点显然过于极端化，不过应该承认，波德莱尔是审美现代性的忠实捍卫者，同时也是他那个时代艺术家与社会以及官方文化保持距离的很好例子，"在一个平等主义时期所持的贵族式信条，他对于个人主义的推崇，他的发展成一种人为性崇拜艺术的宗教（纨绔子弟成了英雄和圣徒，化装被称颂为'对自然的崇高变形'，等等），都决定了他以地域盛行的中产阶级文明的强烈敌意"[③]。

与波德莱尔的主张相呼应，王尔德更是高呼艺术之美就在于其自

① ［英］弗兰西斯·弗兰契娜：《现代艺术和现代主义》，张坚等译，上海人民美术出版社1988年版，第10页。

② ［美］米歇尔·伯曼：《一切坚固的东西都烟消云散了》，徐大建等译，商务印书馆2003年版，第178页。

③ ［美］马泰·卡林内斯库：《现代性的五副面孔》，顾爱彬等译，商务印书馆2002年版，第62页。

身，艺术要拒绝现实，它是远离现实的自在之物，在《谎言的衰落》中，王尔德对此进行了多次强调：

> 最高的艺术拒绝人类精神的负担，她从一种新媒介或新鲜素材中所得到的东西，要多于她从所有的艺术狂热、崇高激情或任何一次人类意识的伟大觉醒中所获得的东西。她沿着自身的谱系纯正地延续，她不象征任何时代，而时代却是她的象征。①

> 艺术除了自己以外从不表达任何东西。它过着一种独立的生活，正如思想那样，纯正地沿着自己的谱系待续。它在一个现实主义的时代里并无必要现实主义化，在一个宗教信仰的时代里也没必要精神至上化。它非但不该成为它的时代的产物，而且通常与时代直接对峙，它为我们所保存的历史是它自己的进化史。②

在王尔德看来，艺术在其自身之中，而不是自身之外发现了自己的完美。艺术的自在性使其不受相似性的外在标准的评判。每门艺术都为了自身的发展而导致了这样的证明。这类证明必须表明的东西不仅在一般艺术中是独特的，而且也是不可还原的，甚至在每一门特殊艺术中也同样如此。每门艺术都不得不通过自己特有的东西来确定非它莫属的效果。正是通过艺术，也只有通过艺术，我们才能够实现自己的完美；通过并只有通过艺术，我们才能够使自己远离现实存在的龌龊险境。艺术不反映现实，现实应该遭贬斥，外部世界理应受到忽视，艺术家不值得去谈论它。相反，艺术或审美化的生活则具有无比的真实性，它完全取代了现实的地位。由此可见，王尔德的创作目的是通过相像的媒介把经验的事物转化为审美的存在，而且这种美感化的现实离生活越遥远越完美。

“为艺术而艺术”体现了艺术的自主性，但如伯曼所言，现代主

---

① ［英］奥斯卡·王尔德：《谎言的衰落：王尔德艺术批评文选》，萧易译，江苏教育出版社2004年版，第40页。

② 同上书，第50—51页。

义的自主性还体现在艺术对纯粹性的追求中。形式主义和结构主义关于文学自主性的观点最鲜明地体现了文学艺术对纯粹性的追求。形式主义与结构主义强调艺术的纯粹性和自我指涉性，认为艺术的本质特性只能在作品本身，而不能在其他地方找到，正是艺术自主性的一种表述。正因如此，现代主义艺术经常故意把它自身的真实展示为一种建构或一种技艺，并视艺术为一种自我指涉的建构。现代主义艺术品的原则在于“它自身是完整的”，在现代主义原则下，再不能将文学创作视为使意志屈从于表现世界的任务，或者遵循一套美学原则；创作只遵循自身的原则，使现实关系转变为纯粹美学形式的艺术品的努力要求艺术家有极高的警惕性、丰富的知识和高超的技巧，成为神圣的创造者而不是卑微的工匠。

从以上讨论可以看出，艺术的自主性实际上强调了艺术与生活的一种距离：一方面，艺术的自主性强调了艺术的自我指涉性，而艺术的自我指涉性就势必要使艺术自身同外在的社会现实保持一种距离；另一方面，艺术的自主性也暗示了艺术对现实生活的一种拒绝态度，这种拒绝，换句话说，也就是艺术与生活的一种距离。进一步地分析也表明，艺术与生活保持距离是现代文化与艺术发展的必然趋势，在现代文化中，生活已日趋外化，生活的技术方面压倒了其内在的方面，即生活中的个人价值。在现代文化的许多方面我们都能明显感觉到这种保持距离的倾向。这就是说，社会生活外化是趋势，而精神生活的内化则是一种必然反应，这也正是现代艺术距离必要性和合法化的表现。主观性是现代主义艺术的普遍特征。可以说，对自我的过分强调使现代主义的追求脱离了艺术，走向心理，即：不是为了作品而是为了作者，放弃了客体而注重心态。现代主义的这种主观性，就是疏远物化现实，以一种陌生化的眼光去看等物化现实。

法国画家马蒂斯认为，日常生活形成了个体惯性的生活模式，画家要打破这种俗见，就需要某种对生活的勇气，“这种勇气对要像头一次看东西那样看每一事物的美术家来说是根本的，他应该像他是孩子时那样去看生活，假如他丧失了这种能力，他就不可能用独创的方式去表现自我”[①]。这种孩子般的眼光，换句话说，就是艺术的陌生化原则。这种孩子般的诗性眼光，在哈贝马斯对尼采的评论中也得到了很好的表述：

> 尼采不光是叔本华的信徒，他也是马拉美和象征派的同代人，“为艺术而艺术”的捍卫者。因此，他对酒神精神的描述难免会沾染上同代人（又一次比浪漫派要彻底）的艺术经验——在尼采看来，所谓酒神精神，意味着主体性上升到彻底的自我忘却。尼采所说的“审美现象”，表现为从知觉和行为的日常习惯中释放出来的分散主体性的自我周旋。只有当主体失去自我，从实证主义的时空经验中脱身出来，并被偶然性所震惊，眼看着“真正在场的欲望”（奥克塔维斯·帕斯语）得到满足，一瞬间意识到丧失了自我；只有当理智的行为和思想的范畴被瓦解，日常生活的规范被打破，习以为常的规范化幻想已破灭——只有如此，难以逆料并且十分惊人的世界，即审美表象的世界才会敞开。这个世界既没有遮蔽，也没有公开；既不是表象，也不是本质，而只是表征物。尼采依然非常浪漫地把一切理论和道德的杂质从审美现象中清除出去。在审美经验里，酒神的现实性与理论知识和道德行为的世界以及日常之间隔着一道“忘却的鸿沟”。[②]

哈贝马斯所言的尼采的这种诗性眼光，其实就是一种陌生化眼光。唯此，日常生活的平庸才得以打破，审美视域的大门才得以敞开，生活世界的诗性才得以呈现。海德格尔极力主张个体在现代社会中的“诗意栖居”，强调在“诗意栖居”中寻求人类本真的“家园”，这种诗意生存的本真意义，既是对生存的形而上的哲学思索，同时也

---

① 周宪：《思想的碎片》，山东友谊出版社2002年版，第51页。

② ［德］尤根·哈贝马斯：《现代性的哲学话语》，曹卫东译，译林出版社2004年版，第109页。

是对现代人生存的形而下的体验。通过将审美的日常生活意识引入现代生活，在某种意义上，可以使现代个体从日常生活的工具理性和科层化管理里解放出来，实现生活的审美化。在现代主义艺术中，有许多先锋派艺术，就激进地否定了生活，强调艺术的自主性，希冀在对日益平庸无聊的中产阶级生活方式的偏激反叛中，追求一种超然的审美生存。对此，齐美尔说："现代的主观主义的基本动机与艺术同出一辙：为了获得和事物更亲近更真实的关系，就通过摆脱我们与事物的关联返回我们自己的内心，或者是有意识地称我们与事物间总是存在着不可规避的距离。"[①] 正是通过保持艺术的自主性，与日常生活保持一种审视的距离，才能实现艺术的救赎功能：批判资本主义所带来的异化文明，实现对现代人生存的审美救赎。借用韦伯的话，"在理性主义和生活合理化的发展条件下……艺术演变成为一个能自觉把握自身独立价值的世界，这种独立价值建基于它们自身的权利"，也正是如此，艺术"确实承担了一种世俗的救赎功能。它把人们从日常生活的平庸刻板中拯救出来，特别是从理论的与实践的理性主义那不断增长的压力中拯救出来"[②]。

由此可见，现代艺术的自主性导致了对现实生活的陌生化，进而实现了对日常生活的变形与遮盖，它揭示了现代艺术对日常生活刻板模式的不满，并希冀对蔓延的工具理性进行反抗，使现代个体在资本主义异化文明中找到归家的感觉。恰如齐美尔所言，现代个体"只有在距离基础上他才可能对自然产生真正的审美观照，此外通过距离还可以产生那种宁静的哀伤，那种渴望陌生的存在和失落的天堂的感觉，这种感觉就是那种浪漫的自然感觉的特征"[③]。随着外在物理距离的日益被征服，现代个体之间的心理距离也就越来越大，因而个体对

---

① [德] 乔治·齐美尔：《货币哲学》，陈戎女等译，华夏出版社 2002 年版，第 386 页。

② H. H. Gerth, C. W. Mills, *From Max Weber: Essays in Sociology*, Oxford University Press, 1946, p. 342.

③ [德] 乔治·齐美尔：《货币哲学》，陈戎女等译，华夏出版社 2002 年版，第 389 页。

从物化现实中脱身出来的个体的自由灵性也就越发珍惜。“渴望陌生的存在和失落的天堂”其实是个体面对都市心理距离的无限拉大而产生的对“理想家园”的渴望情怀，一种渴望归家的怀旧情结。这里，齐美尔所言的审美静观是尼采的诗性眼光的另一种表达，这一思想后来在本雅明的韵味概念中被发挥到极致。由此，“陌生—距离—现实批判—救赎”的路径建构就不仅具有形而上的美学内蕴，同时又具备现代性视域中鲜明的现实批判意义。

现代艺术的陌生化使现代个体感受到现代日常生活的中断，并在对生活的中断中，远距离地对异化现实进行批判与审视。康诺尔说：“艺术作品就会纯粹从否定的角度来确定自身，作为从社会生活中滤除杂质光线的过程。但恰恰是这种与世俗关注的距离，也可以确保批判的可能性：处在一个以日益强大的整合力量为基础的系统之中，又遵循着一种日益涵括一切的‘同一性原则’，艺术之所以还能是强有力的，正是因为它体现了一种缺陷，或者是某种难以理解性的原则。”[①] 因此，强调艺术对生活的中断、反对和否定，都是希望通过陌生化与现代生活保持距离来使艺术承担个体救赎之大任。由于现代工具理性的盛行导致了个体自主性的消失和个性迷失，个体在现代社会中无所适从，找不到“归家”的感觉。面对资本主义文明的物化趋势和生活终极意义的日益式微，为了拒绝日常生活的物化与庸俗，艺术必须远离日常生活，从现代生活中抽身出来，站在日常生活的对立面来保持自身的纯洁与自由，并在这种内心的纯粹与自由中远距离地对社会进行反思与批判。

---

① ［德］布赖恩·特纳：《社会理论指南》，李康译，上海人民出版社 2003 年版，第441 页。

第二节　先锋派艺术的陌生化策略

在阿多诺那里，通过保持自主性和“否定社会”，使艺术与物化现实保持距离，从而实现个体在物化生存的审美救赎。然而现代艺术在现代社会中是否能做到完全的自主性？对这个问题，阿多诺自身的态度也表现出一种暧昧性与模糊性。在《美学理论》中，他写道：“艺术发觉自个处于两难困境。如果艺术抛弃自律性，它就会屈从于既定的秩序；但如果艺术想要固守在其自律性的范围之内，它同样会被同化过去，在其被指定的位置上无所事事，无所作为。”[①] 虽然有过困惑，但阿多诺也认为，对社会的否定并不是要取消与社会的联系，毕竟，艺术也不能完全脱离社会，如果艺术与生活之间的差异完全消失，艺术也就消亡了。

阿多诺认为，无论是艺术的自主性，还是艺术对社会的否定，其实都是在与现实社会的联系基础上展开的，在某种意义上，自主性原则本身也是一种慰藉，艺术通过摒弃现实而为现实进行辩护。细见和之在对阿多诺的研究中也认为，任何自主性的艺术，并不是一定要与社会相对抗：“无论是什么作品都不可能与社会没有任何联系。任何自律性的艺术，都存在于他律性的社会之中。”[②] 由此可见，阿多诺是从与他律性的社会相联系的角度来确认艺术的自主性的。从这个角度来看，我们就很容易发现这么一个悖论：艺术一方面要否定社会从而实现审美救赎；另一方面，艺术实际上又极容易沦为现代社会的代言人。

---

① ［德］西奥多·阿多诺：《美学理论》，王柯平译，四川人民出版社 1998 年版，第 406 页。

② ［日］细见和之：《阿多诺：非同一性哲学》，谢海静译，河北教育出版社 2002 年版，第 131 页。

阿多诺强调艺术要实现自主性，其意图在于使主体和艺术远离物化现实，进而构建一个属于主体内在心灵的审美领域。然而，这只是阿多诺的一种美好的审美理想，毕竟艺术不能离开对社会与生活的批判，艺术完全退缩到自己的狭小天地里，那么势必会成为一种象牙塔内的纯游戏，成为纯粹的自恋艺术，也就谈不上对物化现实的真正批判了。因此，虽然现代艺术的自主性在一定程度上抵抗了物化现实对个体的侵蚀，但强调与现实的距离最终也只是一种对现实的审美逃避，这个领域仍然过于狭窄，它不能成为最终的解决之道。对此，伊格尔顿在分析阿多诺的审美思想时认为："文化深陷在商品生产的结构之中；但是这种结构的一种效果，是把它放松为某种意识形态的自律性，这就允许用它来反对社会秩序却与之具有一种有罪的同谋关系，但是也使反抗极度痛苦而没有效果，只是一种形式化的姿态而不是愤怒的攻击。"① 因此，面对这种自主性，伊格尔顿发现，阿多诺更多地表示出失望、悲观与无奈的情绪，"艺术越多地从社会中分离出来，它就越耻辱地被颠覆并且越彻底地没有意义。因为艺术属于——即便是反抗——与它的敌手组成的共谋关系；在这里，否定性否定了它本身，因为对它所意欲破坏的对象，否定性并没有什么作用"②。

对此，比格尔从艺术与社会关系的视角出发，认为现代艺术的发展过程实际是艺术在资产阶级社会不断体制化的过程，即不断获得自主性的过程。在比格尔看来，现代主义与先锋派有着根本不同，现代主义坚持艺术的自主性，而先锋派则基本上是对艺术自主性的反对。

按本雅明的说法，在过去，由于绝对强调艺术作品的膜拜价值，艺术品是仪式的呈现或工具，只是后来它才被视为艺术品。而今天，艺术的膜拜价值消解，艺术品强调自身的展览价值，艺术品就变成了一个具有新功能的结构，其中我们都知道的一个功能，即艺术成其为

① ［英］特里·伊格尔顿：《审美意识形态》，王杰等译，广西师范大学出版社 2001 年版，第 354 页。

② 同上书，第 355 页。

艺术的功能，或者说艺术自主性。[①] 然而，现代机械复制技术的兴起，却对现代艺术的艺术性带来了冲击。比格尔认为，在文学和艺术中，没有出现一个能与照相术的影响相比的技术革新。“当本雅明将‘为艺术而艺术’的兴起解释为对照相术的反应时，这一解释模式显然被歪曲了。‘为艺术而艺术’的理论并不简单地是对新的复制手段（不管它对推动美术的独立起了多么重要的作用）的反应，而是对全面发展了的资产阶级社会中艺术作品失去社会功能倾向的回答。”[②]

在本雅明的思想中，艺术的功能被转化为艺术的政治化隐喻。这种转换体现在艺术作品膜拜价值解体的过程中，是建立在艺术的政治实践基础上的，或者说得更明显点，体现在艺术所呈现出来的法西斯大众文化的政治性断言中。本雅明也发现了艺术自主性解体的危机，这正如哈贝马斯在评论本雅明时所言：“纳粹宣传性质的艺术实现了对从属于一个自主领域的艺术的解体，但是在政治化的背后，它实际上被用来将赤裸裸的政治暴力美学化。它用一种在操纵下产生的价值替代了资产阶级艺术衰落的膜拜价值。膜拜性魅力被打破，结果却被人为地复活：大众接受变成了大众建议。”[③] 可以说，本雅明对机械复制时代艺术的宽容态度事实上引发了危机。因为这种普遍化的艺术明显相当适应于政治的宣传目的，它们极容易屈从于现存社会意识形态的制约。它们与资产阶级社会意识形态的合作与一体化，在某种程度上也消解了艺术的审美救赎情怀和反思精神。或者说，本雅明以政治性消解和牺牲了艺术的审美自律原则。在沃林看来，机械复制时代的“艺术需要”正是阿多诺文本中的否定性因素，但“本雅明为了机械复制的、普遍化的艺术——适合于政治宣传目的的艺术——之故而牺

---

① W. Benjamin，*Illuminations*：*Essays and Reflections*. Pimlico，1999，p. 227.

② ［德］彼得·比格尔：《先锋派理论》，高建平译，商务印书馆 2002 年版，第 100 页。

③ ［德］尤根·哈贝马斯：《瓦尔特·本雅明——提高觉悟抑或拯救性批判》，郭军、曹雷雨《论瓦尔特·本雅明：现代性、寓言和语言的种子》，吉林人民出版社 2003 年版，第 406—407 页。

性审美自律原则的意愿，存在过早地将艺术交付给功利利益领域的危险”①。

比格尔认为，艺术的自主性是一个悖论性存在：它一方面是艺术对资产阶级的批判，另一方面却使艺术日益变得体制化而丧失批判锋芒。“当艺术摆脱了所有外在于它的东西之时，其自身就必然出现了问题。当体制与内容一致时，社会无效性的立场成为资产阶级社会的艺术的本质，因此激起了艺术的自我批判。历史上的先锋派运动值得赞扬之处就在于它提供了这种自我批判。”② 比格尔无非想说明，现代主义的批判锋芒已随着自身的被体制化而逐渐式微，而先锋派艺术通过自主性拒绝直接介入社会，并以此保存了对社会现实和意识形态更加激进的批判能力，如沃林所言，“现代艺术正是通过这种拒绝因素，即不愿参加游戏的态度，证明社会的非理性具有其自身的荒谬性。现代主义虽然无用于社会，但它却是在资产阶级效用原则基础上对这个社会的活生生的控诉”③。

在比格尔看来，艺术的自主化并不是一个线性的解放过程，而是一个矛盾的发展过程。这个过程不但体现为艺术新潜能的产生，而且也体现为艺术批判性的丧失，即批判力量最终消融于艺术的体制化之中。而后期现代主义，也可以说是早期的后现代主义（先锋派艺术即为其中的一种），则力图否定艺术自主性，主张艺术与生活的融合，并希冀在这种融合中实现对现代性自身的反思与批判。在比格尔的论述中，在18世纪后期和19世纪早期，艺术一方面强调自律性，另一方面也继续着对社会的批判性思考，这尤其体现在18世纪艺术自律性的形成和19世纪末20世纪初唯美主义“为艺术而艺术”的观念提倡中。如果我们将比格尔语境中的先锋派看成是后期现代主义，或者

---

① ［美］理查德·沃林：《瓦尔特·本雅明：救赎美学》，吴勇立等译，江苏人民出版社2008年版，第201页。

② ［德］彼得·比格尔：《先锋派理论》，高建平译，商务印书馆2002年版，第93—94页。

③ ［美］理查德·沃林：《瓦尔特·本雅明：救赎美学》，吴勇立等译，江苏人民出版社2008年版，第213页。

说是早期后现代主义的话，比格尔的分析表明，早期的现代主义强调艺术自身的合法化，主张艺术与生活保持一种距离，然而这种现代主义在发展过程中，其最初的批判功能逐渐被现存社会体制所同化和遮蔽，从而使其原初的批判和反思功能走向式微。现代主义强调艺术与生活的距离以实现对现存制度的反叛，但随着日常生活意识形态向艺术的渗透，艺术已逐渐沦为现存制度的默认者和拥护者。

在比格尔那里，早期先锋派主要包括达达派和早期的超现实主义，以及十月革命后的俄国未来主义，而现代主义则以象征主义和唯美主义为代表。两者的核心区别是，如果说现代主义的主要特征是艺术与生活实践相分离，专注于语言形式的革新的话，那么早期先锋派则恰恰相反，它不再仅仅革新语言形式，而且对整个艺术发难，攻击资产阶级的艺术体制，尤其是艺术的自主地位，导致艺术与传统的激进断裂。在唯美主义之前，资产阶级艺术只有相对的自主性，只要艺术在想象中解释现实或为剩余的需要提供满足，与生活实践疏离的艺术仍然保持着与生活的联系。而唯美主义在早期先锋派的产生中发挥了重要作用，只有到了唯美主义的阶段，艺术与生活才获得绝对的分离，这一分离也构成唯美主义文本的中心。

比格尔对艺术的自律概念进行了历史化处理，他赋予艺术自律概念意识形态的内涵和意义。在他看来，在唯美主义之前，艺术和生活有着确定性的联系，艺术是对日常生活的一种补偿。而到“为艺术而艺术”的唯美主义思潮中，艺术自律的观念得到了进一步的强调。这种经过强调的艺术自律概念实际上表征了一种意识形态假设：对日常生活的激进否定态度。但事实在于，“为艺术而艺术”强调艺术与日常生活事物现实的绝对化分离，实际上导致了艺术生活体验的萎缩，使艺术丧失反思和批判性。早期先锋派正是看到了这一点，因而对自律艺术展开了质疑和批判，强调艺术与日常生活实践的融合。可以说，早期先锋派不仅攻击自律美学，质疑艺术本质，而且否定自律美学的意识形态，试图革新艺术与现实的关系。这正如舒尔特-扎塞所言：“唯美主义对艺术自律性及其对建立一个被称为审美经验的独特王国作用的强调，使得先锋派艺术可以清楚地认识到自律性艺术的社会意义的丧失，从而试图把艺术重新拉回到社会实践之中。”①

比格尔援引了本雅明和马尔库塞的学说作为自己的理论支撑。在比格尔看来，本雅明所言的经验的萎缩意味着“审美经验是作为社会子系统的‘艺术’将自身定义为一个独立的领域之过程的积极的一面。其消极的一面是艺术家失去任何社会的功能”②。而沃林认为，比格尔“指出了对理解现代主义审美现象具有无法估量的重要意义的东西：审美判断的传统对象——完整的自足的艺术作品——无可挽回地进入了分解状态”③。比格尔将此视为现代艺术家自我意识的反应，并在审美意识的基础上对出现于18世纪末期的艺术直觉观点展开了批判。比格尔指出，艺术直觉理论强调艺术是一种远离资产阶级社会的功利性目的的存在，这一观念事实上在康德的非功利性审美理念中有经典的阐释和证明。

比格尔通过评析马尔库塞的观点进一步表明了自己的态度。他认为，在马尔库塞的思想中，现代艺术有其内在的矛盾性，它在资产阶级社会处于一种不稳定和模棱两可的位置：艺术既对现在状态提出抗议，也能维护和肯定现存社会的现状。一方面，现代艺术对资本主义的异化现实表示抗议，并保持着未来的理想主义色彩；另一方面，现代艺术力求脱离社会和保持自我独立，并将自己置于与现存社会一样的位置上。在马尔库塞看来，现代艺术同样会蜕变为仅仅是对现存社会的融合与补充，从而最终成为对现存社会状况的肯定和同谋者。“由于艺术与日常生活的分离，这种体验仍然没有实在的效果，即不能融入生活之中。缺乏实在的效果并不等于无功能性（正如我在前面的一个模糊的陈述中所提到的），而是表示了艺术在资产阶级社会中

① ［德］彼得·比格尔：《先锋派理论·序言》，高建平译，商务印书馆2002年版，第10页。

② 同上书，第101页。

③ ［美］理查德·沃林：《瓦尔特·本雅明：救赎美学》，吴勇立等译，江苏人民出版社2008年版，第137页。

的一种特殊的功能：使批判无效化。”[①] 比格尔认为，“马尔库塞勾画了资产阶级社会中全球性的对艺术功能的一个矛盾的规定：一方面，它显示出‘遗忘的真理’（因此它抗议一种现实，在其中这些真理是无效的）；在另一方面，这些真正借助其审美外观的媒介而偏离现实——艺术因此而恰恰对它所抗议的社会状况起稳定作用”[②]。

对此，沃林在评论卢卡奇时也表达了相同的观点。沃林认为，卢卡奇依赖审美形式来实现对物化的日常生活的救赎，借以实现主体与客体的统一，但其中有着不可避免的内在矛盾。按卢卡奇的审美理想，物化的日常生活应当原封不动地纳入审美文化的救赎方案中，但事实上，“通过寻找文化危机独立的、私人化的审美解决方法，艺术家本人退缩进了他自己狭隘的专业领域；在这个方面，由劳动分工所造成的普遍的生活碎片就穿透了‘为艺术而艺术’，即所谓审美形式的自律领域。这样，艺术家就彻底退化为以专门化而自傲的社会中诸种‘专家’中的一种”[③]。因此，“对整体被管理的世界的控制越普遍、越深入，为了保存自身，艺术先锋派就越是被迫疏远这个世界。为了逃离商品生产的异化之网并保存其否定力量和拒绝力量，它必然越来越以隐晦的方式表现自己”[④]。

沃林在评述阿多诺时强调，艺术在现代生活中体现了拯救功能。“在阿多诺的美学中，艺术在某种更加强烈的意义上变成了救赎的工具。作为和谐生活的某种预示，它起着强制性的乌托邦作用。如果阿多诺把黑格尔的主观颠倒过来，即声明‘全体是虚假的’，那么只有艺术能够提供改变这种状况的前景，只有艺术能够提供把令人苦恼的社会整体性重新引导到和谐的道路上去的前景”[⑤]。在沃林看来，阿多

---

① ［德］彼得·比格尔：《先锋派理论》，高建平译，商务印书馆2002年版，第76页。

② 同上书，第37页。

③ ［美］理查德·沃林：《瓦尔特·本雅明：救赎美学》，吴勇立等译，江苏人民出版社2008年版，第18—19页。

④ 同上书，第211页。

⑤ ［美］理查德·沃林：《文化批评的观念》，张国清译，商务印书馆2000年版，第115—116页。

诺显然把审美形式推荐为社会工具理性主导原则的积极替代者。基于此，审美王国的非有效性逻辑被看作是对日益理性化和无诗意的资产阶级社会秩序相抵抗的唯一选择。因此，对于阿多诺来说，艺术遵循的是为其所特有的非同一性原则，在现代艺术中，艺术不再与社会保持同一性，而是持否定态度。由于艺术远离了社会，并因此不再机械地服从于某种意识形态。“通过把它们吸收到某个审美构象之解放的轮廓中，艺术拯救了日常生活的物欲因素。……按照阿多诺的观点，在历史发展的现阶段，审美形式指示了一个独一无二的避难所，事物在其中暂时地处于为他存在的强制，并且它们的自为存在允许得到繁衍。只有通过这个办法，人们才能解除主体的‘咒语’，才能解除由此产生的社会组织原则——工具理性。”[①] 因此，艺术作品通过否定现实来确定自身，恰恰是对现实的否定，恰恰是这种与现实的距离和对现实的陌生化姿态，才可以确保批判的可能性。

第三节　现代性生存的陌生化体验

作为一种常规，时尚和习俗一样，都是出自人们对自己的身份和威信的关注，而作为一种社会文化现象，时尚可以追溯至中世纪晚期的服装时尚。虽然亚当·斯密、康德等人较早就涉及了时尚的话题，然而时尚大规模进入社会理论探讨却是 19 世纪后期的事情。19 世纪末 20 世纪初，出现了一批论及时尚的社会学家，如塔尔德、凡勃伦、布尔迪厄、齐美尔等。20 世纪 60 年代以来，巴特、波德里亚等学者则对时尚进行了更为严肃的学理探讨。随着研究的深入，贝尔、威尔逊、塞拉贝格、格罗瑙、恩斯特维尔等学者也纷纷介入时尚领域，时

① ［美］理查德·沃林：《文化批评的观念》，张国清译，商务印书馆 2000 年版，第 121—122 页。

尚也逐渐从一种日常的社会文化现象被建构成意义丰富的社会理论命题。如撒贝尔认为可以从两个不同的角度来考察时尚：对时尚的领导者，时尚能增添其自身的吸引力和魅力，特别是当自我的完整性受到忽视时更是如此；对时尚的效仿者，时尚能够以超出现行社会形式而又为社会所允许的新奇形式使其重新确立自我。① 而利波韦茨基则认为，时尚是促使个体产生个性主义的动力，时尚将人类的虚荣变得审美化和个性化，在时尚的身上，模仿与个人主义紧密地结合在一起，并出现在时尚运用的各个领域里。② 从现代性审美体验这一特殊层面出发，笔者以为，现代个体对时尚的追求其实质是对现代生活的一种陌生化颠覆。

在早期的时尚理论中，时尚的社会功能意义的建构是其主要目标之一。在这些学者眼中，时尚是阶级品位的表征，是个体身份的确立，体现出区分阶级的功能。

在凡勃伦对时尚的探讨中，时尚社会功能意义的建构是其主要目标。在《有闲阶级论》中，凡勃伦认为，新的中产阶级是把时尚当作谋取社会地位的手段来使用的，虽然时尚没有什么实用性，但这个阶级中的许多成员却将时尚作为一种手段，来显示他们和处处讲究实用的那种比较低级的生活方式的距离。③ 凡勃伦认为，时尚是用来表征阶级差异的一种形式，精英阶级试图以看得见的标志来与其他阶级区分开来，而低层阶级则恰恰相反，他们试图通过接受这些标志把自己认同于精英阶级，而一旦最初的时尚成为大众效仿的普遍行为，精英阶级就必须放弃旧的区分标识引入新的区分标识（新的时尚），于是就引发了一轮又一轮的时尚追逐潮流。

凡勃伦对时尚的兴趣受到法国社会学家布尔迪厄的关注。相对于

---

① A. Sellerberg, *A Blend of Contradictions*: *Georg Simmel in Theory and Practice*, Transaction Publisher, 1994, p. 59.

② G. Lipovetsky, *The Empire of Fashion*, *Princeton*, The Princeton University Press, 1994, p. 33.

③ 参见［美］托尔斯坦·凡勃伦《有闲阶级论》中“明显有闲”“明显消费”和“服装是金钱文化的一种表现”三章，蔡受百译，商务印书馆 1964 年版。

凡勃伦而言，布尔迪厄更关注品位或时尚形成的社会结构机制。在他看来，新时尚的形成是旧结构的打破和新结构的建立，即通过“资本”的合力将已建构的结构或秩序打破，重新建立一种结构或秩序，而一旦时尚结构生成，结构势必会产生两极：处于统治地位的一极和处于被统治地位的一极。虽然布尔迪厄强调时尚对于建构社会空间结构的重要性，但事实上，布尔迪厄并没有跳出凡勃伦的精英时尚讨论视域。只不过，在凡勃伦看来，先是精英阶层确定一种趣味和时尚，然后这种趣味和时尚成为社会底层人士效仿的对象，最后，这种逐渐受到追捧的趣味和时尚就演变成统治阶级乃至整个社会共同的趣味或时尚。而在布尔迪厄看来，一定的场域是由有各种“资本”的人所构成的结构空间，而这个场域中所生成的趣味或时尚也就代表了属于这个场的“权力”人士的喜好和意愿。

就凡勃伦和布尔迪厄而言，他们过于强调精英阶层或统治阶级的“强势性”，而忽视底层阶层或被统治阶级的“能动性”，这就难免有为统治阶级的话语权确立合法性的嫌疑。而与凡勃伦同时代的齐美尔，则更多是将时尚看作一种社会生活和个体行为方式的体现。在其一系列文章中，齐美尔强调了时尚作为一种社会生活和个体行为的特殊性。“时尚是对一种特定范式的模仿，是社会相符欲望的满足。一般来说，时尚具有这样的特殊功能，它能够诱导每个人都效仿他人所走的路，并可以把多数人的行为归结于单一的典范模式；同时，时尚又是求得分化需要的反映，即要求与他人不同，要富于变化和体现差别性。”[①] 对齐美尔而言，时尚一方面把众多不同阶层的个体聚集起来，另一方面又使不同阶层得以区分开来，时尚是一种将社会的从众性和区分性统一起来的生活方式。在对时尚社会功能的剖析中，齐美尔看到了个体在追逐时尚时的矛盾心理：一方面意味着相同阶级的联合，但另一方面又意味着不同阶级间的界限被不断地打破。

① D. N. Levine，*Georg Simmel*：*On Individuality and Social Forms*. The Chicago University Press，1971，p. 296.

齐美尔的分析很精辟，而且即便面对当下的时尚现象也颇具说服力。在今天，任何不同的社会阶层，可以肯定在穿衣上是有所区分的，并且处于社会上层的个体比处于社会下层的个体要奢侈和讲究。通过接受上层阶层所专有的着衣方式，下层阶级不断地和上层阶级竞争并挑战社会上层，并在这样一种永不停息的时尚追逐中，不断追求地位的改善。

其后，一大批学者，如塞拉贝格、恩斯特维尔等人继续延续了时尚功能论的思考路径。塞拉贝格认为，一方面，对时尚追逐体现了社会精英与大众的社会距离；但另一方面，时尚其实也是一个杂多的矛盾统一体。为此，塞拉贝格列举了一系列对比性的矛盾来表征时尚的内在张力，① 认为时尚正是由于诸多的内在矛盾冲突，引诱个体对之进行不断的追逐与仿效。追逐时尚的过程就成了一个自我推动的过程，因为塑造个性和模仿他人这两个对立的阶段会互为因果。新潮一旦被所有人选择就不再成为新潮，必须由另一种新潮所取代。这样，时尚就如旋转木马，或者更形象地说，像一台永动机，它永不停息地运动，引发一轮又一轮模仿和创新。而恩特维斯特尔认为，时尚扩大了制度性与差异性之间的内在张力，“它表达了人们既想符合和追赶某种组织性，但同时又想特立独行确立个体性同一的矛盾的愿望……这种摆动不已的节拍就使得时尚具有了它的不断翻新的逻辑。”② 恩特维斯特尔所言的制度性与差异性，其实也就是齐美尔所言的从众性和区分性。在制度性与差异性的内在张力中，时尚表达了同一性和区分性之间的紧张关系。

上述理论家们对时尚的论述基本都是围绕着时尚的二重性特征而

---

① 时尚减少复杂性，同时又创造出复杂性；时尚包括规则，又力图颠覆规则；时尚无涉物质和经验，但又必须依靠具体的物质和经验；对时尚的态度，是强烈的参与和希望与之保持距离的统一；时尚包括承诺，又渴望自由；时尚容易接近，又不容易接近；时尚有权威性，又具有非权威性。（见 A. Sellerberg，*A Blend of Contradictions*：*Georg Simmel in Theory and Practice*，Transaction Publisher，1994，p. 60）

② ［英］乔安妮·恩特维斯特尔：《时髦的身体》，郜元宝译，广西师范大学出版社 2005 年版，第 74 页。

展开的。笔者以为，时尚的二重性特征其实也就是时尚的社会功能意义建构。首先，时尚的从众性使个体得以在现代风险社会确证自我行为的合法化。在对时尚的追逐中，个体对同一性的模仿就仿佛给自己戴上了一副“大众”的面具，使其觉得自己成为社会“共同体”中的一员。个体的行事原则都可以以“共同体”的面目出现，自我的单一动机被“共同体”的群体行为所遮蔽，从而使自我的行动获得了普遍认可的合理性。其次，时尚的区分性使不同阶层及个体得以确证自我身份和地位。在时尚中，一部分精英阶级率先采用了有特色的服装风格，而下层阶级为了竞争精英阶级的社会地位，也逐渐采用那种有特色的服装风格，时尚因此就从上层精英阶级渗入下层阶级。等到某种服装风格普及开来，精英阶级为了保持他们的优越性和特殊的社会地位，就转向开发别的风格，从而使他们自己与广大的社会大众区别开来。

不可否认，早期关于时尚的社会功能主义理论为我们解读时尚现象提供了很好的理论支撑。然而，当我们审视当前的时尚现象，很容易发现这些理论也有偏狭之处。在功能论的时尚理论中，时尚的中心总是在上层，上层社会拥有主导时尚的权力，而下层则一直处于对时尚的模仿中。这样一来，时尚则永远以上层社会为中心旋转，时尚的流动也是自上而下的单向线性流动，上层对下层有着永恒的向心力，这就暴露出他们关于时尚的理论弊端：从众即下层盲从上层，区分则是将上层从下层中区分出来，时尚不过是表征上层社会阶级地位的符号。这种阶级分野的时尚观念在社会等级相对分明的时代无疑有其深刻性，然而，随着资本主义从古典资本主义到现代资本主义的发展，尤其是大工业生产的洗礼、后工业社会的到来，社会结构、经济以及文化条件都发生了很大的变化，不管是所谓的上层社会还是下层社会如今都处于消费时代的旋涡之中，时尚也早已跃出某个社会内部的阶层之间的流动而成为一种全球化的现象。

实际上，对齐美尔等学者关于时尚源于上层阶级的观念，布鲁默早在 1969 年就展开了批判，在布鲁默看来，齐美尔等人的理论适用于17世纪到19世纪的欧洲社会，却不适用于当下强调多样化的现代社会，因为他们没有抓住时尚的本质，即时尚是集体选择的结果。[①]布鲁默认为，时尚并非是上层精英阶级的专利，时尚生产商、时尚消费者、时尚设计师等都在不同程度上参与着时尚的创造。这种论断与丹托提出并经由迪基发展的艺术界理论十分相似，他们认为艺术活动中的诸多角色，如艺术家、批评家、记者等共同组成了艺术界，而艺术界才是艺术品的授权者。[②] 审视当下的时尚现象无疑可以确证这一论断，如选秀时尚的兴起就是源于下层，继而蔓延至整个社会，成为社会时尚。在这个过程中，传统意义的上层主导的时尚模式丧失了有效性，时尚的主动权更多地掌握在下层民众的手中。此外，在选秀时尚的背后，媒体策划者，社会舆论，电视、报纸、网络等媒体，以及主管政府部门的姿态等，都不同程度地参与着时尚的制造。同时，考虑到有些时尚的出现并非一味地创新使然，反而是一种复古的潮流，也不得不考虑时代因素对时尚的影响或者时尚的历史延续性问题。由此可见，时尚的决定权在今日的社会中并非仅仅属于上层精英阶级，时尚的流动也并非简单地自上而下地“滴入”，时尚的产生和流动是个复杂的机制，它受制于时尚活动诸多因素共同参与的时尚界。

今天我们解读时尚，不仅仅是将时尚视为一种社会生活方式，更将其视为一种日常生活的审美化追求。这样一来，时尚的意义建构绝非仅仅只是简单的社会功能意义建构，同时也是关于现代生活的审美意义建构。时尚体现了现代性的审美特征，在于时尚展示了审美现代性的一个重要特征：现代生活的“转瞬即逝性”或现代生活的“当下的现时感”。时尚的实质就是永恒重生的新，意味着对传统的否定和对继承的拒绝。时尚的整个运行过程是不断以一种时尚风格取代另一种时尚风格，以一种“美”取代另一种“美”的过程。时尚审美风向

① H. Blumer, *Fashion: From Class Differentiation to Collective Selection*, Sociological Quarterly, 1969, 10, 3, pp. 275-291.

② ［美］乔治·迪基：《何为艺术》，［美］M. 李普曼《当代美学》，邓鹏译，光明日报出版社1986年版，第109—111页。

的不断变异，与其说是时尚取消了审美风格的稳定性，还不如说是时尚并不承认有一种绝对的、超越其他所有审美风格的美学标准。而这恰恰是审美现代性之“新奇”的独特表征。时尚不仅体现为现代个体的生活方式，同时也可以呈现为现代个体的一种特殊的心灵状态，即现代性体验：时尚意味着与传统的断裂，意味着对新奇事物的热爱以及对现代生活的短暂性与偶然性的敏锐感受。

在现代性的诸多探讨中，波德莱尔曾将审美现代性定义为过渡、短暂、偶然，他极力推崇画家居伊，认为他对现代生活充满激情，他到处寻找现实生活的短暂的、瞬间的美，寻找我们称之为现代性的东西。在波德莱尔那里，现代性的显著特征就是现实生活的当下性，用哈贝马斯的话说，即“在对转瞬即逝、昙花一现、过眼烟云之物的抬升，对动态主义的欢庆中，同时表现出一种对纯洁而驻留的现在的渴望”[①]。波德莱尔在巴黎所感受到的现代生活的特征，在半个世纪之后的柏林，再一次被齐美尔提及。“时尚在限制中显现独特魅力，它具有开始与结束同时发生的魅力、新奇的同时也是刹那的魅感。”[②] 从齐美尔的论述中，我们能读到波德莱尔语境中的审美现代性意义建构，而时尚所体现出来的这种瞬间性与现实感，正是审美现代性追逐新奇感的典型个例。本雅明在《波德莱尔》中也写道：“新奇是一种不依赖商品使用价值的品质。它是幻象的源泉，而幻象不可分割地属于集体无意识制作的各种想象。它是错误意识的典型，而时尚就是它不知疲倦的代理。”[③] 这里的“新奇”若仔细考察的话，可以说就是时尚的另一种表达。时尚和商品的转瞬即逝背后所隐藏的是“永远同一的幻象”：永恒不变的交换价值的再生产。在弗瑞斯比对本雅明的考察中，他认为本雅明发现了时尚背后的“新奇”源泉：为了进一步享受刺

---

① 汪民安：《现代性基本读本》，河南大学出版社 2005 年版，第 109 页。

② ［德］乔治·齐美尔：《时尚的哲学》，费勇等译，文化艺术出版社 2001 年版，第 76—77 页。

③ ［英］戴维·弗里斯比：《现代性的碎片》，卢晖临等译，商务印书馆 2003 年版，340 页。

激，我们被迫去寻求新奇的东西。[①] 在时尚中，人们对新奇的追求不仅仅是一种心理需求，同时也是一种心理满足，或者更进一步地说，是一种心理欲望。拥有和展示新奇的事物，就意味着个体跟上了时代的潮流，并且使个体的身份通过新奇的包装而实现了意识形态化的符号表达，如费斯克所言："在意识形态层面上，对新事物的欲求的根源可以追溯到进步的意识形态。将时间看成是线性的，发展前进就意味着变化。"[②] 对新奇的追逐传达了进步的意识形态，这是时尚得以形成的社会心理条件，同时也是时尚之所以能成为审美现代性表征的最主要因素。

时尚对新奇的追逐和对传统的摒弃，使得时尚成为审美现代性的一个突出表征。然而，值得深思的是，时尚的追新逐异也恰恰说明了审美现代性的吊诡之处，因为时尚对新奇的追逐也引发了时尚的自身矛盾：时尚在自我的建构中又走向了自我解构。史文德森认为："时尚自我不仅是没有真正过去的自我，因为由于对现在的青睐而忽视了过去，它也是没有未来的自我，因为这个未来是完全随机任意的。时尚没有任何终极目标——除了向前它别无去处。"[③] 时尚之所以能张扬和显示个性，在于时尚的流行元素有个性和独特性，如我们今天所看到的女性前卫服饰之所以能流行，就是因为它本身具有独特性。然而一旦时尚的这种流行元素扩展开来，所谓的前卫服饰就变得不再前卫，并被无情地驱逐出时尚领域。正如少数人穿吊带衫是时尚，而一旦所有人都敢穿它，穿吊带衫就不再前卫，也不再具备独特性，它也不再是时尚。在时尚的领域中没有任何东西能够永远新潮，时尚永远只存在于即将展开而未普遍展开中，时尚之为时尚，在于它永远处于生成中。

---

① ［英］戴维·弗里斯比：《现代性的碎片》，卢晖临等译，商务印书馆 2003 年版，341 页。

② ［英］约翰·费斯克：《解读大众文化》，杨全强译，南京大学出版社 2001 年版，第 44 页。

③ ［挪］拉斯·史文德森：《时尚的哲学》，李漫译，北京大学出版社 2010 年版，第 154 页。

时尚中“创新”和“模仿”永不停息地互动，时尚不仅是一个人的行为，更是一群人的行为，这是时尚的矛盾之处。少数人的同一行为不能称为时尚，因为时尚是一种从众行为，它要通过大量的复制而使自己得以存活；而一旦时尚流行开来，也不能再称其为时尚，它缺乏了新颖性，只能视为一种流行。先锋是尚未来到的时尚，流行则是已经死去的时尚，在某种意义上，时尚就是变化。如戴维斯所言，如果说时尚就是流行的模式，那我们也必须把重心放在我们在使用这个术语时经常联想到的“变化”的意义上。[①] 时尚的变化给现代个体带来了一系列的外在刺激，时尚的冲击波不断地冲撞着现代个体，个体在时尚的大潮中无法停步，只有紧紧地跟在时尚的后面，时时不断地刷新自己，才能不断地抗拒陈旧，走在时尚的最前沿。

在时尚的运作中，“创新”和“模仿”处于相互博弈状态，而这种博弈，笔者认为，也揭示了时尚的另一吊诡之处：建构“新奇”的同时也建构了“传统”。时尚既模仿新的、最近的、时新的事物，它又利用过去的形式和模型来建构自身。在时尚中，转瞬即逝性似乎让时尚充满着无穷的创新性，然而，这种创新在很大程度上只不过是在改头换面地利用传统，让传统以一种新的姿态出现，或者说，将传统进行重新包装而显示出新奇。如我们今天的服装时尚，表面上，服装的不断翻新体现了时尚的创新性，但这种创新只不过是周而复始的重复，即红蓝白黄黑等各种颜色的间隔使用，各种式样在间隔几年后的重新组合和重新上演。可以说，服装时尚就如同玩一个拼图游戏，总是借助于身体，不断地轮回着“模式更新”或“组合更新”。对此，格罗瑙尖锐地指出，“时尚常常只是对旧风格和模式的重复和演变。时尚中没有任何进步可言”[②]。时尚通过周期性的模式操作玩着“旧瓶装新酒”的游戏，这是今天时尚消费的隐秘之处，也是消费社会的商业逻辑。时尚通过消费的“创新”掩盖其本身的“传统”的模式化循

① F. Davis, *Fashion, Culture and Identity*, Chicago University Press, 1992, p. 14.

② 参见［芬］尤卡·格罗瑙：《趣味社会学》，向建华译，南京大学出版社2002年版，第95页。

环，反映了个体在时尚创新中的惰性和想象力的匮乏，同时也构成时尚体现审美现代性新奇表征的吊诡：新奇与传统的组合。

对时尚二重性矛盾的源生，我们可以追溯到康德关于趣味二律悖反的审美阐释中，而如果将时尚的矛盾性放大，并以此来观照整体的现代社会日常生活，我们发现，这个矛盾一方面是现代社会中个体日常生活体验的鲜活展现；另一方面，也是现代个体的审美救赎策略。

在《判断力批判》中，康德提出了著名的趣味（美感）二律悖反思想：趣味既是私人性的，又是普遍性的；既是个人性的，又是社会性的；既是主观的，又是客观的。趣味要求得到人们共享，但是完全基于个人主观判断的美感，又怎么能适合于其他所有人呢？康德最后的解决方案是提出一个共通感概念，认为趣味的个体有效性在共通感的前提下可以实现普遍有效性。然而，共通感概念只是一个预设的前提，它所提供的仅仅只是一个“应当在内”的判断，“它不是说，每个人将会与我们的判断协和一致，而是说，每个人应当与此协调一致”[①]。而且就康德本人而言，他也承认这种普遍同意只是一个理念上的存在，而并不具备必然性。可以说，审美的共通感只是一种观念，只是一个模糊而虚无缥缈的存在，而事实上并没有实现的可能性。

也许，康德过于局限于趣味的纯粹精神演绎，而忽略了趣味的日常生活基础，事实上，康德所纠结的趣味悖论问题，后来理论家们在时尚中找到了事实依据与解决方案。在时尚的运作中，趣味合理地展现了一个以个体性和社会性并存的存在。时尚强调了趣味的社会共同性，但同时时尚也可以容纳个人趣味的独特性和主观性，齐美尔指出，“时尚的问题不是存在的问题，而在于它同时是存在与非存在；它总是处于过去与将来的分水岭上，结果，至少在它是最高潮的时候，相比于其他的现象，它带给我们更强烈的现在感”[②]。时尚的历史就是企图将两种对立的倾向完美地调节在一起的历史。在时尚中，个

① ［德］伊曼努尔·康德：《判断力批判》，邓晓芒译，人民出版社 2002 年版，第 76 页。

② ［德］乔治·齐美尔：《时尚的哲学》，费勇等译，文化艺术出版社 2001 年版，第 77 页。

体可以表达他对于现代社会共同趣味标准的拥护，同时也不用否定内心的个体趣味标准或个性自由。这正如格罗瑙所认为的那样，时尚是把相对的两种力量结合起来的一种社会构造：一方面，时尚带来新奇，新奇的魅力就是一种纯粹的个体审美感受上的愉悦；另一方面，时尚也是社会生活的一种娱乐形式。[①] 由此，趣味判断的二律悖反在时尚结构模式中实现了解决：时尚既满足了对普遍性的追求，又满足了个体的独特需求，如坎贝尔所言："理论家们在18世纪所无法解决的趣味问题，在时尚中却获得了事实上的解决方案。这意味着，我们应当如何寻找一个具有普适性的审美标准，既可以满足人们的真实喜好，同时又可以继续成为个体理想的基础?"[②] 现代时尚显然符合这样的审美标准，在时尚中的审美建构中，二律悖反的消除具有日常基础：时尚以个人趣味的主观偏好为基础，同时又形成了具有社会约束作用的行为标准。

当然，时尚也绝对不是对康德理论困境的完美解决方案，虽然现代时尚模式为趣味的二律悖反提供了一个可能性的实际解决方案，但事实上却复杂得多。首先，在时尚中所展现的个性，是否就是一种真正的个性？这正如史文德森所质疑的那样："我们坚忍不拔、不断努力地表达我们自己的个性，但是吊诡的是，越这样做，似乎就越仅仅表达了抽象的非人个性。"[③] 在史文德森看来，虽然时尚在建构自我的同时确保了个体性的张扬，但这种个性的张扬同时也是个性的消解。根据史文德森的观点，我们发现，时尚中的个体往往不再是真正的个性，而可以说是一种被同化了的伪个性，时尚虽然强调个体性，但却总是在诉求从众性。个人不管是无意地追逐时尚来展示个性，还是有意地与大众时尚相敌对来展示个性，但终归还是模仿，只是方式不同

① 参见［芬］尤卡·格罗瑙《趣味社会学》，向建华译，南京大学出版社2002年版，第23页。

② C. Campbell, *The Romantic Ethic and the Spirit of Modern Consumerism*, Basil Blackwell, 1987, p. 157.

③ ［挪］拉斯·史文德森：《时尚的哲学》，李漫译，北京大学出版社2010年版，第12页。

而已。就如同穿前卫服饰可以是对时尚潮流的认同，而刻意地反对前卫服饰也同样可以是对时尚潮流的认同，两者的本质都是希望实现对时尚潮流的认同，只不过方式不同罢了。其次，时尚作为一种审美化的社会行为模式，似乎也只是在审美精神的层面上实现了个性与社会性的暂时调和。毕竟，对现代人来说，个性与超个体的社会性之间的关系永远是紧张的，它们之间的永恒和解是不可能的，所谓的和解都只是暂时性的。这正如齐美尔所言，“任何情况下，企图在美学领域达成和解的最初和最后的双方就是人的独特性和他们同样不可避免的超个人集体性”①。而这也正是时尚为何不断寻求创新，不断寻求变化，追求自我更新的原因。

然而，正是在这种动态的创新中，时尚建构着另一重审美现代性意义：通过与现实生活保持一种动态的距离关系来实现个体的审美救赎。在这种审美救赎建构中，时尚作为个体的一种现代生活审美体验，它也是对现代性矛盾的一种解决。一方面，时尚的从众性表征了日常生活的审美化趋向；另一方面，时尚的区分性使个体与生活拉开距离，进而实现对平庸生活的成功颠覆。现代性有其与生俱来的内在矛盾：它为个体的个性化提供了在前现代社会不可能有的新机会，但与此同时，它又扼杀了社会协调的可能性。现代生活展示了一种从众化的意愿，这是一种生活的内容与形式统一化的、了无生气的彼此相似；但与此同时，现代性也展示了区分化的意愿，这是一种使彼此分离的力量，它产生出极端的个人主义及个体生活的不停息的变化节奏。现代性矛盾的解决客观上需要一种平衡的力量，而时尚恰恰具有对社会进行平衡的功能，同时也是对现代性矛盾的一种温和的协调。

由此看来，时尚所建构的审美现代性意义在于通过与生活拉开距离来实现个体对平庸生活的颠覆，进而以一种陌生化的生存体验来实

---

① ［芬］尤卡·格罗瑙：《趣味社会学》，向建华译，南京大学出版社 2002 年版，第 187 页。

现现代个体的审美救赎。对时尚的追逐意味着现代个体对日常生活意识形态的中断与打破，时尚导致了一种对生活态度的改变，而这种改变就是强调通过一种与众不同的行为模式来达到对日常生活刻板模式的中断和颠覆。毕竟，为了拒绝日常生活的平淡与庸俗，现代人不得不用怪异的方式和极端夸张的举止来表现自我的与众不同，而通过对社会现实进行另类的反拨，可以使现代个体在这种反拨和背离中得以抗拒并超越平淡的日常生活，实现对现代平庸生活的审美超越和审美救赎。

在对时尚的追逐中，现代个体通过用新潮、怪异和极度夸张的方式来对日常生活进行中断，从而实现现代性生存的自我救赎。至于冒险，它是现代生存的一种极端体验，同时也是现代人对自我生存的越境。冒险是对连续性生活的中断和超越。冒险的最一般形式是它从生活的连续性中突然消失或离去，在一定程度上，它发生在现实生活的日常连续性之外。冒险的激情性使现代生活处处带有一种紧张的刻痕，形成生活的一种张力。这种张力在现代生活中构成了一种独立于物质生活的不和谐之音，它足以撕裂生活和超越现行的生存模式，使现代个体在现存的生活之中感受到一种超生活，使个体在越境的他者体验中获得精神上的自由。冒险作为现代人的另一种陌生化体验，是现代人对生存的越境，它通过与日常生活的陈旧意识形态保持距离，抗拒日常生活的自动化和平庸化，摆脱生活中各种功利的、庸俗的羁绊，从而实现个体现实生存的解放与自由。这里，我们以齐美尔的分析为中心展开讨论。

齐美尔对冒险的论述与他的“人是越境者”思想紧密相连。齐美尔认为，人是作为天生的越境者而存在的，“我们虽然知道我们在我们的特性与思维、我们的积极价值与消极价值、我们的意志与力量上是受限制的——但同时我们又具有越过限制眺望、越过限制前进的能力，而且也知道那样做是必需的”[①]。因此，人是天生的越境者，个

① 转引自［日］北川东子《齐美尔》，赵玉婷译，河北教育出版社2002年版，第154页。

体一方面意识到自己在一个边界内，同时又能自觉地努力去超越这个边界，实现自我的对外开放。北川东子认为，在齐美尔眼中，人与神以及动物有着根本的不同，这种不同就在于人可以超越自我的边界，神与动物则不能，“像神那样是无法超越自己的边界的。无限性中没有边界。而且动物也不具备超越边界的能力。动物停留在自己的边界范围之内”。与此相对，“人的存在原本就是‘越境者’，我们能够一面在一个边界内，一面又自觉地认识到这点并能超越这个边界性”①。

对边界的论述，在《桥与门》中表现得相当明显。桥与门意味着个体生存的一种边界，桥象征着我们征服空间的意志力的延展。“桥将分离的两端连接，不仅达到了实际的目的，而且使这种连接直接可见，就此而言，它成为一种美学价值。”② 桥将此在与彼在联系起来，从而实现了对原本不可超越的边界的征服。而“门的形式仿佛是人的空间与这空间之外的事物之间的连接，就此而言，它超越了内外之间的分离。正是因为它也能被打开，所以，它的关闭比完全凌乱的墙更能给人一种强烈的将这个空间之外的事物都挡在了外面的隔绝感。墙是暗哑的，但门会说话。门对于人而言是绝对实在的，它为自己确立了边界，但带着自由，以此方式它也能再次取消这个边界，它能把自己置于它的外面”③。因此，门也是个体与外界相联系的一个边界。门的最大的特点就在于它能打开或关闭，而打开或关闭的自由就掌握在个体自我的手中。这意味着个体具有超越门的边界，自由到外在的世界中呼吸的能力，具有超越自我界限的无限可能性。可见，桥与门都具有边界的意味，桥静静地躺在分离的两端之间，它实现了对分离两端的连接，因而意味着对边界的一种跨越与征服。门则不是静静地伫立在某处，它内含了一种灵活性和自主性，它既可以实现对分离的两端的连接，又具有桥所不具备的自由，即确立自我的边界，它通过对

---

① ［日］北川东子：《齐美尔》，赵玉婷译，河北教育出版社2002年版，第154页。

② ［德］乔治·齐美尔：《时尚的哲学》，费勇等译，文化艺术出版社2001年版，第220页。

③ 同上书，第221页。

外的关闭而为自我成功地确立了一个边界。

边界不仅仅是一个物理概念，也是对人类生存的一种形而上的哲性思考。如果我们将齐美尔关于边界的论述与他关于现代性体验的论述相印证，可以发现，边界在某种程度上就是个体生存的种种现实存在，它是个体生活于其中的现代生存的整体连续性，而人作为天生的越境者，就必须不断地打破束缚自我生存的边界，对现实中连续性自我进行不断的超越。这种超越的现代性体验的最佳形式，在齐美尔看来就是冒险。冒险就是对个体现实连续性的一种超越："冒险的最一般形式是它从生活的连续性中突然消失或离去"，它是个体现实存在的一部分，"直接和那些居于它之前和尾随它的其他部分相邻接"，同时又是对这种连续性的中断和超越，"它发生在这种生活的日常连续性之外"①。这正如瓦德勒所言："冒险是一段插曲，它与日常生活之间存在着距离，因为它是对习以为常的当下性和因果关系的一种远离。日常体验似乎纠缠于因果联系的冲突网中，而冒险则有明确的开端与结束。冒险中的主角也是依照一种罕有的混杂而行动，这是一种命运与机会的混杂。冒险的一个最显著特征就在于它是对生活连续性的某些方面超越，这也是正常生活与冒险的区别。"②

相对于日常生活的连续性，冒险远远地位于日常生活的外部，它是对日常生活整体连续性和个体生存边界的超越。但个体生存的边界并不是一个固定的存在，边界在个体生存中处于一种游离不定的状态。个体要超越的边界并不是一个事实的真实存在，它是虚构的，是被反复界定的。北川东子将齐美尔对边界的无限反复论述称为"我们的边界的构成性错位可能性与错位"③，即我们在所有方向上都有边界，同时又在任何方向都没边界。因此，边界永远只是虚构性的存

① ［德］乔治·齐美尔：《时尚的哲学》，费勇等译，文化艺术出版社 2001 年版，第 204 页。

② H. Wardle, "Jamaican Adventures: Simmel, Subjectivity and Extraterritoriality in the Caribbean", *Journal of the Royal Anthropological Institute* 5.4, p. 525.

③ ［日］北川东子：《齐美尔》，赵玉婷译，河北教育出版社 2002 年版，第 157 页。

在，是以一种模糊的方式为个体所体验，与其说它是一个概念性的，还不如说是经验性的范畴。由于边界的虚构性或想象性特征，使对生存边界进行不断超越的冒险免却了与日常生活的各种各样的牵扯与连接，“冒险构成了生活整体的生活延续部分，缺乏彼此的相互渗透，冒险像生活中的岛屿，根据它自己的力量决定它的开端与结束，而不是像大陆的一部分，根据那些相邻区域的力量来决定”[①]。对此，阿克勒诺德认为，齐美尔讨论冒险，“是将它视为一种具有特殊性质的体验，它与我们的其他体验全然不同，并且，它脱离了我们生活的连续性。……冒险的开端与结束由其自身所规定，冒险的内容单独决定了冒险在什么地方开始和在什么地方结束”[②]。可见，齐美尔视冒险为生活连续性之外的一种独立碎片，而且，他对冒险的这种“独立自主性”也情有独钟。

由于冒险中断了连续性的日常生活，实现了对现存自我的不断超越，这种对生存的越境形式就与艺术品具有了相通之处。艺术作品的本质就在于“它切去了连续不尽的已感知经验系列中的一小块，使这一小块与各方面的联结都相分离，给予它自足的形式，就好像通过一种内在的核心将它突出地结合在一起”，“艺术品完全存在于作为实在的生活之外；冒险，完全在生活——作为各个部分都清晰地与邻近之物相联结的不间断的进程——之外”。[③] 存在的一部分混合着那种存在的不间断性，从而构成一个统合的整体，这个统合的整体既在生活之内，又在生活之外，这就是艺术品与冒险的共同之处。由于生命意志不能停留在日常存在之中，它要不断地生成与创造，要不断地跨越边界，不断地超越现实存在中的陈旧自我，这种超越意味着人成为真正的自我越境者，实现了对自我的否定与重新审视。生命的现实存在性

---

① ［德］乔治·齐美尔：《时尚的哲学》，费勇等译，文化艺术出版社 2001 年版，第 206 页。

② C. Axelrod，“Toward an Appriciation of Simmel’s Fragmentary Style”，*The Sociology Quarterly*，18. 2，p. 192.

③ ［德］乔治·齐美尔：《时尚的哲学》，费勇等译，文化艺术出版社 2001 年版，第 206 页。

就体现于对现实存在的这种不断超越中。对边界的超越不仅是对个别界限，而且也是对精神生命界限的超越，是一种自我超验的行为，精神也只有在它自身超验的这种运动中，才表现为不折不扣的、活生生的东西。因此在某种程度上，冒险也就是一种艺术，是人类生存的一种艺术，它通过对生活的中断与超越承担着对现代个体异化生存的救赎使命。

在冒险的体验中，个体实现了对自我边界的成功超越，它在生命存在的连续性中具有超区域的特性。但对生存空间的超越只是冒险的一个方面，它的另一个方面是对连续性时间存在的中断。冒险既不由任何消逝的过去所决定，也不受无法预期的未来所影响。对过去和未来能进行准确估算，也就意味着个体拥有了确定自己行动的可计算性和确定性的前提。因此，一般人们都把能够计算把握的合理性视为自己行动的前提，但冒险家却把不确定性和非计算性作为行动的前提。冒险关注的是个体存在的当下性与即时性，“冒险的气氛是绝对的当下性——生活过程突然之间跳跃至过去和未来全然无涉的一点；因此冒险把生活聚集在自身之中，其强度之猛烈，往往使该事件本身的实质性变得无关紧要。……所以冒险的魅力，从来都不在于它所给予我们的实质——而且如果换一种形式，说不定它根本不会引人注意——而在于体验它的冒险形式。在于就在那一瞬间，它让我们感受到了猛烈的、刺激的生活”①。

齐美尔的以上论述揭示了冒险的深刻内蕴所在：第一，冒险是与个体生存不可分割的一部分，是个体存在的组成部分。对边界的超越并不是完全地与现实存在绝缘，冒险虽然发生在现实生活的连续性之外，但冒险也直接与居于它前后的生活相邻接，它与构成生活整体的延续部分前后相贯穿。它不是现实生活的绝缘体，而是个体现实存在的一部分，它以超越此在的彼在形式内在于现实的当下存在中。第

① ［德］乔治·齐美尔：《时尚的哲学》，费勇等译，文化艺术出版社2001年版，第215—216页。

二，冒险是个体对生活连续性的中断，是个体对生存边界的一种越境。冒险发生在边界之外，是生活此在的“异质躯体”，它经常远远地游离于自我中心以及由自我意识引导和组织的生活进程之外，以至于我们把它看作另一个人所经历的事。如果说，个体的现实生活的整体连续性意味着个体的此在，那么冒险就意味着不同于此在的超越性彼在。它远远地处于现代个体生活进程的外部，是现实生活的连续性进程中的异质性因素，可以将之分派给一个不属于自我的他者。

弗里斯比认为，冒险作为一种体验形式，体验的内容不能说是冒险，而逃离呆板的日常生活体验的当下“封闭整体”才可以说是冒险。冒险将冒险者引向当下性，引向碎片性的偶发事件。[①] 不难看出，作为现代生活中的个体生存体验，冒险是个体对日常生活意识形态的中断和超越。在冒险体验中，冒险家让偶然事件具有控制生活连续性的意义。并且在这种偶然的、外在给予的内容和内蕴意义的生活存在中，冒险使冒险家的生活具有一种新的存在的必然性。它使个体超越了生活中被现代工具理性所奴化的现代生活，“消除了日常生活所具有的条件性和制约性，可使生命作为整体，并在其强度与广度上为人所感受”[②]。冒险体验是对物化生活之平淡乏味的明确决裂，也是对个体所观察到的物化现实的明显拒绝。瓦德勒认为，对齐美尔而言，冒险有其自足的特殊意义。冒险的超越性——溢出于生活之流——类似于置换了冒险中的自我。冒险中的自我不同于日常的自我，从某种方面而言，冒险中的自我比冒险者（作为日常生活中的自我）显得更为真实。冒险“使冒险者作为一个主角——而不仅仅只是一个单单的体验者——与他者得以区分开来”[③]。可见，冒险使现代个体在现存的生活之中感受到一种超生活，感受到现存生活之上的一种更高的生活的

① D. Frisby, *Simmel and Since: Essays on Georg Simmel's Social Theory*, London: Routledge, 1992, pp. 132-133.

② ［德］汉斯-格奥尔格·伽达默尔：《真理与方法》，洪汉鼎译，上海译文出版社1999年版，第88—89页。

③ H. Wardle, "Jamaican Adventures: Simmel, Subjectivity and Extraterritoriality in the Caribbean", *Journal of the Royal Anthropological Institute* 5. 4, p. 525.

统合性，也正是在这种超生活中，现代个体在越境的他者体验中获得精神上的自我救赎。

现代个体对时尚和冒险追求都存在着一个显著的现代性品性，即它们虽然存在于这个世界之中，但却超越于那单调、理性、压抑、窒息的日常生活之外，也就是说，时尚和冒险是一种日常生活的陌生化体验，它们脱离了日常生活的链条和逻辑，使个体获得了内在心灵暂时性的解放和自由。这种从现实的当下存在中的逃逸，其实就是强调对现实生活保持一种距离，从而远距离地对现实生活进行审美的体验。

结　语

什克洛夫斯基在反思自己早期的诗学理论时，曾幽默地写道：

> 可怜的陌生化。我挖了一个坑，许多不同的孩子都掉了进去。陌生化其实就是将对象从对它的惯常接受中拯救出来，就是使其语意系列膨胀。①

什克洛夫斯基的反思是对的，陌生化对艺术来说是必不可少的，然而仅仅这样又是不够的。陌生化绝不仅仅只是简单意义的“手法”，它是一种诗学原则或诗学的思维模式，是古今中外“同条共贯”之理。笔者认为，至少可以从两个维度来考察陌生化：形式主义的维度和现代性的维度。从形式主义的维度来看，陌生化是语言学转向在诗学话语中的体现，而从现代性的维度来看，陌生化是批判理论转向在诗学话语中的体现。就前者而言，陌生化立足于外在形式结构的翻新与出奇层面，取消文本符号经验的前在性；就后者而言，陌生化立足于与日常生活意识形态的关系层面，强调打破自动化和常识化的习惯生活方式和生活无意识，远距离地体验社会、审视社会和批判社会，

---

① ［俄］维克多·什克洛夫斯基：《汉堡账单》，张冰《陌生化诗学：俄国形式主义研究》，北京师范大学出版社 2000 年版，第 234 页。

突破意识形态对主体的围困。顺着形式主义和现代性这两个维度，我们大致可以梳理出陌生化理论在西方诗学史上的影响。

从俄国形式主义维度出发，陌生化理论对西方现当代诗学的影响不容小觑。对此，佛克马和易布斯曾写道：

> 欧洲各种新潮流的文学理论中，几乎每一流派都从这一“形式主义”传统中得到启示，都在强调俄国形式主义传统中的不同趋向，并竭力把自己对它的解释，说成是唯一正确的看法。仅就此而言，我们再次探讨俄国形式主义的基本原则便是合乎时宜的。①

佛克马的评论丝毫不过分，俄国形式主义对西方现当代诗学的影响的确彰明显著。笔者以为，可以归纳出以下几条线索。

其一，“俄国形式主义—结构主义—符号学”线索。

自俄国形式主义伊始，继起的新批评和结构主义都把文学的文学性追求作为核心问题来加以探讨和研究，从而建构一种具有强烈自主性的文本主义理论研究体系。

有学者指出，俄国形式主义者的工作为后来批评实践的转变提供了基础。因为俄国形式主义者在把文学性确定为研究对象的同时，也为文学研究提供了系统性的反思，即超越了单个文本的内在研究。②这一评价无疑是相当中肯的。无论将文学研究立足于形式技巧层面，还是立足于语言学研究层面，受语言学转向影响的俄国形式主义都给了新批评、符号学和结构主义很大的影响。俄国形式主义、英美新批评、法国结构主义构成了 20 世纪的西方文艺思潮中三足鼎立中的形式主义一足。从莫斯科到布拉格再到巴黎，俄国形式主义为新批评、

---

① ［荷］杜威·佛克马、［荷］E. 贡内-易布思：《二十世纪文学理论》，林书武等译，生活·读书·新知三联书店 1988 年版，第 13—14 页。

② P. Rice, P. Waugh, *Modern Literary Theory*, The Oxford University Press, 1989, p. 17.

结构主义和后结构主义的兴起奠定了基础。如果说俄国形式主义对语言的研究开启了西方文学研究由作者中心向作品中心转变的新格局，那么结构主义与后结构主义则标志着这一转变的最终完成。

20 世纪 60 年代以来兴盛起来的结构主义与后结构主义文论，对作家在文学创作中的主体地位进行了彻底颠覆。结构主义文学批评也坚决否定了把作者和现实作为解释文学作品的起点，他们关注能指，忽视所指，关心的是意义产生的方法，而不是意义本身。“诗歌的特点就在于把词当词来看待，而不是它所代表的所指物或者是感情的爆发，还在于词及其调度、意义、内外形式的重要性和价值都来自它们自己。”[①] 可见，在结构主义的理论视域中，文本本身和语言价值被凸显，语言体现出至高无上的地位，甚至代表着文学的主权。对结构主义者而言，语言是文学的生命，是文学生存的世界，语言决定一切，语言先于任何个人的言语，而文学问题可以看作一个以语言形式出现的问题。基于此，在结构主义者眼中，一切文本都是由已经写出的文本构成，作家的创造不过是一个假象，因为作家本人也不过是结构的产物。与结构主义的理论相呼应，后结构主义文学批评家则认为，语言并不是一个稳定的系统，而是像一个无限展开的蛛网一样，充满了许多不确定的因素，意义也不是一个符号的直接表现，意义总是在一系列相互连接的符号网络的文本关系中决定的。此外，20 世纪兴起的文本理论也是语言学转向后的重要成果，而结构主义和后结构主义诗学中的文本也不再是传统文学研究中的作品，它是一个纯粹的语言学概念，文本就是语言的编织物，是一种借助于语言符号所形成的能指实践。

当代符号学美学代表人物洛特曼从信息论的维度重新理解了陌生化。他在《艺术与文本的结构》中指出：“为要使文本的整体结构保持其信息性，就必须不断地将其从非艺术结构所同有的自动化状态中

① E. Victor, *Russian Formalism: History-Doctrine*, Mouton & Co., 1965, p. 183.

拯救出来。”[①] 洛特曼所言的从“自动化状态中拯救出来”换一种说法就是陌生化。不过对于俄国形式主义的陌生化理论来说，构成审美张力的是文本的当下性和对前在性的取消。而对于洛特曼而言，构成张力的则是两种不同的机制。“在艺术文本的结构中，有两种相对立的机制在同时起作用：一个机制力求使所有文本要素服从系统，将其转变为没有它交际活动就无法进行的自动化了的语法，而另一个机制则力求破坏这种自动化，使结构自身成为信息的载体。”[②] 洛特曼所言的自动化与“信息”的关系，其实也就是什克洛夫斯基眼中的自动化与陌生化的关系。

其二，“俄国形式主义—读者批评—接受美学”线索。

20 世纪 60 年代在德国兴起的康士坦茨学派，以姚斯和伊瑟尔为代表的接受美学与接受理论，其理论的起点应追溯到俄国形式主义那里。接受美学的代表人物霍拉勃认为，俄国形式主义极大地促进了接受理论的发展。“俄国形式主义者提出了一个与接受理论密切相关的、全新的解释方式，他们把形式概念扩大到包括审美感知，把艺术作品解释为作品‘设计’的总和，把注意力转向作品的解释本身。”[③] 文学史观念上，俄国形式主义者提出“文学演变”的概念，这也在当时的德国产生了重要影响。霍拉勃认为，俄国形式主义的“文学史的动力概念包含着姚斯的‘期待视野’和伊瑟尔的‘间隙’和‘未定性’思想”[④]。根据霍拉勃的研究，俄国形式主义可谓德国接受美学的先驱。

俄国形式主义者以隐在读者和感受为批评中心的理论架构，给了接受美学以重大启示。20 世纪初，接受美学尚未产生，但什克洛夫斯基从读者的心理机制、心理活动的规律出发提出自动化与陌生化的原理，这不能不说是一个伟大的洞见。正是陌生化的求新、求奇、求

① ［苏］尤里·米哈伊洛维奇·洛特曼：《艺术文本的结构》，张冰《陌生化诗学：俄国形式主义研究》，北京师范大学出版社 2000 年版，第 185 页。

② 同上书，第 185 页。

③ ［德］H. R. 姚斯、［美］R. C. 霍拉勃：《接受美学与接受理论》，周宁等译，辽宁人民出版社 1987 年版，第 292 页。

④ 同上书，第 300 页。

异，使作品即文本给读者提供了巨大的全新的体验和想象的空间，召唤读者去求解，去感受，去探索。也正是陌生化的求新、求奇、求异、追求超越的本质，使读者在阅读过程中，不断超越自己的“期待视野”，不断地从一个惊喜到另一个惊喜，从一个未知到另一个未知。

具体来说，陌生化对接受美学的影响主要表现在以下几个方面：首先，陌生化肯定了接受主体的“心理永远趋向于‘求新趋异’‘趋奇走怪’”①的心理规律，为接受美学的产生奠定了坚实的心理基础；其次，陌生化承认读者在整个艺术活动过程中并不是消极被动的，读者的原初审美格局和期待视野，当下的审美追求影响并牵制，甚至制约着艺术家的创作。而且在某种程度上，读者求新趋异的心理欲望成为艺术创作、艺术发展的潜在的动力源。在这个意义上，陌生化原理已远远超越了传统的能动反映论，内蕴了本体论的意义。而且，可以说，接受美学和接受理论的两个重要概念“召唤结构”和“期待视野”就是陌生化理论直接影响下的产物。再次，“自动化—可感受性—陌生化”这一理论，实际上包含着对接受心理的注意。托多洛夫认为，从什克洛夫斯基对感受过程的强调中，可以发现一种阅读理论的雏形，尽管这一雏形与俄国形式主义的总体诗学追求是相悖的。“文学研究的对象，在形式主义者看来——在这一点上，他们是一致的——是作品的本身而不是作品给读者留下的印象。至少在理论上，形式主义把作品的研究与创作或接受的研究区分开来，并且不断批评他们的前辈对只是情境或只是印象的东西的关注。一种阅读的理论只能通过秘密的方式介绍到形式主义理论中来。”②

其三，“俄国形式主义—解构主义—后现代主义”线索。

后现代主义批评者也在一定程度上继承和发展了陌生化理论。根据后现代主义的观点，人类的生存有一个悖论：人类无法生存于一个

---

① ［美］弗雷德里克·詹姆逊：《语言的牢笼》，钱佼汝译，百花洲文艺出版社 1995 年版，第 42 页。

② ［法］茨维坦·托多洛夫：《批评的批评：教育小说》，王东亮等译，生活·读书·新知三联书店 2002 年版，第 19 页。

无秩序、无意义的世界中，但在最初赋予秩序的符号活动之后，他又不能蜗居于一个完全规范化的世界秩序之中，他将被同样的创造意志所驱使，不断尝试解构旧的秩序，重构新的秩序。从解构主义出发，文学语言陌生化的要义就是解构语言能指与所指间习惯性、常备化、自动化的意指关系，摆脱由语言建立起来的习以为常的知觉经验，打破、毁坏一切固有的语言符号模式，把语言置于重新能指化的背景中，借以重构它的感性内涵，形成新的意指链。巴特认为，文学语言是对语法规范的突破，它使词语摆脱了共性的约束，闪烁出自由的光辉。必须依靠作者的特殊语言陈述、个性的风格、不落俗套的新颖词汇，才能有机地生成文学语言。文学语言是“自足的”，处理语言的能力和技巧就是艺术家的根本任务，文学活动所涉及的仅仅是语言，是语言的历险。在拉康那里，语言的能指是漂浮不定的，它不断地从一个能指滑向另一个能指，因而具有意义的不确定性和变异性。德里达则主张，要消解、打碎传统的“逻各斯中心主义”和“语音中心主义”，实现对中心的不断替换。而这，归根结底就是要冲破一切前在符号和思想的囚笼，使我们重获感知的原初性。解构主义者对传统的背叛与更新，恰恰是一种陌生化策略。

俄国形式主义也影响了詹姆逊的后现代叙事理论。詹姆逊对后现代的平面化叙事和拼贴式叙事尤为注重。所谓“平面化”叙事，就是指在文本创作时，作者有意背离以前作品中被认为是不可缺少的意义、象征和寓意，用透明的语言剔除了所谓的深度模式，使文学所从事的终极关怀回到语言的平面，回到写作叙述自身。文本力图展现的也只是它的自身，此外无其他意义。“拼贴式”叙事，就是指把几个缺乏内在联系的“叙事碎片”通过一定的艺术手法组合在一起，从而使作品成为不确定性、多元化的文本，从而引发接受者对之玩味和进行语言、结构的历险。不难看出，詹姆逊叙事理论中的“平面化”叙事和“拼贴式”叙事手法，其实质也是一种陌生化思维模式。

从现代性维度出发，陌生化强调其价值建构的现代性品质：实现对意识形态的审视与批判。从这一维度出发，我们可以整理出以下两条线索。而支撑这两条线索的关键词是：批判性。

其一，“陌生化—现当代艺术—生存体验”线索。

应当说，在20世纪初的思想舞台上，在现代性问题出现之初，齐美尔就思考着现代个体的生存意义和现代文化的命运，并率先揭示了现代社会和现代人的困境，把握了现代社会中个体生存状态以及现代文化的两难困境。齐美尔对现代人的这种生存困境极其忧虑，面对现代人的生存困境，面对现代生活的诗性缺乏，个体又将采用什么策略来对不断沦丧的本真性进行救赎？对此，齐美尔提出了距离观念，以此来对抗现代物化文明的压制。他认为在工业文明导致现代个性沦丧愈演愈烈的趋势下，个体只有远离被物化文明所控制的现代生活，现代艺术只有远离物化现实，通过与工具理性笼罩的、诗性缺席的物化现实保持距离，才能抵御物化文明对人本真性的不断侵蚀。通过对距离进行社会学、美学和艺术层面的解读，齐美尔构建了以“距离”为核心的现代性审美救赎策略。在这个意义上，笔者以为，齐美尔实际上是构建了以距离为核心的陌生化救赎策略，即通过对生活世界的陌生化处理来实现对意识形态压制的突围与救赎。

韦伯曾形象地说，当现代人在资本主义的异化文明前无可避免地堕落时，有两种方式为现代人提供了救赎方案：性爱和艺术。也就是说，艺术为现代人寻找精神家园提供了一种审美方案。艺术的自主性强调文学和艺术应成为一个独立的审美领域，它意味着陌生化的距离诉求；而后现代主义艺术取消了文学艺术与生活、非艺术的界限，这意味着为现代主义所强调的距离在后现代主义中被逐渐消解。强调文学艺术的自我指涉，崇尚为艺术而艺术，高唱艺术否定生活，呼吁文学艺术与现实生活的距离，以期在艺术中建构一个审美的理想王国来与资本主义的异化王国进行对抗，这是西方现代主义文学艺术所走过的历史轨迹。而呼吁不同文学艺术之间，文学艺术与生活界限的消解，强调日常生活进入审美与艺术，实现日常生活的审美化，则恰恰是后现代主义所追求的审美策略。笔者以为，不论是距离的生成还是距离的消解，实际所延续的都是齐美尔的“陌生化—距离”的救赎路径。

与艺术对日常生活意识形态的拒绝相呼应，个体在现代生活中的诸多活动，如时尚和冒险等，都力求突出与生活的距离，保持对生活的陌生化体验。它们创造了个体与生活的距离，是对日常生活刻板模式的颠覆和超越。就时尚与冒险而言，其中内蕴的陌生化思维使个体改变沉沦于物化意识形态的奴化状态，把自我从虚假意识形态的束缚下解放出来，通过恢复个体的内在本真来抗拒和批判物化现实，实现个体的自我救赎，这恰恰是陌生化策略的现代性价值之建构。

其二，“布莱希特—法兰克福学派”线索。

陌生化被什克洛夫斯基定义为“事物的‘陌生化’手法”，在这种情况下，艺术就是一种恢复有意识的体验的方法，一种打破迟钝机械的行为习惯的方法，使我们得以在这个存在着清新与恐惧的世界中获得新生。这是俄国形式主义在艺术本质、文学创作、审美心理、文本价值和艺术发展诸多方面对传统文艺观的颠覆。在什克洛夫斯基的语境中，陌生化是一种恢复个体感性的方式。这一理论发展到布莱希特那里，就不仅仅是强调要恢复个体的感性认知，而是与一定的社会解放联系在一起了。在布莱希特看来，陌生化是一个更新观众的认识能力，进而达到对虚假意识形态的揭露与批判的工具。在布莱希特的语境中，陌生化是一种恢复个体理性的方式。而这一理论到了德国批判理论中，特别是法兰克福学派那里，则主要强调个体要站在社会的对立面，把物化的现实世界陌生化，这样就不会被物化生活所物化和奴化，进而达到以他者的眼光审视和批判物化现实的目的。在批判理论家的语境中，陌生化意欲恢复个体的感性与理性，实现感性与理性的融合，进而达到批判现实和自我救赎的目的。

布莱希特及批判理论家们对俄国形式主义理论的转换与深入，仿佛向我们暗示在这个社会上没有什么东西是一成不变的和牢不可破的，世界非但可以改变，而且也应当被改变。陌生化不仅仅作为形式上的艺术手法，而且也是作为观察、审视和批判这个社会的一种特定策略。在这个意义上，审美的批判实际上源于对最普遍而又最牢固的日常生活观念及其意识形态的批判。

也许，我们可以宣称，陌生化并非一成不变的纯诗学术语，它处于不断的发展更新中，在它身上，体现了最宝贵的现代性品性：批判性。

或许，我们可以更时髦地宣称："陌生化"永远走在路上。

参考文献

一　中文著作

[德] 西奥多·阿多诺：《美学理论》，王柯平译，四川人民出版社 1998 年版。

[美] 阿道夫·阿恩海姆：《艺术与视知觉》，滕守尧等译，四川人民出版社 1998 年版。

[法] 路易·阿尔都塞：《保卫马克思》，顾良译，商务印书馆 2006 年版。

[德] 爱克曼：《歌德谈话录》，朱光潜译，人民文学出版社 1978 年版。

[日] 北川东子：《乔治·齐美尔》，赵玉婷译，河北教育出版社 2002 年版。

[苏] 米哈伊尔·巴赫金：《文艺学中的形式主义方法》，李辉凡等译，漓江出版社 1989 年版。

[苏] 米哈伊尔·巴赫金：《巴赫金全集》第一卷，张杰等译，河北教育出版社 1998 年版。

[苏] 米哈伊尔·巴赫金：《陀思妥耶夫斯基诗学问题》，白春仁等译，生活·读书·新知三联书店 1988 年版。

[英] 托尼·本尼特：《文化与社会》，王杰等译，广西师范大学

出版社 2007 年版。

［英］门罗·C. 比厄斯利：《西方美学简史》，高建平译，北京大学出版社 2006 年版。

［英］彼得·布鲁克：《空的空间》，邢历等译，中国戏剧出版社 1988 年版。

［德］贝托尔特·布莱希特：《布莱希特论戏剧》，丁扬忠等译，中国戏剧出版社 1990 年版。

［比］让·布洛克曼：《结构主义：莫斯科—布拉格—巴黎》，李幼蒸译，中国人民大学出版社 2003 年版。

［美］米歇尔·伯曼：《一切坚固的东西都烟消云散了》，徐大建等译，商务印书馆 2003 年版。

［英］希·萨·柏拉威尔：《马克思与世界文学》，梅绍武译，生活·读书·新知三联书店 1980 年版。

［美］丹尼尔·贝尔：《资本主义文化矛盾》，赵一凡等译，生活·读书·新知三联书店 1989 年版。

［德］彼得·比格尔：《先锋派理论》，高建平译，商务印书馆 2002 年版。

［英］乔安妮·恩特维斯特尔：《时髦的身体》，郜元宝译，广西师范大学出版社 2005 年版。

［英］约翰·费斯克：《解读大众文化》，杨全强译，南京大学出版社 2001 年版。

［荷］杜威·佛克马、E. 贡内-易布思：《二十世纪文学理论》，林书武等译，生活·读书·新知三联书店 1988 年版。

［法］米歇尔·福柯、［德］尤根·哈贝马斯等：《激进的美学锋芒》，周宪译，中国人民大学出版社 2003 年版。

［英］罗吉·福勒：《现代西方文学批评术语词典》，袁德成等译，四川人民出版社 1987 年版。

［英］弗兰西斯·弗兰契娜：《现代艺术和现代主义》，张坚等译，上海人民美术出版社 1988 年版。

［英］戴维·弗里斯比：《现代性的碎片》，卢晖临等译，商务印书馆 2003 年版。

［美］托尔斯坦·凡勃伦：《有闲阶级论》，蔡受百译，商务印书馆 1964 年版。

［芬］尤卡·格罗瑙：《趣味社会学》，向建华译，南京大学出版社 2002 年版。

［德］马丁·海德格尔：《存在主义哲学》，熊伟等译，商务印书馆 1987 年版。

［德］马丁·海德格尔：《诗·语言·思》，彭富春译，上海译文出版社 1987 年版。

［德］黑格尔：《美学》，朱光潜译，商务印书馆 1979 年版。

［德］黑格尔：《精神现象学》，贺麟等译，商务印书馆 1979 年版。

［英］特伦斯·霍克斯：《结构主义和符号学》，瞿铁鹏译，上海译文出版社 1997 年版。

［德］尤根·哈贝马斯：《现代性的哲学话语》，曹卫东译，译林出版社 2004 年版。

［德］尤根·哈贝马斯：《公共领域的结构转型》，曹卫东译，学林出版社 1999 年版。

［美］安纳·杰弗逊、戴维·罗比：《西方现代文学理论概述与比较》，包华富等译，湖南文艺出版社 1986 年版。

［德］汉斯-格奥尔格·伽达默尔：《美的现实性》，张志杨等译，生活·读书·新知三联书店 1991 年版。

［德］汉斯-格奥尔格·伽达默尔：《真理与方法》，洪汉鼎译，上海译文出版社 1999 年版。

［德］伊曼努尔·康德：《判断力批判》，宗白华译，商务印书馆 1964 年版。

［美］迈克尔·霍奎斯特、凯特琳娜·克拉克：《米哈伊尔·巴赫金》，语冰译，中国人民大学出版社 1992 年版。

［德］恩斯特·卡西尔：《语言与神话》，于晓译，生活·读书·

新知三联书店 1988 年版。

［美］乔纳森·卡勒：《结构主义诗学》，盛宁译，中国社会科学出版社 1991 年版。

［美］马泰·卡林内斯库：《现代性的五副面孔》，顾爱彬等译，商务印书馆 2002 年版。

［美］道格拉斯·凯尔纳、［美］斯蒂文·贝斯特：《后现代理论》，张志斌译，中央编译出版社 1999 年版。

［英］赫伯特·里德：《艺术的真谛》，王柯平译，辽宁人民出版社 1987 年版。

［美］M. 李普曼：《当代美学》，邓鹏译，光明日报出版社 1986 年版。

［法］保罗·利科：《哲学主要趋向》，李幼蒸等译，商务印书馆 1988 年版。

［德］乔治·卢卡奇：《理性的毁灭》，王玖兴等译，山东人民出版社 1997 年版。

［法］达尼洛·马尔图切利：《现代性社会学》，姜志辉译，译林出版社 2007 年版。

［德］马克思、恩格斯：《马克思恩格斯全集》（三），人民出版社 1979 年版。

［德］马克思、恩格斯：《共产党宣言》，人民出版社 1964 年版。

［美］赫伯特·马尔库塞：《审美之维》，李小兵译，广西师范大学出版社 2001 年版。

［美］亚伯拉罕·马斯洛：《动机与人格》，许金声等译，华夏出版社 1987 年版。

［美］托马斯·麦卡锡：《哈贝马斯的批判理论》，王江涛译，华东师范大学出版社 2010 年版。

［美］诺姆·乔姆斯基：《语言与心理》，牟小华等译，华夏出版社 1989 年版。

［德］乔治·齐美尔：《货币哲学》，陈戎女等译，华夏出版社

2002年版。

［德］乔治·齐美尔：《时尚的哲学》，费勇等译，文化艺术出版社2001年版。

［德］乔治·齐美尔：《社会学》，林荣远译，华夏出版社2002年版。

［德］乔治·齐美尔：《金钱、性别、现代生活风格》，顾仁明译，学林出版社2000年版。

［德］乔治·齐美尔：《叔本华与尼采：一组演讲》，莫光华译，上海译文出版社2006年版。

［挪］拉斯·史文德森：《时尚的哲学》，李漫译，北京大学出版社2010年版。

［俄］维克多·什克洛夫斯基：《散文理论》，刘宗次译，百花洲文艺出版社1997年版。

［俄］维克多·什克洛夫斯基等：《俄国形式主义文论选》，方珊编，生活·读书·新知三联书店1989年版。

［瑞士］费尔迪南·德·索绪尔：《普通语言学教程》，高名凯译，商务印书馆1980年版。

［美］乔治·桑塔耶那：《美感》，缪灵珠译，中国社会科学出版社1982年版。

［苏］T. 苏丽娜：《斯坦尼斯拉夫斯基与布莱希特》，中平译，北京大学出版社1986年版。

［俄］康斯坦丁·斯坦尼斯拉夫斯基：《斯坦尼斯拉夫斯基全集》，史敏徒译，中国电影出版社1958年版。

［法］茨维坦·托多洛夫：《俄苏形式主义文论选》，蔡鸿滨译，中国社会科学出版社1989年版。

［法］茨维坦·托多洛夫：《批评的批评：教育小说》，王东亮等译，生活·读书·新知三联书店2002年版。

［德］布赖恩·特纳：《社会理论指南》，李康译，上海人民出版社2003年版。

[法] 让-伊夫·塔迪埃：《20世纪的文学批评》，史忠义译，百花文艺出版社1998年版。

[德] 阿尔布莱希特·维尔默：《论现代和后现代的辩证性》，钦文译，商务印书馆2003年版。

[美] 勒内·韦勒克、奥斯丁·沃伦：《文学理论》，刘象愚译，生活·读书·新知三联书店1984年版。

[美] 勒内·韦勒克：《批评的概念》，张今言译，中国美术学院出版社1999年版。

[德] 马克斯·韦伯：《新教伦理与资本主义精神》，于晓等译，上海三联书店1992年版。

[美] 雷蒙德·威廉斯：《现代主义的政治》，阎嘉译，商务印书馆2002年版。

[美] 理查德·沃林：《文化批评的观念》，张国清译，商务印书馆2000年版。

[美] 理查德·沃林：《瓦尔特·本雅明：救赎美学》，吴勇立等译，江苏人民出版社2008年版。

[英] 奥斯卡·王尔德：《谎言的衰落：王尔德艺术批评文选》，萧易译，江苏教育出版社2004年版。

[德] 弗里德里希·席勒：《审美教育书简》，徐恒醇译，中国文联出版公司1984年版。

[日] 细见和之：《阿多诺：非同一性哲学》，谢海静译，河北教育出版社2002年版。

[古希腊] 亚里士多德：《诗学》，罗念生译，人民文学出版社1962年版。

[古希腊] 亚里士多德：《修辞学》，罗念生译，生活·读书·新知三联书店1991年版。

[德] H. R. 姚斯、[美] R. C. 霍拉勃：《接受美学与接受理论》，周宁等译，辽宁人民出版社1987年版。

[英] 特里·伊格尔顿：《二十世纪西方文学理论》，伍晓明译，

北京大学出版社 2007 年版。

［英］特里·伊格尔顿：《马克思主义与文学批评》，文宝译，人民文学出版社 1980 年版。

［美］格奥尔格·伊格尔斯：《20 世纪的历史学》，何兆武译，辽宁教育出版社 2003 年版。

［德］沃尔夫冈·伊瑟尔：《审美过程研究》，霍桂桓等译，中国人民大学出版社 1988 年版。

［美］弗雷德里克·詹姆逊：《语言的牢笼》，钱佼汝译，百花洲文艺出版社 1995 年版。

［美］弗雷德里克·詹姆逊：《布莱希特与方法》，陈永国译，中国社会科学出版社 1998 年版。

［美］弗雷德里克·詹姆逊：《后现代主义与文化理论》，唐小兵译，陕西师范大学出版社 1986 年版。

北京大学哲学系美学教研室：《西方美学家论美与美感》，商务印书馆 1982 年版。

陈世雄：《三角对话：斯坦尼、布莱希特与中国戏剧》，厦门大学出版社 2003 年版。

方珊：《形式主义文论》，山东教育出版社 1999 年版。

范明生：《西方美学通史》，上海文艺出版社 1999 年版。

冯宪光：《“西方马克思主义”美学研究》，重庆出版社 1997 年版。

郭军、曹雷雨：《论瓦尔特·本雅明：现代性、寓言和语言的种子》，吉林人民出版社 2003 年版。

黄佐临：《我与写意戏剧观》，中国戏剧出版社 1990 年版。

刘若端：《十九世纪英国诗人论诗》，人民文学出版社 1984 年版。

刘小枫：《现代性社会理论绪论》，上海三联书店 1998 年版。

汪民安：《现代性基本读本》，河南大学出版社 2005 年版。

伍蠡甫、胡经之：《西方文艺理论名著选编》，北京大学出版社 1985 年版。

伍蠡甫：《西方文论选》，上海译文出版社 1979 年版。
余匡复：《布莱希特》，四川人民出版社 2003 年版。
余匡复：《布莱希特论》，上海外语教育出版社 2002 年版。
张黎：《表现主义论争》，华东师范大学出版社 1992 年版。
张黎：《布莱希特研究》，中国社会科学出版社 1984 年版。
张冰：《陌生化诗学：俄国形式主义研究》，北京师范大学出版社 2000 年版。
张隆溪：《二十世纪西方文论述评》，生活·读书·新知三联书店 1986 年版。
张德兴：《二十世纪西方美学经典文本》，复旦大学出版社 2000 年版。
赵毅衡：《新批评文集》，中国社会科学出版社 1988 年版。
周宪：《激进的美学锋芒》，中国人民大学出版社 2003 年版。
周宪：《20 世纪西方美学》，南京大学出版社 1999 年版。
周宪：《思想的碎片》，山东友谊出版社 2002 年版。
周宪：《审美现代性批判》，商务印书馆 2005 年版。
周小仪：《唯美主义与消费文化》，北京大学出版社 2002 年版。

二　中文期刊

[英] 托尼·本尼特：《俄国形式主义与巴赫金的历史诗学》，张来民译，《商丘师范学院学报》1991 年第 2 期。
[英] 托尼·本尼特：《形式主义与马克思主义文学批评》，张来民译，《黄淮学刊》1992 年第 2 期。
[德] 贝托尔特·布莱希特：《间离效果》，邵牧君译，《世界电影》1979 年第 3 期。
陈圣生、林泰：《俄国形式主义》，《作品与争鸣》1984 年第 3 期。
陈伟：《中国戏曲点燃布莱希特的理论火花：从“间离”效果“打破第四堵墙”看东方戏剧美学对西方的影响》，《上海师范大学学报》2001 年第 5 期。

丁国旗：《“陌生化”和“时间”：什克洛夫斯基后期思想的两个重要概念》，《黄河科技大学学报》2002年第4期。

丁扬忠：《布莱希特和他的表演理论》，《戏剧学习》1979年第2期。

范方俊：《陌生化的旅程：从什克洛夫斯基到布莱希特》，《中国比较文学》1998年第4期。

黄应全：《艺术是对意识形态的内在批判：阿尔都塞的艺术观》，《文学前沿》2002年第1期。

李辉凡：《早期苏联文艺界的形式主义理论》，《苏联文学》1983年第4期。

梁展：《也谈布莱希特与梅兰芳》，《读书》1998年第9期。

马大康：《陌生化与文学功能结构》，《文艺研究》1993年第4期。

钱佼汝：《“文学性”和“陌生化”：俄国形式主义早期的两大理论支柱》，《外国文学评论》1989年第1期。

宋大图：《评什克洛夫斯基的“陌生化”和形式主义文学观》，《文艺理论与批评》1987年第4期。

孙君华：《试论布莱希特的陌生化效果》，《国外文学》1982年第4期。

沈建翌：《布莱希特的“异化”理论溯源及批判》，《戏剧艺术》1985年第1期。

［俄］维克多·什克洛夫斯基：《学术错误志》，《世界艺术与美学》第七辑，文化艺术出版社1986年。

田民：《莎士比亚戏剧中的“间离”效果：兼及莎士比亚对布莱希特的影响》，《戏剧文学》1990年第4期。

王晓华：《对布莱希特戏剧理论的重新评价》，《戏剧艺术》1996年第4期。

谢天振：《什克洛夫斯基与俄国形式主义》，《上海文论》1990年第5期。

杨金才：《文学的自律性——追求与建构：俄国形式主义文学批

评实体论》，《四川外语学院学报》1995 年第 5 期。

杨向荣：《中国、俄罗斯与德国：布莱希特的陌生化理论溯源》，《俄罗斯文艺》2015 年第 2 期。

杨向荣：《科学美学的意识形态介入：本尼特对俄国形式主义的批判与超越》，《俄罗斯文艺》2013 年第 4 期。

杨向荣：《语言学转向的反思与检讨》，《学习与探索》2012 年第 10 期。

杨向荣：《从诗学的审美诉求到批判的社会规划：马尔库塞对俄国形式主义的反思与批判》，《俄罗斯文艺》2012 年第 2 期。

杨向荣：《艺术的自主性》，《外国文学》2012 年第 2 期。

杨向荣：《语言的牢笼及其突围：詹姆逊的形式主义美学解读》，《文学评论丛刊》2010 年第 2 期。

杨向荣：《俄国形式主义之后：西方马克思主义的反思与检讨》，《江苏社会科学》2010 年第 4 期。

杨向荣：《陌生化与非亚里士多德式戏剧：布莱希特对亚里士多德式戏剧的批判与超越》，《浙江艺术职业学院学报》2009 年第 3 期。

杨向荣：《陌生化重读：俄国形式主义的反思与检讨》，《当代外国文学》2009 年第 3 期。

杨向荣：《陌生化：悖论中的张力美》，《俄罗斯文艺》2005 年第 2 期。

杨向荣：《陌生化》，《外国文学》2005 年第 1 期。

杨向荣：《取消前在性：陌生化命意解读》，《外国文学研究》2003 年第 3 期。

叶廷芳：《论布莱希特美学思想的时代性》，《文艺理论研究》1985 年第 3 期。

张隆溪：《艺术旗帜上的颜色：俄国形式主义与捷克结构主义》，《读书》1983 年第 8 期。

张无屐、孙逸行：《差异论模式——意义与局限：俄国形式主义文论研究》,《学术界》1995 年第 6 期。

张时民:《陌生化:揭露戏剧的“意识形态”属性》,《戏剧》2005 年第 3 期。

周宪:《布莱希特戏剧的内在矛盾及其反思》,《戏剧艺术》1997 年第 3 期。

周宪:《布莱希特的诱惑与我们的“误读”》,《戏剧艺术》1998 年第 4 期。

周宪:《布莱希特对我们意味着什么?》,《戏剧》1996 年第 4 期。

周宪:《布莱希特的叙事剧:对话抑或独白?》,《戏剧》1997 年第 3 期。

周晓虹:《社会时尚的理论探讨》,《浙江学刊》1995 年第 3 期。

三 英文文献

J. Arditi, “Simmel’ s Theory of Alienation and the Decline of the Nonrational”, *Sociological Theory*, 14, 2.

C. Axelrod, “Toward an Appriciation of Simmel’ s Fragmentary Style”, *The Sociology Quarterly*, 18, 2.

J. Baudrillard, *The Precession of Simulacra*, *Simulacra and Simulation*, The Michigan University Press, 1994.

S. Bann, J. E. Bowlt, *Russian Formalism*: *A Collection of Articles and Texts in Translation*, Scottish Academic Press, 1973.

T. Bennett, *Formalism and Marxism*, Routledge, 1979.

W. Benjamin, *Illuminations*:*Essays and Reflections*,Pimlico, 1999.

R. Berg-pan, *Bertolt Brecht and China*, Bouvier Werlag Horbet Grundmann, 1979.

P. Bourdieu, *The Field of Cultural Production*, Polity, 1992.

H. Blumer, *Fashion*: *From Class Differentiation to Collective Selection*, Sociological Quarterly, 1969, 10, 3.

C. Campbell, *The Romantic Ethic and the Spirit of Modern*

Consumerism, Basil Blackwell, 1987.

F. Davis, *Fashion, Culture and Identity*, The Chicago University Press, 1992.

V. Erlich, *Russian Formalism: History-Doctrine*, Mouton & Co., 1965.

R. Ellmann, *Oscar Wilde: A Collection of Critical Essays*, Prentice-Hall, 1969.

K. P. Etzkorn, *Georg Simmel, the Conflict in Modern Culture and Other Essays*, Teachers College Press, 1968.

D. Frisby, *Georg Simmel: Critical Assessments*, Vol. Ⅲ, Rouotledge, 1994.

D. Frisby, *Sociologyical Impressionism: A Reassessment of Georg Simmel's Social Theory*, Heinimann Educational Books Ltd, 1981.

D. Frisby, *Simmel and Since: Essays on Georg Simmel's Social Theory*, Rouotledge, 1992.

J. Habermas, *Legitimation Ccrisis*, Beacon Press, 1975.

C. Haskins, "Kant and the Autonomy of Art", *The Journal of Aesthetics and Art Criticism*, 41, 1.

C. Haskins, "Autonomy: Historical Overview", *Encyclopedia of Aesthetics*, The Oxford University Press, 1998.

E. Hanslick, *The Beautiful in Music*, Bobbs-Merrill Co., 1957.

L. Jackson, *the Dematerialisation of Karl Marx Literature and Maxist Theory*, Longman Publisher, 1994.

D. N. Levine, *Georg Simmel: On Individuality and Social Forms*, The Chicago University Press, 1971.

G. Lipovetsky, *The Empire of Fashion*, Princeton University Press, 1994.

H. H. Gerth & C. W. Mills, *From Max Weber: Essays in Soci-*

ology, The Oxford University Press, 1946.

P. Medvedev, M. Bakhtin, *The Formal Method in Literary Scholarship: A Critical Introduction to Sociological Poetics*, The Johns Hopkins University Press, 1978.

H. Marcuse, "Industrialization and capitalism in the Work of Max Weber", *Negations: Essays in Critical Theory*, 1967.

M. Murray, *Modern Critical Theory: A Phenomenological Introduction*, Martinus Nijhoff Publishers, 1975.

R. Paulson, *The Beautiful Novel and Strange: Aesthetics and Heterodoxy*, The Johns Hopkins University Press, 1996.

R. Rorty, *Philosophy and the Mirror of Nature*, Princeton University Press, 1979.

R. Rorty, *The Linguistic Turn*, The Chicago University Press, 1967.

J. Pivkin, M. Ryan, *Literary Theory: An Anthology*, Blackwell Publisher Inc, 1998.

P. Rice, P. Waugh, *Modern Literary Theory*, The Oxford University Press, 1989.

R. Selden, *A reader' s Guide to Literary Theory*, The University Press of Kentucky, 1985.

A. Sellerberg, *A Blend of Contradictions: Georg Simmel in Theory and Practice*, Transaction Publisher, 1994.

P. Steiner, *Russian Formalism: A Metapoetics*, Cornell UP, 1984.

J. Striedter, *Literary Structure, Evolution and Value: Russian Formalism and Czech Structuralism Reconsidered*, Harvard UP, 1989.

J. Sturrock, *Structuralism and Since*, The Oxford University Press, 1979.

A. Swingewood, *Sociological Poetics and Aesthetic Theory*, Macmillan, 1986.

A. Thiher, *Words in Reflection*: *Modern Language Theory and Postmodern Fiction*, The Chicago University Press, 1984.

W. Welsch, *Undoing Aesthetics*, Sage, 1997.

H. Wardle, "Jamaican Adventures: Simmel, Subjectivity and Extraterritoriality in the Caribbean", *Journal of the Royal Anthropological Institute*, 5, 4.

后　　记

有一种冲动，想把自己内心的体验写下来。尽管我知道，这并不是一种真正的体验，而仅仅只是一时的情绪表达。习惯了写作时一旁咖啡所泛出的醇香，在品味着苦涩的同时让自己的心沉浸在微醉之间。这绝对是一种感觉，一种让自己无法消停的感觉。

本书的写作历经了8年。2000年，我跟随张文初先生和熊沐清先生攻读硕士学位。3年后，我凭借《诗学话语中的陌生化——兼论中国古典诗学中的“新奇”诗论》获得文艺学硕士学位。此后，无论是在南京攻博，还是毕业后参加工作，虽研究方向有所转向，但一直没有放弃对陌生化问题的关注，前后零散发表了一些相关论文，后融进书稿，几经修改，遂成此书。

带着迷惘与憧憬，我走进了上帝为我开启的学术之门。时至今日，我一直迷惘于这种选择的适与不适，也不知与学术的结缘是我的幸运，抑或不幸。我并不认为自己是一个纯粹的学人，并时常压抑于知识分子的雅与现世文人的俗之间。在货币化的商品逻辑中，也时常痛苦于学术的尊与卑的哈姆雷特式选择。

森林女神西勒诺斯的箴言至今尤响。“可怜的朝生暮死的人类，为什么一定要我说出你们最好不要知道的事情呢？于你们而言，最幸福的事情是不要出生，次好的幸福则是早点死去。”远古的神话无情且凄美，而尼采也断然没想到不死的狄奥尼索斯精神会成为现代的灭世神话。当尼采高呼“上帝死了”，他似乎想告诉世人，这个世界不再有神的永恒救赎，所有的救赎都只是乌托邦的幻象。然而当福柯高呼“人已死”之时，这个世界似乎已完全缺失了主体精神的救赎维度，一切都有如西西弗斯式的无奈。当生命的存在在岁月的年轮上日益枯黄，也许淡留心中的是“杨柳岸，晓风残月”式的沉淀。

从南大走出来的学子或多或少会浸染一种强烈的“南大情结”，而这种情结在我身上体现得尤其突出。在对鼓楼红墙、金陵遗址和江南浮云的依恋中，我曾不止一次带着强烈的眩晕感向身边的人重复言说着我对南大的痴迷与神往。正是这种自恋式的狂热，让我在浮躁的现世还能勉强坚守着对学术的崇高之悸与信仰之尊。

古人云：“滴水之恩，当涌泉相报。”感恩的心常令我忆起文初先生和沐清先生。两位先生的学识与睿智使蹒跚的我在漫漫的林中路上不致因真理的炫目多彩而迷失方向。感谢周宪先生、赵宪章先生、王杰先生、季水河先生和汪正龙先生。先生们一直以他们的人格魅力和学识智性悟化着我。书稿完成后，赵先生又在百忙之中欣然写序，关心与勉励之情，学生唯有暗忆。感谢湘潭大学“比较文学与世界文学”重点学科研究基地提供的研究平台。书稿的一些章节曾在《文艺理论研究》《外国文学》《外国文学研究》《当代外国文学》《俄罗斯文艺》等刊物上发表，在此向这些刊物与责编表示衷心感谢。

文初先生曾告诫弟子：你想走出孤独，首先就得走进孤独。学术研究是林中路上的孤独旅行，永远处于不定的“未完成”状态。海德格尔言：林中有路，但每条路都仿佛相似，你永远不知道林中之路通往何处。也许，你只有永远走下去……

2009 年春

湘江畔　雕刻时光

修订版后记

当书稿完成之际，总觉得应当写下一些文字，这是情绪的一种记载，也是对书写的一种纪念，更是对未来的一种期待。

2006 年，我从金陵毕业来到三湘楚地，在湘潭大学开始了我的学术生涯。2015 年，我从湘潭来到杭州。时光在雕刻中如白驹过隙而又历历在目。狂迷的青春岁月已沉淀和刻画为泛黄的怀旧照片，然而我庆幸能够拥有那些与伴我同行的追忆。感谢湘大文学与新闻学院，感谢浙江传媒学院，感谢我的朋友们，感谢我的学生们，感谢出现在我生活中的诸般存在，感谢生存的纠结与痛楚，感谢每一个与梦想以及焦虑同在的瞬间。

古朴的青石板回响着历史的足迹，悠长的小巷诉说着昔日的繁华，而高高的院墙则深锁着悠悠的古韵。追寻着历史的气息，我喜欢行走于江南小镇的青石巷道中，喜欢将自己隐于浴夜的落寞中，在周遭不知名的小虫鸣叫声中，读黄昏的诗意，听小桥流水的声音。当晚风带着遥逝的古音和残留的历史拂过脸庞，一种莫名的情绪悄然而生，安逸而淡淡忧伤。

飘荡的浮云倾听着行者的沧桑旅程，黑白交汇的琴键诉说着游子的惶惑。很多时候不想解读自我，我知道，我依旧沉睡在自我的梦中。寻梦，有时需要的不仅仅是勇气。或者，无论我们怎么努力，时光的雕刻总归会将梦想混杂着青春打上一个奇怪的包裹，再将它们邮往记忆深处。就如同消逝的风景，任凭怎么去努力，它离我们的心是那么近，然而一旦触手，却又那么遥不可及。梦是美好的，但梦醒之后，留存的是淡淡的无助且无奈的伤感。

我不想过多地追忆和沉迷于过去，这已成为迎接未来生存的根本。生活不会总是一帆风顺，而需要不断地自我反思和重新定位。生存就如同赛场上的跑道，虽历经不同的时空，但起点亦是终点。时空的穿梭和撕扯因而衍生出我们对现世的超越和对时空的魅性敬畏。这是一种哲思，更是一种让人困扰的生活悖论。总是企盼一种海德格尔意义上的诗性存在，然而当诗性诉求成为生存的不可承受之重时，诗性也被异化为“被诗性”。

一直觉得写作是一种绵延的日常生活，是在书写的轨迹中刻画思想的印迹，而本书稿的撰写亦如此。此书是我硕士学位论文书稿的修订本，原书名为《诗学话语中的陌生化》，2009 年由湘潭大学出版社出版。本次的修订集中在以下几个方面：第一，删除了原书中关于“中国古典诗学中的陌生化”的相关讨论，并将书名调整为《西方诗学话语中的陌生化》，使书稿的主题聚焦于西方诗学话语的视域；第二，增补了最近几年我在这个问题上的新思考，如对陌生化诗学的批判性反思等；第三，修订和调整了原书中的部分章节结构和内容，使之与所讨论的主题更为契合；第四，修改了原书章节的大部分标题，这一方面缘于自己对这些内容的新思考；另一方面，也为了适应篇幅调整后的书稿内容变化。与原书相比较，约有 1/3 篇幅的修改和调整。

感谢高建平先生在百忙之中为本书的修订版写序。感谢周宪先生、赵宪章先生、季水河先生、彭少健先生、项中平先生、詹成大先生、张邦卫先生、刘水云先生、朱旭光先生、赵思运先生等对本书出版的关心和支持。感谢我的家人让我的写作承载和化解着日常生活的刻板与绵延。感谢中国社会科学出版社的郭晓鸿女士为本书的策划和出版所付出的辛勤劳动。本书的部分章节曾在《文学评论》《文艺理论研究》《学术月刊》《外国文学》《外国文学研究》《当代外国文学》和《俄罗斯文艺》等刊物发表，在此向这些刊物和责编表示衷心感谢。

一直在路上寻求诗性的归宿，也在路上不断地诉求和确证自我，这是一种旅行中的游牧话语表征。行者永远不知道前路通往何处，但无论走多远，我依旧是我，沿起航之地而行，依流而行之。

2016 年春

钱塘江畔　云水苑